P9-CKJ-077

ETERNAS

RBA MOLINO

DHONIELLE
CLAYTON

ETERNAS

Traducción de
Martina Garcia Serra

RBA

Título original inglés: *The Everlasting Rose.*

© Dhonielle Clayton, 2019.

Publicado por acuerdo con la autora y Baror International, Inc.,
Armonk, New York, U.S.A.

© de la traducción: Martina Garcia Serra, 2019.
© de esta edición: RBA Libros, S.A., 2019.
Diagonal, 189 - 08018 Barcelona.
rbalibros.com

© de la imagen de la cubierta: Tom Corbett, 2019.
Diseño de la cubierta: Marci Senders.
Otros elementos de diseño: Tipografía por Russ Gray.
Con permiso del propietario. Todos los derechos reservados.
Adaptación de la cubierta: Lookatcia.com.

Primera edición: junio de 2019.

RBA MOLINO
REF.: MONL548
ISBN: 978-84-272-1643-3
DEPÓSITO LEGAL: B.13.246-2019

EL TALLER DEL LLIBRE, S.L. • COMPOSICIÓN

Impreso en España • *Printed in Spain*

Queda rigurosamente prohibida sin autorización por escrito
del editor cualquier forma de reproducción, distribución,
comunicación pública o transformación de esta obra, que será sometida
a las sanciones establecidas por la ley. Pueden dirigirse a Cedro
(Centro Español de Derechos Reprográficos, www.cedro.org)
si necesitan fotocopiar o escanear algún fragmento de esta obra
(www.conlicencia.com; 91 702 19 70 / 93 272 04 47).

Todos los derechos reservados.

PARA TODAS LAS CHICAS ENFADADAS.
EL PROBLEMA NO ESTÁ EN VOSOTRAS.

«La belleza es sangre y hueso y soberanía;
una sonrisa perfecta es la mayor arma».

PROVERBIO DE ORLEANS

La diosa de la belleza escogió a la primera reina de Orleans. Belleza buscó la persona que atesoraría su don más sagrado: las belles. Sabía que no sería capaz de seguir viajando entre el cielo y la tierra durante mucho más tiempo. La tensión entre los dioses requería que Belleza escogiera un reino. Promulgó una serie de pruebas —los Juicios de Belleza— para encontrar a la mujer que tuviera las cualidades idóneas. La que pudiera sustentar a sus preciosos talentos. La que jamás sintiera envidia. La que, por encima de todo, las mantuviera a salvo. Cuando la reina Marjorie de la Casa Orleans resultó la vencedora de los Juicios, prometió que ella y sus descendientes venerarían para siempre las belles como las extensiones de Belleza en persona, y las tratarían como si fueran tan delicadas y preciosas como los pétalos de una rosa eterna.

De *La historia de Orleans*

Maman jamás me dijo qué hacer cuando el mundo se cae a pedazos como un vestido con las costuras desgarradas; las cuentas esparciéndose hasta los rincones más lejanos; la tela, una tormenta de jirones despedazados, destruida e irreconocible. Jamás me dijo cómo luchar contra las pesadillas que se abren paso como gélidas sombras y se instalan tras los ojos cerrados. Jamás me dijo qué hacer cuando todo color se desvanece del mundo como la sangre manando de una herida mortal.

Me dio un espejo para ver la verdad. Lo cogí y el cristal se calentó en la palma de mi mano.

Sin embargo, ¿qué pasa cuando el reflejo que me devuelve la mirada es feo, y lo único que quiero hacer es prenderle fuego a todo, y ella no está aquí para ayudarme?

Los últimos tres días han sido un borrón caótico, una imagen en movimiento constante: el palacio, las mazmorras de Sophia, el despertar de Charlotte y Arabella ayudándonos a llegar aquí con papeles falsos.

—¿Me escuchas? —espeta Edel—. Has estado mirando por esa ventana durante casi una vuelta de reloj entera.

No me vuelvo para mirarla, ni ella ni a la pequeña habitación de la posada donde nos habían metido. Me fijo en el sol mientras se hunde tras la hilera de tiendas del otro lado de la calle y observo cómo confiere al cielo la tonalidad de la cola de un pavo real. Las puestas de sol son muchísimo más preciosas tan al sur. Parece como si las Islas Especiadas estuvieran en el mismo borde del mundo y suspendidas a la deriva.

Presiono la nariz contra el cristal helado; el viento de la estación fría intenta abrirse paso a través de él. Deseo que pudiera envolver sus gélidos dedos a mi alrededor y enfriar mis entrañas. En la distancia, el conjunto de islas casi se besa en la Bahía de Croix, y la ciudad capital de Metairie las vigila como si fuera un faro inmenso que sobresale del mar y atrae hacia sí los barcos con seguridad. Puentes dorados conectan las cuatro islas y brillan como fuegos artificiales cuando se encienden los farolillos vespertinos. Las lujosas barcazas del transporte fluvial se deslizan por debajo de ellos y la luz centellea en sus rebordes dorados. Las vastas plantaciones de especias se extienden en todas direcciones, con grandes mansiones blancas que supervisan los campos de menta, melisa, lavanda y salvia. Los farolillos botánicos planean sobre los cultivos, abejas delgadas como el papel que transportan rayos de sol y nutrientes.

Este lugar se me antoja todavía más extraño que el palacio, tan distinto de nuestro hogar. Antes quería ver todos y cada uno de los rincones de este mundo, pero ahora solo puedo pensar en cómo sería ver arder Orleans entero, todas las islas convirtiéndose en cenizas, nubes de humo espeso colmando los cielos y apagando el sol, los mares ennegreciéndose por los escombros ahí olvidados. ¿Intervendrían los dioses?

Vuelvo a dirigir la mirada a los planos esparcidos por el escritorio. Mis mapas de los vientos alisios. Mis teorías sobre cuán lejos podría haber llegado la princesa Charlotte si hubiera navegado al oeste hacia las Islas de Cristal o tal vez al este, rodeando la base de la isla imperial.

Dominada por la frustración, arrojo la brújula rosa que Rémy me había dado, y esta aterriza en el suelo con un insatisfactorio golpe sordo. Edel la recoge.

—Camille, ¡tengo que enseñarte algo! —Mira por encima de mi hombro hacia mis mapas—. Venga, vamos. Ni siquiera sabes si Charlotte consiguió salir esa noche.

—Rémy dijo que fue vista la goleta privada de la reina. ¿Quién podía ser si no?

—¿Un ladrón? ¿Piratas? ¿Unos cuantos cortesanos bebidos que se metieron en el barco equivocado?

Me burlo de sus palabras.

—Él dijo que nadie sabe quién iba en ella, y ahora pones todas las esperanzas en una chica que ha permanecido inconsciente durante cuatro años.

Me toca el hombro desnudo. Pego un brinco.

—Tienes la piel más caliente que una estufa —me dice—. ¿Estás enferma?

Quiero explicarle que un fuego inagotable arde en lo más profundo de mi estómago, cuyas llamas se alimentan de mi rabia.

—Y tú tienes los dedos helados —replico.

Le quito la brújula de las manos y trazo otra posible ruta

que Charlotte pudiera haber tomado, y la dirijo al norte de la isla imperial.

—Estaba tosiendo y despertando cuando Ámbar y yo salimos corriendo.

—Olvidémonos de Charlotte y plantémonos en el palacio. Podríamos derrocar a Sophia nosotras mismas.

—¿Y luego qué? ¿Gobernar Orleans?

Edel se mordisquea el labio inferior.

—Tal vez.

—Si Charlotte fuera la reina, entonces podría convertir Orleans en lo que un día fue. Como la reina Celeste quería.

—No quiero volver. No voy a regresar a otro salón de té. No me van a forzar a...

Le tomo la mano y se traga el resto de la frase.

—Debemos tener esperanza. Si podemos encontrar a Charlotte y llevarla de vuelta al palacio, podrá enfrentarse a su hermana. Ella puede poner fin a todo esto. —La abrazo fuerte—. Entonces encontraremos otra manera de seguir adelante, una vida distinta para nosotras. Lo prometo.

—Vale, vale —murmura Edel entre dientes y se aparta de mí—. Pero tengo que enseñarte algo más importante..., algo que nos ayudará cuando dejemos este lugar. —Tiembla y lanza miradas nerviosas a la puerta—. He esperado a quedarnos solas.

—¿De qué se trata? —Doy la espalda a los mapas.

—Observa. —Edel cierra los ojos, se concentra tanto que parece estar a punto de poner un huevo de oro. Las venas se hinchan bajo su piel blanca y un rubor carmesí prende en sus mejillas. El pelo rubio pálido de sus sienes se empapa de sudor, que le salpica la frente como una hilera de perlas. Su pelo crece, centímetro a centímetro, hasta llegarle a la cintura y luego se vuelve de color medianoche.

Retrocedo a trompicones y me doy de bruces contra la diminuta jaula donde duermen los dragoncitos de peluche animado, que chillan alarmados.

—No deberíamos ser capaces de hacer esto.

Me pongo la mano en la boca.

—Voy a llamarla nuestra cuarta arcana: glamur.

Toma mis dedos temblorosos y los coloca sobre su pelo. Todavía mantiene la misma textura fina que siempre ha tenido, pero el color es tremendamente extraño.

—Nuestros dones son para los demás...

El corazón salta en mi pecho. Mis arcanas zumban justo debajo de mi piel, impacientes por aprender, impacientes por experimentar con este peligroso truco; mi mente se llena de un millar de posibilidades.

—No. Este don es para nosotras. Así es como... —empieza a decir Edel.

—Seremos más listas que Sophia y sus guardias —intervengo—. Y encontraremos a Charlotte.

La posibilidad de éxito se abre paso hasta mis entrañas y se mezcla con el enojo que vive allí. Siempre he construido mi vida en torno a hacer lo inesperado y quererlo todo —ser la favorita, ser la belle con más talento, dar forma a lo que significaba ser lindo en Orleans—, y ahora se me presenta la oportunidad de llevar a cabo lo más grande que jamás haya tenido que hacer y frente a un peligro mucho más grande de lo que nunca hubiera podido imaginar. Todo esto insufla vida a mi ambición.

Una gran sonrisa se dibuja en el rostro de Edel. Da un hondo suspiro y el oscuro tono medianoche de su pelo se aclara como si el sol de la mañana se abriera paso por cada hebra de cabello.

—¿Cómo aprendiste a hacerlo?

Echa una mirada a la puerta.

—Fue un accidente. Madame Alieas me estaba chillando, enumeraba todas las cosas que yo había hecho mal. Explicaba a gritos lo mucho que yo necesitaba ser más amable y lo mucho que hubiera preferido que le hubieran dado a Valerie en mi lugar. Yo me retorcía el pelo con el dedo. —Levanta un mechón—. Y me enfadaba cada vez más pensando en nuestra hermana, y entonces se oscureció hasta el tono marrón de Valerie.

—¿Qué se siente?

Vuelvo a acariciar el pelo de Edel, que se le encoge hasta los hombros para recuperar su longitud anterior.

—¿Recuerdas cuando nos escapábamos al tejado, en casa, antes de las primeras nevadas? Las uñas se nos volvían lilas y azules. Nuestros camisones se hinchaban con el viento, casi se congelaban sus hilos.

Asentí al tiempo que el recuerdo prendía en mi interior. Todas nosotras en el tejado después de que Du Barry y nuestras madres se hubieran dormido, esperando a que las nubes liberaran sus cristales, esperando atrapar un copo de nieve con la lengua, esperando ver los montones blancos congelar las copas del oscuro bosque de detrás de nuestra casa.

—Es así de frío. Al principio me asusté. No pensé que fuera real. Pensé que tenía las arcanas bajas y que mis ojos me jugaban una mala pasada, de modo que experimenté con partes de mi pelo. —Camina en círculos—. Iba añadiendo una onda o un reflejo para poner a prueba cuánto rato podía aguantarlo.

Siento un revoloteo en el estómago. Confiar en aspectos sin demostrar de las arcanas se me antoja como intentar dominar un huracán.

—¿Te hacía sentir mal?

—Me sangraba la nariz, tenía jaqueca, escalofríos...

—Entonces quizás...

Levanta una mano y hace un ademán para ahuyentar mis preocupaciones.

—Todo eso disminuyó a medida que yo cobraba fuerza. Solo requiere práctica. Pasé de mi pelo a otras partes de mi rostro.

—¿Te debilita como después de hacer tratamientos de belleza?

—Sí. Uso sanguijuelas y chocolate para ayudarme a aguantar el glamur y para sentirme mejor después de usarlo. —Edel me coge la mano—. Rápido. Déjame enseñártelo.

Me estiro en el delgado colchón que Edel, Ámbar y yo compartimos. Los muelles se me clavan en la espalda. El espejo de maman descansa justo bajo mi esternón, colgado de su cadena. Presiono mi mano contra él, quiero que su verdad y su sabiduría se abran paso hasta mi interior, me llenen y me hagan sentir como si maman todavía estuviera aquí, lista para luchar a mi lado. ¿Qué pensaría ella de todo esto? Todo lo que he hecho. Lo que estoy a punto de hacer.

—Cierra los ojos —ordena Edel.

Un temblor late en mi estómago.

Edel me aparta los rizos de mi frente sudorosa. ¿Es así

como se sienten nuestros clientes cuando están en las mesas de tratamiento? ¿Diminutos, expuestos, vulnerables?

Toma mi mano temblorosa.

—¿Estás asustada?

—Estoy enfadada.

—Bien. Eso te hará fuerte. —Sus suaves dedos me rozan los párpados y los obligan a cerrarse—. Ahora piensa en cuando éramos niñas pequeñas y empezábamos a aprender nuestra segunda arcana, y Du Barry nos obligaba a dar todas esas lecciones de visualizar a nuestros clientes como pinturas o esculturas. ¿Te acuerdas?

—Sí.

—En lugar de eso, intenta verte a ti misma.

Las advertencias de Du Barry de mi infancia son ecos afilados dentro de mi cabeza: «Las belles jamás deben ser vanidosas, pues la diosa de la belleza castigará a aquellas que atesoren sus dones. Las arcanas son favores de la diosa de la belleza que deben ser usadas para servir».

Aparto esas palabras, las entierro muy hondo con el resto de mentiras.

Edel me aprieta el hombro.

—Vuelve a la Maison Rouge. Ya verás.

Respiro hondo y dejo que mis músculos se relajen. Edel describe el hogar donde vivimos hasta que cumplimos dieciséis el año pasado. Los pálidos árboles blancos que brillan como huesos en los pantanos, los barrotes en forma de rosa en las ventanas de casa, las paredes empapeladas de carmesí y dorado que conducían a las aulas, las cámaras de Edad con sus terrarios de flores moribundas y boles de fruta podrida, las habitaciones de Aura con sus mesas de tratamiento y los productos belle, la guardería llena de bebés llorando, el bosque oscuro..., una sombra tras nuestro hogar.

—Estás tensando los músculos —dice Edel al tiempo que me acaricia la mejilla—. Deja que las arcanas despierten. Concéntrate en ello.

Ante la mención de la palabra *arcanas*, su poder palpita en mi interior y emerge rápidamente para dar respuesta a mi petición. Las tres habilidades —Comportamiento, Aura y Edad— son hilos preparados, capaces e impacientes para ser doblegados y sometidos a mi voluntad.

Las venas de mis manos se hinchan bajo la piel. Mis nervios hormiguean con la gran energía.

—Piensa en tu propio rostro —susurra Edel—. Tu pelo rizado y tu frente ancha. Tus labios carnosos. El tono de tu piel es el marrón de las pastas de luna de almendra que Rémy nos ha traído esta mañana para desayunar.

Cuando veía a los clientes para un trabajo de belleza, un calor familiar me recorría como si alguien hubiera pasado la llama de una vela por mi piel. Sin embargo, ahora noto un profundo escalofrío que sustituye la otra sensación. Los dientes me castañean y un estremecimiento me produce un espasmo.

—Vas bien. Sigue —insta Edel—. Cambia tu pelo para que sea como las rosas belle carmesíes del invernadero de nuestra casa, con pétalos tan grandes como platos.

En mi mente, la flor brota al lado de la imagen de mi propio rostro. Su color sangra en los mechones de mi pelo, se envuelve en mis rizos como cintas de sangre. Una punzada de dolor estalla en mis sienes. Mis pulmones se tensan como si acabara de subir corriendo una escalera de caracol.

—Está funcionando —me dice.

Me siento bien erguida.

—No te desconcentres.

—¿Por qué tengo esta sensación? —pregunto sin aliento.

—No lo sé, pero lo estás consiguiendo. —Edel se abalanza hacia la caja de belleza que Arabella envió con nosotras, saca de ella un espejito y me lo coloca en las manos—. ¡Mira! Desvío la mirada. Los rizos apretados de mi coronilla son de un fiero rojo profundo como los de Ámbar, como los de maman. Juego con un rizo y lo retuerzo alrededor de mi dedo para examinarlo más de cerca.

—¿Cuánto dura? —Hago una mueca por el frío. Se aferra a mis huesos e irradia un dolor que astilla mis entrañas.

—Tanto tiempo como puedas mantenerlo en tu mente y tus niveles permanezcan fuertes. Yo he sido capaz de aguantarlo durante casi cinco vueltas de reloj cuando estoy descansada y concentrada —se jacta Edel—, pero sé que, si me esfuerzo o bebo té de rosa belle o elixir, podría aguantar más.

—No puedo concentrarme más.

El rojo se desvanece y el marrón aparece de nuevo. Me desplomo en la cama.

La puerta se abre de golpe. Ámbar entra dando zancadas; su presencia, un terremoto. Una nube de pelo rojo asoma bajo su capucha.

Edel se pone en pie.

—Has vuelto pronto.

—Había demasiados guardias y he perdido la máscara que me has dado —informa Ámbar, luego analiza la habitación—. ¿Qué pasa aquí?

—Edel me estaba enseñando a... —trato de responder.

—A recuperar rápidamente las arcanas.

Los ojos de Edel me fulminan.

Presiono los labios y le lanzo una mirada desconcertada.

—¿Dónde está Rémy? —pregunta Edel al tiempo que coge un bol de porcelana de una mesa cercana y pesca dos sanguijuelas que se retuercen. Me coloca una en la muñeca como si fuera una manilla y en un susurro me dice—: No digas nada.

—Está haciendo una de sus rondas antes de subir aquí.

—Ámbar corre hacia la jaula de los dragones y levanta la manta. Están enredados juntos en un montón y me recuerdan a brazaletes hechos de perlas, esmeraldas, zafiros, rubíes y oro—. Les he traído un poco de carne de cerdo y he encontrado estos collares tan dulces.

Sacude los collares con las puntas de sus dedos y los coloca ante la jaula.

—¿Por qué has gastado dinero en eso? —espeta Edel—. Se suponía que tenías que conseguirnos tinte para el pelo para todas nosotras.

—Lo he hecho.

Saca dos tarros panzudos del bolsillo y le lanza uno a Edel.

Edel lo coge.

—Todo lo que tenía era verde pino.

—Eso nos ayudará a pasar desapercibidas —replica Edel con sarcasmo.

—Los productos belle escasean en la ciudad, con todos los salones de té cerrados. Y me ha dado estos collares con descuento. Los dragones necesitan correas para entrenarlos. —Me pasa una hoja arrugada—. He encontrado esto en la mesa del vestíbulo.

Cuatro retratos se despliegan por la página: Ámbar, Edel, Rémy y, finalmente, yo.

Mis propios ojos miran fijamente, parecen angustiados. El retrato animado cambia en una serie de mis peinados más conocidos: uno con el pelo recogido en mi característico moño belle con flores de camelia, otro con el pelo suelto y alrededor de mi rostro en una gran nube rizada, y el último con la melena planchada y descansando sobre mis hombros. El texto nos tilda de personas peligrosas, taimadas y traidoras a la corona. Sophia ha prometido 850.000 leas y 275.000 espintrias por nuestra captura, cifras que convertirían instantáneamente a alguien en una de las personas más ricas de todo Orleans, lista para unirse al círculo de los mejores del reino.

SE BUSCAN: VIVOS Y EN BUENAS CONDICIONES.

APTOS PARA EL USO.

¿Qué significa eso? ¿Somos ganado que se dirige al matadero de la Isla de Quin?

Ámbar coloca comida fresca ante la jaula de los dragoncitos de peluche animado y luego se deja caer en una de las sillas de madera.

—No soporto este lugar.

Edel empieza a toser.

—Necesito agua —dice.

—¿Estás enferma? —pregunta Ámbar.

—Sedienta —replica Edel—. ¿Puedes traer un poco?

—¿Por qué no puedes hacerlo tú?

Las cejas de Ámbar se enarcan, llenas de sospecha.

—Siempre vas tú a por agua. Sabes cómo funcionan las bombas de la casa. —Cruzan la mirada—. Además, yo no voy vestida y tú sí.

—Ámbar, por favor. Los dragoncitos de peluche animado también necesitan un poco —añado.

Se encoge de hombros y sale de la habitación.

En cuanto se cierra la puerta, Edel para de toser y se vuelve hacia mí.

—No le expliques lo de los glamures.

—¿Por qué? —pregunto sintiendo la desconfianza de Edel hacia Ámbar como un destello de calor.

—Está demasiado débil para probarlo ahora mismo. Deberíamos esperar hasta que sepamos exactamente cómo funciona. Ambas hemos sido siempre más fuertes y hemos estado más predispuestas a experimentar que ella.

—Pero tendremos que enseñárselo pronto.

Estudio el rostro de Edel.

—Por supuesto —responde Edel evitando mi mirada—. Cuando llegue el momento.

EL SOL NO HA SALIDO TODAVÍA CUANDO SALTO DE LA CAMA Y me visto para salir. Rémy está fuera en una de sus rondas nocturnas. No utilizo el agua fría de nuestra palangana por miedo a despertar a Ámbar y Edel. Me estoy acostumbrando a la suciedad. Los recuerdos de los onsen llenos de bañeras con patas como garras y jabones en forma de rosa y aceites dulces y esponjas de miel, de los dirigibles perfumados esparciendo sus aromas y de los farolillos de belleza bañándonos con los rayos de luz perfectos son nubes que se dirigen al mar para que nunca las vuelvan a atrapar.

Me pongo en los ojos las lentes de contacto que Arabella nos dio, y parpadeo hasta que quedan bien colocadas y puedo ver de nuevo la pequeña habitación. Nos hemos sumido en un ritmo sincronizado como el de las carpas danzarinas que vivían en nuestra fuente de la Maison Rouge: cada mañana Ámbar va a buscar agua de las bombas de la casa e incluso hurta trocitos de jabón de lima para que podamos intentar bañarnos; Edel mantiene limpia la habitación robando la escoba de la posadera cada tarde; Rémy vigila todos y cada uno de los movimientos de la pensión, y yo cuido nuestros dragoncitos de peluche animado y les enseño a volar, y también consigo la cena.

A veces parece que podríamos seguir viviendo así si quisiéramos. Movernos de pensión en pensión para dar esquinazo a los guardias imperiales. Cuidarnos los unos a los otros. Mezclarnos con la población normal de Orleans y vivir en secreto. Sin embargo, mi deseo de ver caer a Sophia se ha convertido en una cantinela susurrada que agita todo mi cuerpo, como si mis extremidades y mi corazón supieran que este no es un lugar para nosotros. Que debo enfrentarme a ella. Que debo hacerle pagar por lo que ha hecho. Que debo hacer lo que la reina Celeste hubiera querido.

Ámbar y Edel todavía son un embrollo de piernas y brazos y colchas en la cama que compartimos. Solo tengo unos instantes para salir por la puerta principal de la pensión antes de que vuelva Rémy. Bajo las escaleras despacio, vigilando no tocar ninguna de las tablas de madera que crujen. Esta es la segunda vez que me escabullo desde que llegamos.

En el salón principal, unos cuantos farolillos nocturnos merodean cerca del suelo. Tres gatitos de peluche animado se pasean por las mesas en busca de migajas. Uno me maúlla.

—¡Chist! —susurro—. No te cargues mi plan.

Me ato las cintas de la máscara que me dio Edel. Está hecha de terciopelo negro y encaje, y abraza el contorno de mi rostro y mi cuello como un guante suave. *Garantiza la protección del maquillaje frente al tiempo de la estación fría.* O el blindaje de la propia identidad. Los vientos del sur las han hecho muy populares aquí, lo que ha supuesto que este sea el lugar perfecto para permanecer escondidas.

Descorro el cerrojo de la puerta principal y la cierro suavemente detrás de mí.

La neblina de la primera hora de la mañana cubre la ciudad, ahoga los edificios en la niebla. El día siguiente de la muerte de maman, el mundo que había al otro lado de las ventanas de la Maison Rouge estaba igual. A través de los barrotes en forma de rosa, observaba cómo el bosque oscuro absorbía las nubes de lluvia y las atrapaba del cielo. Siempre me las imaginé como las lágrimas de la diosa de la belleza, derramadas por la muerte de otro de sus regalos a nuestro mundo. Quería cruzar corriendo las puertas traseras y aventurarme en el bosque a una profundidad que no nos habían permitido nunca antes, chillar para que me devolvieran a maman y esperar que la diosa de la belleza me respondiera.

Levanto la mirada hacia un cielo que se va despertando. La oscuridad de color ciruela se abre como un huevo y libera cintas naranjas, amarillas y color mandarina.

—¿Estás ahí arriba, Belleza? —Espero oír su voz retumbar desde el cielo—. ¿Has estado ahí alguna vez? ¿O tú también eres una mentira?

Nada.

Una vendedora de leche camina a paso lento con su carrito, dejando un ruidoso rastro de cristales tintineantes.

—Pintas frescas para acompañar sus pastas matutinas. ¡Cómprelas aquí!

Sus gritos me hacen apretar el paso a toda prisa. La última vez que me escabullí, las calles estaban desiertas.

Farolillos de luto de obsidiana van a la deriva y proyectan su luz sombría sobre los adoquines. Retratos de la difunta reina Celeste cuelgan de pancartas y pueblan tablones de anuncios cercanos. La visión de su bello rostro me encoge el corazón. Qué disgustada estaría por lo que ha pasado; sus advertencias sobre Sophia, ahora proféticas. Algunos dirigibles serpentean entre las altas torres y globos mensajeros zumban entre sus grandes marcos. Sus vientres bulbosos dejan atrás huellas de oscuridad y sombras.

Una mujer sale de una tienda.

Mi corazón late contra mi caja torácica.

Una advertencia. Una señal para volver atrás.

Me meto en un callejón cercano y espero a que pase de largo. La mujer afloja el ritmo y se detiene para mirar hacia mi dirección. Lleva una máscara peculiar que se curva alrededor de todos los bordes de su rostro, cuello y pecho, y me recuerda el molde dorado de un busto o una estatua. La luz tenue expone sus delicados bordes metálicos y grabados intrincados.

Me hundo todavía más entre las sombras.

El ruido de la vendedora de leche le llama la atención. Abandona la curiosidad que siente por mí y echa a andar.

Debería volver a la pensión, pero cuento hasta veinte, luego dejo mi escondrijo y sigo adelante. Giro hacia la Milla Imperial, que se extiende desde las mansiones reales de Metairie y acaba en uno de los múltiples puentes del grupo de islas. Farolillos vaporosos reparten tiras de luz como barras de oro. He memorizado cada calle, avenida y callejón cercano a la pensión bajo la tutela de Rémy y sus mapas de experto. «Debes saber cómo salir de aquí sin mí —me dijo justo después de haber llegado—. Si pasara algo, necesito saber que serás capaz de moverte».

Los tablones de anuncios de la avenida ni siquiera brillan a esta hora de la mañana, mi solitaria presencia no es lo bastante fuerte para animarlos. La cantante más famosa de Orleans me devuelve la mirada con ojos brillantes y una sonrisa congelada en su piel bronceada que parece mantequilla de avellana. Las tiendas lucen los carteles de CERRADO y farolillos nocturnos apagados flotan por encima de sus puertas como nubes de tormenta. Dentro de unas horas, estas avenidas estarán a rebosar de cuerpos.

Giro a la derecha y bajo por una calle que acaba en una perfumería. Un trío de excéntricas flores rosas brillan en las ventanas principales. Ya casi estoy.

—¿Te has perdido, querida? —susurra una voz.

Me vuelvo de golpe. Unos ojos rojos me miran bajo una capucha. La mujer gris enseña los dientes, amarillentos y torcidos, en un intento de sonrisa que parece más bien una amenaza.

—No —respondo insuflando firmeza en mi voz.

La piel gris y apergaminada de la mujer atrapa la luz de la luna.

—¿Te sobra alguna lea?

—Lo siento, no tengo nada.

—Das la impresión de tener espintrias. También me sirven.

Deseo tener algo para ella. Antes tenía un bolsillo lleno de bonos de belleza y poseía bastantes bolsas de espintrias para llenar con facilidad mil cajas fuertes. Sin embargo, sus palabras son una sorpresa. Nos dijeron que muchos de los grises escogen permanecer de ese modo, la locura los lleva al límite y les borra cualquier deseo de levantarse y ganar suficientes espintrias para formar parte de una sociedad normal.

—No tengo nada —repito y echo a andar con rapidez.

Sin embargo, ella sigue murmurando tonterías. El miedo me recorre la piel. Recuerdo la primera mujer gris que vi en mi vida. Mis hermanas y yo acabábamos de cumplir trece años y las chicas más mayores practicaban usando sus arcanas en las aulas. Hana y yo nos colamos a hurtadillas en las salas de Aura y nos escondimos bajo las mesas de tratamiento cuando unas mujeres tan grises como el cielo de tormenta entraron. Presionamos nuestros rostros contra el encaje de los manteles mientras tumbaban a las mujeres encima de nosotras, sus gritos sofocados por mordazas. La melodía de los forcejeos de sus cuerpos luchando fue ahogada por gruesas correas de cuero que las mantuvieron sujetas después de que se les administrara un vial de elixir belle en un intento de calmarlas.

—Solo las arañas salen tan pronto —afirma.

—Déjame en paz —susurro en voz alta.

—Hay toque de queda —grazna y me apunta meneando un dedo torcido.

—Vete. —Intento esquivarla. El pánico corre por mis venas como si hubiera reemplazado las arcanas.

Me pega una bofetada que me deja la máscara torcida.

Me apresuro a colocarla bien y reprimo un grito de sorpresa y dolor que se agarra a mi garganta.

—Te conozco. Te he visto antes.

Las fuertes pisadas de las botas de los soldados resuenan en la tranquilidad matutina.

Me agarra por la muñeca y me clava sus uñas torcidas en la piel.

—Tú eres la que buscan.

—No sé de qué hablas. —El corazón se me acelera.

Su risita gutural se convierte en un silbido.

—¿A quién crees que engañas? —Me señala con el otro dedo al tiempo que me zafo de ella—. A mí no, ya te lo digo.

—Sus ojos se entrecierran—. ¡Guardias! ¡Guardias! —grita—. Me van a recompensar. Los periodistas nos dijeron que podíamos cambiar nuestra estrella si estábamos atentos a los fugitivos. No me los creí, siempre cuentan mentiras, pero ahora es cierto.

El sudor me recorre el espinazo a pesar del aire helado. La aparto de un empujón, pero me agarra con más fuerza. Chocamos contra un escaparate de flores de la estación fría. Las arcanas casi silban bajo mi piel. Un recordatorio instintivo. Tiro de las ramas de acebo y las fuerzo a crecer como pelo. Las raíces estallan a través de los bordes de madera de la maceta y se abren paso por la calle adoquinada. Se envuelven alrededor de los brazos y las piernas de la mujer, y la apartan de mí. Su mirada roja me fulmina y se pone a gritar.

Fuerzo las hojas para que crezcan y le tapen la boca, silenciando así sus protestas. La mujer se retuerce hasta que se golpea la cabeza con la pared y pierde la conciencia.

El corazón me da un vuelco. ¿Qué he hecho?

Le toco la cara. Fría. Húmeda.

El ruido de los soldados se escucha más cerca. Corren hacia nosotras.

La mujer no iba a parar, me digo a mí misma.

Tenía que hacerlo.

¿Está muerta?

El sonido de mi pulso vibra en mis oídos. Salgo como una flecha de la Milla Imperial, hacia la izquierda, y bajo corriendo lo que queda de avenida. Una única tienda ostenta un farolillo matutino encima de sus escaparates, una señal de que está abierta al público. Farolillos brillantes de color rosa lucen el símbolo del apotecario: una serpiente enroscada alrededor de una mano de mortero. El viento los golpea como si fueran globos.

Los nervios revolotean con alas diminutas en mi pecho. Tal vez es por haber sido reconocida. Tal vez es por haber usado las arcanas. Tal vez es por haber interactuado tan cerca con una persona gris por primera vez. Tal vez es por haber herido a alguien.

Miro a través del escaparate ribeteado de dorado. Tres lámparas de apotecario se balancean y brillan en tonos azul océano y verde esmeralda. Encima hay telarañas que brillan bajo la luz. Farolillos diurnos navegan por la tienda. Las paredes están vivas de color y lucen estanterías interminables de tarros de cristal que centellean como estrellas embotelladas. Un precioso cartel cuelga encima de la puerta de entrada y sus letras anuncian: APOTECARIO DE CLAIBORNE.

Vuelvo la vista atrás hacia la calle ahora vacía antes de entrar. El aroma del fuego crepitando y de las pastillas medicinales sale al encuentro de mi nariz. La gran sala tiene tres pisos de vitrinas de caoba separadas por unos balcones de hierro enroscado y unas escaleras de caracol. Las botellas tienen etiquetas escritas a mano y su precio en leas. Reconozco muchas al verlas: dedalera, belladona, amapola, laurel... Otras exponen botellas de cristal azul que contienen veneno, polvos de colorete, galletas, instrumentos metálicos —sierras, tijeras, cuchillos, lancetas...— y fórmulas magistrales que anuncian curas para las fiebres, los bultos y otras dolencias.

El señor Claiborne, corpulento y muy cerca de perder la vista, surge de detrás de una cortina. Su clara piel morena está cubierta de pecas y lunares, y me pregunto por qué escogerá tener tantos.

—¿Eres tú, florecilla? —pregunta.

El sonido de su voz me tranquiliza.

—¿Qué pasa si digo que no? —replico.

—Diría que alguien se ha metido en tu piel. Tenéis un perfume natural. Diferente del nuestro. Quizá quieras enmascararlo con cuentas de hierbas aromáticas. Le Nez lanzará pronto los perfumes de la nueva temporada. Si no lo haces, un soldado con buen olfato podría pillarte. —Su boca esboza una sonrisa—. Pero no te preocupes, tengo unas cuantas fórmulas nuevas si quieres echar un vistazo.

—Podría haberme delatado hace días —afirmo.

—¿Por qué tendría que hacerlo?

—La recompensa —respondo al tiempo que me quito la máscara.

—No necesito leas. Mi padre me dejó una buena suma además de esta tienda. Lo que necesitaba era un desafío y tú me lo has proporcionado. Esta es una investigación única en la vida. Además, mi mujer, si estuviera despierta, no querría ni oír hablar de ello. Ardía en deseos de pasar más tiempo con las belles. Siempre le fascinaron las de tu especie. Creo que todas las personas de este mundo han pensado en algún momento u otro que les encantaría intercambiarse con vosotras.

—Solo porque no conocen la verdad.

—¿Y qué es la verdad? Con los periódicos sacando provecho de las mentiras y la gente esforzándose en superarse los unos a los otros. La verdad es cualquier cosa que digas. —Se vuelve y silba. Su pavo real de peluche animado se pavonea por el mostrador y coloca leas de oro en un par de balanzas—. Bien hecho, Sona. Bien hecho —le felicita Claiborne.

Me remango antes de que me lo pida.

—Tiene que sacar el polvo de las lámparas de la ventana. Están llenas de telarañas.

—Las arañas siempre son bienvenidas aquí —me dice—. Ahora vayamos al motivo de tu visita. —Hurga por los armaritos bajo el mostrador y saca una cajita de madera. La abre y expone un conjunto de agujas brillantes—. Tengo algunas noticias no demasiado buenas para ti, florecilla. Me encanta este rompecabezas, pero me está resultando difícil de resolver.

Suspiro decepcionada.

—Bueno, más bien... un desafío para ser precisos, y requiero precisión por encima de todo. Mis artículos contienen promesas y quiero que este tónico cumpla tus deseos. He mezclado belladona y cicuta, incluso un poco de extracto de estricnina, con tu sangre y he descubierto que nuestro elixir continúa siendo inestable. Si pongo tan solo un poco de mi tónico, no hace nada a las proteínas de las arcanas de tu sangre. Si pongo demasiado, las mata junto con otras proteínas sanas a su alrededor.

—¿Qué debemos hacer? —Intento que mi tono de voz no suene a desesperación cuando parte de mi plan se convierte en un globo mensajero enviado en la dirección equivocada, imposible de atrapar para volver a enviarlo.

—Deja que primero te enseñe el enigma. —Se coloca un monóculo en el ojo izquierdo y luego toma un catalejo de una estantería cercana. El aparato se parece a un bellezascopio grande: un extremo esbelto para mirar a través de él y otro que se extiende como un cuerno rematado con un cristal—. ¿Lista?

Asiento.

Presiona una aguja en el pliegue de mi codo y extrae un frasquito de sangre. Añade unas cuantas gotas a una pieza de cristal y la desliza hacia la base del catalejo.

—Mira por el visor —me indica.

Presiono el ojo contra el extremo más estrecho. Mi sangre. La sangre que Arabella dijo que tenía la fuerza para hacer crecer la siguiente generación de belles.

—Parece una red brillante que sostiene pétalos de rosa.

—Menuda poetisa estás hecha —replica—. Estos objetos oblongos (los pétalos, como tú les llamas) son lo que constituye tu sangre. La red son tus arcanas. Si miraras mi sangre, las hebras no brillarían. Ese es tu don de la diosa.

—Una maldición.

Suelta una risita.

—Supongo que ahora lo es. —Descorcha una botellita y usa un cuentagotas de metal para extraer su contenido—. Ahora presta mucha atención. Una cuenta del tamaño de una perla más o menos...

Aprieta el extremo y una gran gota se desliza hasta el cristal y se mezcla con la sangre. Las hebras de la red de arcanas se endurecen como huesos y luego estallan en pedazos.

Doy un grito ahogado.

—Sigue mirando. Un poco más... —Añade media gota y los círculos rojos se marchitan y se oscurecen como pasas—. Si se usa demasiado, alguien podría morir. —El hombre levanta la mirada y da un golpecito al visor para llamar mi atención—. Tienes que ir con mucho, mucho cuidado, querida flor.

Su advertencia me envuelve y me estrecha con fuerza. Me da un golpecito en la mano.

—Te lo envolveré con instrucciones específicas mientras vas a visitar a mi mujer.

—¿Se ha despertado? —pregunto mientras echo otro vistazo por el visor.

Ahora los círculos rojos parecen guijarros negros.

—Solo un instante. Sin embargo, estoy seguro de que pronto se recuperará. Cae en esos sueños profundos de vez en cuando. Tengo que mantenerla equilibrada y mis fórmulas magistrales lo consiguen. Mi asistente de confianza y yo: Sona. —Revuelve las plumas diminutas del pavo real—. Encontraremos la manera. Cuando llegue a despertarse durante un lapso de tiempo largo, estará contenta de ver que su belleza ha sido mantenida. Solo te pido que lo hagas por su bien, ya lo ves. No me importa qué aspecto tenga mientras se ponga bien.

—Lo entiendo.

—Sin embargo, la mantendrá con fuerzas para que se recupere del todo y tal vez evitará lo que la sume en esas temporadas de sueño, en principio.

Asiento.

—Sona, ¿le muestras el camino a nuestra invitada como una buena anfitriona? —Coloca el pavo real en el suelo y levanta la cortina que separa la tienda de la trastienda—. No te preocupes por el desorden, florecilla. He estado más ocupado de lo normal.

El pajarito trota adelante por el largo pasillo. Farolillos nocturnos la bañan con una luz suave y atrapan los ricos azules de su cola. La sigo y entro en un mundo de armarios llenos de botellas de todas las formas y tamaños, líquidos del color de la miel, el ámbar y el regaliz; frascos en forma de bulbo y jarrones de construcción curiosa, y estanterías con matraces llenos de artículos encurtidos, delicados instrumentos de cristal y montones de hierbas secándose.

Subimos una escalera de caracol hacia el segundo piso. Farolillos curativos merodean y navegan por la habitación, bolas de luz cerúlea aquí y allá. La corpulencia de Madame Claiborne engulle una cama demasiado pequeña: sus piernas y brazos cuelgan como si fueran ramas muertas desechadas por los árboles cuando la estación ventosa llega a su fin. Su piel se esfuerza por retener el color alabastro que le di hace dos días; el gris se abre paso y sus venas parecen hilos raídos a punto de desenredarse. Cascadas de cabello liso y tieso caen sobre su pecho como carretes de medianoche, y su cuerpo tiene las preciosas curvas de un reloj de arena. Grueso, fibroso y lleno.

Le di un aspecto mezclado entre Hana y Valerie. Mi corazón se estremece al pensar en lo que deben estar pasando; lo que todas mis otras hermanas deben estar viviendo. Los noticiarios informan que las belles de mi generación son rehenes. Hana en las Islas de Cristal, Valerie en la Maison Rouge y Padma en la Bahía de Seda. Un nudo de ira se enrosca fuertemente en mi pecho: el deseo de rescatarlas compite con la necesidad de encontrar a la princesa Charlotte.

La caja de belleza casera que el señor Claiborne hizo para mí descansa en la mesilla de noche, al lado de pastillas de luto por la reina Celeste. Hay productos belle en bandejas de distintos niveles, diminutos botes de pasta cutánea pintalabios y colorete. Varas brillantes yacen en cojines aterciopelados y parecen cilindros de plata y oro.

Paso los dedos por encima y luego me dirijo hacia la cama.

—Madame Claiborne —digo—. Soy Camille. ¿Puede oírme? Su pecho sube y baja a un ritmo suave. Me hace pensar en Charlotte: el recuerdo de su cuerpo convulsionándose y los ruidos de su tos. Intento guardarlo en mi corazón como si fuera una joya preciosa que no quiero perder jamás. Está ahí fuera, en algún lugar.

Espolvoreo el colorete por los brazos de Madame Claiborne. Cierro los ojos. Las arcanas responden a mi orden. La toco de nuevo y pienso en la reina Celeste. Oscurezco sus colores para que encajen con la deliciosa piel negra de la difunta reina y añado un rico fulgor a su pelo oscuro.

El señor Claiborne entra en la habitación.

—Le va a encantar este aspecto que le has dado. —Baja la mirada hacia su esposa—. Gracias.

—Usted me está ayudando, ¿recuerda? Esto es lo mínimo que puedo hacer —replico.

El hombre sostiene una bolsita de terciopelo.

—Está listo. Tanto como llegará a estarlo.

Mi corazón salta de alivio.

—Ahora bien, florecilla, este tónico es esencialmente un veneno. —Me lo coloca en la mano—. ¿Estás segura de que todavía lo quieres? No fuiste del todo honesta sobre por qué lo necesitabas.

—Necesito saber que, si algún día me capturan, no podrán usarme. Que puedo matar las arcanas de mi sangre.

Aprieta las mandíbulas, pero asiente.

—Durante los períodos de disturbios de la dinastía Matrand, las casas poderosas tenían pequeños ejércitos para proteger sus tierras y a muchos les administraron píldoras diminutas de veneno para que las ingirieran si les apresaban. La información requería protección costara lo que costara. —Me cierra la mano alrededor de la bolsita—. Pero, por favor, úsalo solo si es imperativo. Me encantaría volver a verte cuando todo esto acabe y sé que a mi mujer le gustaría conocerte como es debido en otras circunstancias.

Miro hacia abajo, clavo la mirada en las venas hinchadas bajo mi piel, que laten como serpientes verdes mientras las proteínas de las arcanas corren por mi flujo sanguíneo. Pienso en todas las cosas de las que son capaces: hacer hermosos a los demás, hacer otras belles y, ahora, cambiarme.

Si todo va bien, jamás me apresarán ni me usarán, jamás tendré que ingerir su veneno, jamás tendré que correr ese riesgo, pero de algún modo me siento reconfortada cuando deslizo el frasco en mi bolsillo.

Su peso contiene la promesa de la libertad.

P ARA VOLVER A LA PENSIÓN, DESANDO EL CAMINO A TRAVÉS de la ciudad, que ya se está despertando. El fulgor áureo de los farolillos dorados de Metairie salpican de hojas gualdas los edificios blancos como la sal, como si estuvieran encendidos para la mañana. Las campanas del puerto suenan y los primeros barcos se desplazan hacia el muelle.

Los carruajes empiezan a llenar las avenidas y calles; muchos se vacían de pasajeros bien vestidos. Las mujeres desfilan con vestidos ondeantes hechos de pieles y lana, lucen tocados y llevan todo tipo de objetos para vender. Los hombres visten levitas con colas que barren las calles espolvoreadas de nieve. Los farolillos ígneos son soles en miniatura que siguen a la gente. Algunos desaparecen dentro de tiendas glamurosas y otros se detienen ante escaparates de dulces que ofrecen delicias de la estación fría: tartas de té especiadas, mazapán en forma de crisantemo, merengues con nieve de melón, lionesas calientes coronadas de azúcar y tartaletas de licor. Diminutas volutas de humo emergen de las tazas ardientes de caramelo y chocolate fundido.

Los transeúntes muestran expresiones sombrías, con los labios apretados y los ceños fruncidos, mientras soldados imperiales zumban entre la multitud y se detienen para interrogar a gente al azar. Susurran con comerciantes y ahuyentan a mendigos grises. Sus pesados pasos crean una melodía terrorífica y sus armaduras negras relucen bajo la fría luz del farolillo azul del mercado, grave como un asesino de cuervos. Sophia ha desplegado su arsenal al completo para encontrarnos.

Me he entretenido más de la cuenta con el apotecario. Corro entre vendedores que gritan consignas a través de esbeltos megáfonos de latón.

—Las Islas Especiadas lloran. Consiga los mejores retratos de luto de Su Majestad la reina Celeste.

—Bufandas vivientes que cambian de color; de seda, algodón, lana e incluso terciopelo. ¡Solo se venden aquí!

—Consiga su propia réplica de las lápidas mortuorias de la reina Celeste para su sepulcro familiar.

—Globos mensajeros invisibles: indetectables para la mayor privacidad. Seguro garantizado, se devuelven las leas. Tenemos el mejor precio.

Me ajusto la máscara sobre el rostro. El sudor empapa el encaje y el terciopelo.

Tres guardias se cruzan en mi camino.

Los esquivo dando un acusado rodeo hacia la izquierda para meterme en las zonas más sórdidas del mercado, la parte que Rémy nos dijo que evitáramos. Mujeres y hombres grises sujetan carteles para pedir comida, leas y espintrias. Otros con la piel cercana al gris y el pelo emergiendo como paja de sus sombreros se esconden cargando cestos medio rotos y comercian con artículos de mala calidad. Los tenderos y propietarios de los puestos los persiguen para ahuyentarlos de forma que las calles queden vacías para los clientes.

—Abran paso al Cuerpo de Prensa de Orleans —grita alguien—. ¡Los periódicos matutinos han llegado!

Los periodistas zumban por el mercado como las ráfagas de nevisca que han empezado a caer. Arremeten con sus periódicos, la tinta animada esparciéndose para esbozar los titulares, y sus gritos me asaltan los oídos.

—Del *Orleansian Times* —chilla uno—. ¡No se puede salir a partir de las tres horas posteriores a la puesta del sol! ¡Toque de queda imperial ampliado hasta que se encuentren los peligrosos fugitivos!

—El *Centinela de las Islas Especiadas* se pregunta: si los pobres pueden ser bellos, ¿qué sentido tiene? La nueva petición de los cabilderos de belleza para la nueva reina: un aumento de espintrias —vocea otro.

Presiono las manos a ambos lados de mi cabeza y echo a correr a través de la multitud de cuerpos, pero no puedo interceptar sus voces amplificadas.

—El *Tribuno de Trianon* es el primero en informar. Nuevo decreto ley imperial directo del Ministerio de la Ley y Su Majestad: cualquier persona vista con trabajos de belleza que reflejen el aspecto de los criminales será multada y encarcelada.

—El *Inquisidor imperial* se encarga de la lotería más lucrativa de todo el reino —brama uno—. ¡Hagan sus apuestas! Adivinen la fecha en la que atraparán a las belles fugitivas. El bote asciende a veinte mil espintrias para la predicción más acertada. Y un suplemento de cinco mil por el lugar de la captura.

—La *Crónica del Crisantemo* tiene la exclusiva: ¡la boda de la reina Sophia con el hijo más joven del Ministro de los Mares tendrá lugar el primer día cálido del nuevo año!

El sonido de su nombre resuena como un puñetazo en mi pecho.

Me detengo. Choco contra la gente.

—Sal de en medio —se queja uno.

—¡Sigue andando! —dice otro.

—No te quedes ahí parada —vocifera un tercero.

Los recuerdos de Auguste —la astuta sonrisa en sus ojos, el modo en que su pelo demasiado largo escapaba del moño en que se lo recogía, el sabor de sus labios— me inundan los brazos y las piernas y el estómago, y crean un círculo alrededor de mi corazón donde la calidez de todo ello se endurece como un cristal a punto de estallar.

Recuerdo su tacto. Lo oigo susurrar mi nombre. Casi puedo verlo de pie delante de mí entre las masas: hombros arrogantes y echados para atrás, el timbre de su voz lleno de confianza y todo el mundo girándose para escuchar cada una de las palabras que tiene que decir.

Los pensamientos me inundan de rabia.

—Apártate de mi puesto —chilla una comerciante de cardamomo que me sorprende—. No dejas pasar a los clientes.

—Me golpea el hombro con un cucharón de porcelana para las especias y su voz aguda hace que la imagen de Auguste se desvanezca como una vela extinguida.

Me aparto del gentío. Una segunda oleada de periodistas inunda el mercado.

—Tenemos el periódico favorito de Su Majestad: el *Heraldo de Orleans*. Dentro de ocho días llega el primer día de nuestro nuevo año, la reina presentará el cuerpo de su querida hermana, la princesa Charlotte, ante la corte y la gente de Orleans. Ello marcará el inicio de la celebración de su Coronación y Ascensión. La difunta princesa reposará honorada y recordada.

Mi corazón por poco se detiene. Charlotte no está muerta. ¿Qué cuerpo va a presentar? ¿El de una impostora? ¿Cómo falsificará la identificación de tinta que Charlotte tiene en el cuello? ¿Es que Sophia la ha encontrado antes que yo y la ha matado?

No. Me niego a creerlo. Solo se trata de otro de los juegos de Sophia. Aun así, el temor me atenaza. Tenemos que irnos ahora mismo y encontrar a Charlotte antes de que esta mentira se haga realidad.

Me apresuro a bajar la calle donde se encuentra la Posada de Pruzan. Estas noticias burbujean en mi pecho, listas para explotar. Un dirigible pasa por encima de mi cabeza con pancartas de seda que ondean y muestran los retratos de los rostros de mis hermanas junto con el mío y el de Rémy. Centellean y brillan como el rayo atrapado en el pergamino, las velas del cielo crean imágenes brillantes incluso a plena luz del día.

Los soldados cierran todos los callejones.

—¡Abran paso! —gritan.

—¡Han visto a los fugitivos! —chilla alguien.

El estómago se me cae a los pies. Me abro paso entre la multitud y subo corriendo la escalera que, entre crujidos, lleva a la pensión. Otros huéspedes se lanzan a sus habitaciones a medida que el ruido de los soldados se acerca. Salto los escalones de dos en dos hasta el segundo piso y me encierro en nuestra habitación.

—Están por todas partes —susurro mientras me arranco la máscara—. ¡Saben que estamos aquí!

Rémy tira de mí hacia el interior y se coloca un dedo sobre los labios para indicarme que guarde silencio. Se dirige a la ventana y mira a la calle de abajo.

Pasos pesados reverberan por la casa.

—Tenemos que salir de aquí.

Edel se apresura a guardar nuestras cosas en bolsas.

—¿Cómo nos han encontrado? —pregunta Ámbar.

—No lo sé. Tal vez la patrona nos ha denunciado —responde Rémy—. Rápido.

Me ato la faja y meto dentro los dragoncitos de peluche animado medio dormidos. Los gritos retumban por las paredes.

—Ponte las lentes y la máscara, Ámbar —indica Edel.

Me apresuro a ponerme la mía de nuevo; tengo los dedos temblorosos por los nervios.

Rémy me toca el hombro y asiente. Su confianza callada es un bálsamo momentáneo.

Ámbar se coloca las lentes en los ojos.

—No puedo ver nada.

—Parpadea y se pondrán bien —replica Edel.

A Ámbar le cuesta ponerse la máscara, tiene los ojos llorosos y los dedos temblorosos. Las cintas se rasgan porque se las ata demasiado fuerte, pero no hay tiempo para que pueda ayudarla antes de salir al pasillo detrás de Rémy.

—Todos los huéspedes deben ir a la sala común —ordena una voz.

—Saldremos por las cocinas —susurra Rémy—. Calaos las capuchas.

Los huéspedes provocan la confusión y el caos, lo que nos permite escabullirnos por las escaleras de servicio. Mi corazón martillea a cada paso que doy. Los soldados hurgan en todas las habitaciones, tumban camas y abren las puertas de los armarios.

—Si se descubre que alguno de vosotros ha dado refugio a los fugitivos, tendréis que enfrentaros al castigo máximo permitido por los Tribunales de Justicia —vocifera un soldado—. Y eso son quince días en una caja de inanición. El Ministro de Justicia no va a ser indulgente.

Nos metemos en la cocina.

Un soldado sale de la despensa.

—¿Dónde os creéis que vais?

Rémy salta hacia delante y le pega un puñetazo que lo deja en el suelo. Otro soldado aparece en la puerta detrás de nosotras. Cojo la primera sartén de hierro que encuentro y le golpeo en la cabeza. El hombre se desploma encima de una mesa.

—¡Corred! —grita Rémy.

Edel se abre paso la primera por la puerta de atrás.

Yo salgo a trompicones con Rémy a mi lado. Nos agachamos detrás de un carruaje al tiempo que un chillido rompe el aire.

Ámbar.

Instintivamente, me vuelvo hacia ella, hacia mi hermana, hacia mi mejor amiga. Patalea entre los brazos de dos soldados, lucha contra su agarre.

—¡Tenemos a una de ellas! —brama un soldado—. ¡Los otros tienen que estar cerca!

El mundo se detiene a mi alrededor.

Los alaridos de Ámbar perforan el aire; cada uno de ellos me golpea como si fuera una puñalada. Empiezo a dirigirme hacia ella. Rémy me agarra por la cintura.

—Tenemos que irnos. Ya nos han visto. Cuanto más tiempo nos quedemos, más soldados habrá.

—No. —Intento liberarme de sus fuertes brazos—. No podemos.

—Camille, tiene razón. Nos capturarán a todos. Y es a ti a quien más quieren. —Edel me aprieta la barbilla y me obliga a mirarla—. Ahora no podemos ayudarla. Si también nos atrapan a nosotros, se habrá acabado todo. No podremos encontrar a Charlotte. No podremos arreglar todo esto. No podremos hacer nada.

Edel me obliga a avanzar, a ir hacia las oscuras sombras del callejón mientras los guardias arrastran a Ámbar y la hacen desaparecer como un globo mensajero cogido por las cintas.

Nos abrimos paso a través de la red de mercados de Metairie, alejándonos tanto como podemos de la pensión. Mi corazón se llena de pesadumbre. ¿Qué le hará Sophia a Ámbar? ¿La torturará? ¿Cuán terrible será?

—Tenemos que volver a buscarla —le susurro a Edel—. Deberíamos seguirlos y ver adónde la llevan.

—Se ha demorado detrás de nosotros —replica ella—. No entiendo por qué ha tenido que hacerlo.

—¿Qué quieres decir? —pregunto—. Tenía problemas para ponerse la máscara.

Rémy nos manda callar.

—Aquí fuera no. Es demasiado arriesgado. Ya discutiremos más tarde lo que ha pasado.

Me vuelvo hacia él.

—¿Adónde vamos?

—A un lugar donde la gente casi nunca hace preguntas.

Se cala aún más la capucha, se recoloca la máscara alrededor del rostro y se abre paso entre la multitud. Nos adentramos cada vez más y nos dirigimos hacia un extremo de la ciudad, donde los farolillos se oscurecen y pasan de color azul a ciruela. Los adoquines van desapareciendo. Los puestos y las tiendas están situados en ángulos extraños y más bien preocupantes, cada uno de ellos se hunde un poco más en el suelo embarrado. Diversos carteles anuncian bellezascopios que proyectan mujeres y hombres desnudos, productos que aseguran la belleza de otros y tónicos con la promesa de amor, dinero y fama.

—Prismas para la buena fortuna cuando vuelva la estación lluviosa. Atrape un arcoíris, consiga la buena suerte de la mano del dios de la suerte —dice un vendedor.

—Aquí se venden muñecas que cumplen deseos. ¡Las mejores del mercado! —grita otro a través de un megáfono—. Las mejores de todas las Islas Especiadas. Consiga su venganza o haga sus sueños realidad. Mis ganzúas lo abrirán todo, ¡yo mismo he conseguido el metal de las cavernas de la diosa de la muerte!

—¿Quieres saber tu futuro?

Una mujer enmascarada me corta el paso.

Casi choco contra ella. Cuentas de cristal salpican el velo que lleva y su máscara está coronada con una curiosa flor de color rosa. Se lo levanta y susurra:

—Un nuevo año y una nueva luna se acercan. Los hilos de peligro se hacen cada vez más gruesos. Deberías escoger una carta. —Las muestra en abanico y expone sus rostros dibujados a mano.

Me encojo de miedo. Unas telarañas se extienden por ellas. ¿Por qué parece que las arañas me siguen a todas partes esta mañana?

—No, gracias —respondo al tiempo que doy un paso a un lado y me apresuro para seguir el ritmo de Rémy y Edel.

—Hay ira a tu alrededor. Puedo librarte de ella —grita detrás de nosotros—. ¡Vuelve!

«Nadie puede deshacerse de esta nube ardiente».

Rémy se dirige a un establecimiento a caballo entre salón de té, tienda y mansión de piedra caliza. Una puerta diminuta dispone de una ventana en forma de ojo de buey y unos farolillos de alféizar rojos descansan tras dos pares de ventanas como ojos brillantes. El cartel en forma de labios —que reza SALÓN DE TERCIOPELO ROJO— se agita con el viento.

—Esto es... —empiezo a decir.

Rémy se aclara la garganta y evita mi mirada.

—Un lugar donde nadie nos buscará. Y si lo hicieran, los soldados se distraerían con facilidad.

—Qué listo —elogia Edel al tiempo que le da unos golpecitos en el hombro—. Sabía que eras bueno para algo.

Él se pone tenso.

—Esperad aquí.

Se coloca bien la máscara y desaparece escaleras arriba.

Un temblor nervioso me revuelve. Miro a mi alrededor, alerta y llena de adrenalina. Unas mujeres tiran de diferentes carritos que anuncian las tartas de licor más fuertes, las brochetas de carne más sabrosas y la cerveza perfecta para calentar el estómago de cada uno. Hombres y mujeres entran y salen de los edificios que hay a lo largo de la calle; algunos llevan abultadas bolsas de dinero para apostar en los salones de cartas y otros van en busca de amor y compañía. Muchos se reajustan sus máscaras para cubrir maquillajes adornados y mantener sus embellecimientos faciales; la moda de la piel enjoyada es muy popular aquí. Los mendigos grises se abalanzan sobre todos los que pasan y les piden leas y espintrias.

—Tenemos que ir a buscarla —repito.

—No —repite Edel a su vez—. No voy a poner mi vida en peligro por Ámbar.

—¡Es tu hermana!

—Es tu hermana. —Edel se cruza de brazos—. Por lo que sé, ha cambiado.

Unos cuantos periodistas desfilan con sus megáfonos. Sus gritos nos llegan en pesadas oleadas.

—Compre el *Diario orleanés* por las exclusivas primeras imágenes de la construcción de la nueva prisión que está edificando la reina Sophia en medio del Puerto Real —chilla uno.

—Se ha descubierto el poder de la sangre de las belles.

Edel y yo nos quedamos petrificadas y nos miramos a los ojos.

—Científicos reales conceden las primeras entrevistas sobre el avance médico al periódico favorito de la reina: *El Nacional.* —El periodista sacude un carrete—. Miren ahora.

—Desaparecida la guardiana de las belles caída en desgracia, Madame Ana Maria Lange Du Barry. Informe acabado de publicar por el *Orleansian Times.*

Escuchar el nombre de Du Barry desata escalofríos que me recorren entera. Doy un paso adelante para comprar el periódico, pero Edel me coge del brazo y sacude la cabeza. Me quedo ahí de pie a su lado, petrificada, mientras los titulares de los periodistas nos van llegando uno tras otro.

—¿Has oído lo que ha dicho sobre Du Barry?

—Por mí como si la encuentran en el fondo de los Pantanos Rosa. —Edel señala hacia arriba. Diversos dirigibles planean por encima de nosotras con pancartas de seda que muestran nuestros retratos. El de Ámbar ya no está. La recompensa en leas se ha doblado.

Al verlo mi corazón da un salto mortal.

Ha pasado todo tan rápido...

—Deberíamos comprar los periódicos y luego volver a por Ámbar. Sé que tú y ella no estuvisteis nunca muy unidas, pero...

—Vi lo que hizo —espeta Edel.

—¿Qué?

—Circuló un noticiario filtrado después de que muriera Claudine, la dama de honor de Sophia. Vi aquel desafío de arcanas en el que Sophia os hizo participar a vosotras dos después de la cena de fiesta. Las revistas de chismes lo tuvieron hasta que Sophia amenazó con cerrarlas y obligarlas a personarse ante el Ministro de Noticias.

El recuerdo de esa noche me golpea en oleadas:

Claudine con los ojos vacíos.

Claudine con la boca colgando.

Claudine con el cuerpo inerte.

—Vi cómo actuó. No iba a parar. Era la misma Ámbar de siempre. Con esa necesidad perpetua de ganar. Tú intentaste detenerla. Vi el dolor en tu rostro.

El latido de mi corazón se acelera con cada acusación que Edel lanza hacia Ámbar. Soy incapaz de defenderla.

Una vendedora se detiene y nos mira con fijeza.

—¿Quieren una tarta de licor?

Edel se la saca de encima.

53

Nos apartamos un poco de la escalinata del Salón de Terciopelo Rojo.

—Fue culpa de las dos. Debería haberme negado —susurro.

—Ella debería haberos ayudado a las dos a salir de aquel juego, pero Ámbar siempre, siempre, ha tenido que ganar en todo. —Edel aprieta los puños—. La que tenía las mejores notas con Du Barry. La que escogía primero los vestidos y los postres. La que tenía que ir primero en todas las lecciones en grupo que recibíamos. Pensé que solamente era un mal hábito de cuando éramos pequeñas. Su maman la hizo una niña mimada. Pensé que al crecer se habría librado de eso...

—Ella...

—No hay excusas. El resto de nuestras hermanas no se comportan así. Tú no lo haces.

—Sophia la torturó durante su tiempo como favorita. No puedes...

—Ya no confío en ella.

Otro dirigible nos pasa por encima y nos baña en una sombra oscura.

Rémy vuelve a aparecer en lo alto de las escaleras de entrada. Edel sube corriendo hacia él y nos deja a mí y a nuestra conversación atrás.

Subo las escaleras y cruzo la puerta. El espacio me recuerda a las casas de chucherías que construíamos de pequeñas para celebrar el año nuevo y pedir armonía al dios de la tierra. Paredes de papel pintado amarillo y rojo nos abrazan en una sala de estar lujosa en torno a la cual ascienden cinco pisos. Farolillos sonrosados merodean y bañan cada planta con pálidos tonos de luz. Dirigibles perfumados esparcen agua de rosas. Hombres y mujeres muy arreglados y empolvados descansan en sillones de terciopelo y sillas acojinadas.

Seguimos a Rémy hasta un salón que huele a flores deshidratadas y a humo de clavo, luego subimos un tramo de escaleras y recorremos otro salón. Mi cuerpo está tenso, mis nervios se retuercen como un muelle. La discusión mantenida con Edel se repite sin cesar en mi cabeza. Sus palabras —«Ya no confío en ella»— me martillean por dentro como la música discordante de un instrumento mal tocado.

Abre una puerta y nos hace pasar. Farolillos nocturnos flotan a través de un dormitorio agradable. Dos camas individuales están colocadas en paredes opuestas, un sofá de rayas doradas y un sillón a conjunto descansan bajo la ventana solitaria, y unos espejos cuelgan por encima de un modesto tocador.

—Voy a ir a comprar los periódicos más recientes para hacernos una idea de dónde están los guardias —dice Rémy al tiempo que sale de la habitación.

Dejo salir a los dragoncitos de peluche animado de mi bolsillo. Estiran sus alas en miniatura y luego sisean y recorren la habitación de puntillas, olfateando todos los objetos con que se cruzan por el camino. Invoco los nombres que Ámbar les dio: Feuille, al verde; Poivre, al rojo; Or, a la dorada; Eau, al azul, y Fantôme, a la blanca.

Edel los ahuyenta cuando la rodean para reclamarle atención.

—Nos han seguido. Debe de haber sido así —murmura enfadada.

—Creo que es culpa mía —digo encogiéndome de hombros—. He estado saliendo.

—¿Qué? ¿Adónde has estado yendo? —pregunta Edel.

Dejo caer la mano en el bolsillo de mi vestido, los surcos de la botella de cristal que contiene el veneno encuentran mis dedos. Estoy a punto de enseñársela, pero una opresión en el estómago me hace enterrar el secreto.

—No podía soportar estar metida en esa habitación diminuta todo el tiempo. Necesitaba aire..., un poco de espacio para pensar —miento—. Tal vez me siguió alguien.

—Eso es demasiado fácil. —Edel pasa la mano por uno de los cabezales de una cama y luego se sienta—. Te habrían detenido al verte. ¿Para qué seguirte hasta la pensión? ¿Para qué interrogar a todos los huéspedes y llevar a cabo una búsqueda?

El dragoncito de peluche animado verde, Feuille, se acomoda en mi regazo y se enrosca en una bolita diminuta.

—Quizá nos vieron a una de nosotras mientras hacíamos recados, pero no sabían a qué pensión habíamos vuelto.

—¿Alguien como Ámbar? —pregunta Edel con una ceja enarcada.

Suspiro hondo.

—¿Qué crees que ha hecho exactamente?

Edel se pone en pie de golpe.

—¡Mira! Sé que siempre la has querido más de lo que nos quieres al resto de nosotras.

—No es verdad. Todas sois mis hermanas.

Dejo a Feuille en el suelo y corro a sentarme al lado de Edel. La toco y ella se aparta con brusquedad.

—Todas lo notamos. Hana, Valerie, Padma y yo. Siempre fuisteis las dos... —Aprieta los labios—. No puedes verlo. O tal vez no quieres verlo. Pero esconde algo, lo sé.

La puerta se abre de golpe. Rémy vuelve con los brazos llenos de periódicos y el último noticiario.

Edel se levanta y se vuelve hacia Rémy.

—¿Qué dicen los periódicos?

—Buscad el televisor del cuarto —dice Rémy.

Edel echa un vistazo por el escritorio más cercano y saca un televisor polvoriento. Abre el compartimento inferior de la máquina, coge una cerilla suelta y enciende la vela de té que tiene en la base.

Yo tomo uno de los periódicos del montón de Rémy. Poivre intenta mordisquear sus extremos, pero alejo el diario de los colmillos diminutos del animalito de peluche animado, con su boca cálida con la promesa del fuego.

Pienso en Ámbar. Las palabras de Edel me rondan y se me hunden en la piel. Un susurro retumba en mi interior: «¿Qué tiene que ver que Ámbar y yo estemos unidas con que Edel no confíe en Ámbar?».

Un nudo me oprime la garganta, se agranda con el pesar y amenaza ahogarme.

Edel coge la película que le ofrece Rémy y la inserta en el televisor.

—Cerrad las cortinas y apagad los farolillos nocturnos.

Rémy los extingue. Cierro las cortinas. Los dragoncitos de peluche animado chillan y revolotean en protesta por la oscuridad hasta que el noticiario se proyecta en la pared. Aparece una imagen de Sophia. Está sentada en su trono y rodeada por sus animalitos de peluche animado: su monito,

Singe, en el hombro; su elefantita, Zo, en el regazo, y un conejito pequeño en su cetro. Su voz rasgada surge de la diminuta caja de voz del televisor.

—La era de las belles se ha acabado. Orleans ha estado a merced de sus poderes demasiado tiempo. Han sido capaces de dominarnos, pero no lo harán nunca más ahora que yo soy la reina.

Edel empieza a andar.

Mis mejillas se calientan como si las arcanas estuvieran despertando.

—¿Nosotras los hemos dominado? ¡No! Ellos nos rogaban que les ayudáramos. Nos obligaban a trabajar hasta que nos poníamos enfermas. Du Barry es quien ha sacado provecho, ¡no nosotras!

Sophia continúa:

—Recuperaremos el control. Yo regularé todo el sistema de belleza, que satisfará todas nuestras necesidades cuando esté completamente implantado. Aquellos que no cooperen tendrán un destino fatal. La Ley de la Belle Fugitiva se ha aprobado sin un solo voto en contra en mi nuevo gabinete. Voy a atrapar a todas las belles huidas. Vivirán en mi prisión: la Rosa Eterna. Se las criará y entrenará allí, y se las preparará para sus obligaciones para con nuestro gran país. Son peligrosas y agresivas, y necesitan ser vigiladas y controladas por su propio bien. Mis leales súbditos, la recompensa por traerme a Edel Beauregard ha aumentado de ochocientas cincuenta mil leas a un millón de leas.

Edel suelta una exclamación.

—Y cualquiera que me traiga a Camille Beauregard, mi favorita caída en desgracia, la belle que mató a dos de mis

seres más queridos: Lady Claudine, duquesa de Bissay, y...
—su voz se rompe en un dolor fingido—, y mi mejor amiga,
mi hermana, la princesa Charlotte.

—¿Qué? —grito.

Las lágrimas resbalan por sus mejillas mientras una multitud frente a ella da gritos de ovación. Mi pulso es un tambor vibrante, cuenta los momentos de este noticiario como arena que cae en un reloj.

—Sí, se ha confirmado que ella experimentó con el débil cuerpo de mi hermana y detuvo su corazón —afirma Sophia—. Y será castigada. Dos millones de leas para cualquiera que me la traiga. Y si es entregada antes de la exposición de la princesa Charlotte y la coronación, concederé a dicha persona su propio palacete. El favorito de mi madre para veranear: el de la Isla de Minnate. Tenéis siete días. Un número de buen augurio reverenciado por la diosa del amor. —Sophia sonríe y enseña su dentadura perfecta—. Mi queridísima y adorada madre era una reina pasiva. Yo no lo seré.

El noticiario termina. El sonido de su tramo final aleteando corta el silencio de la habitación. Oigo el latido de mi propio corazón martilleando y todos y cada uno de los hondos suspiros que dan Edel y Rémy. Suelto un chillido gutural. Rémy corre hacia mí y me tapa la boca con la mano.

Me zafo de él.

—No.

—La gente puede oír...

—Lo sé. Lo sé.

—Hay más. —Rémy lee uno de los periódicos—: Después de la ceremonia de Coronación y Ascensión, ninguna reina podrá ser destituida ni desafiada de acuerdo con la ley imperial.

Una burbuja de tensión nos engulle. Sus bordes están cargados, listos para asfixiarnos a los tres.

Abre otro periódico, el *Orleansian Times*. Un artículo de doble página muestra una estructura inmensa que flota en medio del Puerto Real.

El titular reza: LA ROSA ETERNA, EL ÚLTIMO INTENTO DE LA REINA SOPHIA, CASI COMPLETADA.

El retrato animado de un edificio circular centellea como un farolillo de araña del tamaño del coliseo de Trianon. La imagen parpadea y lleva a los espectadores a una visita guiada. Nuestra hermana mayor, Ivy, aparece de pie en un balcón enrejado y cerrado que se extiende por toda la circunferencia de la estructura. La mitad de su rostro está cubierto por una máscara; la otra mitad, magullada. Farolillos de alféizar rosa pálido bañan sus mejillas con una luz suave. Sus lágrimas brillan; parece atrapada en la filigrana dorada de un joyero. El retrato cambia y muestra la vista de un jardín de espinos que crece alrededor de una gran torre en el centro, donde Sophia saluda y lanza besos.

—Una jaula para nosotras. Como si fuéramos animales rabiosos —dice Edel.

Mis ojos analizan el artículo:

La construcción de la Rosa Eterna, llamada así afectuosamente por las rosas «eternas» que florecían en los jardines de la diosa de la belleza, ha estado en marcha día y noche, los equipos de constructores han trabajado sin descanso. Situada al borde de la Isla de Chalmette, su fulgor se puede ver desde los tejados de las mansiones de piedra ca-

liza de Trianon. Botes de periodistas descansan en el Puerto Real para anotar todos los movimientos de la construcción y todas las entradas y salidas de los visitantes al lugar. La recién nombrada Ministra de las Belles, Georgiana Fabry, ha afirmado: «Abriremos pronto el edificio. La ciudadanía de Orleans podrá entrar en el mundo de las belles. No más secretos. Estamos inaugurando tradiciones nuevas».

La Rosa, tal y como la han apodado, reemplazará la Maison Rouge como el lugar donde todas las belles serán entrenadas para servir a Orleans. Se ha anunciado que las visitas al edificio empezarán después de la Coronación y Ascensión de la reina Sophia. Las entradas se venderán durante las festividades de buen augurio. La ciudadanía podrá llegar a la estructura mediante transportes de rosa especiales y suntuosos carruajes que se están construyendo.

Aparto el periódico de un manotazo.

—Aquí es adonde van a llevar a Ámbar. Van a torturarla. Tenemos que ayudarla.

—¿Y arriesgarnos a que nos metan a todas en aquella prisión? —espeta Edel—. No, no lo haré.

—Edel...

—Parad de discutir —interviene Rémy—. Y mirad este último periódico.

Es uno que no había visto jamás. Las páginas son negras como la noche y la tinta tan blanca como las nubes. Los artículos y los titulares aparecen y desaparecen en función de dónde toco. El borde contiene telarañas que sujetan preciosas plantas de semillero que se despliegan y germinan en diminutas hojas en forma de lágrima, tallos curvados y pétalos ovalados de colores lavanda, magenta y rosa. Las recuerdo del invernadero de la Maison Rouge.

Flores de araña. Las favoritas de maman.

Toco la parte superior.

—¿Qué es esto?

Edel echa un vistazo por encima de mi hombro.

—*La telaraña*. Un periódico clandestino —responde Rémy—. La publicación que el Ministro de Noticias no regula porque no sabe que existe.

—¿Cómo lo has conseguido?

Edel abre los ojos como platos.

—Circula por esta parte de la ciudad. Admito que jamás había visto o leído ningún número antes. Solo había oído hablar de él. No pensaba que fuera real. El Ministro de Guerra nos enseñó que la gente no se resiste. —Rémy aparta la vela de té del televisor y la sujeta sobre el periódico—. El periodista dijo que debía mantener la luz encima y la tinta se quedaría quieta y clara.

Las letras se alzan en el pergamino negro como una llovizna de leche en un café ardiendo. Los titulares brillan y restallan como látigos.

LA REINA SOPHIA HABLA DE EMPEZAR A CLASIFICAR LOS TRABAJOS DE BELLEZA EN TODO EL REINO Y USAR LA MEDIDA PARA ASIGNAR TIERRAS, TRABAJOS, TÍTULOS Y EL FAVOR DE LA MONARCA

¡NO SE CREA LAS MÓRBIDAS MENTIRAS DE MUERTE! A PESAR DE LOS INFORMES FALSOS DE LOS OFICIALES DE PALACIO, LA PRINCESA CHARLOTTE ESTÁ ESCONDIDA

LA PAREJA DE LA DIFUNTA REINA, LADY PELLETIER, VISTA EN DISTINTOS APOTECARIOS. ¿TAL VEZ BUSCA LA CURA DE LA PRINCESA CHARLOTTE?

DESPUÉS DE LA DESAFORTUNADA CAPTURA DE LA PRIMERA FAVORITA,
AMBROSIA BEAUREGARD, LA GUARDIA DE LA REINA ESTÁ CONFUNDIDA
ACERCA DEL PARADERO DE LAS OTRAS BELLES FUGITIVAS

LAS DAMAS DE HIERRO REÚNEN MÁS NÚMEROS MIENTRAS PLANEAN
ACABAR CON LA LEY TIRÁNICA DE LA REINA SOPHIA

—¿Quiénes son las Damas de Hierro? —pregunto, los nervios me suben por el pecho.

—La resistencia —responde Rémy.

Cada vez que cierro los ojos e intento dormir. Sophia me atrae hacia una pesadilla. Siempre viste un camisón largo y blanco, parece un espíritu que se haya escapado de las cavernas de la diosa de la muerte, y me lleva por un corredor serpenteante cuyo final no se ve. Me va mirando con una sonrisa astuta que revela un atisbo de sus dientes; tiene las pupilas muy dilatadas y sus ojos son dos pozos negros gigantescos.

La oscuridad del sueño se llena de humo y cenizas, el mundo arde a mi alrededor como una rosa en llamas: todos los pétalos se marchitan y adquieren una tonalidad blanca, furiosos porque les hayan arrebatado su color y perfume. Los retratos de sus cortesanos aparecen a lo largo de las paredes, van cambiando y alterándose entre las enfurecidas llamas. El pulso frenético que vive en su interior se ondula como las olas, que rompen a mi encuentro mientras sus risotadas perforan el silencio como un trueno.

De nuevo me despierto empapada.

—¿No puedes dormir? —pregunta Rémy.

Su pesado susurro rebota contra las paredes como una piedra saltarina en las aguas del lago de casa. Se cambia de posición en una silla de respaldo alto que hay al lado de la puerta, enciende un farolillo nocturno pequeño y lo envía a flotar por la habitación. La rica piel morena del chico brilla cuando las cuentas de luz salen a su encuentro.

—¿Tú cómo puedes? —Me siento y me recojo los rizos empapados de sudor en un moño bajo antes de que empiecen a encresparse. A mi lado, Edel se vuelve y suspira dormida.

—Casi no duermo, ya lo sabes —me responde.

Suspiro.

—Cierto.

Miro por la ventana. El cielo parece que esté de luto: las oscuras vetas de azul reflejan las lágrimas y los cortes de heridas púrpuras. Tal vez los cielos estén preocupados por los problemas que tienen lugar aquí abajo.

—¿Qué hora es?

—La estrella nocturna salió hace dos vueltas de reloj. Solo quedan unas pocas hasta el amanecer —replica—. ¿Quieres un poco de té? Tal vez te ayude.

—Sí —respondo.

Salgo de la cama.

Rémy se pone en pie deprisa y se vuelve de espaldas a mí. Tiene los hombros rígidos.

—Avísame de que te estás cambiando la próxima vez.

El camisón de algodón envuelve mi cuerpo.

—Vale, de acuerdo —susurro sonrojándome.

Todavía nos estamos acostumbrando a convivir en espacios pequeños.

Me pongo la capa de viaje.

—Estoy lista.

Abre poco a poco la puerta para que no haga ruido.

Salimos de puntillas al salón. Farolillos nocturnos andrajosos llenos de agujeritos y cubiertos de redes de polvo se esfuerzan por llegar al techo o darnos algo de luz.

—Ahora las cocinas están vacías —informa al tiempo que me lleva escaleras abajo. Unos ronquidos profundos escapan de detrás de unas puertas cercanas y tapan el ruido de nuestras pisadas. Los farolillos de alféizar rojo se han apagado y todas las señoras de la casa se han ido a la cama. Solo hemos pasado aquí unas pocas horas, pero Rémy ha empezado a elaborar un informe detallado de sus movimientos.

Las finas paredes permiten que el viento se abra paso hasta el interior. Sus dedos gélidos y afilados consiguen que un escalofrío recorra todo mi cuerpo.

—¿Tienes frío? —me pregunta.

—Estoy bien.

—Te castañean los dientes.

—¿Es que lo oyes todo?

—Supongo que algo así. Mi maman decía que yo podía oír hasta el ratoncito más pequeño haciendo pis.

—¡Eso es ridículo! —río y luego intento reprimir la risotada.

Su rostro se ha iluminado como aquella vez que lo vi hablando con sus hermanas. El chico suelta una risita profunda, gutural y desde el mismísimo fondo de sus entrañas. Ese sonido vibra por mi piel. Es el tipo de risa que hace que te endereces y prestes atención y desees ser siempre tú quien se ría con él.

Pienso en el largo tiempo que pasé detestándolo y me sonrojo por el remordimiento.

Llegamos a la cocina. Me hace un gesto para que espere y luego entra, echa una ojeada en la oscuridad y reaparece tirando de las cuerdas de un farolillo nocturno.

—¿No hay ninguna criatura esperando para comerme? —pregunto con una sonrisa.

—Parece que todo está bien —responde—. Y me sorprende que te hayas quedado quieta.

—Supongo que he aprendido a escuchar.

—O a confiar en mí.

Rémy abre el camino y suelta el farolillo nocturno para que flote. Un fuego crepita medio apagado en la chimenea. Una estufa de piedra monstruosa se impone en el rincón como el pájaro de los pantanos que echaba fuego de las historias que maman me contaba cuando yo era niña. Tarros de esto y de aquello y chismes en general abarrotan las estanterías. Armaritos de baja calidad contienen utensilios de cristal rotos. Los platos están amontonados en torres que peligran dentro del fregadero. Los restos del guiso descansan en un cazo encima de la larga encimera, atrayendo a todo tipo de bichos que buscan un plato de comida. Los titulares parpadean en un montón de periódicos vespertinos.

—Caminas como si fueras la dueña de la tierra que tienes bajo los pies. —Su risa se desvanece, pero no deja de sonreír—. Igual que mis hermanas. Siempre me daba cuenta cuando una de ellas entraba en casa. Las reconocía por el sonido de sus pasos: Mirabelle, rápidos y ligeros, siempre más emocionados de la cuenta; Adaliz, pesados y exigentes, listos para empezar a dar órdenes, y Odette, saltarines y tímidos, buscando algo en cada rincón —acaba con un suspiro.

—¿Las echas de menos?

—Desesperadamente —responde—. Estoy acostumbrado a estar lejos por misiones o por entrenamiento. Pero esto es...

—Diferente —acabo por él.

Él asiente.

—¿Qué crees que están haciendo?

—Preparándose para celebrar el año nuevo a pesar de estar preocupadas por mí —responde—. Seguramente también estarán leyendo los periódicos y viendo los noticiarios cada día, angustiadas.

—Jamás debería haberte arrastrado conmigo en todo esto —digo—. Lo siento.

—Si no recuerdo mal, yo mismo me metí en esto cuando te ayudé a escapar —sonríe.

—Podrías estar haciendo tantísimas otras cosas ahora mismo...

—¿Como cuáles? —pregunta mientras yo me apoyo contra la encimera de la cocina.

—Llevar a tus hermanas de vacaciones a las montañas de las Islas Áureas durante la estación fría.

—Ya.

—O entrenar por ahí.

—Sí, podría ser.

—Tal vez casarte —digo y, tan pronto como lo suelto, deseo no haber dicho nada. No sé por qué he pensado en ello. O sí lo sé, pero lo sepulto en mi interior, escondiéndolo como el pesado frasco de veneno que llevo en el bolsillo. Una calidez profunda aflora en mis mejillas.

Él se mofa.

—Nunca he tenido mucha suerte cortejando. Mis hermanas dicen que no soy lo bastante encantador.

—Me pregunto por qué será —bromeo al tiempo que pienso durante un brevísimo instante en cómo se comportaría en una relación. ¿Sería siempre igual de protector? ¿Ha querido alguna vez a alguien románticamente? ¿Lo han besado alguna vez?—. Háblame de las Damas de Hierro —pido para ahuyentar esos sentimientos.

—No sé mucho. —Se encoge de hombros—. Cuando me entrenaba en la Isla de Quin, había rumores sobre una de los generales a la que la reina Celeste no había querido ascender a Ministra de Guerra. La mujer desapareció como una araña, de ahí el nombre del periódico, y no se la volvió a ver. Se cree que es la líder de las Damas de Hierro.

¿Nos podrían ayudar? ¿Nos querrían ayudar?

—La mayor parte de todo aquello parecía un cuento de hadas. Una civilización entera de personas viviendo lejos de las ciudades, aprendiendo a sobrevivir con lo gris, conspirando y haciendo planes para cambiar las cosas.

—¿Qué pasaría si fuera cierto?

—Entonces, quizá nos ayudarían. Sin embargo, no me creo nada de lo que leo en los periódicos. —Hace un ademán hacia el montón—. Es demasiado fácil inventar cosas, usar pergamino, tinta y palabras para distorsionar las opiniones.

—¿Confías en alguien? ¿Confías en mí? —pregunto.

La pregunta chisporrotea entre nosotros como el fuego de la chimenea. Cada letra de esa corta y complicada palabra, un ascua.

—¿Por qué quieres saberlo?

—Bueno, una vez me apuñalaste. —Me toco el costado donde su daga me había herido tan solo hacía una semana.

—Por una buena razón. Era parte de mi plan.

—Podrías habérmelo contado.

—¿Y que lo echaras a perder? —replica Rémy—. No. Tú no confiabas en mí por aquel entonces. Apenas te gustaba. No habías tenido oportunidad de ponerme a prueba con ese espejo tuyo.

Presiono una mano contra mi pecho.

—¿Cómo sabes que lo tengo?

—Se supone que debo saber todo lo que tiene que ver contigo.

—No... Ni siquiera sé qué contestar a eso.

Rémy se me acerca.

—Yo no soy él. No tienes que esconderme nada. No te estoy vigilando ni estoy intentando descubrir cosas de ti solo para usarlas para hacerte daño.

La palabra *él* me hiere.

Auguste.

Me enfurezco con solo pensar en su rostro.

—Mi madre dejó el espejo para mí, pero era de Arabella —susurro.

—¿Siempre te muestra la verdad?

—Sí.

Rebusco bajo mi camisón y se lo muestro.

Él pasa la yema de su pulgar por encima de las ranuras; tiene la mano tan cerca de mi pecho que tal vez sienta el latido de mi corazón. El perfume de su piel es diferente del de Auguste, es casi como el de la lluvia de la estación cálida y flores frescas de rosas belle.

—Es precioso. ¿Me enseñarás cómo funciona?

—Pronto.

Lo aparto de su mano y vuelvo a deslizarlo bajo mi camisón. El metal ahora está caliente debido a su contacto.

Me mira con fijeza, pero evito sus ojos. Estira su largo brazo por encima de mi cabeza y de un garfio rescata una tetera blanca regordeta.

—¿Estás entrenado en el arte de hacer té? —pregunto.

—Poner hojas en agua hirviendo. —Enarca una ceja.

Suspiro y pongo los ojos en blanco.

Él frunce el ceño, que se arruga como los bordes marrones de una galleta de melaza.

—Hazte a un lado. —Le golpeo en el hombro.

Él esboza una sonrisa torcida. Yo limpio la tetera, la lleno y la coloco sobre los fogones. Rémy me pasa una ramita de la chimenea y prendo la llama bajo el cuerpo rollizo de la tetera; entonces abro una alacena de tarros de té. Etiquetas gastadas anuncian sus contenidos: menta, manzanilla, almendras, cidronela y rosas belle. Paso un dedo por la última etiqueta sumida en los recuerdos de las numerosas teteras que había preparado en el Salón de Té del Crisantemo y en el palacio hasta que Bree empezó a encargarse de dicho proceso.

Cierro los ojos y veo las delicadas manos de Bree trabajando: su pequeño cuerpo inclinado encima del fuego diminuto de los carritos de tratamiento, achicando hojas secas y haciendo montoncitos diminutos en filtros de té antes de hundirlos en las teteras de porcelana, o envolviendo pétalos de rosas belle extraídos del jardín del invernadero para sumergirlos en agua caliente. Recordarla hace tambalear las paredes que he construido en mi interior y me llena los ojos de lágrimas.

—¿Qué ocurre? —pregunta Rémy.

—Se me ha metido algo en el ojo. —Me vuelvo de espaldas y me enjugo una lágrima antes de derramarla—. No es nada.

—Todo lo que piensas se refleja en tu rostro, Camille. No puedes esconder nada.

Se acerca a los fogones y su sombra se cierne sobre mí.

—Todo va bien.

—Hay algo que te preocupa. Lo veo. —Sus ojos me estudian y mordisquean mi piel, más afilados que agujas—. No paras de morderte el labio inferior, tu ceja izquierda tiembla todo el rato y estás frunciendo el ceño.

Como si Rémy me hubiera visto sin ropa, una oleada de vergüenza me alcanza. La presencia de su cuerpo se me antoja como antes la de Auguste: tentadora y algo peligrosa. Un nudo grueso y ardiente de traición se forma en la boca de mi estómago.

Me entretengo con la tetera. Rémy coloca una mano encima de la mía para dejarla quieta.

El chico busca mi mirada, sus ojos grandes y marrones con una diminuta tizna roja emergiendo en ellos. Sus palabras se hunden en mi piel como agua caliente, y la calidez se abre paso por mis músculos y tejidos hasta llegarme a los huesos.

—He debido de hacer algo. ¿Qué es? Ni siquiera te he regañado por desaparecer esta mañana mientras yo estaba de guardia. Ni siquiera te he preguntado qué hacías a aquellas horas.

—Qué suertuda. —Aparto mi mano de la suya y la dejo caer en el bolsillo de mi camisón donde descansa el diminuto frasco de veneno. No se lo puedo contar todavía. Aunque quiero hacerlo desesperadamente.

—Tenía todo el derecho. Hasta tenía un buen discurso preparado.

—Tengo que repasarte los iris —observo—. Y tengo que quitarte ese mechón del pelo, hace que seas fácilmente reconocible.

Su mano encuentra sus rizos suaves y pequeños y el mechón plateado que hay en el medio y que lo marca como soldado de la Casa de la Guerra.

—Ya me lo has dicho, pero...

—Eres tozudo.

—Es que todavía no estoy preparado para desprenderme de él. Los polvos capilares que me diste lo han estado escondiendo hasta ahora.

—Se nos acabarán pronto. También debería cambiar el color de tu piel.

—Solo si me dices qué pasa.

—¿Correrías el riesgo de volverte gris de nuevo?

La tetera silba y la aparto de la llama.

Rémy coloca dos tacitas desportilladas en la mesa.

—No me da miedo lo gris.

—¿Cómo es eso? —pregunto al tiempo que recuerdo una de las lecciones de Du Barry acerca de los grises: «La locura gana terreno en todas las partes del ser, rabiando por ser libre».

—No lo he vivido desde que era un niño. La gente dice que es doloroso. Como una larga enfermedad. Los sudores, las jaquecas, las náuseas y los pensamientos desatados y rabiosos.

—Veíamos bebés grises, arrugados, enfadados y ardientes por haber escapado de los vientres de sus madres. Sin embargo, solo se quedaban de ese modo durante una vuelta de reloj antes de que el té de rosas belle se mezclara con su leche y experimentaran sus primeras transformaciones. —Remuevo una cucharada de miel en cada una de nuestras tazas—. He visto más gente gris en las Islas Especiadas que nunca antes.

—La Casa de Orleans los destierra continuamente de la isla imperial. Los obliga a dispersarse, cosa que irrita a las otras casas poderosas. Debes estar muy alerta.

Pienso en la mujer gris que me atacó mientras me dirigía a ver a Claiborne.

—No son peores que Sophia —afirmo—. No pueden serlo.

—Te desharás de ella —me dice—. Eso enseñará al mundo cómo resistir a la tiranía.

La imagen del periódico *La telaraña* me viene a la cabeza.

—Du Barry solamente nos enseñó a obedecer.

—Y parece que has aprendido muy bien la lección —me reprende, lo que me arranca una sonrisa a regañadientes.

—Hay muchísimas cosas que no sé.

—Ya las aprenderás.

—Nos han mentido durante toda nuestra vida.

—Y ahora os estáis despertando. Tenéis suerte. Hay gente que nunca lo hace.

Me vuelvo para evitar su mirada. Observo con fijeza la edición vespertina del *Orleansian Times*. Un rostro familiar me guiña un ojo. El Ministro de Moda. Aparece bajo un titular: GUSTAVE DU POLIGNAC, QUERIDO MINISTRO DE MODA, EN LAS ISLAS DE SEDA PREPARÁNDOSE PARA PRESENTAR LOS VESTIDOS ESCOGIDOS POR LA REINA PARA SU CORONACIÓN Y ASCENSIÓN.

Arranco el artículo, lo doblo y me lo guardo en el bolsillo junto con el frasquito de veneno.

—¿Qué haces? —pregunta.

—Nada.

Hace que me gire cogiéndome de la cintura y me toma las manos.

—Sé cuándo mientes.

Nuestros dedos están entrelazados como golosinas de chocolate y caramelo. Rémy no me mira, tiene los ojos clavados en nuestros dedos. La luz del fuego danza por su preciosa piel morena como el fulgor de las luciérnagas coloradas de los pantanos de casa.

Se inclina hacia delante de modo que nuestras frentes se tocan.

—Dímelo.

—Estoy trazando un plan.

—Bien —susurra.

—Encontraremos a Charlotte. Acabaremos con Sophia —le susurro yo.

—Sophia no caerá tan fácilmente y el daño que ha hecho permanecerá...

—Mataré a Sophia si es necesario.

—Arrancar vidas es difícil.

—Ella ya ha arruinado muchas.

—Tal vez sea cierto, pero el acto de...

—¿Qué crees que deberíamos hacer? —replico.

—¿Qué quieres hacer? —pregunta a su vez.

—Quiero encontrar a Charlotte. Quiero que mis hermanas estén bien. Quiero que Sophia no pueda volver a herir a nadie nunca más.

Rémy me aprieta la mano.

—No tienes que matar a nadie para conseguir eso —me dice—. No es tan fácil como crees.

—No creo que nada de esto sea fácil. Y si consideras que lo que quiero hacer no está bien, entonces ¿qué deberíamos hacer? Normalmente tienes muchas opiniones. Muchas órdenes que darme.

—Esta vez no. Tienes que pensarlo tú —replica.

—Haré lo que tenga que hacer —aseguro—. Cueste lo que cueste.

Un golpe hace retumbar la puerta por la mañana. Nos despierta a Edel y a mí de un susto. Rémy nos indica que nos metamos en el armario.

Nos escondemos dentro. Un estremecimiento nace en mis pies y viaja por mis piernas y mi estómago hasta llegar al pecho. No puedo estarme quieta. Un terremoto está estallando en mi interior. Tal vez mi corazón no vuelva a encontrar el latido oportuno.

Edel se apoya contra la pared con las mandíbulas apretadas y los puños cerrados.

—Nos han vuelto a encontrar —murmura—. Puedo sentirlo.

—No lo sabes —respondo.

Sin embargo, sus palabras sofocan el pequeño espacio. Si hay guardias en la puerta, ¿cómo vamos a escaparnos de ellos esta vez? ¿Qué pasa si atrapan o hieren a Rémy? ¿Cómo vamos a poder ayudarlo desde aquí?

Apoyo la oreja en la puerta y entiendo dos palabras: *entrega matutina*.

—Podéis salir —indica Rémy—. No pasa nada.

Todo mi cuerpo se deshincha, se me doblan las rodillas y las preocupaciones se van con el viento. Salimos del armario. Los dragoncitos de peluche animado chillan y estampan sus rostros contra los barrotes de su jaula. Rémy sujeta las cintas de los globos mensajeros blanco perla que arrastra un dragoncito de peluche animado de color ciruela.

—Pensé que eran los periódicos —digo.

—Yo también —replica él.

—¿De quién es? —pregunta Edel—. Nadie sabe que estamos aquí.

Cojo un trozo de cerdo deshidratado de nuestra bolsa de comida y silbo. El dragoncito de peluche animado se lanza hacia mí y aterriza sobre mi hombro. Rémy agarra las cintas y abre la parte trasera del globo mensajero, de la que extrae una botella de perfume vacía y un tarrito de porcelana con unas cuantas sanguijuelas dentro.

Noto como si una piedra helada cayera en mi estómago.

—No hay nota.

—La tapa está grabada.

Edel se inclina encima de mi hombro.

Aguzo la mirada para leer la pequeña inscripción, de tan solo una palabra: *Escuchad.*

Destapo el frasco de perfume. El sonido de la voz de una mujer resuena por la habitación.

—Solamente podréis oír el mensaje una sola vez. Prestad atención.

—¿Qué es esto? —pregunta Edel.

—¡Chist!

Me acerco la botella al oído. Edel y Rémy se me acercan.

Mi corazón tiembla. La identidad de quien habla se cristaliza en mi mente.

Arabella.

Camelia y Edelweiss, esta es Ryra, mi dragoncita de peluche animado. Por favor, cuidadla bien. Escuchad con atención. Vigilad los titulares, aunque todos sabemos que ni siquiera cuentan una fracción de la historia. Con Sophia como reina, no podemos confiar en ellos para publicar la verdad sin adornos; sin embargo, proporcionan algunos indicios para la tormenta que intenta crear. Hay periodistas que se han sometido a la voluntad de la reina y divulgan todo lo que ella quiere que la gente crea.

Sophia ha apresado todas las generaciones de las belles: Ivy y sus hermanas, además de las vuestras —Valerie, Padma, Hana, Ámbar— y las nuevas pequeñitas. Están en el ala más completa de la nueva prisión, la Rosa Eterna. La reina está haciendo crecer nuevas belles aquí en el palacio. Yo debo alimentar con mi sangre doscientas cincuenta vainas, y más que vendrán. Sophia pretende empezar a vender belles al mejor postor tan pronto como estas nuevas sean lo bastante mayores para hacer trabajos de belleza.

Debéis permanecer tan lejos como sea posible hasta que me entere de qué más pretende hacer Sophia. Además, necesito que hagáis lo siguiente: dad de comer a uno de los dragoncitos de peluche animado —a Ryra, si está descansada, o a cualquiera de los vuestros— una de las sanguijuelas que os he enviado; de este modo el dragoncito podrá encontrarme esté yo donde esté y nos podremos enviar mensajes. Mandadme un mensaje de que estáis bien. Id con cuidado.

El recuerdo de la amenaza de Sophia acerca de construir un escenario dorado para las subastas en Trianon o en la Plaza Real se arremolina a mi alrededor como las cadenas de plata y los collares enjoyados que usaba. Los que Madame Claire ataba alrededor de las gargantas y las muñecas de las otras belles del Salón de Té del Crisantemo.

—¿Quién era? —pregunta Edel.

—Arabella —le digo—. Es una belle mayor. Vive en el palacio y nos ayudó a Rémy, Ámbar y a mí a escapar.

—¿Qué quiere decir con hacer crecer? También ha dicho algo sobre vainas. —Seguro que Edel tenía un millón de preguntas acerca de por qué eso era posible—. ¿De qué hablaba?

La imagen de las tinajas transparentes en la guardería del palacio de Sophia y las bebés belle flotando en cunas doradas, alimentadas por la sangre de Arabella, me resulta horrible.

—Las belles son diferentes de los grises —le explico—. Crecemos en... vasijas.

—No lo entiendo. —Edel tiembla de rabia—. Los bebés se desarrollan en los vientres de sus madres.

—Nosotras, no. Las bebés belle son más bien como flores en bulbos. —Las palabras que salen de mi boca parecen llenas y cargadas de mentiras. Inverosímiles, aunque sean la verdad. No es lo que Du Barry nos contó sobre nuestros nacimientos. Ella dijo que la diosa de la belleza nos mandó en una lluvia de estrellas para ser sus enviadas. Pero yo lo he visto con mis propios ojos.

Sacudo la botella, espero y deseo que haya más.

—Tenemos que ir al palacio —dice Edel.

—Arabella nos ha dicho que no lo hagamos.

—¿Y pues? ¿Quién la ha puesto a ella al mando? —insiste Edel—. Tenemos que sacar a nuestras hermanas de la cárcel y acabar con esto.

No se me escapa que ella no tenía ningún interés en esta idea cuando solamente era Ámbar quien había sido capturada.

—Enviémosle un mensaje para decirle que estamos a salvo, tal y como nos pide, y contémosle nuestros planes para encontrar a Charlotte. Si nos basamos en mis mapas, creo que está...

—No podemos seguir a Charlotte y ya está. Podría ser un espíritu ahora mismo, por lo que sabemos. Sophia está organizando una gran revelación de su cuerpo. ¿Qué pasa si está muerta de verdad? ¿Qué pasa si este plan tuyo está condenado?

—¿Qué pasa si no? Arabella sabría si esta es otra de las mentiras de Sophia. Podemos preguntárselo.

—¿Y cuánto va a tardar? ¿Tendremos que pasarnos tres días más aquí sentadas esperando la respuesta? —pregunta Edel—. Mandar mensajes y estudiar los vientos no nos está llevando a ningún sitio. —Alza las manos al cielo—. Nos está suponiendo más tiempo del que tenemos. Cuanto más se acerca la Coronación y Ascensión, menos oportunidades tendremos de desafiar a Sophia. Está acelerando una ceremonia que tendría que durar meses de preparación. La tradición y las normas le van a permitir...

—No podemos irrumpir en el palacio sin más, Edel. Tenemos que tener un plan preciso, cada movimiento del cual debe ser certero y estar calculado. Quiero derrocar a Sophia tanto como tú. Puede que incluso aún más. Quiero recuperar a nuestras hermanas, pero no nos podemos permitir cometer ningún error. —Saco la edición vespertina del periódico para mostrarle a Edel el titular sobre el Ministro de

Moda. Siento el calor de la mirada de Rémy, pero no lo miro—. Tengo una idea. Quiero ir a...

—¡No! —Edel se abre paso a zancadas entre nosotros, muy enfadada. Su vestido, ahora rasgado por el dobladillo, se engancha con las tablas de madera del suelo. Su ira está desatada como una cinta de noticiario que gira sin control—. Mientras vosotros dos jugáis con brújulas y escribís cartas, yo voy a hacer algo al respecto.

Rémy se aclara la garganta.

—Edel, si te limitaras a...

—No me digas qué debo hacer. ¡Vuelve a dedicarte a mirar embobado a Camille y a vigilar a los guardias! —vocifera.

Rémy se estremece.

—Eso es injusto y grosero —digo al tiempo que alargo el brazo hacia ella.

Edel se aparta y va hacia la puerta.

—¡Espera! ¡Edel! —grito—. ¿Qué vas a hacer?

—Desde luego sentarme a esperar un bonito globo mensajero, no.

Sale a grandes zancadas sin volver la vista atrás.

7

Rémy y yo caminamos a través de los puestos abarrotados que hay cerca del salón en busca de alguien que venda globos mensajeros invisibles. Dos de los dragoncitos de peluche animado —Fantôme y Poivre— se retuercen en mi faja, intentan asomar las cabecitas y olisquear el aire. Los aromas de carne asada y sidra especiada se mezclan en esta parte del Barrio del Mercado.

—¿Todavía están inquietos? —pregunta Rémy.

Me levanto un poco la máscara para contestarle:

—Sí. Seguramente es porque he dado de comer a Fantôme la sanguijuela que mandó Arabella. Ella y Poivre parecen muy unidos. Conectados. Lo que le pasa a una le afecta al otro.

—¿Como tú y Ámbar?

Me encojo de hombros y pienso qué le estará pasando a ella ahora. Si está bien. Si está sobreviviendo a la tortura de Sophia. Si me perdonará algún día por no haber ido a rescatarla.

—Tienes la máscara floja —me dice mientras alarga una mano hacia mi coronilla para ajustar las cintas superiores—.

Leí un titular acerca de que pronto las van a prohibir, obligarán a la gente a quitárselas y a mostrar sus marcas de identidad.

Sus dedos me tocan el pelo y siento que se me eriza el cuero cabelludo.

—Entonces debería cambiarte el color de la piel y los rasgos faciales.

Frunce el ceño al tiempo que ata las cintas inferiores.

—Quizás. Pronto. Ya me estoy cansando de la máscara. Da mucho calor.

—Pero tienes que proteger tu maquillaje y asegurarte de que las revistas de cotilleos no te pillan sin cuidar de tu belleza.

Una risita se escapa de los labios de Rémy.

—Además, lamento lo que dijo Edel.

—No es culpa tuya.

—Sí lo es. Nos está haciendo pagar sus frustraciones a ti y a mí. Mi hermana es...

—Complicada.

—Siempre lo ha sido.

Acaba de atarme las cintas y vuelve a colocarse a mi lado.

—Sabes que no me quedo mirándote embobado. Yo no...

—Lo sé. —Las mejillas me arden bajo la máscara. Quiero decirle que yo también lo miro a él. Que me encanta cuando me mira y sus ojos llevan una energía que no comprendo del todo, una que no sé si quiero, una que disfruto—. Vayamos a por esos globos mensajeros y volvamos rápido para que pueda encargarme de ella.

Rémy gira hacia un callejón estrecho.

—¿Qué te preocupa de Arabella?

—Es complicado.

—Entonces dime qué piensas. Quizá pueda ayudarte a resolverlo.

Le lanzo una mirada escéptica.

—De verdad. Es algo que hacía con mi mejor amigo en la academia. Discutíamos nuestros planes cuando el Ministro de Guerra nos planteaba desafíos. A veces me ayudaba a ver modos de avanzar que antes se me habían escapado.

La nieve empieza a caer. Delicados copos blancos coronan los farolillos del mercado con capas diminutas y se acumulan en los alféizares y dentro de las macetas llenas de flores de la estación fría.

—Sin duda era la voz de Arabella, pero necesito saber si lo ha enviado por su cuenta o si es otro de los juegos locos de Sophia. Arabella podría haber estado bajo amenaza, haber sido forzada a decir lo que dijo.

Rémy asiente.

—Lista.

—Pues sí, lo soy —espeto.

—Nadie lo pone en duda. Y yo menos que nadie.

—Edel sí. No está de acuerdo con mis planes.

—Me da la sensación de que no estaría de acuerdo con los planes de nadie.

Se me escapa una risotada.

—¿Dónde crees que ha ido? —pregunta Rémy.

—Esté donde esté, espero que no la encuentren. —La preocupación por perder a otra hermana me cae en el estómago como un ladrillo de piedra caliza.

—No importa qué piense ella. Ni siquiera lo que yo piense. Yo siempre confío en mis instintos, a los soldados se nos entrena así. Y si tú necesitas verificar la información, entonces lo haremos. Sin embargo, los globos mensajeros invisibles no son perfectos y a menudo se pueden interceptar.

Señala una tienda llamada Ombre con un cartel en el escaparate que alardea de tener a la venta los mejores globos mensajeros invisibles.

—Pero es todo lo que tenemos. Con suerte, Fantôme lo entregará sin problemas y nos traerá una respuesta.

La tienda parece casi desierta: solo hay un banco de trabajo abarrotado de redes de cables de globos mensajeros, cintas, pergamino, una serie de estanterías vacías y un único farolillo nocturno zumbando alrededor de una mujer preciosa.

—Aquí no hay nada —le digo a Rémy.

—Ay, no te precipites —responde la mujer levantándose de una silla de respaldo alto. Lleva la mitad de la cabeza rapada, pero, al otro lado, el pelo le cae por encima del hombro como un río de fuego. Su sonrisa se curva de la mejor manera posible, intencionadamente y haciéndola parecer lista, y su piel tiene un suave tono beige, como la miel y el caramelo mezclados con leche caliente.

—Espera aquí —susurra Rémy antes de dejarme en la puerta de la tienda.

Me vuelvo de espaldas a la tienda y finjo observar a la gente delicada que no quiere ser vista en esta parte de la ciudad moviéndose por los estrechos callejones del mercado.

—Entra, no tengas miedo —le dice a Rémy casi ronroneando—. Nuestros globos mensajeros son los mejores. Realmente tenemos la mayor tasa de éxito.

Echo ojeadas a la mujer por encima del hombro. Tiene los ojos llenos de luz y emoción cuando hace entrar a Rémy, sus labios dibujan una sonrisa.

Rémy avanza por la tienda y salta como si lo hubieran tocado.

La propietaria suelta una risita.

—Vigila, los globos mensajeros están por todas partes. Debería haberte avisado, ricura —afirma—. ¿Y bien? ¿Cómo puedo ayudarte? ¿Qué buscas exactamente? Con un poco de ayuda del rey de la suerte en persona, podría ser una esposa.

Los hombros de Rémy se ponen tensos y se aclara la garganta.

—No veo ningún globo mensajero en venta.

—No te oigo demasiado bien, ¿te importaría quitarte la máscara? ¿O es que tu maquillaje ya requiere protección a estas horas?

Mis pensamientos asustados tropiezan unos con otros.

Rémy se levanta un poco la máscara.

—Estoy enfermo y es contagioso.

La mujer retrocede.

—Ah.

Una sonrisa se apodera de una comisura de mis labios.

—¿Dónde están los globos mensajeros en venta? Ya que dice que tiene los mejores... —pregunta Rémy.

—Los has notado cuando has entrado. Deja que te los muestre.

Desengancha una cola de cintas de su farolillo nocturno, la arrastra y cierra los cortinajes de la tienda.

Yo misma abro las cortinas de un tirón.

La mujer me mira de hito en hito.

—¿Puedo ayudarte?

—Está conmigo —deja escapar Rémy.

—Bueno, pues entonces entra, me estás destrozando la demostración.

Sus ojos me repasan de arriba abajo, miden cada centímetro de mi cuerpo, me analizan para decidir si yo podría ser hermosa bajo mi voluminoso vestido de invierno y la máscara y la capa. He visto a damas de la corte hacer eso antes.

Al parecer nada impresionada, la mujer se vuelve de nuevo hacia Rémy.

—Observa.

Al tiempo que el farolillo nocturno rodea a la mujer, revela los contornos de docenas de globos mensajeros.

Suelto una exclamación.

Rémy intenta coger uno, pero desaparece de nuevo.

—¿Impresionado? —pregunta.

Rémy resuella.

—¿Cuánto cuesta?

—Por vuestro aspecto, diría que tenéis leas que gastar, pero tal vez si me dejas ver tu rostro o me regalas un beso, te haré un descuento —ofrece acercándose a él.

Una sensación extraña aflora en mi interior. Cierro los puños y los pies me cosquillean para que me interponga entre ellos dos. «¿Piensa Rémy que es hermosa? ¿Le gusta el aspecto que esta mujer ha escogido para sí? ¿Es así como las personas interactúan entre ellas fuera de la corte?».

Esas preguntas me arañan la piel. La mujer le guiña un ojo y él sonríe.

—¿Habéis terminado? —intervengo y los labios de Rémy vuelven a esbozar su expresión habitual.

Los ojos de la mujer están clavados en Rémy.

—Acabamos de empezar a negociar. Y parece que es un chico rico.

—Las apariencias engañan —replica él.

—Ay, sí, en este mundo. —Chasquea la lengua—. Cuarenta y dos leas por uno.

—Te daré setenta y cinco por dos —responde él.

La mujer enarca las cejas sorprendida y se pasa la lengua por los labios.

—Eres muy listo —dice al tiempo que acaricia la solapa de la chaqueta de Rémy con una uña pintada.

El chico da un paso atrás.

—Las lisonjas no te llevarán a ningún lugar conmigo. Setenta y siete —añade—. Oferta final.

—Las ofertas nunca son finales, a no ser que estés muerto —bromea la mujer.

Rémy rebusca entre las leas que lleva en el bolsillo, luego me mira y ve mi mueca. Nuestros ojos se encuentran. Me vuelvo y finjo mirar la calle abarrotada.

—Setenta y ocho —oigo que dice Rémy.

—Si compras cinco, te los daré por ciento noventa.

—Te doy trescientas cincuenta por diez.

—Hecho. Y solo porque tengo la sensación de que puede que seas muy atractivo bajo esa máscara y siento debilidad por los hombres guapos —replica ella—. ¿Has comprado uno alguna vez?

—No —responde Rémy.

—Deja que te enseñe cómo funcionan. Si no sigues las

instrucciones, corres el riesgo de que tus mensajes sean interceptados, de modo que presta atención.

Rémy avanza un paso, vacilante. Ella juega con las pestañas de sus grandes ojos verdes.

—El secreto de un globo mensajero invisible es el pergamino reactivo. Enciende una vela y espera a que el pergamino despierte. Podrás ver los extremos durante treinta latidos, lo bastante para que pases los dedos por sus curvas. —La mujer pasa la mano por la de Rémy. El chico se queda quieto—. Pareces ser bueno con las manos, de modo que no debería haber ningún problema.

Hago un ruido y Rémy se estremece.

—Para poner la nota en la parte de atrás, abre este compartimento. ¿Lo ves aquí? —La mujer se le acerca todavía más y juraría que lo olisquea.

El estómago me da un vuelco, siento en mi interior una revolución de emociones.

—Sabemos cómo encender un globo mensajero —gruño lo bastante fuerte para que me oigan.

La mujer se detiene un instante y su pesada mirada se posa sobre mí.

—Entonces, ricura, enciende esta vela de carbón. El aceite especial le permite arder lentamente y dar suficiente aire y energía al globo mensajero para llegar a su destino, pero sin el fulgor de una vela de globo mensajero normal. Añade un par si va a ir más allá de la isla imperial. —Le entrega el paquete, pero no lo suelta cuando él lo coge—. Ha sido delicioso hablar contigo, a pesar de tu guardiana de ahí abajo —dice al tiempo que hace un ademán hacia mí—. Rara vez tengo clientes tan interesantes.

—Gracias —responde Rémy apartando el paquete de sus manos.

—No, gracias a ti —ríe—. No pretendo ser indiscreta, pero ¿estás casado? Necesito un marido.

—Sí —espeto. Un calor afilado me sube por el pecho y siento cómo el corazón me late contra las costillas—. ¿Por qué si no crees que estoy aquí?

Rémy me mira sorprendido. Y no lo culpo. Hasta yo estoy asombrada por lo que acabo de decir. Sin embargo, entonces Rémy me abre la puerta airosamente.

—Vamos, señora Chevalier.

—¿Señora Chevalier? —tartamudeo, mis palabras son un embrollo.

—Es tradición que uno de nosotros tome el apellido del otro. Supongo que yo podría ser el señor Beauregard, pero todo el mundo te busca, de modo que seguramente mi nombre sería mejor.

Me río.

—A ti también te buscan.

Nos reímos los dos y luego nos callamos.

—¿Estás disgustada? —me pregunta, y puedo notar que sonríe bajo la máscara.

—Esto... no, esa no es la palabra adecuada. Estoy...

—¿Celosa?

Me echo a reír.

—No —miento—. Era extraña.

—Era coqueta.

Entonces suelto la siguiente pregunta:

—¿Te ha gustado?

—¿Qué quieres decir? Su personalidad era...

91

—No, ¿crees que era hermosa? ¿Habrías aceptado su proposición? Ha dicho que necesitaba un marido.

—Los soldados no se casan. Juramos un voto: proteger el reino.

—¿Y ya está?

—Y a la reina y el país por encima de todo.

No sé qué estoy preguntando exactamente. No sé cómo formular la pregunta ni cómo extraerla de las profundidades de mi corazón y darle vida. El silencio entre nosotros parece ruidoso en comparación con el bullicio del Barrio del Mercado.

—Todavía soy un soldado aunque esté aquí contigo —añade.

Los farolillos nocturnos se encienden mientras el sol se pone detrás de nosotros. Dirigibles informativos empiezan a llenar el cielo, sus serigrafías y sus linternas voladoras esparcen el primero de los titulares de la noche.

Giramos a la derecha y Rémy se detiene. Choco contra él.

Me acerca a la fachada de un edificio cercano. Respiro hondo. Mi corazón tiembla. Su labio inferior me acaricia la frente. Me mira. Una energía nos inmoviliza.

¿Va a besarme? ¿Cómo será?

Esas preguntas me hierven en el estómago. Su mirada cae sobre mis labios. Me inclino hacia delante para reducir el espacio que nos separa. Dejo que el deseo y la curiosidad se escapen del lugar donde los había escondido dentro de mí. Lo admito interiormente: «Quiero que me bese».

—No te muevas.

Sus palabras me arañan la piel.

El ruido de botas pesadas retumba detrás de nosotros.

Echo una ojeada por encima de mi hombro. Los guardias suben las escaleras del Salón de Terciopelo Rojo.

El pánico y la preocupación me debilitan las piernas. Casi me caigo hacia delante. Las manos de Rémy me agarran con más fuerza por la cintura.

—Edel —digo.

8

Nos quedamos de pie en el callejón y observamos el Salón de Terciopelo Rojo hasta que nuestras uñas se vuelven azules y los dragoncitos de peluche animado que llevo en la faja ya no pueden mantenerme caliente. Detrás de mí, Rémy tiene el cuerpo rígido.

—¿Y si vamos al salón de cartas del otro lado de la calle? Podemos echar un vistazo por si vemos a Edel —propongo.

—Deberíamos ir a otra parte de la ciudad para estar seguros. —Los ojos de Rémy escrutan a todas las personas que pasan por la calle.

—No podemos. ¿Y si han atrapado a Edel?

—Lo sabríamos. Todavía no he visto movimientos de entrada ni salida del salón.

Me siento como si hubiera caído por unos cuantos tramos de escalera: me falta el aire, la cabeza me rueda como la cinta de una película y las piernas me tiemblan y amenazan con hundirse bajo mi peso.

—No puedo perder a otra hermana.

—No lo harás. —Alarga una mano para tomar la mía en-

tre las suyas e intentar mantenerla caliente—. Estás helada.
—Sus ojos marrones repasan mi rostro—. Tienes la nariz
roja como una cereza.

—¿Cómo puede ser que tú no tengas frío?

Meto la otra mano entre las suyas. El chico las atrae a sus
labios y sopla aire caliente encima de ellas; el calor se abre
paso a través de mis guantes de lana y esa sensación manda
una oleada que me cosquillea incluso las extremidades. La
energía de antes ha vuelto, el deseo brota una vez más.

—El Ministro de Guerra nos entrena en los lugares
más inhóspitos para que nuestros cuerpos se puedan
adaptar a cualquier circunstancia. —Se vuelve hacia la calle—. Supongo que podríamos esperar dentro durante
un rato. Es verdad que disponen de cuartos de juego privados, pero tendríamos que gastar un dinero que no tenemos.

—Debemos hacerlo.

Le pongo la bolsa de leas en la mano.

Rémy se envuelve el cuello con la bufanda, se baja la máscara y ajusta la mía para que me cubra más el rostro.

—Todo el mundo está sujeto a inspección —grita una
guardia al tiempo que hostiga a tanta gente como puede.

Sin embargo, Rémy y yo nos metemos rápidamente en
la Reina de Picas. Farolillos hogareños granates se mueven
a la deriva por encima de tapetes afelpados rodeados de sillas de respaldo alto. Hombres y mujeres lanzan fichas de
porcelana, cogen cartas o hacen apuestas. Las risas y la
emoción inundan el lugar. Los trabajadores del salón empujan carritos a través del laberinto que conforman las mesas de juego.

—Espera aquí —me dice Rémy antes de ir a hablar con un hombre que hay en un escritorio cercano. Luego vuelve con una llave maestra—. Una habitación para unas cuantas horas y con vistas a la calle.

—¿Cómo lo has conseguido? —pregunto.

—Le he dicho que somos recién casados —contesta.

Yo lucho contra la sonrisa que estalla en mis labios.

—Bueno, ¡has sido tú quien me ha puesto la idea en la cabeza! —añade.

Subimos escaleras arriba y cruzamos un largo pasillo que forma un balcón que da a la sala principal. Hay unas cuantas plantas en tiestos que descansan a lo largo de la barandilla; me agacho y echo una ojeada entre ellas para asegurarme de que nadie nos sigue. Rayos sesgados de la luz del farolillo danzan por el suelo.

Rémy abre la puerta. Unas grandes ventanas cuadradas dan a la calle. Una cama con dosel se traga la mayor parte de la habitación. A sus pies descansan un par de butacas a conjunto y una mesa de cartas con un tapete rojo.

El chico observa los movimientos que hay en la calle, luego corre la cortina y ata un farolillo nocturno a un gancho cercano.

—Tenemos que dejar las Islas Especiadas esta noche. Soy bueno escondiéndome, pero parecen anticipar cada movimiento que trazo.

—Vamos a las Islas de Seda —declaro.

Rémy se vuelve para mirarme.

—¿Ahí es donde piensas que está Charlotte?

—No. —Me pongo la mano en el bolsillo, agarro el frasquito de veneno para reconfortarme y saco un trozo de periódico arrugado—. Tenemos que verlo. —Lo despliego para mostrar el rostro del Ministro de Moda—. Para encontrar a Charlotte necesitamos dinero. Gustave nos ayudará.

—¿Puedes confiar en él?

—Sí. —El consuelo de esa verdad me trae recuerdos de Gustave ayudándome como favorita: las bromitas, los consejos que me dio, las advertencias secretas acerca de Sophia... Tengo que creer que él estará de nuestro lado. Él sabe quién es realmente la reina—. Primero tenemos que enviar una carta a Arabella. Debo de asegurarme de que Sophia no la obligó a enviar ese mensaje y, una vez que esté convencida de ello, le contaré nuestro plan de encontrar a Charlotte. Quizá sepa en qué dirección zarpó la princesa la noche que escapamos.

Saco a Fantôme y a Poivre de mi faja. Vuelan por la habitación; sus escamas centellean como nieve y fuego bajo la luz tenue.

Garabateo en el pergamino:

Arabella,

 Dos cosas:

 ¿Qué llevo que es tuyo?

 ¿Cómo nos ha encontrado tu dragoncita de peluche animado? No estamos en el lugar donde nos dijiste que fuéramos.

 Te quiere,

         Camille

—Fantôme —llamo.

La dragoncita diminuta vuela hacia mí.

—Buena chica.

—El entrenamiento ha funcionado —comenta Rémy—. Ni siquiera ha necesitado un incentivo para venir. Eso es una buena señal.

—Está lista.

«Debe estarlo».

—¿Tienes el cuchillo? —Cojo a Fantôme en brazos y me siento en el borde de la cama.

—Siempre lo llevo conmigo. ¿Por qué?

—No tengo las sanguijuelas, de modo que necesito sangre.

Rémy frunce el ceño.

—Tal vez deberíamos esperar hasta que...

—No. —Enrollo el pergamino—. El cartero aéreo nocturno dejará el cielo para cumplir el toque de queda, de modo que esta es mi oportunidad de enviarla sin que la detecten. El cielo estará vacío.

—Tal vez ese sea el mayor peligro. Tal vez deberíamos esperar a enviarla cuando haya demasiadas cosas que vigilar. En un cielo lleno de pájaros es más difícil encontrar a uno en concreto.

—No tenemos otra opción.

Rémy se aparta de la ventana y se acerca a la cama donde estoy sentada. Su cuerpo irradia energía como una estrella dentro de un tarro.

La pregunta vuelve a deslizarse entre los dos, su energía susurra y crepita como el fuego de la chimenea de la habitación.

—Hazme un corte en el pulgar —ordeno.

El chico saca el acero de su bolsillo, cuya vaina es blanca como la porcelana.

—¿Crees que...?

Le cubro la boca con mi mano. El aleteo provocado por la suavidad de sus labios recorre mi cuerpo.

—Hazlo.

Asiente.

Aparto la mano y giro la palma hacia arriba. Fantôme está encaramada sobre mi rodilla, expectante.

A Rémy le tiemblan las manos.

Frunzo los labios para intentar enmascarar una sonrisa.

—¿Estás nervioso?

Gruñe una respuesta y acto seguido presiona la hoja contra la yema de mi pulgar. Me muerdo el labio inferior cuando el acero plateado rasga la carne y la sangre sale a su encuentro; su punzada y su aguijonazo se precipitan cuando un reguero rojo gotea por mi mano.

—He cortado demasiado.

Rémy me agarra la muñeca con el ceño fruncido.

—Me curaré rápido. Lo prometo —digo tras una mueca—. Acércate, Fantôme.

La dragoncita de peluche animado salta por los pliegues de mi vestido y luego se inclina para olisquear la herida con su hocico ardiente.

—Vamos —la insto.

El animal lame la sangre de mi mano hasta que el corte se cierra solo: mis proteínas de arcana me suturan sin demora.

—¿Y estás segura de que irá hasta Arabella? —pregunta Rémy.

—Son instintivos. Encontrarán a la persona cuya sangre hayan ingerido en primer lugar y luego volverá a mí una vez que lo haya logrado. Antes le he dado una de las sanguijuelas de Arabella para que se la comiera.

—¿Y confías en eso? —Sus ojos albergan dudas.

—Debo hacerlo. Debo confiar en ella.

Rémy pasa sus dedos morenos por las escamas de la dragoncita, que lo acaricia con el hocico y le lame la mano.

—¿Puedes preparar el globo mensajero invisible, ya que esa mujer te dio instrucciones tan específicas?

Aparto la mirada de sus ojos penetrantes.

Se pone de pie y desenvuelve el paquete encima de la mesilla auxiliar.

—Nos las dio a los dos —replica mientras está de espaldas.

—Ella solo quería hablar contigo. Le gustabas.

Se le tensan los hombros.

Me muerdo el labio inferior y lamento al instante haber dicho eso cuando el silencio se espesa a nuestro alrededor.

—A mí no me gustaba —responde.

Eso hace que me pregunte si yo podría gustarle.

—¿Estás preparada? —Se vuelve de nuevo.

Le paso la carta. Rémy desliza la vela de carbón hasta el interior del globo mensajero. Llamea un instante al llenarse de aire, flota como una nube diminuta y luego desaparece.

Hago un ademán con la mano y rozo su forma invisible, luego paso un dedo hasta la base para encontrar sus cintas translúcidas. Una vez que he agarrado el globo, cojo el farolillo nocturno del gancho de la pared y se lo paso a Rémy, quien lo sujeta por encima de Fantôme y de mí de modo que yo pueda ver dónde atar las cintas alrededor del cuello de la dragoncita.

Rémy abre la ventana.

Coloco a la dragoncita en la barandilla de hierro.

—Pequeña Fantôme, ve directa a Arabella y luego ven a buscarme a las Islas de Seda. —Le beso el hocico y la suelto de su percha—. Ve con cuidado.

Mi corazón se estremece cuando la veo desaparecer entre las gruesas nubes de nieve.

9

La calle en la que se encuentra la Reina de Picas se va vaciando a medida que se acerca el inicio del toque de queda por todo el reino. Durante toda la tarde hemos estado vigilando desde la ventana el posible regreso de Edel. Los guardias se dispersan en todas direcciones, sus capas brillan bajo los farolillos nocturnos como caparazones de escarabajo. La risa en las salas de juegos crece y se abre paso a través de las finas paredes de nuestra habitación.

Rémy corre las cortinas.

—Ahora ya podemos volver, ver cómo están Edel y los dragones y prepararnos para ir a las Islas de Seda. Luego iré a los muelles a ver si todavía zarpa algún barco en plena noche. Mucha gente ya ha comenzado a viajar hacia la isla imperial para la Coronación y Ascensión. Han permitido que cierto número de barcos zarpe a pesar del toque de queda.

Asiento y meto a Poivre en mi faja a pesar de sus protestas, luego guardo los globos mensajeros invisibles que nos quedan. Nos lanzamos a la calle en dirección al salón. El edificio es un caos de muebles patas arriba, tazas de té desportilladas y farolillos destrozados. Manchas de barro cruzan las mullidas alfombras. Las mujeres lloran al tiempo que limpian en un intento de volver a ponerlo todo en su sitio.

Rémy y yo tratamos de mantener la calma mientras nos dirigimos al piso de arriba.

Abro la puerta lentamente. El corazón me martillea. Aguanto la respiración y pongo el cuerpo en tensión, preparándome para lo peor.

—Edel... —llamo en un susurro.

Está de rodillas y levanta las colchas de la cama.

Me lanzo hacia ella y la abrazo con tanta fuerza como puedo.

—Está bien..., está bien... —se queja.

—¿Qué ha pasado? —pregunto.

—Te lo diré cuando dejes de asfixiarme. Pero primero ayúdame a sacar a los cuatro dragoncitos de debajo de la cama.

Me agacho y veo dónde están enroscados el resto de los dragoncitos de peluche animado, que tiemblan de miedo. Saco a Poivre de mi faja.

—Salid de aquí debajo —digo—. Todo va bien.

Parpadean y avanzan revoloteando, estirando las alas. Edel suspira exhausta y se deja caer en la silla más cercana.

—Explícamelo —le pido.

—Usé un glamur para ahuyentar a los guardias —responde Edel.

—¿Un glamur? —repite Rémy confundido.

Edel esboza una risita como la de un gato que acaba de pescar un pez. Su pelo cambia de rubio pálido a color cereza, los mechones lisos se retuercen unos con otros en una tormenta al tiempo que se convierten en un embrollo de rizos apretados.

Rémy retrocede trastabillando y tumba una silla.

—¿Cómo...? ¿Qué...? —tartamudea.

Edel hace una reverencia y su pelo vuelve a su color y textura anteriores.

Rémy se vuelve hacia mí.

—¿Tú puedes hacerlo?

—Apenas —respondo.

—¿Es peligroso? —pregunta Rémy.

—No he tenido problemas hasta ahora —responde Edel.

—Eso no significa que no pueda haberlos —observa el chico.

Edel se lo mira de hito en hito.

—¿Adónde has ido antes? —pregunto.

—He ido al Salón de Té Especiado.

—¿Qué? ¿Por qué lo has hecho? —casi le chillo, mi rabia se desliza en cada sílaba.

—Todos los salones de té están cerrados.

Rémy avanza a grandes pasos hacia la mesa y muestra uno de los periódicos de la tarde. Los titulares de *El Nacional* y *El Mundo Orleans* se recomponen en cuanto los agita.

EL SALÓN DE TÉ DE LAS ISLAS ESPECIADAS

CIERRA HASTA PRÓXIMO AVISO

BONOS DE VIAJE HACIA LA ISLA IMPERIAL

PARA MANTENIMIENTO DE BELLEZA:

RECOJA EL SUYO. DISPONIBLE PARA TODOS

LOS RESIDENTES DE METAIRIE

—Sí, Rémy, muchas gracias por recordar lo evidente como siempre.

Edel se arrebuja en su capa de viaje al tiempo que se la echa encima de los hombros.

—Edel, darán por hecho que intentaremos ir a los salones de té para encontrar a nuestras hermanas —le digo intentando mantener la voz baja—. ¡Era lo más peligroso que podías haber hecho!

Los ojos de Edel centellean.

—Tú quieres encontrar a Charlotte, ¿verdad? Y yo quiero ir al palacio. Moverse de un lugar a otro requiere dinero. Ámbar derrochó gran parte del que teníamos. Pensé que si investigaba en el salón de té, podríamos colarnos y robar algunos productos belle para venderlos. La gente está desesperada por esconder lo gris hasta que los salones de té vuelvan a abrir. Esos artículos nos proporcionarían muchas leas.

Miro a Edel parpadeando, sorprendida. En realidad no es un mal plan. Si tenemos que ir a ver al Ministro de Moda, tendremos que pagar pasajes en el barco nocturno hacia las Islas de Seda, de forma que gastaremos lo que nos queda, y yo no podría soportar vender a uno de los dragoncitos de peluche animado, ni siquiera a Ryra, de Arabella, que se ha unido a la manada.

—Además, necesitamos más sanguijuelas para aguantar los glamures. Las nuestras se han debilitado de tanto usarlas.

—En realidad, yo...

—No voy a discutir contigo sobre este tema —interrumpe Edel—. Es una buena idea.

—Si me hubieras dejado acabar, iba a decir que estoy de acuerdo contigo. Necesitamos dinero para comida y, además, para comprar los billetes hacia la Bahía de Seda.

—¿Por qué vamos a ir allí?

Le paso la foto arrugada del Ministro de Moda. El titular ya no está animado, la tinta ha quedado atrapada en las arrugas.

—Vamos a ir a verlo y a pedirle ayuda.

—Ay, no...

—Sí. Él nos ayudará. Sé que lo hará. Y es uno de los hombres mejor relacionados de Orleans. Él debe de tener alguna idea acerca de dónde podría estar Charlotte. Podemos confiar en él.

—No podemos confiar en nadie.

Vuelve a ponerme la bola de papel en la mano.

—Fue bueno conmigo mientras estaba en el palacio —le digo—. Me advirtió acerca de Sophia.

—Nadie de su gabinete es nuestro amigo.

—Tenemos que intentarlo.

Hago ademán de quitarme la bufanda y la chaqueta.

—No —me interrumpe Edel—. Ahora vamos a salir.

—No deberíamos arriesgarnos —añade Rémy—. Aquí hay más guardias de los que esperaba. Jamás hubiera pensado que serían capaces de desplegar a tantos y tan rápido.

—De hecho, será mejor que cojas otra bufanda, presiento que va a seguir nevando —me dice ignorando la advertencia de Rémy.

El chico la mira exasperado.

—¿Crees que no será sospechoso que las dos vayáis por ahí casi a la hora del toque de queda? ¿Crees que no os verán? ¿Crees que no están vigilando todos los salones de té? Es posible que alguien te haya visto antes y hayan mandado un pelotón al completo para esperar que vuelvas. Es un movimiento imprudente.

—¿Es que no has visto mi truco? Podemos tener el aspecto que queramos —replica Edel—. ¿Vienes? ¿O prefieres ir a buscar nuestros pasajes para uno de los barcos nocturnos mientras nosotras vamos al salón de té?

Rémy suspira y se vuelve hacia la puerta.

—¿Lista? —me pregunta mi hermana.

—Tengo que practicar más los glamures, Edel. Solo lo he hecho una vez —le digo—. Me limitaré a llevar la máscara.

—Aprendes muy rápido, querida. Siempre lo has hecho. —Me da otro golpecito en el hombro y sonríe—. Máscaras puestas, capuchas caladas y bufandas bien anudadas para taparnos los mentones. En cuanto nos acerquemos al salón de té, cambiaremos. No quiero desperdiciar ni una gota de energía mientras vayamos hacia allí. Todavía me estoy recuperando.

Es la primera en salir de la habitación. Mi mente es un torbellino inesperado de preocupaciones a cada paso que damos. ¿Y si no puedo aguantar la transformación? ¿Qué haremos si nos cogen? El frasco de veneno me golpea la pierna como un péndulo oscilante mientras bajamos las escaleras corriendo. Tal vez mate mis arcanas, tal vez me mate a mí, pero, sea como sea, jamás volveré a cumplir las órdenes de Sophia. La realidad es un pequeño y terrorífico consuelo.

Las mujeres comparten los alimentos en las largas mesas de la cocina. Encorvadas sobre boles de comida y enzarzadas en conversaciones acaloradas, nadie se da cuenta de que nos escabullimos por la puerta trasera hacia la nieve que cae. La calle está completamente vacía, a excepción de los primeros vendedores de la noche, que venden vino caliente y contundentes guisos antes de que el toque de queda comience.

—Se acerca el año nuevo. Endúlcelo, pero asegúrese de construir su propia casa de caramelo.

—¡El mejor guiso! Encuéntrelo aquí.

Edel da acusados rodeos por el Barrio del Mercado de Metairie. Los farolillos comerciales ciruela pasan a azul oscuro y luego se aclaran hasta el rosa pálido a medida que nos acercamos al aristócrata Barrio de la Rosa. Me recuerda a Trianon. Du Barry nos enseñó que todas las ciudades de Orleans se organizan de una forma similar para recibir las bendiciones del dios de la tierra, que aprecia el orden, la simetría y el número cuatro divino.

Amenazadores dirigibles informativos flotan por encima de nosotras, sus pancartas nos bañan de luz. Los barrenderos quitan la nieve fresca con largas escobas y pulen los adoquines para que reluzcan como perlas bajo la luz. Los carruajes dejan a sus pasajeros en las preciosas mansiones que rodean una plaza bordeada por la Bahía de Croix. Barcazas del transporte fluvial ornamentadas descansan en los embarcaderos de las casas. Los botes de los periodistas se agitan en los canales vacíos, mientras ellos organizan con frenesí los globos mensajeros de historias azul marino y los globos mensajeros de cotilleos negros para enviarlos para las ediciones vespertinas o intentan conseguir con sus cajas de luz retratos de gente de la corte bien vestida yendo a sus casas.

El salón de té de las Islas Especiadas se alza como un huevo de cristal por encima del barrio. El viento empuja los farolillos hogareños pardos y rojos por encima de la puerta engalanada con el símbolo de las belles. Farolillos de alféizar de bronce descansan en las oscuras ventanas. Edificios regios flanquean sus costados como un nido enjoyado hecho de perlas, mármol y oro. Los rieles de un funicular envían carruajes dorados vacíos hacia una plataforma de entrada.

—Es imposible que lleguemos hasta allí arriba —aseguro—. La estación está cerrada.

Edel señala hacia un callejón estrecho.

—Usaremos la puerta de servicio: por las escaleras. Las he encontrado antes.

Rémy echa un vistazo a nuestro alrededor.

—Cuanta menos gente haya en la calle, más probable será que nos vean.

—Puesto que no nos has dejado cambiar tu aspecto, a ti sí te verían —espeta Edel—. Así que quizá tú deberías quedarte aquí abajo y esperarnos.

—Ni hablar —responde Rémy—. A mí me han entrenado para pasar desapercibido, pero a vosotras dos, no.

—No nos pasará nada —afirma Edel y luego se vuelve hacia mí—. Es hora de cambiar.

Me tiemblan las manos. Las advertencias que hemos recibido toda nuestra vida acerca de nuestros dones y cómo se supone que debemos usarlos se amontonan en una montaña que se posa sobre mi pecho.

Eso está mal.

Eso es peligroso.

Eso va a tener consecuencias.

—No sé si puedo —respondo.

—Debes. No tienes opción.

Edel cierra los ojos y da una profunda bocanada de aire. Su piel se oscurece del blanco leche al color de la arena, y su pelo se trenza en una trama larga: una soga brillante que cuelga sobre su hombro.

—Venga —me apresura Edel—. No quiero aguantar más de lo necesario.

Las arcanas tiemblan bajo mi piel. El corazón me tamborilea en el pecho.

Cierro los ojos. Intento visualizarme a mí misma, pero solo la oscuridad viene a mi encuentro. Los ruidos de la plaza aumentan: los periodistas que entregan los periódicos vespertinos a través de las ranuras de los buzones; las ligeras bocinas de las barcazas del transporte fluvial que se acercan a los embarcaderos de las casas; un vendedor de dulces que empuja su carrito por los adoquines; hombres y mujeres que ríen mientras vuelven a casa; el alboroto de los animalitos de peluche animado al chillar a sus propietarios...

Tiemblo de duda.

Una mano se desliza dentro de la mía: algo áspera y algo cálida, aunque amable.

La mano de Rémy.

Respiro profundamente. Pienso en maman: su dulce mirada, la riqueza del rojo de su pelo y la curva de sus pómulos.

Un dolor de cabeza retumba en mis sienes. Siento cómo cambio, mis extremidades se hielan, el pelo se me alisa y aterriza sobre mis hombros, mis venas se inundan de frío, la piel me cosquillea y se me pone la carne de gallina, y mis piernas se estiran y crecen.

Edel me da un golpe en el hombro.

—Tienes el mismo aspecto que maman Linnea. Y eres más alta. Yo todavía no he intentado cambiar el tamaño de mi cuerpo ni mi altura.

Abro los ojos de golpe.

—No lo pretendía.

Dejo caer la mano de Rémy y toco mi pelo, ahora rojo. Miro a mi alrededor para encontrar la superficie reflectante más cercana y me veo en el escaparate de una tienda de televisores. Se me forma un nudo en la garganta.

Toco mi rostro. Prácticamente soy idéntica a ella. El dolor de querer recuperar a mi madre inunda mi corazón y lo colma de pesar, añoranza y rabia.

Rémy me mira boquiabierto, los ojos se le salen de las órbitas con una mezcla de curiosidad y horror.

—Todavía soy yo —le digo.

El chico abre la boca para decir algo.

—No hay tiempo para admirar su genialidad.

Edel me agarra del brazo y me estira hacia delante.

Nos metemos en el callejón y subimos por las escaleras de caracol hacia la puerta lateral del salón de té. Rémy rompe la cerradura con facilidad, como si no fuera más que un juguete mecánico, y entramos de puntillas.

Las paredes estallan de violetas y turquesas como el cielo ansioso en el que cae la noche. Los techos florecen en tonos rosas y anaranjados como una caja de especias de los dioses. Las puertas incrustadas de joyas en forma de hoja puntean el largo pasillo que se abre hacia un gran vestíbulo. Alfombras mullidas de la estación fría se extienden bajo nuestros pies y farolillos hogareños de bronce rozan el suelo como rocas hundidas. Huele a mechas de vela quemadas, miel rancia y madera húmeda.

Ninguna de mis hermanas fue destinada aquí después de nuestro Carnaval Beauté. Se quedó la belle de la generación previa, Anise. Farolillos de araña negros sujetan su retrato. La serigrafía aletea y ondea por la brisa que hemos dejado entrar. Me pregunto dónde está Anise ahora y cuántas otras belles se han mantenido en secreto allí. ¿Estaban encadenadas? ¿Estaban explotadas?

—Es muy diferente del Salón de Té del Crisantemo —susurro.

—Todos son únicos en cada una de las islas —explica Edel—. El Salón de Té Ardiente siempre parecía que fuera a incendiarse de un momento a otro con todos aquellos tonos naranjas, carmesíes y amarillos. Si la disposición de este salón de té es la misma que la de los otros, el almacén estará en el rincón trasero izquierdo más cercano a los ascensores de servicio.

Coge un farolillo hogareño del suelo, Rémy le pasa una caja de cerillas antes de que le dé tiempo a pedirla, prende el farolillo y lo suelta para que flote. Una vez que reúne suficiente aire, Edel tira de sus cintas hacia delante.

Subimos las escaleras a trompicones, pasamos como un rayo por delante de salas de tratamiento, armarios de ropa blanca y celdas del servicio hasta que encontramos el almacén de paredes de cristal. Los productos belle descansan encima de estanterías acojinadas y en alacenas coloridas listos para ser usados: tartas de crema para la piel, polvos minerales, tarros de tinta de kohl con tapas enjoyadas, pastillas perfumadas, cuentas y ungüentos, agua de rosa, paletas de mano, resinas de cera de abeja, cajas de cera capilar, pintalabios rojos, piedras pómez, cejas falsas hechas de pelo de ratón, esponjas dentales, borlas de lana, cremas capilares y mucho más. Los productos lucen el emblema belle. Al tocarlos siento una súbita oleada de nostalgia hacia mi hogar.

—Me pregunto por qué nadie ha irrumpido aquí todavía —comenta Edel.

—Lo harán si los salones de té no vuelven a abrir. Solo han pasado unos pocos días desde que la reina ha muerto —respondo, aunque parece una eternidad.

—La desesperación llegará pronto —añade Rémy.

—Tú coge las borlas y los polvos y tantos tarros de color cutáneo y pasta cutánea como puedas llevar para venderlos, Rémy —ordena Edel—. Y, Camille, tú hazte con las hojas de rosas belle y algunos jabones. Yo buscaré las sanguijuelas y veré si también tienen elixir de rosas belle. Eso es todo lo que realmente necesitamos.

Edel y yo rebuscamos por los cajones y alacenas, llenamos los bolsillos de nuestros vestidos y los bolsos con los artículos. En mi mente se desata una serie de recuerdos: las gloriosas salas de tratamientos en los aposentos belle del palacio, hacer que mujeres, hombres y niños se sintieran bellos y su mejor versión, los clientes con quien más me gustaba trabajar, la reina Celeste confiando en mí para ayudar a Charlotte... El remordimiento me paraliza. Si hubiera podido curar a Charlotte antes, quizá sería ella quien se sentaría en el trono ahora mismo. Nosotras no estaríamos en esta situación. ¿Por qué me resistí durante tanto tiempo?

Sujeto un bote de pasta cutánea en mis manos y pienso en Bree. Miro por la ventana que da a la Bahía de Croix. Los cuerpos se inclinan hacia delante como interrogantes en los campos; sus manos grises arrancan hierbas y llevan cestos. Sombreros peludos de ala ancha coronan sus cabezas y farolillos ígneos les mordisquean las espaldas mientras vuelan entre las hileras. Me pregunto hasta qué hora de la noche los obligan a trabajar. Me pregunto hasta qué punto sus vidas reflejan las nuestras.

—¡Camille, concéntrate! Se te está yendo el glamur —advierte Edel—: Se te está rizando el pelo.

Me aparto de la ventana e intento recuperar la imagen de maman una vez más. El dolor frío me atraviesa en cuanto el glamur se vuelve a asentar.

Una avalancha de pasos resuena en el salón de té.

Nos quedamos paralizados.

Rémy alza una mano y nos hace un ademán para que nos agachemos para salir del campo de visión. Me estiro en el suelo.

Una mujer pasa a grandes zancadas por delante de la habitación, aparentemente frustrada; su largo vestido hace frufrú con el movimiento, como si fuera la campana de un templo. Tiene los hombros encorvados y es de un blanco fantasmagórico; lleva la cabellera negra recogida en un moño como los que Du Barry lucía siempre y tiene la boca pintada de un color tan rojo que parece que tenga los labios cubiertos de sangre.

—La nueva reina quiere este lugar en pie y activo de nuevo —grita a alguien que no puedo ver—. Habrá más belles que nunca. Todas las habitaciones estarán ocupadas como en los viejos tiempos, ha dicho. Como si tuviera idea de cómo eran en realidad los viejos tiempos. Como si ninguna de nosotras lo supiera. Menuda incompetencia.

La ansiedad retumba en mi interior.

Intercambio tensas miradas con Edel y Rémy. Mi estómago se ha convertido en una tormenta de náuseas. Un fino reguero de sangre se escapa de mi nariz. Cojo un pañuelo y lo seco.

—Ya está intentando decidir cuál de las generaciones más nuevas de belles será la favorita para enviar a los salones de té. Todavía son chiquillas, fui a echarles un vistazo; apenas saben hacer nada ahora que Du Barry no está. Sea como sea, quiero a las mejores, de modo que este lugar tiene que estar siempre en óptimas condiciones. Estoy descubriendo que a la nueva reina le gusta que la impresionen y quiero mostrarle que este será el primer salón de té de todo Orleans. Tal vez hasta me deje abrir otro para complementarlo. Ahora es el momento de expandir los salones de té, eso nos permitirá atender a más gente. —La voz de la mujer se va apagando y desaparece de nuestra vista.

—Se te ha ido el glamur —susurra Edel—. Tienes que concentrarte.

—No puedo —respondo—. No para de sangrarme la nariz.

—Vuelve a intentarlo —me insta.

—No tenemos tiempo —murmura Rémy—. Tenemos que irnos.

—Yo os guiaré hasta fuera —dice Edel.

—No, yo lo haré —replica Rémy—. Sabía que era una mala idea.

Edel se burla y se mete los últimos frascos de elixir de rosas belle que quedan en el bolsillo ya lleno de su vestido.

Rémy se desliza hasta el pasillo. Yo aguanto la respiración hasta que vuelve. Nos hace un ademán para que lo sigamos. Ahora los farolillos nocturnos avanzan sin esfuerzo por el pasillo y el ruido de cristales tintineando y agua corriendo reverbera por la casa.

Recorremos los pasillos tan veloces y ligeros como ratones. La puerta de servicio está abierta y la luz de la luna es un faro delante de nosotros.

Echamos a correr.

Un hombre sale de una habitación cercana. Viste un uniforme de guardia imperial como el que antes llevaba Rémy.

—¡Alto ahora mismo! Nadie debería estar aquí —grita—. ¿Quiénes...?

Rémy le pega un puñetazo al instante. El hombre sale volando por el impacto hasta la barandilla y se desmaya por la caída.

—Tal vez esté bien tener a Rémy por aquí, a fin de cuentas —comenta Edel.

—¡Avanzad! —grita Rémy.

Bajamos trastabillando por la escalera de servicio y volvemos a salir. Hay guardias en el centro de la plaza; giran sobre sus talones y marchan hacia nuestra dirección.

—Tenemos que separarnos para deshacernos de ellos. Edel, vuelve a nuestra habitación y recupera los dragoncitos de peluche animado y todo aquello que no podamos perder. Camille, entra en una tienda y espera hasta que empiecen a anunciar el toque de queda —indica Rémy—. En cuanto veas que apremian a la gente para que se vaya a casa, el caos te proporcionará protección. Luego ven a encontrarme en el muelle. Embarcadero siete. El barco no zarpa hasta medianoche, de modo que tenemos tiempo.

—Pero... —discute Edel.

—Escúchale —le espeto.

Edel se queda con la boca abierta para protestar, pero acaba asintiendo.

Rémy me aprieta el brazo antes de meterse por un callejón. Edel se marcha en dirección opuesta. Yo miro a mi alrededor. Muchos tenderos apagan los farolillos de sus escaparates y comienzan a cerrar. Un pánico helado me inunda mientras busco un lugar donde esconderme.

Me vuelvo para echar a correr hacia el Barrio del Mercado, pero los guardias aparecen de la nada y me cierran el paso.

Estoy atrapada.

10

Me seco el sudor de la frente e intento ordenar a mi corazón que se relaje. Doy una profunda bocanada de aire y finjo ser una dama aristócrata que ha salido de compras pasado el toque de queda.

—Las tiendas están cerrando. Empiecen a volver a sus casas —vocifera un guardia a través de un megáfono—. Solo quienes tengan autorizaciones respecto al toque de queda pueden seguir en la calle.

He perdido mi glamur. Intento atarme la máscara con dedos torpes. Los guardias gritan detrás de mí, pero yo ni me detengo ni cambio el ritmo de mi paso. Las mujeres aristócratas hacen caso omiso de sus peticiones, aparentemente impertérritas; intento imitarlas y dar confianza a mis movimientos. Me introduzco entre una pequeña multitud de gente que hace cola en los puestos de dulces; se quejan cuando me abro paso y sin querer les tiro al suelo las tartas de licor.

El Emporio de peluche animado Fardoux se halla en el centro de la avenida serpenteante. Es la única tienda que todavía tiene luz. Farolillos dorados cuelgan encima de la puerta como estrellas fugaces atrapadas por las colas. Tres carteles de SE BUSCA se abren paso por el gran escaparate de cristal: uno para Edel, uno para Rémy y uno para mí.

Giro el pomo de la puerta. Una campanilla tintinea en cuanto entro.

Está vacía.

El crepitar de la chimenea de la habitación envía su calidez por todo el interior. Paredes pintadas de rosa atardecer contienen estanterías llenas de animalitos de peluche animado en jaulas de oro. Elefantitos diminutos llevan crisantemos pintados en sus flancos, hipopótamos minúsculos lucen pajaritas rojas, tigres y leones diminutos juegan con sus collares de perlas, monitos en miniatura se lanzan bolas de pastel los unos a los otros, y una cebra no más grande que mi zapato hace cabriolas por la tienda. Nos enseñaron que muchos de estos animales antes eran enormes —a menudo del tamaño de carruajes o tan altos como edificios—, pero las primeras reinas de Orleans negociaron con el dios de la tierra para tener compañeros más agradables.

Encuentro un espejo y me ajusto la máscara, ahora maltrecha de tanto usarla, me meto el pelo en la capucha y me aliso la parte delantera del vestido. Mi apariencia externa no puede reflejar el pánico de mi interior.

—¡Buuu! —ulula una lechuza de peluche animado diminuta.

Pego un brinco.

El pájaro avanza como un pato hasta una percha cercana y sus ojos, grandes como monedas de leas, siguen todos mis movimientos.

Un hombre sale de detrás de una cortina.

—Madame, ¿puedo tomar su capa y enseñarle algunos de nuestros animalitos más nuevos? No tenemos mucho tiempo hasta que los guardias entren en tropel a recordarme que es hora de cerrar y obedecer este toque de queda sin sentido. He perdido muchísimo dinero por su culpa, pero estoy muy contento de que haya encontrado el modo de llegar hasta aquí a pesar de los problemas. Me acaban de llegar unos ejemplares de la isla imperial; unos que solo puede encontrar aquí. Un perezoso que le cabe en la palma de la mano. Un panda para su bolsillo. —El tendero sale de detrás del mostrador con una sonrisa enorme bajo su bigote perfectamente afeitado que se curva en espirales diminutas a cada extremo. Lleva el rostro empolvado y blanco como un pastelito de crema acabado de salir del horno. Su chaleco le abraza el pecho con demasiada fuerza, lo que hace que su barriga asome por debajo—. Un osito de miel para su tocador.

Empiezo a hablar.

—Oh, espere. Deje que lo adivine. Esta es mi parte favorita: animalitos de peluche animados a conjunto con sus propietarios. Y por su aspecto, creo que tengo el candidato perfecto. Nos ha llegado hoy mismo. Un momento.

Desaparece en otra habitación, cosa que agradezco. Menos tiempo que pasar hablando con él y más tiempo para esconderme de los guardias.

Echo ojeadas hacia la puerta de cristal con la esperanza de que los guardias hayan desaparecido y que yo pueda llegar a los muelles, pero parecen estar por todas partes. En los escaparates, los carteles de SE BUSCA también tienen nuestras fotos por detrás; no hay modo de escapar de nuestra propia imagen, ningún ciudadano de Orleans puede. Es un milagro que todavía tengan que atraparnos. Cierro los ojos con fuerza y relajo la respiración. Pienso en escabullirme de nuevo hacia la calle antes de que el hombre vuelva. Sin embargo, el número de guardias aumenta a medida que van cerrando los puestos de la calle y entran en las tiendas cercanas. Dentro de unos instantes estarán aquí.

—Pasa media hora del toque de queda. Todo el mundo debe volver a casa.

La advertencia amplificada por el megáfono resuena por la tienda.

Ahí mi entrada, pero hay tantos guardias en la calle que no voy a poder irme sin que me paren.

El tendero vuelve con un flamenco diminuto de color rosa belle.

—Gracias, señor, pero no necesito un animalito de peluche animado.

El hombre frunce el ceño.

—Entonces ¿por qué está aquí?

La estupidez de mi afirmación me abofetea. Tartamudeo al tiempo que busco una razón.

—Necesito provisiones de ratones o, aún mejor, ratas. Y vivas, por favor. Ya tengo un animalito de peluche animado en casa y necesita alimento.

—No la puedo oír bien a causa de su máscara. ¿Podría quitársela? No creo que su maquillaje necesite protección aquí dentro y le aseguro que no hay periodistas escondidos y al acecho para tomar una instantánea.

—Tengo una enfermedad terrible y altamente contagiosa —respondo al recordar lo que Rémy le había dicho a la comerciante de globos mensajeros.

El hombre retrocede y sus blancas mejillas se le ponen muy coloradas.

—Solo necesito ratones o ratas —repito—. Y luego le dejaré en paz.

—¿Cuántos? Tengo que comprobar mis existencias. Mis pequeñas serpientes han estado comiendo mucho últimamente.

—Suficientes para alimentar durante una semana a mi drag... quiero decir, a mi leoncito recién nacido. Sí, mi dulce leoncito.

Me encojo. Estoy destrozando el plan de Rémy.

—Mmm, los leoncitos de peluche animado a menudo prefieren la carne de cerdo. Los ratones están llenos de huesos.

—Deme ambas cosas, entonces.

Deposito unas cuantas leas en el mostrador. La bolsa está ya muy vacía, me temo que si el Ministro de Moda no nos ayuda o no podemos vender ninguno de los productos belle que hemos robado, no tendremos para comprar comida.

El hombre me mira con fijeza un instante más de la cuenta, luego hurga en su bolsillo para encontrar un monóculo. Arruga la nariz y se lo coloca a la altura del ojo para examinarme.

—¿No la conozco de algún lugar? ¿Ha venido a mi tienda antes? Jamás olvido una voz.

El estómago se me retuerce.

—Imposible. Mi marido y yo hemos llegado hoy mismo por la reina. —El sudor me perla la frente y el pulso se me acelera—. Y si pudiera apresurarse por favor, señor; mi leoncito está hambriento después del largo viaje.

El hombre se queja y vuelve a la trastienda.

Echo otra ojeada a la calle pensando que debería limitarme a salir corriendo mientras él no está, pero los guardias están disponiendo a la gente en fila para registrarla.

Aguanto la respiración hasta que el hombre vuelve con una jaulita con ratones dormidos y un paquete envuelto en papel.

—Gracias —le digo mirando de nuevo hacia el recuento de los guardias al otro lado del escaparate.

—Estarán tranquilos un rato, les he dado queso con esencia de lavanda. —Me mira con fijeza otra vez—. Me resulta tan familiar..., pero no puedo ubicarla. Mi mujer diría que es el brandi, el tiempo me tiene consentido.

Cojo la jaula y el paquete. Me vuelvo hacia la puerta, pero el hombre me intercepta el paso.

—Creo que la conozco. —Se rasca la barba—. Tiene la complexión y la voz de...

—Geneviève Gareau. Sí, lo sé. La famosa cantante de ópera. La artista favorita de la princesa, perdón, quiero decir, de la actual reina. —La palabra *favorita* casi me quema la lengua. Las arcanas sisean bajo mi piel, listas para protegerme. Mis ojos miran a todos lados—. Me lo dicen mucho, a mi pesar, copio muchas de las tendencias de belleza más populares. Seguramente debería ser más creativa.

La puerta se abre de golpe detrás del tendero, cosa que lo sorprende.

—Te he estado buscando por todas partes —dice Rémy. Lleva un sombrero estridente que le tapa la mayor parte de la cabeza y le recoge las mejillas—. Por favor, disculpe a mi mujer, tiene debilidad por los animalitos de peluche animados. —Desliza una mano por mi cintura. El calor emana de su contacto—. Parece ser que no puedo perderte de vista. Al final conseguirás que nos multen a los dos por estar fuera a deshora y que este pobre hombre reciba una amonestación por tener la tienda abierta para satisfacer tus caprichos.

Lo miro con el ceño fruncido y me guiña un ojo.

El hombre se hace a un lado y contempla a Rémy con curiosidad y suspicacia.

—¿Ya te has gastado toda nuestra fortuna y has conseguido todo lo que necesitas?

—Sí —asiento.

—Gracias por cuidar tan bien de ella.

Rémy hace una pequeña reverencia y abre la puerta de la tienda.

—¡Esperen! —nos grita el tendero.

—Apresúrate, esposa —me dice Rémy con una risita avergonzada.

Una sonrisa ilumina mi rostro. Él no puede verla tras mi máscara, pero desearía que sí pudiera.

Rémy y yo salimos de la tienda y nos lanzamos hacia el callejón más cercano. Doy una profunda bocanada de aire y mantengo de nuevo la imagen de maman en mi mente. Las arcanas se vuelven frías y desgarradoras en mis venas, peor que el viento que nos envuelve.

Se levanta la máscara y sus ojos analizan mi rostro como si me buscaran.

—Todavía soy yo.

El chico se encoge de hombros, luego mira la calle y observa el número de guardias.

—¿Listo? —le pregunto al tiempo que le tomo la mano.

Rémy asiente.

Nos cogemos del brazo, nos deslizamos entre la multitud y pasamos justo delante de los guardias, hacia los muelles.

11

EL MAR PARECE CASI NEGRO DESDE LAS PORTILLAS DEL BARCO.
La oscuridad se extiende como un manto. Podríamos navegar hasta el final del océano del dios del mar y adentrarnos
en las cuevas de la muerte antes de darnos cuenta. Edel y yo
nos acurrucamos en nuestros asientos de tercera clase pagados gracias a tres de las cremas cutáneas robadas del salón
de té. Intentamos desesperadamente taparnos con nuestras
gruesas capuchas para mantener el calor. Rémy está de pie
a nuestro lado, con la mandíbula apretada, observando todas las personas que pasan.

Edel gime en sueños, la fuerte corriente marina la pone
enferma. Le echo el pelo hacia atrás y le seco el cuello sudoroso. Los cinco dragoncitos de peluche animado se acurrucan en la falda de mi vestido y dan calor como brasas diminutas. Me pregunto qué tal se las estará arreglando Fantôme;
echo de menos su presencia. Tenerla tan lejos me genera
mil preocupaciones.

Añado otro par de sanguijuelas bajo la mandíbula de
Edel con la esperanza de que equilibren sus niveles y com-
batan el mareo.

—¿Cuánto queda para llegar a las Islas de Seda? Tendría que darle algo —le susurro a Rémy.

—Es el segundo puerto en el que nos detenemos. Carondelet está a unas dos vueltas de reloj más —responde—. Llegaremos en cuanto salga el sol.

Me pongo de pie y recupero la estabilidad gracias al techo bajo e inclinado.

—Voy contigo —me dice.

—No podemos dejarla sola.

Edel me da un golpe, apenas consciente.

—Id. Es... Estaré... bien.

Rémy y yo caminamos lentamente a través de los estrechos pasillos, intentamos mantener el equilibrio mientras el barco da sacudidas como una cuna atrapada en una corriente tempestuosa. El aire frío me golpea en cuanto llegamos a la cubierta superior. Me levanto la máscara para recibir el aire bajo sus hebras de encaje y terciopelo. Me ha mantenido a salvo hasta ahora, pero ya empieza a sofocarme. La cubierta se extiende larga y plana. Cabinas en forma de carruaje descansan en hileras como ciruelas enjoyadas a lo largo del paseo central. Cortesanos ricos duermen en camas muy cómodas u observan por las ventanas, a través de catalejos, la vastedad del océano o las estrellas del firmamento.

El cielo de medianoche se cierne encima de nosotros, lleno de advertencias y promesas.

—Hordiate fresco para el mareo —muestra un vendedor.

—Tartas marineras recién cocinadas. Alubias rojas, cerdo y pescado en salazón —ofrece otro.

Compro un tazón de hordiate para Edel. La bolsa de leas que nos dio Arabella está casi vacía, solo nos quedan veinte monedas. Nos quedaremos sin dinero antes de que llegue el nuevo día. El Ministro de Moda tiene que ayudarnos, necesitamos un cojín, no podemos limitarnos a confiar en la esperanza de vender más productos belle.

Muy poca gente camina a lo largo del paseo del barco. Encontramos un rincón donde quedarnos.

—Mira —señala Rémy—. Se pueden ver los farolillos hogareños por toda la costa.

Los diminutos alfileres de luz brillan como estrellas atrapadas en la distancia.

—Es precioso.

—Ya no hay nada precioso.

—Ella gana si dejas que te lo arrebate todo. Incluso la felicidad momentánea.

—No creo que vuelva a ser feliz nunca más. No sé si quiero serlo ahora que sé todas estas cosas. —Me recorre un escalofrío cuando nos golpea una ráfaga de viento.

Rémy se me acerca y el calor emana de él como de un farolillo ígneo.

—Hay gente en este reino que ha tenido que vivir con cosas peores.

Me burlo.

Se me acerca más y su voz baja una octava.

—No intento ser un imbécil, pero piensa en lo que hemos leído en *La telaraña*. Muchos han lidiado con la fealdad de este mundo durante mucho tiempo.

—No lo entiendes.

Una llamarada de ira estalla en mi interior.

—Probablemente no lo entenderé nunca del todo, pero yo también veo cosas nuevas. Partes de este reino que no sabía que existían. No sabía cómo era realmente la vida para vosotras las belles. Nos enseñaron que estabais aquí para servir, igual que nosotros, pero siempre nos hicieron pensar que no erais reales; erais como marionetas y muñecas para usar, no personas. Que no éramos iguales.

Aprieto con fuerza la barandilla más cercana. El frío penetra a través de mis guantes.

Ya no quiero hablar más con él acerca de eso. Los dragoncitos de peluche animado se revuelven en mi bolsa.

—Tal vez deberíamos volver abajo con Edel. Parece que tienen frío —digo al tiempo que intento controlar sus movimientos, pero logran trepar por la faja.

Rémy me ayuda a ponerlos a salvo metiendo con delicadeza sus cabecitas de nuevo en la faja. El tacto de sus fuertes manos hace que quiera inclinarme hacia él, besarlo, borrar todas las preocupaciones y responsabilidades... solo durante un instante.

Sus ojos encuentran los míos, la conexión es un hilo que crece entre nosotros.

Los dragones se agitan de nuevo. Rompo el contacto visual para mirarlos.

—Nada de volar ahora —susurro con fuerza.

Rémy intenta esconderme de las miradas de las otras personas que hay en el paseo del barco.

Poivre lucha desde mi puño y se me escapa.

—Ay, no —exclamo al tiempo que intento recuperarlo.

Rémy señala hacia arriba.

—¡Mira quién hay!

Fantôme vuela en círculos por encima de la proa del barco como una nubecita del cielo perdida. Poivre va a por ella, una explosión de llama roja.

Silbo. Fantôme vuela hacia mí como un rayo y me lame la cara con su lengua ardiente.

—Buena chica. Te he echado de menos, *petite.*

Lleva una cinta plateada atada al cuello como si fuera un lazo y ella el regalo.

Rémy coge a Poivre y lo mete de nuevo en mi faja. El dragoncito chilla y un hipido de fuego escapa de sus fauces y llega al dedo de Rémy, que lo maldice.

Intento —sin éxito— contener una risotada.

El ceño fruncido de Rémy se funde en una sonrisa.

Desato la cinta alrededor del cuello de Fantôme, que se hunde en mi faja para reunirse con el resto de dragoncitos de peluche animado y la nueva, Ryra. Se acarician con el hocico los unos a los otros en señal de reconocimiento y empiezan a pelear juguetones.

Uso un poco del hordiate de Edel para salpicar el globo mensajero y que sea más fácil de ver.

Abro el compartimento trasero y cojo una nota, un par de sanguijuelas medio muertas y un libro.

«Un libro belle».

Está grabado con flores de arabella.

Se lo paso a Rémy y luego me peleo con la nota enrollada intentando abrirla.

Rémy lee por encima de mi hombro.

Camille y Edel,
> *Entiendo por qué necesitabais una confirmación.*

Para responder a vuestras respuestas:

1. *Mi* miroir métaphysique.
2. *Di una de vuestras viejas sanguijuelas a Ryra para que se la comiera.*
3. *Observad los titulares matutinos. Los periodistas más rápidos anunciarán en primicia la noticia de que Sophia ha metido a Padma, Valerie, Hana y Ámbar en su prisión. Pero no están allí. Las trajo a la Enfermería de Palacio, para una revisión médica; sin embargo, solo pasaron aquí cinco vueltas de reloj, ya que las envió de nuevo por todo Orleans para abrir, así, los salones de té en secreto. Valerie está en las Islas de Seda, Padma en la Maison Rouge, Hana en las Islas de Fuego y Ámbar en las Islas de Cristal. No sé cuánto tiempo estarán allí ni si Sophia las continuará moviendo como piezas de ajedrez.*

Está jugando al juego del gato y el ratón para haceros caer en la trampa. Cuanto más tiempo huyáis, más cree que el reino se pondrá a su favor. Os visualiza llegando al palacio, intentando irrumpir en la Rosa Eterna, solo para descubrir que vuestras hermanas no están allí.

Tiene planeado registrar el incidente y distribuir la grabación por los noticiarios de todo el reino; cree que esta vergüenza os hará pedazos a vosotras y a la fuerza que habéis conseguido.

Se mueve a pasos agigantados, febriles; usa mi sangre para crear nuevas belles a más velocidad. Sin embargo, solo puede usar una dosis máxima cada día si no quiere matarme, cosa que no pretende de ninguna de las maneras. Yo soy el éter. Una belle de cada generación tiene la sangre más fuerte y proteínas adicionales que le permiten ayudar a hacer crecer a la siguiente generación. Du Barry nos llamaba las rosas eternas.

Camille, eso es lo que intenté decirte cuando te vi por última vez, pero no tuvimos suficiente tiempo: tú eres el éter de tu generación. Por esa razón Sophia ha puesto un precio más alto a tu cabeza: te quiere utilizar del modo en que me está usando a mí. Incluso pretende combinar nuestras sangres para ver qué rendimiento puede sacar para sí;

cree que puede lograr la belle más fuerte nunca conseguida. Los guardias no te matarán si te capturan, nos necesita para poblar su jardín porque en última instancia quiere encontrar la manera de vender muchas belles en la plaza Trianon y nos sangrará hasta dejarnos secas con tal de conseguirlo. No paro de oírla decir: «Una para cada casa».

Os he enviado mi libro belle con más detalles sobre el tema. Confiadlo todo a la memoria y quemadlo. Nadie fuera de las belles debe conocer todo el funcionamiento interno. Esta información no puede caer en las manos equivocadas.

Tenéis que reunir a todas vuestras hermanas, pero id con cuidado, Sophia tiene espías en todas partes. Escribiré más cuando pueda.

A

Presiono el papel contra mi pecho, el peso de sus palabras me deja sin respiración.

—¿Qué quieres hacer? —pregunta Rémy.

El barco pega una sacudida. Un cochecito de bebé que empujaba una señora choca y vuelca. Rémy corre a ayudar a la mujer para ponerlo bien de nuevo y rescatar al bebé del suelo. El bebé llora, su tono me perfora y luego hace germinar una idea.

Meto la mano en el bolsillo donde siempre descansa el frasquito de veneno como un peligroso tesoro. ¿Y si las bebés belles pudieran nacer sin sus arcanas? ¿Y si pudieran estar sanas... y Sophia no pudiera usarlas?

Pienso en Valerie. Ella trabajó en la guardería belle criando las nuevas belles con las enfermeras. Ella sabe cómo nacen y cómo se desarrollan. Si esas bebés nacen sin arcanas, tal vez puedan estar sanas y ser como todo el mundo, y no podrán ser usadas ni vendidas.

Valerie quizá sepa exactamente cómo frustrar esta parte del plan de Sophia. Podríamos trabajar juntas para descubrir cómo usar la cantidad precisa de este veneno para matar las arcanas y salvar esas bebés belle de su destino.

Leo la carta una vez más. No parece real. El odio se cuece en mi interior, agudo, ardiente y punzante. Las palabras de Arabella son una yesca para el fuego que tengo dentro.

—Último puerto a la vista. —Una campana repica y un hombre avanza por la bodega del barco—. Media vuelta de reloj hasta que atraquemos.

Edel bosteza y estira los brazos. A los dragoncitos de peluche animado les entra hipo y se sobresaltan molestos.

—Levántate —le susurro—. Tenemos que hablar.

Está débil.

—¿Cómo te encuentras? —le pregunto.

—Estaré mejor cuando lleguemos a tierra —murmura.

—Arabella nos ha mandado un mensaje.

—¿Por qué no me has despertado?

—No hay tiempo para discutir.

Le paso la carta de Arabella.

Edel desdobla el papel. Los ojos se le van abriendo más y más a medida que lee y se empapa de las palabras. Susurra los términos *éter* y *vender* y *rosa eterna*.

—¿Cómo puede nada de esto ser cierto?

—Está todo en su libro belle. —Le muestro la portada—. Ha puesto recortes de los viejos manuales belle y lo ha detallado todo.

Mi hermana pasa por encima del libro sus dedos, cuyas yemas están amoratadas por el frío.

—Mientras estemos aquí, quiero rescatar también a Valerie. Necesito su ayuda —le digo.

—No entiendo nada de todo esto —me responde.

—Yo no conozco los detalles, pero seguro que Valerie sí. En cuanto la encontremos, nos lo podrá explicar.

—¡Carondelet! Prepárense para desembarcar.

Fuera de las ventanas circulares, el sol derrama sus mantecosos rayos anaranjados por encima del agua y aclara las oscuras olas hasta el azul.

Vuelvo a anudar las cintas de las correas alrededor de los cuellos de los dragoncitos de peluche animado y les doy taquitos diminutos de cerdo en salazón. Ryra descansa encima de mi capucha. Felices y satisfechos, los otros se me suben a los hombros y se agarran con las zarpas a mi capa de viaje. Yo me ajusto el emblema real que me dio Arabella en el palacio: un dragón con un crisantemo atado a su cola, lo que me anuncia como una comerciante de reptiles que cuenta con el favor de la reina.

—¿Lista? —pregunta Rémy dando un hondo suspiro y poniéndose la máscara.

—Tengo que estarlo. —Miro a mi alrededor y me pregunto si el resto se pondrá máscaras, si aquí también están de moda—. ¿Deberíamos ponérnoslas? ¿O llamaremos más la atención?

—Yo no tengo opción —responde.

—Si me dejaras cambiarte...

—No tenemos tiempo para discutir —replica mientras la gente avanza.

Miro a Edel, tiene las mejillas sudadas como consecuencia del mareo.

—¿Puedes aguantar el glamur hasta que descubramos si las máscaras son populares aquí?

—Creo que sí —se queja.

Nos damos las manos, cerramos los ojos y llamamos a nuestras arcanas. La piel se me enfría, ahora el viento escarchado está tanto en nuestro interior como en el exterior. Edel imita el aspecto de Du Barry: cabellera oscura y un rostro redondo y una preciosa figura curvilínea. Yo vuelvo a pensar en maman, adopto su apariencia exterior pero con una profunda piel negra.

Rémy me mira boquiabierto igual que la primera vez que usé un glamur.

—Todavía soy yo —susurro.

—Lo sé —asegura, aunque sus ojos dicen otra cosa—. Tengo que acostumbrarme.

Caminamos hasta la cubierta. Los cortesanos ricos abarrotan la parte delantera y tienen a sus criados a su lado cargando con niños y cajas amontonadas como dulces de pastelería.

—Me pregunto si habrá más guardias en Carondelet que en Metairie —comenta una mujer rica mientras se ajusta su larguísima cabellera peinada hacia arriba. Un pequeño koala de peluche animado duerme entre los mechones más altos, bien acurrucado para evitar el viento que va en aumento.

—El mundo entero está bajo arresto ahora mismo —le responde su acompañante.

—Es hora de que las cosas vuelvan a su cauce. No podré aguantar mucho más sin mis tratamientos de belleza. Al final abrirán más asilos que salones de té si nuestra nueva reina no soluciona todo esto pronto —añade alguien.

—Ha hecho muchas promesas.

—Es lo que hacen los niños.

—No deberían hablar así de Su Majestad —vocifera otra persona.

—Alguien tiene que arreglar esta situación de las belles —exige una voz.

Yo me pongo rígida. La mano de Rémy encuentra mi cintura. Oigo a Edel respirar hondo.

—Estoy cansada de este jaleo con las belles. Por mí las cosas ya podrían volver a ser como han sido siempre.

Una mujer que está por ahí cerca grita:

—Las belles solo están al servicio de una clase. ¿Qué pasa con el resto de nosotros que no nos podemos permitir tratamientos semanales o siquiera mensuales?

La mujer con el pelo como una torre reprime una exclamación y luego estira el cuello para ver a la persona que ha hablado entre la pequeña multitud.

—Tendrán que traer más para satisfacer la demanda. Eso solucionaría este embrollo —afirma triunfante un hombre con chistera—. Como las ofertas de televisores. Cuando se acaban, se hacen más.

—Ay, cállate —dice una mujer que tiene al lado.

—O nos podríamos deshacer de todas ellas.

—¿Sí? ¿Y qué hay de encontrar otra manera?

—¡Tanta cháchara está disgustando a mi perezoso de peluche animado! —grita alguien.

Una campana repica fuerte y pone punto final a la conversación.

Una energía cargada se cierne sobre nosotros. Rémy, Edel y yo nos miramos.

—Pónganse en fila para desembarcar. Mantengan la cola ordenada —indica un hombre—. No empujen.

Las islas aparecen en la distancia en cuanto el barco entra en la Bahía de Seda. Los edificios presumen de cúpulas azul marino ribeteadas con un oro rosa que brilla cuando el sol naciente las ilumina. Hileras de tierra están cubiertas de enormes capullos de gusano de seda en espiral y huertos de moreras. Hombres y mujeres, provistos de cestos para recolectar la seda, trepan por escaleras para llegar hasta lo alto de las torres.

—¡Ala! —susurra Edel.

Los farolillos de la ciudad se mueven como estrellas caídas e iluminan todas las maravillas de Carondelet: los profundos canales transcurren a través de los barrios llenos de barcazas ornamentadas que descansan sobre el azul como joyas brillantes arrojadas por el dios del mar. Carteles de anuncios ondean tras los botes de los vendedores cuando se detienen en los embarcaderos y ofrecen sus ornamentados artículos a los compradores. Un calidoscopio de tiendas se extiende hasta donde me llega la vista.

Una cosa es estar en las aulas de la Maison Rouge delante del inmenso tapiz de Du Barry que muestra el mapa de Orleans y otra es verlo de verdad por ti misma. El mundo es más grande y más precioso de lo que ella lo describió jamás. Cada uno de sus rincones parece distinto y único, parte de un rompecabezas con piezas dispares que de algún modo encajan entre ellas.

El barco atraca. Los periodistas zumban por el muelle con los periódicos matutinos. Otros sujetan varas que aguantan serigrafías del Ministro de Moda, Gustave du Polignac. Desembarcamos.

—¡Periódicos de primera hora disponibles!

—¡Consiga el *Periódico de Seda* aquí!

—¡El *Diario orleanés* por aquí!

—*Sucré* y el *Tribuno de belleza* recién salidos.

La visión del rostro del Ministro de Moda me proporciona una momentánea oleada de alivio que me llega hasta los huesos. En las serigrafías se van alternando imágenes: sus labios carnosos dibujan una sonrisa que realza sus mejillas morenas y pecosas en una expresión estoica y regia. Casi pierdo mi glamur.

—La nueva línea de vestidos vivientes de la reina Sophia sale hoy a la luz en preparación para la Coronación y Ascensión. Vengan para la primicia esta tarde con el Ministro de Moda en persona al Salón de Seda de la plaza de Carondelet —brama un periodista—. Luzca su mejor aspecto para la reina.

—He visto muestras de los vestidos. Se venden rápido; no tarden en hacer sus pedidos —grita otro periodista—. No se queden atrás.

—Las puertas se abrirán justo al mediodía —recuerda un tercero—. Ya se están formando colas por los alrededores.

—Vayamos a buscar a Valerie —dice Edel encabezando la marcha.

—¡Espera! ¿No lo has oído? La gente ya está haciendo cola para entrar a ver al Ministro de Moda —le recuerdo—. Deberíamos verlo a él primero.

—Tenemos dos horas. Es demasiado tiempo para aguantar un glamur, especialmente después de estar tan mareada.

Y no podemos entrar ahí con estas máscaras andrajosas; se nos verá fuera de lugar.

—¿Y qué pasa si no entramos y cierran las puertas? —protesto.

—Quieren dinero, no va a pasar —replica y luego se vuelve hacia Rémy—. ¿Tú qué crees?

—¿Te importa? —pregunta.

—No, pero a ella sí, así que desembucha.

Rémy suspira.

—Creo que deberíamos ir a estudiar el salón de té, ver cuántos guardias están destinados allí y cómo podríamos entrar.

Me cruzo de brazos.

—Vale.

Edel le da unos golpecitos a Rémy en el hombro cuando se tensa.

—Estamos de acuerdo en algo —comenta mi hermana y nos dirige a la cola para subir a un botecito de la ciudad.

—El salón de té debe de estar cerca de la plaza —susurra Rémy mientras esperamos para embarcar—. Más cerca del aristócrata Barrio de la Rosa y de la Milla Imperial de la ciudad. —Señala hacia el estrecho canal hasta otra isla prominente—. Todas las ciudades están dispuestas del mismo modo.

—Al Salón de Té de Seda, por favor —indica Edel al conductor.

—Pero está cerrado, señorita —le responde con una sonrisa torcida.

—No importa. Tenemos negocios allí.

El hombre arranca mientras nosotros encontramos asientos copetudos.

El conductor nos lleva a una isla cercana donde se encuentra el Salón de Té de Seda. Saltamos al embarcadero y Rémy le pide que nos espere.

Espirales de mármol cubren la fachada del salón de té, imitando los capullos de los gusanos de seda. Un tejado inclinado está cubierto de nieve y su embarcadero es rojo como una lengua que ha comido demasiadas fresas. Farolillos de alféizar blancos descansan en las ventanas, apagadas y vacías.

Hay guardias delante de la entrada y a lo largo del embarcadero. Docenas de ellos.

Mi corazón empieza a latir demasiado rápido. ¿Cómo vamos a esquivarlos?

Hay un pequeño edificio con la recepción justo delante; se trata de una réplica diminuta del salón de té en la que hay una mujer sentada en su interior. Un cartel encima de ella reza: RECEPCIÓN DEL SALÓN DE TÉ DE SEDA.

—Me quedaré aquí para no llamar tanto la atención —dice Rémy—, pero estaré alerta.

—¿Lista? —le pregunto a Edel.

Doy un hondo suspiro y me aseguro de que el glamur esté fuerte. Hago una mueca cuando el dolor frío me recorre y siento como si mis huesos pudieran astillarse en cualquier momento.

Edel asiente. Rémy alarga una mano y aprieta la mía antes de que nos vayamos.

Nos acercamos a la mujer de detrás del panel de cristal. Está hojeando una revista de cotilleos y lleva un vestido lavanda simple con un emblema real alrededor del cuello; luce un gusano de seda ensortijado en un crisantemo, lo que la identifica como una importante cortesana de la Casa de Seda. Un farolillo ígneo baña su piel blanca de rojo y naranja. El circuito telefónico se traga las paredes que quedan detrás de ella. No levanta la mirada. Edel suelta un bufido y toca el cristal. La mujer se estremece por la sorpresa y se le cae la revista de cotilleos del regazo; la caída provoca que los retratos y la tinta animada se muevan por el pergamino. Nos repasa con los ojos de arriba abajo, aparentemente impertérrita. Engancha un cartel de CERRADO en el cristal, rescata la revista y continúa hojeando las páginas.

—¿Disculpe? —digo.

—¿Es que no veis el cartel? —nos vocifera ella.

Edel pega un porrazo al cristal, lo que causa que los soldados que tenemos más cerca nos miren.

Hago una mueca.

—Edel.

La mujer abre la ventana de golpe.

—Podrías haberlo roto, ¿sabes? La multa sería de al menos trescientas leas.

—Deberías haber sido lo bastante cortés para abrirla —responde Edel.

—Hemos cerrado —espeta—. ¿Quiénes sois?

—Cortesanas de la Casa de Reptiles Raros que necesitan un trabajo de belleza de emergencia —respondo.

—Dejadme ver vuestros emblemas. —Alarga una mano, esperando a que me desate la cinta y coloque el pesado blasón hecho de coral, marfil y oro en su palma.

—¿Por qué? —pregunta Edel.

—No es que tenga que justificarme, pero han corrido muchas falsificaciones y debo inspeccionarlos.

Trago saliva y me quito el blasón. Se lo entrego con la esperanza de que Arabella me diera uno real del palacio.

—Mmm... —Lo gira en su mano, levanta la vista para mirar al dragón que descansa sobre mi hombro y luego saca un par de balanzas y un monóculo. Lo pesa y se quita el ocular de cristal—. Este pasa la inspección, pero ¿qué hay del suyo?

Una mirada experta se dirige hacia Edel.

Casi suspiro de alivio cuando respondo:

—Es mi asistente. Bien, ¿cuándo volverá a aceptar clientes el salón de té?

—Cuando Madame Kristina Renault reabra...

El circuito telefónico que tiene más cerca suena. El auricular en forma de cono se agita a izquierda y derecha encima de su esbelta base; la mujer se lo acerca al oído y dice:

—Recepción del Salón de Té de Seda, al habla Mira, nuestro establecimiento permanecerá cerrado hasta próximo aviso. ¿Me permite registrar su mensaje o su petición de cita, por favor?

Una voz grita:

—Se requieren tinas adicionales en el puerto del palacio antes de que salga el sol por orden de la reina.

Esa voz me atraviesa como un rayo.

«Elisabeth Du Barry».

Edel y yo no nos atrevemos a mirarnos la una a la otra. Elisabeth ha sobrevivido a las mazmorras del palacio y todavía trabaja para Sophia. La verdad se arremolina en mi interior. Quiero estrangularla a través de la línea telefónica.

—Hay que asegurarse de que Valerie esté preparada para ser transportada después —grita Elisabeth.

Aprieto el brazo de Edel y miro hacia arriba, hacia las ventanas del salón de té. Los farolillos de alféizar no están encendidos. No hay movimiento de entrada ni de salida. Un lugar aparentemente vacío, pero mi hermana está allí. A solo veinte pasos.

Tenemos que entrar en ese salón de té.

—Lo haremos —responde la chica antes de tapar el auricular—. No hay nadie en el salón de té. Hemos estado enviando a la gente a la Galería del Maquillaje de Miel, en la Milla Imperial, porque tienen un suministro limitado de productos belle. Será mejor que probéis allí. Buenos días a las dos.

Vuelve a cerrar la ventana de cristal y señala el cartel de CERRADO.

El plan de rescatar a Valerie estalla como una burbuja al reventar.

Tenemos que encontrar otro modo de entrar.

Nos instalamos en otra habitación cochambrosa de otra pensión para descansar después de haber usado nuestros glamures. Todavía nos quedan tres vueltas de reloj hasta que las puertas se abran para la exhibición del Ministro de Moda. Retortijones de ansiedad me irritan el estómago, todas las incógnitas crecen hasta formar una bola de náuseas.

—¿Y ahora cómo llegamos hasta Valerie? —le pregunto a Edel.

No me responde, tiene el rostro hundido en la carta de Arabella y murmura para sí sobre el éter y Sophia, intentando juntar las piezas. Rémy mira por la ventana, sus ojos examinan todas las personas que ve pasar. Los dragoncitos de peluche animados bailan y juegan, se persiguen unos a otros y a los farolillos nocturnos; sus escamas brillan como bellísimas piedras preciosas. Los observo y pienso en lo bonito que debe de ser para ellos, sin tener ni idea de lo que pasa en realidad ni albergar ninguna preocupación. Sus movimientos alegres me recuerdan a cómo éramos mis hermanas y yo de pequeñas.

Recorro con los dedos el libro belle de Arabella para pasar el tiempo, lleno de angustia.

Fecha: día 3.428 en la corte

Hoy se ha develado el aparato de Sophia para hacer crecer belles. Las tinas transparentes contendrán las futuras belles como si fueran úteros. Sophia las ha llamado cunas; ha pensado que eso hace que lo que ha creado suene mejor. Más dulce y más suave.

He entrado a escondidas en la sala de nacimientos. Las paredes están llenas de ellas ahora mismo, apiladas como huevos en una huevera. He pasado los dedos por encima de los tubos dorados que conectaban con enormes medidores de arcanas y depósitos para llenar con mi sangre. Las enfermeras usaban escaleras para llegar hasta ellos.

La visión de aquella estancia ha sido enloquecedora. Du Barry escondió la verdad. Dijo que habíamos caído del cielo como semillas para ser plantadas. Dijo que ella nos había rescatado del bosque oscuro y nos había puesto en las manos de nuestras madres. Ella nos dijo que la diosa de la belleza nos había hecho a todas nosotras a su imagen y semejanza. La preciosa mentira ha abierto un infierno en mi corazón.

Salto adelante.

Fecha: día 3.432 en la corte

Los ministros han estado dos días seguidos en la Real Sala de la Ley de la Biblioteca Imperial. Les llevaron camas y les obligaron a trabajar durante la noche en el nuevo conjunto de leyes de belleza a implantar después de la Coronación y Ascensión al trono de Sophia. He ido en secreto hasta el balcón para escucharlos discutir. He captado algunas de las leyes en la lista de casos pendientes:

Los ciudadanos deberán dar parte de sus trabajos de belleza al gabinete, incluyendo pero sin limitarse a la instalación de retratos imperiales en cada hogar para supervisarlos.

El capital de belleza (la habilidad individual para presentarse a uno mismo) deberá medirse con una rúbrica de evaluación (puntuación otorgada mensualmente por la Ministra de Belleza). Las notas altas serán recompensadas por la monarquía, pues Orleans solo estará lleno de cosas preciosas.

Ninguna mujer podrá ser más bella que la reina.

Los debates acerca de la nueva lista de precios de belleza era el siguiente punto de su agenda. La nueva Ministra de las Belles, Georgiana Fabry, insistió en que los precios subieran. Los cabilderos secundaron sus deseos, pero los otros ministros disintieron y afirmaron que eso crearía desapoderamiento.

La lista ahora se ha dividido por arcanas:

COMPORTAMIENTO:

CUALQUIER AJUSTE DE PERSONALIDAD   1.750

TALENTO:

NIVEL UNO DESTREZA FÍSICA   3.750

NIVEL DOS ARTÍSTICO   4.270

NIVEL TRES HABILIDAD   5.980

AURA:

MODIFICACIONES SUPERFICIALES:

COLOR CAPILAR   105

TEXTURA CAPILAR   126

RESTAURACIÓN DEL COLOR OCULAR   50

AJUSTE DE LA FORMA OCULAR   60

RESTAURACIÓN DEL COLOR CUTÁNEO   90

MODIFICACIONES PROFUNDAS:

ROSTRO:

ESCULPIR PÓMULOS   4.000

UBICACIÓN Y FORMA DE LA BOCA   3.000

UBICACIÓN Y FORMA DE LAS OREJAS   3.000

CUERPO:

ESCULPIR PIERNAS Y BRAZOS 4.500

ESCULPIR ESTÓMAGO, BUSTO O TORSO 6.100

MOLDEAR CADERAS Y TRASERO 7.000

SUAVIZAR CUELLO Y HOMBROS 3.000

AJUSTAR PIES Y MANOS 2.000

EDAD:

TERSAR LA PIEL 125

ELIMINAR LAS ARRUGAS 200

Vuelvo al principio del libro.

Fecha: día 2.198 en la corte

Me siento fatal por lo que he hecho hoy. Las enfermeras están empezando a sacarme más sangre, demasiada para ser solo para comprobar mis niveles de arcanas. No me han querido decir por qué; han asegurado que era para mantenerme sana. Cuando una de las enfermeras, Zaire, ha venido a mi habitación con su carrito de agujas y frasquitos, la he retenido y la he obligado a decirme para qué usaban mi sangre.

Me ha llamado el éter, una de las rosas eternas. He recordado cuando era una niñita, acurrucada en el regazo de mi maman con uno de los libros de cuentos de la biblioteca de la Maison Rouge. Todavía puedo ver la portada: una rosa con pétalos de todos los colores y una gema dorada. Sus páginas me contaron la historia de los jardines de la diosa de la belleza y las singulares rosas eternas, que crecían de semillas de éter con el fin de hacer nacer a otras rosas.

No sé lo que significa.

Los titulares de última hora de la mañana llegan por la ventana e interrumpen mi lectura.

—El *Nacional*, segundo periódico de la prensa. La reina encarcela a la condesa Madeleine Rembrant de la Casa Glaston por robar productos belle de la tienda principal de Trianon, la Rosa de Azúcar.

—Los panfletos de belleza *Dulce* y *Sucré* informan de que los traseros de ciruela sin duda arrasarán en las Islas de Cristal, tal vez incluso en todo el reino, después de que la famosa cantante de ópera, Geneviève Gareau, haya exhibido un pompis completo en su último concierto. Ojalá los salones de té estuvieran abiertos.

—Deberíamos ir a hacer cola —digo; quiero escapar de los titulares y de esta habitación. Me meto los dragoncitos de peluche animado en mi faja y guardo el libro belle de Arabella en mi bolso—. Nos queda una hora.

Edel se encoge de hombros y sale de la cama.

Más titulares entran en nuestro cuarto como oleadas incesantes que amenazan con engullirnos.

—De la mano del *Orleansian Times*, las belles se consideran oficialmente propiedad del reino de Orleans, confiadas a su monarca. Esconderlas ahora se considera alta traición contra la corona, castigada con pena de muerte, a cumplir en las cajas de inanición.

Me estremezco.

—¿Propiedad? —repite Edel con los dientes apretados.

—Siempre lo hemos sido —respondo; la verdad me endurece desde dentro hasta el exterior.

—El *Periódico de Seda* ha descubierto que la reina considera prensa falsa todos y cada uno de los rumores acerca de la recuperación de su hermana. Todavía prepara el funeral y el memorial para su querida hermana, cuyo cuerpo será presentado el primer día del año nuevo tal y como estaba previsto.

Rémy se pone la capa.

—¡Periódicos! —brama una voz desde el pasillo. El ruido del rollo golpea el suelo al otro lado de nuestra puerta.

No podemos escapar de las noticias.

Edel echa un vistazo al pasillo y recoge el periódico. Sus ojos examinan todos los titulares.

—Arabella tenía razón. Aquí está el informe sobre nuestras hermanas: «Las belles favoritas Padma, Hana, Valerie y Ámbar encerradas en la Rosa». —Me muestra las imágenes. Ámbar se agarra a los barrotes en forma de rosa y grita a través de ellos, su pelo es una tormenta salvaje alrededor de su cabeza. Giramos la página, rápidamente, lo que obliga a la tinta animada a apresurarse para restablecerse—. Pero, Rémy...

Rémy se aparta de la ventana.

—¿Qué ocurre?

—Tu familia —tartamudea Edel.

El chico coge el periódico de sus manos y examina las páginas. Los ojos se le llenan de angustia.

—Tengo que irme.

—¿Qué ocurre? —Corro a su lado.

Unas imágenes animadas de la familia de Rémy llenan la portada bajo el siguiente titular:

LA FAMILIA DEL GUARDIA IMPERIAL TRAIDOR

—CÓMPLICE DE LAS BELLES FUGITIVAS—

HA SIDO IDENTIFICADA Y DETENIDA

Sus tres hermanas —Adaliz, Mirabelle y Odette— están encadenadas y se las llevan. Su madre, con el velo, sigue detrás de ellas con la cabeza gacha. Su padre se pelea con los guardias imperiales. Las tres niñas sollozan, una tormenta de lágrimas inunda sus oscuras mejillas morenas.

Recuerdo la profundidad de sus sonrisas y el sonido de sus voces y cómo miraban a Rémy, como si él siempre fuera a ser su héroe.

Inmediatamente Rémy empieza a guardar las pocas cosas que había reunido desde que somos prófugos.

—No puedes irte sin dejarme cambiarte —le digo.

—No me gusta que me cambien y no hay tiempo —responde.

—Es necesario. Los guardias te capturarán en cuanto llegues a Trianon, si no antes.

Preparo rápidamente la cama para el trabajo de belleza, estiro las sábanas y ahueco las almohadas.

—Y vas a necesitar comida —añade Edel—. Iré a comprar pan, nueces y queso curado. Cosas que puedan durarte.

Mi corazón se enternece por su voluntad de dejar a un lado su rivalidad y ayudar al chico.

—No. Estaré bien —replica él—. Se os acabará el dinero...

Edel ya ha salido por la puerta.

—Tu imagen estará por todas partes y mucho más destacada que los viejos carteles de SE BUSCA —le digo.

—Lo sé —responde—. Os voy a dejar mis mapas a Edel y a ti. Yo los tengo guardados en la memoria. Os ayudarán a moveros por cada rincón de Orleans. La tinta se restaura en cuanto los mapas maestros de Trianon se renuevan.

Se dirige hacia la puerta.

Lo cojo del brazo.

—No vas a irte a no ser que me dejes cambiarte.

Rémy me mira con fijeza, pero yo no cedo, finalmente suspira.

—Sabes que todo esto es innecesario, ¿verdad? Sé cómo mantenerme en la sombra. Y además tengo esos polvos capilares para cubrirme el mechón.

—Tengo que hacerlo —le repito—. Tengo que hacer lo que pueda para mantenerte a salvo.

Enciendo el fuego de nuestro diminuto fogón y lleno una tetera pequeña y desportillada con agua de la vasija de nuestra habitación. El ruido del crepitar de las llamas y del borboteo del agua suaviza las protestas del chico. Saco la caja que Arabella empaquetó para nosotras y extraigo las hojas de rosas belle secas para echarlas a la tetera. Mis manos trabajan deprisa para colocar todos los instrumentos de belleza que tenemos: un juego de tarros de pasta cutánea miniatura, varas de metal y lápices de carboncillo. Los combino con los artículos que hurtamos del Salón de Té Especiado. La pequeña colección no es siquiera una fracción de las existencias que antaño teníamos.

Cierro los ojos y recuerdo las innumerables estanterías de productos de belleza que teníamos en la Maison Rouge y los aposentos belle. El aroma de las pastillas, la cera y las velas me llena la nariz, y es casi como volver a estar allí.

Sin embargo, cuando vuelvo a abrir los ojos solo veo esta pequeña habitación.

—Quítate la ropa y túmbate en la cama.

Se queja, pero obedece. El ruido pesado de sus botas al caer al suelo provoca que un escalofrío fruto de los nervios me recorra entera. Hemos estado encerrados juntos en espacios pequeños durante todos estos días y nunca le he visto los pies. Ni ninguna otra parte de su cuerpo. Solamente me ha permitido usar los polvos capilares para cubrir su mechón plateado.

Me giro para darle privacidad mientras se desviste, pero todavía puedo sentir todos y cada uno de sus movimientos. Un fuego diminuto chispea en mi estómago.

La cama chirría al subirse.

—¿Estás listo? —Voy a buscar una taza de té de rosas belle y la coloco en la mesilla de noche.

—Tanto como voy a estarlo.

Se ha metido bajo las colchas y sus largos y oscuros brazos descansan encima de ellas.

Me río.

Él frunce el ceño.

—¿Qué ocurre?

—Te has tapado demasiado con las mantas. ¿Cómo se supone que voy a trabajarte?

—Ah.

—Tú túmbate en la cama y tápate..., ya sabes...

—Lo sé —corta rápidamente.

Espero.

—¿Vas a volverte?

—Estamos tímidos, ¿eh? —Me arden las mejillas.

Él suspira.

Me vuelvo de nuevo hacia él. Mi corazón aletea como la diminuta vela que descansa dentro del farolillo nocturno que hay entre nosotros.

—Hecho —responde Rémy.

Sus largas piernas cuelgan por el borde de la cama como dos grandes baúles de músculo moreno cruzados por vetas grisáceas. Sin embargo, es hermoso sin su ropa, incluso marmoleado de ese triste color.

—¿Qué vas a hacer? —pregunta.

—¿Qué quieres que haga?

—Nada si puedo evitarlo, pero supongo que no vas a aceptar un no por respuesta.

Toco la cicatriz que tiene bajo el ojo derecho. Su piel es cálida y suave.

—Me gustaría conservarla —me indica.

Me retiro a toda velocidad.

—Es bastante reconocible.

—Ha estado conmigo desde que nací. Bueno, según mi madre. Fue parte de mi estructura natural. Me recuerda a ella.

—Muy bien.

—Me gusta el color de mi piel. Cuanto más oscura, mejor.

—¿Algo más?

—¿Pelo más largo quizás? —propone.

—Te voy a poner ricitos de niña pequeña.

Las comisuras de sus labios se curvan en una sonrisa reticente.

Le guiño un ojo y lo cubro de maquillaje en polvo. Los copos blancos lo cubren como azúcar espolvoreado encima de una tarta de melaza; los aplico bien por sus extremidades con un pincel. Rémy observa todos mis movimientos, su mirada es intensa, como si estuviera intentando escuchar mis pensamientos. Las manos me tiemblan fruto de los nervios.

Cierro los ojos. Las arcanas se despiertan con facilidad y se levantan para acudir a mi llamada. Una oleada de calor me sube por el estómago y parece como si fueran mis dones acompañados de algo más. La sangre corre a toda velocidad por mi interior. Cuentas de sudor me perlan la frente. Las venas de mi cuerpo laten y el corazón adopta su ritmo. Finjo estar en casa, en la seguridad de una de las aulas de Aura. Finjo que todo lo que ha pasado nunca llegó a suceder. Finjo que Rémy es un cliente normal que ha venido a verme para su sesión rutinaria. Su forma aparece en la oscuridad de mi mente.

Le oscurezco el pelo hasta llegar al color de la medianoche. Alargo los rizos apretados para que sean largos bucles y luego los uno como si fuera un hilo suave hasta que llegan a caer sobre sus hombros en un millar de cuerdas diminutas. Oscurezco el tono marrón de su piel.

Lo miro y una sonrisa estalla en mi interior. Todavía puedo verlo bajo la nueva apariencia. No he querido perder todo lo que me encantaba del aspecto que él mismo había escogido para sí.

Se muerde el labio inferior.

—Ya he terminado. ¿Necesitas té para el dolor?

—No me duele —responde.

—Pero tienes el ceño fruncido.

—Esa no es la razón.

Se sienta. El pesado sonido de su respiración se extiende entre nosotros. Mi corazón aletea como un pájaro atrapado. Rémy huele a tinta, a cuero y a mí. Su aliento me golpea el hombro y me provoca un cosquilleo que me recorre el espinazo. Pensamientos en torno al chico revolotean en mi cabeza como burbujas en una copa de champán: sus manos alrededor de mi cintura, su nariz hundida en mi pelo, el tacto de sus labios, el sabor de su boca.

Me estremezco.

—¿Qué ocurre?

Su mirada me deja quieta en el sitio, luego se desliza a mi alrededor y me abraza entera. Sus ojos casi me engullen por completo: se mueven desde mi rostro, bajan por las líneas de mi cuello y serpentean hasta mi pecho, donde descansa el espejito, esperando todas sus preguntas.

—Nada —murmuro.

—Usa el espejo —me pide.

Me presiono una mano contra el pecho.

—Ya confío en ti.

—Hazlo y ya está, para no cuestionarlo jamás. —Pasa un dedo por el camino que marca la cadena en mi cuello, su dedo me toca la piel y deja un reguero de calor a su paso.

Saco el espejito de debajo de mi vestido, luego me pincho el dedo con un alfiler de la caja de belleza. Rémy me observa mientras esparzo la sangre por el mango del espejo. Las ranuras se empapan y el líquido alcanza la parte superior y baña las rosas; entonces el espejo muestra la imagen de su rostro: ojos amables, una media sonrisa perpetua y ceño serio y fruncido. Puedo sentirlo: su fuerza y su lealtad, su altruismo y su instinto protector, el afecto que me tiene. Su poder abrumador me llega como una oleada.

—¿Qué ves? —me pregunta observando mi rostro.

—No quiero que te vayas.

Se me rompe la voz. Lágrimas silenciosas y rebeldes abren una brecha en la pared frágil que las contiene.

Las seco.

Rémy me mira y luego estira los dedos para tocarme el rostro, sus manos son dulces, aunque pesadas. No me estremezco. No me aparto de su tacto. Su pulgar atrapa una lágrima al lado de mi boca; no para de secarlas hasta que dejan de caer. El calor de su mano se filtra hasta el interior de mi piel.

—Haces que me sienta segura —le digo.

Se inclina hacia delante.

—Y tú haces que yo sienta lo mismo. —Su susurro se enreda en mi pelo—. Pero la seguridad nunca es permanente. Como la belleza, supongo, es impredecible.

Más lágrimas manan de mis ojos. Son distintas esta vez. No conozco este sentimiento salvaje. Quiero que vuelva a tocarme. Quiero que me bese. Quiero saber qué se siente. Una costura en mi interior empieza a desgarrarse, se mofa de mí por todo lo que podría pasar si dejo que Rémy se me acerque.

—Tengo que irme —susurra—. Estarás bien sin...

Le toco el rostro y luego presiono mis labios contra los suyos, vuelvo a mandar esas palabras al interior; sé que no podemos estar juntos, sé que tiene que irse, sé que nuestra broma de estar casados era solo eso: una broma. Y, aun así, el rubor florece en mis mejillas.

Rémy se queda petrificado.

Me aparto. Mi corazón da una voltereta nerviosa. Sus ojos se clavan en los míos.

Nos encapsula un bolsillo de silencio cuyos bordes se expanden y se estiran por toda la habitación.

Ninguno de los dos nos movemos.

Busco en sus ojos la respuesta al beso. ¿Podría Rémy quererme de este modo algún día? ¿He cruzado una línea con él? ¿He malinterpretado lo que he visto en el espejo? ¿Se me permite tener todos estos sentimientos?

Abro la boca para intentar decir algo. Las palabras «lo siento» caen de mis labios.

Rémy pasa su mano por la curva de mi cuello y me coge el rostro entre sus manos. Me inclino hacia él. Me besa con suavidad y dulzura. Todas las preocupaciones por si me quiere salen volando como globos mensajeros.

Nos besamos hasta que nos cosquillean los labios.

—No quiero que te vayas. —Mi voz se ahoga en el miedo.

—Yo tampoco quiero irme. —Su voz se suaviza y las comisuras de sus ojos se arrugan—. Pero tengo que hacerlo.

—¿Y si es una trampa? —pregunto.

—Entonces me las arreglaré para escapar.

—¿Y si te pasa algo?

—Conozco el palacio del derecho y del revés. —Me recoloca uno de mis rizos encrespados—. Tú debes encontrar a Charlotte, recuperar a tus hermanas e ir allí a encontrarme. Podemos acabar esto juntos.

Me muerdo el labio inferior para evitar que tiemble.

—Siempre sabrás que estoy a salvo. —El chico pesca tres sanguijuelas del tarro perforado y se las coloca en el antebrazo—. Mándame la dragona dorada, es mi favorita. —Con su otro brazo se saca del bolsillo una pequeña daga envainada, el mango es blanco como un hueso y lleva perlas encastadas—. Llévala siempre contigo, incluso cuando duermas. Y úsala sin dudarlo. —Me coloca el cinturón alrededor de la cintura y lo abrocha—. Y finalmente, esto. —Se saca del bolsillo sus mapas encuadernados en cuero—. Quédatelos: te revelarán los detalles de todas las ciudades adonde vayáis. Los trazó el Ministro de Guerra en persona.

—¿Tú no vas a necesitarlos? —le pregunto al tiempo que le quito las sanguijuelas, que se retuercen y se atracan de la sangre de las gruesas venas del muchacho.

Abro la caja de sanguijuelas y saco un tarrito vacío. Uso una pluma diminuta para etiquetarlo con el nombre del chico, pongo las sanguijuelas dentro y luego vuelvo a meterlo en el compartimento que está al lado de las sanguijuelas que envió Arabella.

—Voy al palacio. Conozco ese lugar. Confía en mí.

Me inclino hacia delante y coloco la frente contra la suya.

Nos miramos el uno al otro como si hubiera una soga colgada entre nosotros, palpitante y vibrante, bien estirada por la situación que compartimos. Rémy me regala una sonrisa totalmente devastadora y desgarradora, una que me dice que esta puede ser la última vez que nos veamos.

Lo beso hasta que nos quedamos sin aire.

OBSERVO POR LA VENTANA DE LA HABITACIÓN CÓMO RÉMY desaparece entre la multitud en pleno mediodía. La gente esquiva sus anchos hombros y su alta figura en un ritmo casi sincronizado, como si supieran que es alguien importante. El chico avanza por el mundo sin el miedo de que tal vez haya alguien buscándolo en cada esquina. No echa la vista atrás, aunque desearía que lo hiciera.

Necesito ver su rostro una vez más. Por si fuera la última.

Mis preocupaciones provocan que se me forme un nudo en la garganta. Intento seguir a Rémy con los ojos tanto tiempo como puedo. El recuerdo de su boca zumba por mis labios hasta que lo reemplaza una sensación terrible, como un abrazo demasiado fuerte. El deseo de que se quede conmigo me arrastra. Una vocecita me susurra: «Que Rémy se vaya es una mala idea. Es precisamente lo que quiere Sophia».

Sin embargo, sé que no puede quedarse. Su deber es para con su familia: sin ellos, no habría un *él*.

Edel entra de nuevo en la habitación con un paquetito.

—¿Se ha ido? ¿Y sin la comida?

Estallo. Las lágrimas corren por mis mejillas. Edel me envuelve entre sus brazos.

—Estará bien —me asegura mientras me acaricia la espalda hasta que me calmo.

—¿Cómo lo sabes?

—Es Rémy.

Suelto una risita y me aparto. Me seco la cara e intento borrar también la emoción. Por supuesto que estará bien. Es listo, fuerte y cauto.

—¿Le quieres? —Enarca una ceja rubia.

Intento contarle una mentira, pero no puedo.

—Sí. —La palabra cae de mis labios y se me antoja demasiado pequeña para abarcar todas las emociones que siento.

—Cuando todo esto termine, ¿vais a estar juntos?

—¿Acabará algún día? —Me pongo la chaqueta—. ¿Y cómo será?

—No lo sé.

Una campana suena fuera. Los vendedores empiezan a gritar para intentar atraer a los clientes hacia sus carritos de comida.

—Tenemos que ir a la exposición. Vamos tarde —digo.

Guardamos todas nuestras cosas y adoptamos los glamures. Profundizo el moreno de mi piel para que vaya a conjunto con las tartas de chocolate que se venden justo debajo de nuestra ventana. Me calo bien la capucha para que me tape la cara y meto mi diminuta caja de belleza, los dragoncitos de peluche animados y los mapas en mi faja de pieles.

Edel se parece a nuestra maman Iris —la maman de Ámbar— con su pelo grueso, cada mechón una onda suave, y trenzado en dos retorcidos anchos que le llegan hasta la cintura como si fueran sogas de ónice. Se guarda en los bolsillos los artículos belle que nos quedan.

Uso los mapas de Rémy para dirigirnos de nuevo al aristócrata Barrio de la Rosa. La multitud se extiende hasta donde me llega la vista, ruidosa y emocionada, y me recuerda la noche de nuestro Carnaval Beauté. Suben como la marea por las escaleras colosales que llevan al Salón de Seda. Siento que el estómago me revolotea, la energía de todo esto encuentra el modo de entrar dentro de mí mientras nos mezclamos con el resto de personas y nos abrimos paso hacia el frío.

El edificio es la caja de un regalo hecha de paneles de cristal ribeteados con cintas de oro. Serigrafías con el rostro pecoso del Ministro de Moda cuelgan de los altos techos salpicadas de retratos de vestidos que muestran sus muchas maravillas. Las paredes de la habitación, llenas de ventanas, proporcionan una vista completa de Carondelet desde todos los lugares estratégicos. Los edificios de cúpulas azules brillan como tartas de crema recubiertas de glaseado de arándanos. Los farolillos diurnos pasean por encima de nuestras cabezas con cajas de voz incorporadas, y los farolillos ígneos brillan como estrellas acabadas de nacer.

—Acérquense todos. La presentación empezará dentro de un cuarto de vuelta de reloj —anuncia una mujer a través de las cajas de voz.

La multitud saca trompetillas y catalejos; se adelantan al inicio del espectáculo. Vendedores de dulces se deslizan a través de las masas, vestidos con atuendos que exponen sus delicias. Una mujer va ataviada con un sombrero en forma de tetera de porcelana y vierte en tazas el líquido caliente; otra lleva un vestido que brilla como un horno repleto de pasteles especiados y tartas de licor. Un chiquillo ofrece *macarons* con su chistera para que se puedan coger y consumir. Un hombre alto lleva un chaleco hinchado del cual extrae chocolatinas de menta, botones de chocolate y barras de caramelo. Globos mensajeros de color melocotón entregan copas de champán a las impacientes manos que van encontrando.

Los dragoncitos de peluche animado se retuercen cuando los aromas les cosquillean los hocicos. Me aprieto la faja para acercarlos a mí, con la esperanza de que la calidez y el calor de mi cuerpo los meza hasta dormirse a pesar de los ruidos del parloteo que hay en esta habitación cavernosa.

El equipo de dandis del Ministro de Moda marchan por las puertas laterales y corren gruesas cortinas coloradas por las paredes y techos. Las vistas sobre la ciudad y el cielo desaparecen. Apagan los farolillos nocturnos y los reemplazan por bengalas. Los asistentes apartan a los espectadores con delicadeza del centro de la habitación y hacen que la multitud forme un círculo perfecto.

—Gentildamas, gentilhombres y gentilgentes de las maravillosas Islas de Seda, esta es la primera parada de este glorioso *tour* mundial. Prepárense para el más grande Ministro de Moda que jamás ha servido al glorioso reino de Orleans: el único e irrepetible Real Ministro Gustave du Polignac.

La sala estalla en vítores. En el centro del círculo se abre el suelo y surge una plataforma que lleva consigo a Gustave. El ministro saluda a los espectadores, su mano falsa es ahora de oro y está incrustada de esmeraldas tan gruesas como uvas maduras. Su pelo descansa en un cono espectacular lleno de diamantes que le corona la cabeza. Me inundan recuerdos de él, de su amabilidad para conmigo. Mi corazón se eleva con un aleteo, como si hubiera despegado. Él nos ayudará. Sé que lo hará.

Farolillos de belleza entran en tropel por toda la habitación al tiempo que campanas de cristal cubiertas con una tela descienden del techo.

El ministro se lleva un megáfono a sus labios sonrientes.

—¿Estáis listos? —provoca.

La multitud estalla.

—¿Lo estáis?

Todo el mundo aplaude, salta y silba.

Miro a mi alrededor y me pregunto cómo pueden estar tan locos de alegría y que no les afecte nada de lo que está pasando en el mundo fuera de esta habitación.

Las capas de terciopelo caen de las campanas de cristal y se descubren los vestidos.

La multitud ahoga una exclamación.

—Contemplad, pequeñas dulzuras de las Islas de Seda, mis últimas creaciones —anuncia Gustave.

Las campanas giran y se mueven como globos mensajeros sin destinación concreta.

—Os hablaré un poco de mis vestidos favoritos. Bueno, me encantan todos, pero hay unos pocos que ocupan un lugar especial en mi corazón. —Uno de los vestidos se mueve hasta su lado. La campana gira a izquierda y derecha para mostrar todos los ángulos del vestido—. Este se llama Fénix. ¿No contaba la historia que el fénix del dios de la fortuna cambiaba sus plumas cuando la diosa de la muerte lo seducía cada mes?

La multitud retruena en señal de aprobación.

—Prestad mucha atención.

El vestido emplumado brilla con colores naranjas y rojos, luego las plumas cambian al oro fundido y luego a azules y ciruelas de medianoche.

Todo el mundo lo vitorea.

—Guardad un poco de emoción —responde Gustave— para el Gusano Enjoyado.

Otro vestido se mueve por encima de nuestras cabezas, es cilíndrico y se retuerce como un gusano de seda. Las capas se despliegan, primero se muestra una capa de diamantes blancos y perlas de cristal, luego se pasa a tonos carmesíes con rubíes incrustados.

La multitud hace redoble con los pies.

—Le sigue la Sensación Rayada. —El Ministro de Moda hace una reverencia al tiempo que un traje de tres piezas aparece en la campana de cristal más próxima. Las rayas negras y blancas cambian al dorado y plateado, luego al ciruela y turquesa, mientras su chistera a conjunto refleja los colores.

—¡Bravo! —grita alguien.

—¡Chic! —brama otro.

El Ministro de Moda acepta las alabanzas con una leve sonrisa.

—En colaboración con nuestra nueva reina, Su Real Majestad Sophia Celeste II, por la gracia de los dioses del reino de Orleans y sus otros reinos y territorios, defensora de la belleza y las fronteras, quiere que todos los ciudadanos de este gran mundo se sientan profundamente conectados con ella. Al llevar estos originales vestidos, os sentiréis realmente más cercanos a la reina y su genialidad.

Su sonrisa forzada pasa desapercibida a los espectadores, pero yo ya la he visto antes. No se cree ni una palabra de lo que está diciendo.

—Mis hermosos dandis se encargarán de vosotros. Haced vuestros pedidos. Vestíos con intención. Mostrad al mundo quiénes sois. ¡Que siempre encontréis la belleza!

Hace una floritura con su capa, luego la plataforma vuelve a llevárselo abajo y desaparece bajo el suelo.

Sus dandis se pasean tranquilos por la sala entre las masas impacientes con bolígrafo y pergamino, anotando pedidos y presupuestos. Uno se nos acerca.

—¿Desean hacer un pedido anticipado?

—Un pedido muy grande —responde Edel.

—¿Cuántos? —pregunta el dandi.

Me aclaro la garganta y sus ojos viajan hasta mí.

—Un centenar del Fénix y cincuenta del Gusano Enjoyado.

Sus cejas delicadamente dibujadas se enarcan con curiosidad.

—¿Es que tiene un harén?

No me río. El sudor me corre por la espalda mientras intento aguantar el glamur, parecer llena de confianza y mantener quietos en mi faja a los dragoncitos de peluche animados.

—Dirigimos una escuela muy prestigiosa —respondo—. Queremos una entrevista con el Ministro de Moda en persona para contarle más sobre nuestras necesidades.

—Muchos quieren reunirse con él. Es un hombre bastante ocupado —responde el dandi.

El pánico envuelve con sus dedos mi corazón como si fuera un puño, lo aprieta tan fuerte que podría estallar. Saco nuestra bolsa de leas, cojo las monedas que quedan y las presiono contra la mano del hombre. Es todo cuanto nos queda. No es mucho, pero con suerte le llamará bastante la atención para hacerle creer que hay más.

—Lo conocemos muy bien.

Los ojos de Edel me fulminan la mejilla, pero no me atrevo a mirarla por temor a perder mi coraje.

—Dígale que su muñequita tiene muchas leas para gastar. —Intento que mi tono de voz no suene desesperado.

El hombre se mete las monedas en el bolsillo y nos hace un ademán para que lo sigamos. Zigzagueamos entre los grupos de cortesanos emocionados que hacen ofertas por los vestidos expuestos y pedidos para otros adicionales.

—¿Por qué lo has hecho? —me susurra Edel—. Ahora no tenemos nada. —Su ira hace que su glamur flaquee.

—Me lo va a devolver. Y me dará más, lo prometo.

—Si no lo hace, no podremos pagar para quedarnos en la pensión esta noche.

La apuesta arde en mi estómago.

—Entonces suerte que hemos recogido nuestras cosas y nos las hemos llevado con nosotras. —Intento parecer más confiada de lo que me siento. Intento mantener una sonrisa altanera. Intento ser mi viejo yo, alguien a quien no le daba miedo correr cualquier riesgo sin importarle el coste.

El Ministro de Moda no me fallará.

El hombre da golpecitos en el suelo con su bastón mientras avanza a grandes zancadas; la gente se aparta de su camino y él gira por uno de los inacabables pasillos ornamentados. Los retratos inundan las paredes: hay imágenes de las familias reales y cortesanos famosos disfrutando de todo lo que las Islas de Seda tienen para ofrecer. Están sentados en carruajes que los llevan a las plantaciones, donde observan a los trabajadores grises, o se pasean por las granjas de seda con parasoles blancos como lirios que se posan sobre sus cabezas como nubes de la estación cálida.

El dandi nos acompaña hasta una salita para tomar el té. Las paredes están pintadas con los colores característicos de las Islas de Seda: azul océano, crema y oro. Farolillos diurnos y de belleza se persiguen unos a otros cerca del techo como cuerpos celestiales. Los criados empujan carritos repletos de teteras y dulces. El Ministro de Moda está sentado en una silla elevada rodeado de cortesanos y asistentes.

—Esperad aquí —ordena el dandi.

Me tiemblan las manos.

—Respira. Aguanta —me susurro a mí misma y deseo que las palabras se hundan en mi interior porque un estremecimiento vibra por mi espinazo a medida que va resultando cada vez más difícil sostener el glamur.

Una punzada de dolor irrumpe en mis sienes. El gusto metálico de la sangre baña mi lengua. Me falta muy poco para volver a sangrar por la nariz.

—Solo unos pocos minutos más —dice Edel.

El dandi se inclina y susurra algo al oído del Ministro de Moda, quien enarca una ceja y cuya mirada me encuentra.

—Salid de la sala —ordena el Ministro de Moda—. Todo el mundo, el servicio también.

Su exigencia retumba por las paredes.

La sala se vacía en menos tiempo del que tarda un único grano de arena en caer de un extremo al otro de un reloj de arena. En cuanto la puerta se cierra, el Ministro de Moda corre hacia nosotras. Casi me caigo en sus brazos por el cansancio.

Él me sujeta.

—¿Muñequita? —Sus ojos me recorren.

Dejo que el glamur se desvanezca.

Retrocede sorprendido cuando mi piel recupera su tono moreno habitual y mi pelo se encrespa y todos los mechones vuelven a rizarse. La sangre mana de mi nariz.

El hombre me ofrece un pañuelo y yo asiento con gratitud.

—Eres tú.

Me envuelve entre sus brazos como si yo fuera una niña perdida que él acabara de encontrar. Los dragoncitos de peluche animados chillan, ahuyentando al ministro. Sacan sus cabecitas por encima del borde de mi faja y lo miran de hito en hito, apuntando al rostro del hombre sus diminutas llamas, que se extinguen antes de poder causarle ningún mal.

—Qué adorables —comenta impertérrito.

El glamur de Edel desaparece.

—Ah, la alborotadora de quien siempre se quejaba Madame Alieas.

—Alieas era la fastidiosa —espeta Edel—. Y hola a ti también.

—Saludos, alborotadora. —Se coloca una mano en el pecho—. ¿Cómo habéis sido capaces de disfrazaros de ese modo?

—Nuestros dones —respondo con un cansancio terrible.

El hombre me toma el brazo.

Después de instalarnos en unos divanes, el hombre corre hacia un carrito de bebidas y nos trae dos tazas de té caliente. Me bebo la mía con avidez, el líquido cálido restablece la fuerza de mis músculos. Jamás había estado tan contenta de no tener que sostener mi propio peso. Dejo que los dragoncitos de peluche animados merodeen por la sala. Tres van de cabeza a torres de *macarons* en busca de algo más sabroso y los otros tres persiguen farolillos diurnos a través del espacio cavernoso, enredándose con sus cintas de seda.

El Ministro de Moda se los mira maravillados.

—Hay muy pocos de estos. Nuestra más nueva señora en el trono estaría bastante ansiosa por ponerles las manos encima.

—Soph...

El ministro levanta una mano y señala los farolillos de belleza que tenemos cerca.

—No digáis su nombre. De un modo similar al de sus joyas de sangre, está usando enigmáticos y les da la forma de casi cualquier cosa: abanicos, llaves, emblemas reales, incluso vestidos. Corre el rumor de que ha metido cajas de grabación diminutas en los farolillos de todo el reino para que las recojan sus seguidores más leales. Detectan palabras específicas y graban los cotilleos. ¿Lo entendéis?

Asentimos.

—Ahora que os he podido mirar más de cerca, no me cabe duda de que estáis huyendo —afirma.

—Necesitamos tu ayuda en un par de cosas: dinero, si puedes prescindir de un poco, y una manera de entrar en el Salón de Té de Seda.

Sin dudar un instante, saca una bolsa de leas de un bolsillo interno y me la entrega. Su peso me reconforta.

—Los salones de té están cerrados con más firmeza que las cajas de inanición hasta que ella declare que vuelven a estar abiertos. Solo los guardias y el servicio que atiende a las belles pueden entrar o salir.

—Lo sabemos —replica Edel antes de dar un sorbo a su té—. Por eso estamos aquí.

—Entonces ¿cuál es vuestro plan? —pregunta—. Es decir, doy por hecho que el salón de té no es vuestro objetivo final.

Edel se detiene a medio sorbo, su mirada penetrante salta entre el Ministro de Moda y yo. Frunce el ceño llena de sospechas.

—Si quisiera capturaros, ya estaríais encadenadas y de camino a esa elegante granja-prisión —espeta el ministro antes de tomar un *macaron* de una bandeja de tres pisos y hundirlo en su taza de color rosa.

—¿Por qué deberíamos confiar en ti? —pregunta Edel—. ¿Por qué quieres ayudarnos?

Se vuelve hacia mí y me sopla un beso.

—Siempre he sentido debilidad por ella.

Los ojos de Edel echan chispas.

—Eso no significa que no seas un aliado de ese monstruo que...

—¡Silencio!

Su voz resuena por la sala como una trompeta.

Edel palidece. Mi corazón late desbocado.

—No soy su amigo. Me arrebató a mi marido. —Sus ojos se colman de lágrimas—. Con el pretexto de un trabajo de sombrerero, esa mujer lo está reteniendo contra su voluntad. Lo usa para controlarme. Yo también necesito que ella desaparezca.

Edel abre y cierra la boca unas cuantas veces, pero no dice nada. La miro de hito en hito y le exijo que una disculpa salga de sus labios.

—Lo siento —respondo.

El hombre estira la mano para tomar la mía y me la aprieta.

—No pasa nada, marioneta mía. Estoy acostumbrado a que se me cuestione así. Puedo demostrar mi valía y valor. —Estira el cuello hacia delante—. Nuestra bella durmiente está en las Islas Áureas recuperando sus fuerzas, intenta ponerse bien antes de que empiecen las ceremonias. No puedo creer que solo queden cuatro días.

El corazón me da un brinco.

—¿Cómo lo sabes?

—Estoy muy unido a la querida pareja de nuestra difunda soberana. —Se inclina hacia delante y espera a que el farolillo que tenemos encima se aleje para susurrar—: Lady Pelletier.

Las piezas del rompecabezas empiezan a ponerse en su lugar. Miro con fijeza a Edel, satisfecha de que esta visita haya valido la pena.

—Sabed que nuestra belleza está escondida como una joya en la profundidad de la montaña.

—¿Puedes ayudarnos a llegar hasta ella? —pregunta Edel.

—¿Y hasta nuestra hermana en el Salón de Té de Seda? —añado.

Alguien llama a la puerta.

—¿Ministro? —requiere una voz.

172

—Sí, ambas cosas, pero no tengo más tiempo para ponernos al día —responde—. Mis deberes me llaman y cualquier cosa que siga alejándome de ellos generará curiosidad y provocará problemas. —Me da un golpecito en la nariz—. Debéis descansar esta noche. Mañana os llevaré adonde necesitáis ir. Pero primero debo rescatar vuestros cuerpos y vestiros con algo que no llame tanto la atención. Venid.

15

Las paredes llenas de espejos que nos rodean se empañan con el vapor mientras nos sumergimos en bañeras naturales de aguas termales calentadas desde el mismísimo corazón de las cavernas de la diosa de la muerte. Aprendimos en nuestras clases que su negociación con el dios del mar requirió que permitiera que sus fuegos eternos calentaran esas aguas.

Las claraboyas revelan las estrellas de medianoche en cuanto aparecen. La suave piedra blanca se desliza a lo largo de mi espalda y las burbujas borran la tensión de mis extremidades. Edel solo sumerge los pies, mientras que sus ojos van continuamente de mí a las puertas de piedra que tenemos detrás.

—No nos tendríamos que haber quedado —afirma—. Habríamos podido rescatar a Valerie esta noche y zarpar hacia las Islas Áureas. Ahora solo nos quedan cuatro días hasta la ceremonia.

—Intenta relajarte —le pido.

—Todavía no confío en él —me responde.

—Estamos en sus aposentos privados. Ha mandado a

casa a todos sus criados y asistentes durante toda la noche. Si fuera a atraparnos, ya habría ordenado al guardia que se nos llevara. Probablemente eso haría que ella lo adorara más y liberara a su marido o bien que ella lo metiera a él en la cárcel. El ministro se está arriesgando para ayudarnos.

—Confías con demasiada facilidad —replica—. Escribieron sobre ti en los periódicos, ya sabes. Sobre ti y su prometido, Auguste.

Una herida sangrante se abre en mi corazón.

—¿Qué?

—Hubo artículos en las revistas de cotilleos sobre cómo se enfadó ella por tu coqueteo con él. ¿Es cierto?

Mi relación con Auguste se reproduce en mi cabeza. La pesada mirada del chico, sus ojos con la habilidad de hacerme sentir como si yo fuera la única persona en la habitación, la única persona en el mundo. El sonido de su nombre remueve recuerdos dolorosos que me he esforzado mucho para enterrar en lo más profundo de mi ser, los zarandea y los sacude como los copos blancos en una bola de nieve puesta del revés.

—Entonces ¿lo es? —me presiona.

—Cometí un grave error.

Admitirlo me deja el corazón dolorido, como si una aguja lo hubiera perforado profundamente. Todos los secretos revelados entre besos; secretos que permitieron a su madre descubrir verdades sagradas acerca de las belles y contárselas a Sophia. No estoy preparada para enfrentarme a ello.

—¿Le besaste?

—Sí.

—¿Cómo fue? —Se hunde más en el agua.

—Bien.

Edel enarca las cejas.

—¿Ya está?

—No quiero hablar de él.

Cierro los ojos con fuerza e intento borrar a Auguste, desearía poder eliminar los recuerdos que llevo conmigo de él.

—¿Le querías?

La pregunta arde. Me da un golpe juguetón en el hombro. Abro los ojos.

—¿Qué hay de Rémy? Has dicho que le querías.

—Y lo hago. Del mismo modo que te quiero a ti.

Le cojo un brazo y la arrastro al agua. Ella se deja.

—He visto cómo os miráis el uno al otro. Ese amor tiene que ser diferente. ¿Cómo es? —me pregunta.

—¿Confías en mí? —le digo evitando su pregunta.

Edel siempre ha sido una tetera fría que tarda en calentarse.

—Sí.

—Bien. El Ministro de Moda nos ayudará. Dentro de unas horas recuperaremos a Valerie y ella nos dirá qué hacer con las bebés belles e iremos juntas a las Islas Áureas.

—No quieres hablar de chicos, ¿eh?

Sumerge la cabeza en el agua humeante.

Tarda tanto en volver a salir a la superficie que empiezo a preocuparme; luego, de pronto, emerge escupiendo.

—¿Estás bien?

Su piel se ha puesto colorada, del mismo rosa que un cerdito de peluche animado, y el agua le gotea de la boca.

—Lo estaré cuando nos vayamos de aquí.

—Ya nos queda poco. —Le cojo la mano y se la aprieto—. Nos saldrá bien. Lo sé.

Nos quedamos en remojo hasta que la piel se nos arruga. Unos camisones suaves cuelgan de unos ganchos cercanos a la espera de nuestros cuerpos cansados. Una puerta lateral conduce a un pequeño dormitorio completo con una gran cama con dosel. Un único farolillo nocturno frota su cabeza contra el dosel de nuestra cama y dos carritos descansan a los pies: uno contiene sabrosos alimentos con propiedades para restablecer las arcanas, como pastelitos de salmón, brochetas de ternera, calamares envueltos con beicon y tabletas de chocolate, y el otro un tarro lleno de sanguijuelas.

Edel se mete tres pastelitos de salmón en la boca.

—Estoy tan cansada que casi no puedo masticar —gruñe, luego sube a la cama y aparta el farolillo nocturno antes de cerrar el dosel.

Mientras los suaves ronquidos de Edel llenan la habitación, yo me cubro el brazo de sanguijuelas y saco el libro belle de Arabella. Bajo el tenue fulgor de un único farolillo nocturno, leo más entradas.

Fecha: día 3.510 en la corte

La adicción de Sophia a la belleza ha alcanzado niveles nuevos. Ha cambiado de aspecto para cada una de sus actividades matutinas —desayuno con sus damas de honor, un paseo por los jardines de invierno y una reunión con su gabinete—, y luego de nuevo por la noche para sus juegos de cartas y fiestas nocturnos. Antes de que alguien pueda llegar hasta ella, ha desarrollado un enérgico examen de belleza: debe ponerse de pie encima de una plataforma para que lo analicen y lo puntúen. Si se le considera más bello que ella, tiene dos opciones:

venir a verme de inmediato para cambiarse a sí mismo o recibir una multa y abandonar el palacio. La mayoría se someten a esta nueva rutina porque están desesperados por estar en su presencia.

Me da miedo pensar en qué va a ser lo siguiente que Sophia y sus deseos de grandeza van a hacer.

Fecha: día 3.435 en la corte

Hoy Sophia ha traído a los nuevos miembros del gabinete durante la reunión de la asamblea. Han entrado en la Sala Real de la Ley de la Biblioteca Imperial, todos impacientes por ser sus marionetas y hacer su voluntad. Yo me he escondido entre las estanterías de libros de derecho mientras ellos estaban reunidos abajo.

Sophia ha mostrado sus retratos imperiales —tamaño espejo y perfectos para las paredes o los tocadores— y la campaña de publicidad dirigida a venderlos a las masas. Ha dicho que los retratos la conectarán con la gente de su reino, cuando en realidad van a conectar a todo el mundo con su pared de la obsesión. La Real Ministra de Belleza, Rose Bertain, la ha desafiado delante de todo el mundo y la reunión ha acabado temprano. Por desgracia, la ministra va a pagar por ello.

Intenta tener ojos en todas partes. Seguramente lo próximo será establecer puntos de control de belleza mientras continúa poniendo el palacio patas arriba. Ahora recibe un libro de cuentas de todos sus visitantes en la corte. A pesar de las protestas del Ministro de Guerra acerca de que la seguridad de las fronteras peligra, este le ha tenido que proporcionar mil guardias adicionales, que ha retirado de sus puestos por todo el reino.

Doy una profunda bocanada de aire, sus palabras despiertan todavía más angustia en mi interior.

Un globo mensajero se cuela en la habitación, de color azul marino y cubierto de hilos de seda. Choca contra el farolillo nocturno que se está consumiendo encima de mi cabeza. Dejo a un lado el libro belle de Arabella y cojo las cintas de la cola del globo. Contiene un periódico enrollado y una nota con mi nombre.

La abro:

Mi queridísima lechuza,

He visto la luz del farolillo nocturno en vuestra habitación y he deducido que todavía estabas despierta. Quería decirte lo feliz que me hace ver tu rostro y tenerte conmigo. Te mando una cosita para leer. Presta especial atención a la columna de la Carta de la editora. Podemos discutirla por la mañana.

Que duermas bien,

Gustave

Despliego el periódico. El corazón me da un salto.

La telaraña.

La tinta blanca surge en el pergamino negro. Una araña de tinta diminuta corre por el borde. Bajo el encabezamiento de la edición vespertina, aparecen los titulares.

INICIO COMPLICADO EN LA CORTE: EL PROMETIDO DE LA REINA

ESTÁ EN EL PALACIO DE VERANO EN LAS ISLAS DE CRISTAL

Y NO EN EL PALACIO IMPERIAL

LA FLOTA DEL MINISTRO DE GUERRA SE MUEVE

POR EL MAR CÁLIDO EN BUSCA DE BELLES FUGITIVAS

PELIGROS DE SER UN GRIS: EL MINISTRO DE LA PRENSA

HACE CIRCULAR NUEVOS FOLLETOS QUE DETALLAN

LOS PELIGROS Y LAS ADVERTENCIAS

¿HABRÁ UNA BODA EN ALGÚN MOMENTO DE ESTE AÑO?
EL PROMETIDO DE LA REINA ESQUIVA TODAS LAS DISCUSIONES
Y LOS PLANES DURANTE LAS REUNIONES EN PALACIO

¡OJOS EN TODAS PARTES! SE HA DESCUBIERTO QUE
LA NUEVA LÍNEA DE VESTIDOS DE LA REINA ES OTRA MANERA
DE CONTROLAR Y SUPERVISAR LA BELLEZA DE LOS DEMÁS

¡LA ESPERANZA AGUANTA: LA BELLE FAVORITA Y
SU HERMANA EVITAN SER CAPTURADAS!

Una sacudida diminuta hace que me siente erguida.
Encuentro la columna de la Carta de la editora.

Queridas arañas:
  ¡Un mandato a todos los seguidores!
  Durante los últimos días ha habido un debate acerca de si nosotras, las Damas de Hierro, apoyamos a las belles.
  A pesar de nuestro parecer respecto a su lugar en la sociedad y sus dones, respaldamos sus esfuerzos. Las belles Camille Beauregard y su hermana Edel Beauregard permanecen fugadas, eludiendo los esfuerzos de la reina. Mientras sigan evitando con éxito ser capturadas, hay esperanza de que podamos derrocar a esta reina y cambiar Orleans de una vez por todas. Con su ego herido y su atención puesta en la venganza, es vulnerable, está distraída y desconcentrada bajo los correteos de los pies de las arañas. Nuestras fuentes afirman que el palacio está cerrado a cal y canto, hay un único puesto de control que permite la entrada y la salida. Trianon es una ciudad ocupada, hay tantos guardias como farolillos.
  Las belles necesitan nuestra ayuda.
  Aliados de nuestra causa, imploramos a todos los seguidores que las ayudéis si se cruzan por vuestro camino. Compartid vuestra comi-

da, refugio o dinero. Nos comprometemos a reemplazar todas las cosas perdidas en esta noble causa y a asistir en cualquier consecuencia derivada en caso de detención. Yo misma voy a honrarlas.

Estamos con las belles.

Mostramos nuestra solidaridad.

Que nuestras hebras permanezcan fuertes y nuestras redes nos den buen servicio.

Lady Arane, líder de las Damas de Hierro

Mi respiración se acelera tanto que parece como si hablara. Una oleada de adrenalina me acelera el corazón.

Nos apoyan.

Me apoyan.

La vuelvo a leer y paso el dedo por encima de las letras blancas llenas de esperanza, promesas y confianza.

Corro hacia la cama, abro de golpe el dosel y zarandeo a Edel.

—Despierta —le susurro.

Edel gruñe y se da la vuelta.

Mis ojos vuelan hacia la puerta y deseo que Rémy estuviera allí, sentado en la butaca de al lado. Todavía no ha pasado un día entero desde que se ha ido, pero el vacío que ha dejado se está convirtiendo con rapidez en un infierno que se expande. Ojalá pudiera compartir esto con él.

Vuelvo a dirigir la vista al artículo mientras paso los dedos por las letras blancas. Miro de nuevo la entrada del diario de Arabella.

Los puntos de control del palacio. ¿Lo sabe él? Pienso en Rémy probando las distintas formas de entrar en el palacio y fracasando a cada intento. ¿Ha llegado siquiera hasta allí? ¿Y si ya lo han capturado? Ojalá pudiera saber si está bien. Desenvuelvo uno de los globos mensajeros invisibles que Rémy nos dejó. En cuanto la luz del farolillo nocturno se cierne sobre mí, la silueta del globo aparece y desaparece.

Tomo el pergamino, mi pluma y un bote de tinta. Después de tres inicios fallidos, finalmente tranquilizo mis nervios y le escribo. No es *demasiado* pronto, me digo a mí misma.

Rémy:

Sophia ha cerrado todas las entradas y salidas del palacio excepto una.

Ve con cuidado.

La pluma falla antes de que acabe. Pienso en cómo terminar la carta. Escribir la expresión *te quiere* se me antoja pesado y duro. ¿Qué significa siquiera? Sé que me importa y que no quiero que le hagan daño. ¿Qué pasa si eso hace que se sienta incómodo? ¿Qué pasa si es una expresión y un sentimiento demasiado extraños para usar ahora?

El reloj de arena da la vuelta y señala que otra hora ha pasado, que se acerca el amanecer. Garabateo la expresión y doblo la nota antes de perder el coraje. Preparo el globo mensajero con el carboncillo. Extraigo del tarro de porcelana una de las sanguijuelas que acabo de usar y la meto dentro del globo.

—Or —susurro a la jaula de dragones—. Despierta, pequeñita. —Sus escamas doradas parecen monedas de leas. La recojo del montón de dragoncitos de peluche animados durmientes con la esperanza de no despertarlos a todos—.

Necesito que encuentres a Rémy, *petite*. Necesito que te asegures de que está bien.

Tomo un trozo de beicon del carro de comida, luego extraigo una de las sanguijuelas de Rémy del diminuto juego de tarros etiquetados y la envuelvo con la carne. La dragona se la traga y luego tose una diminuta ráfaga de fuego.

—No está muy rica, lo sé. Lo siento.

Ato una cinta plateada alrededor de su cuello como si fuera un collar, luego abro la única ventana de la habitación. Un rastro espolvoreado de nieve ha caído y la niebla abraza los edificios. La falta de visibilidad presagia cosas buenas para la pequeña Or. No parecerá sino una pequeña estrella caída, una lágrima del dios del cielo que se dirige al suelo.

Un buen augurio.

Echa a volar y la observo hasta que es una motita de luz en la distancia.

Nos despertamos tres horas después de que la estrella matutina haya salido. Edel es presa del pánico, se aparta
con fuerza las sábanas de encima y se abre paso a arañazos
para saltar de la enorme cama.

—Nos hemos dormido —se queja.

Yo bostezo y me estiro.

—Necesitabais descansar —asegura una voz desde el pasillo. El Ministro de Moda aparece con una capa de viaje de
piel—. Ha pasado mucho tiempo desde que teníais seme-
jantes comodidades, pensé que quizá debía dejaros disfru-
tar de ellas.

—Lo hemos hecho —respondo dejando reposar las piernas entre la suavidad de las sábanas un momento más.

—¡No tenemos tiempo! —chilla Edel.

—Por favor, deja de hacer teatro. No estamos en la Gran
Ópera, hace una semana que está cerrada, querida. No os
he despertado porque tenía cosas que disponer para ayudaros. —Hace tintinear una pesada bolsa de leas y luego la
coloca en la mesa al lado de la jaula de los dragones—. Vestíos y recoged las cosas, después venid a encontrarme en el

salón adyacente para tomar un desayuno de última hora. No podéis hacer nada con el estómago vacío.

Nos bañamos de nuevo, rápido esta vez, y nos vestimos con los nuevos atuendos que el ministro ha dejado para nosotras, incluyendo gruesos velos de la estación fría. Me meto los dragoncitos de peluche animados que quedan —Fantôme, Poivre, Feuille, Ryra y Eau— en mi nueva faja, que está hecha con maestría para llevarlos e incluso tiene agujeritos para que puedan mirar hacia fuera, compartimentos para que cada uno de ellos pueda acurrucarse y un bolsillo lateral que me permite deslizar comida hacia dentro. Sonrío. Incluso hay un espacio para los mapas de Rémy y mi caja de belleza. Tendré que dar las gracias al Ministro de Moda más tarde.

—¿Dónde está Or? —pregunta Edel apartándose el pelo de la cara en un recogido alto.

—La envié ayer por la noche a entregar un mensaje a Rémy. —Meto las sanguijuelas en los nuevos tarros de viaje que nos ha dejado el Ministro de Moda y guardo los paquetes de comida en mi cartera.

—¿No deberías habérmelo consultado antes? —Pliega la jaula portátil de los dragones y se la guarda en su bolsa.

—Estabas roncando contra tu almohada —respondo—. Intenté despertarte, de veras, para contártelo.

—Podrías haberte esperado hasta la mañana para enviarla. —Coge la segunda bolsa de leas de la mesa.

—¿Y tener a aquella dragoncita centelleante volando por ahí a plena luz del día? No, pensé que sería mejor hacerlo por la noche.

—Bien. Pero me gusta saber las cosas.

185

—Bien. Entonces tengo algo que enseñarte. —Le paso el periódico *La telaraña*—. Tuve que advertir a Rémy después de leerlo. La Carta de la editora.

—Muñequitas —nos llama el Ministro de Moda desde la habitación de al lado—. Se está enfriando la comida.

Inicio el recorrido. Edel me sigue con los ojos clavados en la página y choca contra la mesa.

Al lado del ministro descansan unos carritos del desayuno tan altos como la torre de pelo que él lleva hoy, cargados con hileras de quiches, bandejas de brochetas de carne, montones de crepes de miel y jarras de leche y zumo de nieve de melón. Me rugen las tripas con solo ver la lujosa comida, que borra el recuerdo de las mañanas llenas de gachas grumosas y galletas duras de las distintas pensiones.

—Veo que recibiste el periódico que te mandé ayer por la noche —comenta.

—No podía dormir —admito.

—A mucha gente de todo el reino les pasa. Yacen despiertos, muertos de miedo y preocupación. No creo que muchos de nosotros estén descansando bien.

Toma una fresa de una montaña cálida de crepes espolvoreadas de azúcar.

—Solo Soph...

Chasquea la lengua.

—¡Chist! No te olvides de no decir su nombre.

Asiento y cojo del carrito un gofre regado con sirope.

—Y te sorprendería. No creo que ella esté durmiendo mucho tampoco. Es difícil mantener las cosas en funcionamiento cuando todo lo que tienes son el miedo y las mentiras.

Edel levanta la vista del periódico.

—¿Nos están siguiendo? —me pregunta.

—Exactamente. Os apoyan desde lejos —añade el Ministro de Moda.

—¿Qué querrán a cambio? —le pregunta a él.

Él se echa hacia atrás y entrecierra los ojos.

—No estoy seguro de entender lo que quieres decir.

—Siempre hay un precio por la ayuda. Nadie lo hace porque sí —responde Edel—. Si esas personas son un grupo que vive lejos del resto de nosotros y rechazan la tradición y los trabajos de belleza, no puede ser que les gustemos mucho. Representamos lo que odian.

—Yo no lo veo así —intervengo.

—Porque tú tienes esperanza —me dice mi hermana con un gruñido.

—Y tú no tienes —interviene el Ministro de Moda—. Pero la resistencia se muestra de muchas maneras y las alianzas adoptan muchas formas. A veces todo son fuego y tormentas, cortar las cabezas de la gente importante. Y otras veces la cosa es lenta, una grieta que abre un cristal, avanza centímetro a centímetro y se extiende por toda la superficie. —Da un mordisco a su fresa y el zumo le gotea por los labios como si fuera sangre pálida—. No siempre tienes que estar completamente de acuerdo para trabajar codo con codo. Nuestras estrellas se pueden alinear de muchas maneras distintas.

El estruendo de un trueno sacude la habitación.

Edel y yo nos estremecemos.

El ministro mira hacia las claraboyas.

—El tiempo está empezando a cambiar. Los periódicos dijeron que tendríamos una tormenta de nieve. El dios del cielo está enfadado hoy; siempre está un poco torcido cuando se acerca el año nuevo.

Edel se mete una lionesa en la boca.

—Estoy lista.

—Bien, ahora tenéis dinero y voy a llevaros al Salón de Té de Seda. Una vez que tengáis a vuestra hermana, aseguraos de salir por la puerta noroeste; es el embarcadero de la casa para las entregas y las visitas discretas. Un barco privado os estará esperando para llevaros a la ciudad de Céline, en las Islas Áureas. Os dirigiréis a las Montañas Rean para ver a nuestra bella durmiente.

Su plan expuesto ante nosotras invita a que cierta calma se instale en mi interior por primera vez desde que dejé el palacio.

—¿Estáis de acuerdo las dos? —pregunta.

Miro a Edel, que duda un momento y luego asiente.

Alargo la mano para tomar la del Ministro de Moda. Él coge la mía y la aprieta.

—Gracias —le digo. Ojalá pudiera hacerle entender cuánto significa para mí su ayuda, pero no hay tiempo.

Él se pone de pie.

—He reemplazado vuestras viejas capas de viaje; también podéis usar los velos que he dejado para vosotras. Las máscaras no están de moda ni aquí ni en las Islas Áureas. Los velos ayudan a protegerse de toda la nieve que tienen que soportar y, con todos los salones de té cerrados, esconden la belleza efímera, de modo que los han convertido en tendencia. —Suspira.

Nos colocamos los oscuros velos por encima de la cabeza. El ministro entrecruza las cintas por el cuello y me coloca mi emblema real en la frente como la joya central de una diadema.

El Ministro de Moda abre la puerta y vocifera a un criado que está de pie fuera del salón:

—Preparad mi carruaje.

—Sí, señor ministro —responde el hombre y hace una reverencia.

Seguimos al ministro y salimos al exterior por una puerta lateral, donde hay un carruaje imperial del tamaño de tres. Los cojines dorados y el interior revestido de madera de teca nos recogen en la cámara principal, a salvo de la pesada nieve que ya ha empezado a caer. Las lámparas de araña tintinean al ritmo de los cascos de los caballos contra los adoquines en el aristócrata Barrio de la Rosa de Carondelet.

—Me tiene consentido —me dice cuando se da cuenta de que mis ojos examinan el lujoso interior del carruaje—. Cree que eso hará que la odie menos por haberme quitado a mi marido o que de algún modo me va a ganar así, sofocando mis sospechas y dudas.

Una sirvienta camina cojeando e intenta servir el té. Sin embargo, se le cae encima de su traje lila de sirvienta y se le forman manchas parecidas a vetas de barro.

—Esto ya se te debería dar mejor —espeta el Ministro de Moda—. ¡Mantén el equilibrio!

Se pone de pie para demostrarle cómo.

A mí se me revuelve el estómago. Descorro las cortinas del carruaje y miro al exterior. El hielo reviste la ventana con un delicado patrón de encaje y la nieve araña los laterales del carruaje como si fueran granos de azúcar. La gente todavía se arremolina en la entrada del Gran Salón a medida que pasamos. Todos se resguardan de la nieve bajo sus paraguas y llevan farolillos ígneos volando cerca de ellos. Los rostros impacientes muestran sonrisas dentadas y las manos aferran bolsas de monedas, listos para admirar la exposición de vestidos y hacer sus pedidos.

Pienso en lo que quizás encontremos dentro del salón de té. Pienso en ver a Valerie de nuevo, lo que despierta otra vez el dolor de haber perdido a Ámbar.

—¿Cuál es nuestro plan? —me pregunta Edel.

—Iremos directas al interior y usaremos nuestras arcanas para desarmar a cualquiera que se cruce en nuestro camino.

Asiente en señal de estar de acuerdo conmigo.

—No tengáis tanta prisa en chillar; intentad ser un susurro primero —aconseja el Ministro de Moda—. Es más que probable que Valerie esté muy débil.

—¿Por qué? ¿Qué sabes? —pregunta Edel.

El carruaje llega al embarcadero antes de que él pueda contestar. Los farolillos níveos perlan el camino hacia una serie de barcos suntuosos, como preciosos cisnes enjoyados listos para nadar hacia la orilla del salón de té. Los guardias vigilan el embarcadero, pero no hay tantos como cuando llegamos el primer día. La mujer todavía está sentada en la cabina de recepción del Salón de Té de Seda; un farolillo ígneo flota por encima de su cabeza y le ilumina el rostro como un sol en miniatura.

—He dejado instrucciones a mi barquero para que espere solamente durante una vuelta de reloj —susurra el ministro antes de dar unos golpecitos en el cristal con su bastón.

190

La mujer pega un salgo y luego abre la ventanilla.

—Señor ministro, qué gran honor supone...

—Prepare un barco. Tengo que ver a la señora de la casa —ordena.

La mujer inclina la cabeza.

—Por supuesto. ¿Querría que llamara antes para que ella...?

—Lo único que quiero que hagas es preparar el barco.

—Sí, señor ministro —responde antes de ir corriendo hacia el embarcadero.

Nosotras vamos detrás. Esta vez no nos pide identificaciones; apenas nos mira.

—Debería llamar a alguien del servicio para que me ayude a pedalear. Estamos cerrados, de modo que todo el mundo está dentro.

—Sí, por favor. No quiero llegar desaliñado y sin aliento —dice el ministro.

La mujer trastea el circuito telefónico y solicita que una criada se dirija al embarcadero. Después de colgar, mira al ministro con ternura.

—Adoro los nuevos vestidos...

El hombre levanta una mano y ahuyenta el entusiasmo de la mujer como si fuera una mosca fastidiosa.

La sirvienta llega en un bote. Embarcamos y nos sentamos bajo un dosel ornamentado. Los farolillos ígneos revolotean a nuestro alrededor como los pájaros de un pantano.

Las mujeres pedalean. Un farolillo de lazo se revela un faro a medida que la nieve no para de caer del cielo. El salón de té es todavía más hermoso de cerca. Réplicas de porcelana de gusanos de seda se curvan en espiral y nos movemos mientras el viento azota el edificio. Vuelvo la vista atrás, hacia el embarcadero que hemos dejado. La pequeña cabina de recepción ha palidecido bajo la nieve. Mi estómago se me encoge y se hace un nudo. ¿Llamará la mujer a la señora de la casa y le dará la alerta? ¿Se llevarán a Valerie durante los minutos que estamos tardando en llegar? ¿Nos estarán esperando los guardias para arrestarnos?

Los dragoncitos de peluche animado se retuercen en mi faja. Tal vez pueden sentir mi miedo creciente. Tal vez pueden notar las preocupaciones que tanto me he esforzado en esconder.

Edel abre y cierra los puños como hace siempre que está enfadada o preocupada. El viento golpea contra el dosel y estira su tela con la amenaza de arrancarla y reclamarla para sí.

La mujer aparca el bote y nos ayuda a descender hasta el pequeño embarcadero. Como pequeñas ciruelas que bordean una tarta, los guardias rodean en una formación perfecta todos los rincones del salón de té. Aunque la nieve se acumula en sus sombreros y hombros, ellos ni se inmutan.

Intento contarlos. Doce. No, trece. No, podrían ser más. No puedo verlos a todos a causa de la nieve que no para de caer. Eso hace que me pregunte cuántos hay en el interior. Nosotras jamás seríamos capaces de desarmarlos a todos. ¿Estamos yendo hacia una trampa? ¿Deberíamos haber ido directamente a las Islas Áureas a por Charlotte? Tal vez fui imprudente al trazar mi plan.

Ahora el frasquito de veneno que llevo en el bolsillo se me antoja más pesado por la carga de lo que estamos intentando hacer.

Las puertas dobles del salón de té se abren antes de que lleguemos a ellas. Una mujer nos da la bienvenida vestida con un atuendo estridente que me recuerda a las plumas de un loro. Una corona de pelo negro está trenzada en su cabeza y entretejida con flores de invierno.

—Señor ministro, ¿a qué debemos este gran honor?

—Madame Renault.

Se inclina hacia delante y la besa en ambas mejillas.

—Como bien sabe, nuestro establecimiento está cerrado en este momento.

Sonríe y el lápiz de labios rojo que lleva pinta su boca para que parezca una flor que se abre.

—Ah, sí, estaba en la sala cuando ese mismo decreto llegó directo de nuestra nueva majestad. Sin embargo, tengo una emergencia. —Entramos en el vestíbulo y miro hacia arriba, hacia el interior de la casa. Las plantas abiertas revelan un guardia en cada piso—. Deje que le presente a Lena —el ministro hace un gesto hacia Edel, que realiza una reverencia— y a Noelle, de la Casa de Reptiles Raros.

Hago una reverencia.

—Son comerciantes y vendedoras de dragones. Tengo intención de presentarlas a la reina por sorpresa, pero necesitan un rápido retoque de belleza antes de ir a visitar a Su Majestad. Está tan cerca su ceremonia de Coronación y Ascensión... Solo tres días —dice al tiempo que presiona su mano con uñas bien cuidadas contra su pecho—. Pensé que no sería nada de lo que usted y sus chicas no pudieran encargarse.

Doy un toquecito a mi faja y los dragoncitos de peluche animado asoman las cabecitas.

—Qué encantadores —responde la mujer antes de inclinar la cabeza—. Gracias, Gustave. Sin embargo, debo ver sus rostros. Órdenes de nuestra nueva reina, cualquiera que entre en este salón de té debe registrarse. —Chasquea los dedos a una criada que hay cerca—. Trae el libro mayor.

Dirijo una mirada a Edel, solo le veo el contorno de los ojos. Asiente.

—Les haría pasar mucha vergüenza si las obligara a mostrarse con este aspecto imperfecto —responde el ministro.

—No pasa nada —intervengo.

Las arcanas envían un escalofrío que me recorre la piel. Mientras me aparto el velo, siento que mi pelo y mi rostro cambian. Edel me imita.

El Ministro de Moda asiente cuando nos descubrimos del todo.

Madame Renault estudia nuestros rostros.

—Todavía son bastante bonitas.

—Pero no perfectas —añado—. Y eso es lo que requiere Su Majestad.

La mujer se muestra de acuerdo.

Vuelvo a colocarme el velo y dejo que el glamur desaparezca.

—Entonces... —replica el Ministro de Moda.

—Pero no tenemos belles aquí, Excelencia.

El ministro le coge la mano y le da un golpecito.

—No es usted muy buena mentirosa. Sé que debe de tener al menos una o dos preparadas. Nos lo cuentan todo a los miembros del gabinete.

La mujer se inclina hacia él.

—Pero no debo.

—Querida, será nuestro pequeño secreto. —Le guiña un ojo—. Me aseguraré de que le envíen un vestido de mi nueva línea. Un vestido *vivant* que capte la profundidad y vastedad de su belleza. Ha estado manteniéndola bien, me he dado cuenta.

La mujer se sonroja y su severa boca se relaja.

—Solo tengo una belle disponible. La otra está, bueno, ya sabe, indispuesta.

—Una será suficiente. —Se saca una bolsa repleta de monedas de un bolsillo interior de su americana—. Por las molestias.

La mujer acepta el dinero.

—Por favor, tenga en cuenta que les gusta recibir los tratamientos en la misma habitación. Sé que puede hacerlo posible. Se rumorea que su salón de té es el mejor, incluso mejor que el Crisantemo.

La mujer sonríe radiante.

—Esas Du Barry han arruinado la tradición. Existe un decoro y un orden que debe añadírsele. Sin escatimar. —Chasquea los dedos hacia una criada que está cerca—. Prepara la sala grande del cuarto piso.

—Es muy gentil, mi señora. No olvidaré este favor.

El Ministro de Moda sonríe y le ofrece un brazo a Madame Renault. Juntos se adentran en el vestíbulo.

Mi corazón tamborilea cuando les seguimos. El Ministro de Moda la distrae contándole cosas acerca de la pobre cosecha de gusano de seda de este año y cómo ello ha afectado al calendario de producción de la línea de vestidos *vivant* de la reina.

Los dragoncitos de peluche animado que llevo en la faja se retuercen como si respondieran a los nervios que me azotan el estómago. Les doy unos toquecitos, intentando calmar su agitación, mientras observo lo que me rodea. ¿Dónde podría estar Valerie? Edel hace lo mismo, alarga el cuello para ver por los pasillos a oscuras.

Una criada camina al lado de una mujer joven. Un collar de plata repleto de diamantes envuelve su cuello, cae por su pecho y le ata una muñeca junto a la otra. Un casquete descansa sobre su cabeza y un velo corto le cubre los ojos, la nariz y la boca con seda de encaje. Su piel es del profundo carmesí de una rosa belle acabada de florecer, lista para ser recogida, y tiene dos bocas: una normal y otra pequeña debajo de la primera.

Las palabras de Du Barry me persiguen: «Habrá un conjunto de belles favoritas y un conjunto secundario para asegurar que las necesidades del reino estén satisfechas. Oferta y demanda básica».

—¿Por qué está encadenada? —pregunto.

El Ministro de Moda me fulmina con la mirada.

—Órdenes de la reina. La semana pasada mandó por globo mensajero una nueva guía belle aprobada por el Gobierno. Fue después de que esas belles fugitivas dejaran el palacio. —Su mirada es penetrante mientras busca el contacto visual.

El ministro se afloja la corbata lila que le rodea el cuello.

—¿Qué hay de la belle de la generación favorita? La preferiríamos a ella —comenta Edel.

Las cejas del Ministro de Moda se enarcan alarmadas.

Madame Renault palidece.

—No hay belles de esa generación aquí. —Empuja a la chica hacia delante—. Esta tiene mucho talento a pesar de lo que pudiera sugerir su apariencia externa.

El ministro clava su mirada en mí, a la espera de una respuesta.

—La reina abolirá la segregación de belles entre favoritas y secundarias. Todas ocuparán la misma esfera sin tener en cuenta cómo salgan. La nueva Ministra de las Belles, Georgiana Fabry, se encargará de ello —añade.

El simple hecho de oír ese apellido, el de Auguste, ya duele.

—Ada tiene mucho talento —repite Madame Renault.

La chica avanza. Me fijo en el rojo brillante de su tono de piel y en esa segunda boca diminuta bajo su labio inferior mientras se abre y se cierra. Reprimo el ardiente deseo de chillar.

—Yo supervisaré la sesión —añade el ministro—. Soy su consejero de imagen. Les doy un cambio de imagen para complacer a Su Majestad.

Madame Renault sonríe.

—Qué mujeres tan afortunadas.

Avanza y nosotros la seguimos.

Nos llevan hasta una sala de tratamiento. El techo abovedado está cubierto de oro y azul, las amplias ventanas en forma de arco dan al mar y farolillos de belleza bañan estanterías de productos belle e instrumentos de belleza. Las paredes están revestidas de seda blanca y dorada como si fueran un tapiz, y dirigibles de perfume diminutos caen en cascada encima de nosotros.

Los recuerdos de una vida llena de citas y trabajos de belleza vuelven como una oleada. La agenda llena, Bree ayudándome con los clientes, Ivy a mi lado, los momentos con Auguste... y con Rémy.

—Deben salir de la habitación para tener privacidad. Solamente la belle y nosotros —le dice el Ministro de Moda a Madame Renault.

El servicio se queda de piedra.

—Pero eso no es protocolario —responde Ada, su voz suena exactamente como lo hacían las nuestras cuando los clientes querían romper las reglas.

—Hoy lo será —afirmo.

—El servicio debe quedarse —interviene Madame Renault—. Normas de la casa. Espero de veras que puedan entenderlo.

Durante un ínfimo instante, pienso que Madame Renault puede estar protegiendo a Ada. Sé qué puede pasar cuando nos dejan a solas con el cliente equivocado. El repugnante rostro del príncipe Alfred invade mis recuerdos. Todavía deseo poder verlo metido en una caja de inanición por haberme atacado.

El Ministro de Moda le dirige una débil sonrisa y luego nos mira a nosotras con ojos angustiados.

—Lo mínimo que pueden hacer es darnos algo de privacidad mientras nos preparamos —afirma el ministro—. Id a buscarnos té o una bebida caliente, y traed un carro de comida. Estoy hambriento.

La habitación se vacía, las puertas se cierran detrás de Renault y el resto. Edel empieza a hablar, pero el ministro sacude la cabeza y señala las puertas. Se ven sombras de pies justo detrás de ellas. Luego levanta un dedo hacia el techo.

La confusión inunda el rostro de Ada.

—Enigmáticos —susurra—. Ada, si pudieras prepararte, por favor...

Ella asiente y corre de aquí para allá comprobándolo todo como hubiéramos hecho Edel y yo: asegurarse de que flotan los farolillos de belleza adecuados, colocar las teteras de té de rosas belle en la mesa, añadir pastillas para que se derritan en los calientaplatos para llenar la habitación con aroma de lavanda, cubrir la gran mesa con almohadas y toallas... Mientras trabaja, paso los dedos por las flores de lis, símbolo de las belles que está grabado en todos los artículos de su caja de belleza reluciente, y reflexiono acerca de cuán distintas eran nuestras vidas hace solamente un mes.

Recuerdo la primera vez que mis hermanas y yo nos colamos a hurtadillas en el almacén de productos belle. Después de que la casa se hubiera quedado tranquila y en silencio, arrastramos hasta el fondo de la casa los farolillos nocturnos que habíamos robado. Las maravillas de la habitación se desplegaron ante nosotras durante horas: pulverizadores de perfume, tartas de crema para la piel, pintalabios, polvos, lápices de ojos, vinagretas doradas, pastillas, mezclas de flores secas, aceites y bolsitas. La habitación tenía un aroma pesado y dulce, y nos quedamos dormidas allí mismo después de habernos maquillado entre nosotras durante toda la noche. Du Barry nos hizo copiar cien veces a cada una como castigo.

Busco en el rostro de Ada para encontrar algo, cualquier cosa, que se parezca a la conexión que tengo con mis hermanas. ¿Podemos confiar en ella? ¿Estará contenta cuando revelemos quiénes somos? ¿O nos delatará?

El riesgo se arremolina en mi estómago.

Pero no tenemos otra opción. Tengo que contarle nuestro plan. Sin embargo, tal y como ha observado el ministro,

Sophia podría estar escuchando perfectamente. ¿Por qué no hemos pensado en que esto podía pasar? Ni siquiera tengo un trozo de pergamino donde escribir un mensaje. Entonces recuerdo otra sala de tratamiento, otro momento en el que necesité comunicarme en silencio.

—Desvístete —le pido a Edel—. Tengo una idea.

Me doy cuenta de que hay confusión en los ojos de Edel en cuanto fija la mirada en mí desde detrás de su velo, pero obedece. Hago un ademán a Ada para que se acerque.

—Quiero mostrarte una técnica que ambas disfrutamos y que me gustaría que usaras con nosotras —le explico.

Edel se desnuda y se sube a la mesa.

—¿Lista? —le pregunto.

—Hazlo de una vez —murmura Edel; la frustración palpita bajo sus palabras.

Cojo una borla y espolvoreo el maquillaje por la espalda de Edel, cubriéndola uniformemente con un pincel. Me tiemblan las manos.

La puerta se abre de nuevo y otra sirvienta se desliza hasta la habitación.

—Necesitamos toallas calientes —ordena el Ministro de Moda—. Tráelas ahora mismo.

La mujer se da la vuelta y sale corriendo.

Echo los hombros hacia atrás y agito el pincel en el aire para atraer la atención de Ada. En el maquillaje que he puesto en la espalda de Edel, escribo un mensaje:

«¿Dónde está Valerie?».

Me aparto el velo y ella ve mi rostro.

Ada ahoga una exclamación y se cae hacia atrás, encima de un carrito con té.

—La favorita —susurra.

Esa palabra me corta la piel. El ministro se agacha y le pone una mano delante de sus dos bocas.

—Siempre están escuchando —le recuerda.

—No digas ni una palabra —susurro—. Te prometo que estamos aquí para ayudar. Necesitamos que nos eches una mano.

Ella asiente y el ministro suelta la mano que tenía en sus bocas. Ada borra muy deprisa mi mensaje y escribe: «Cerca de Madame».

Cojo una rosa de un jarrón que tengo cerca y luego escribo: «Llévanos».

Sus ojos se llenan de miedo y las manos le tiemblan a ambos costados, pero asiente.

—Yo me quedaré aquí y distraeré al servicio —nos dice el Ministro de Moda—. Pero id rápido.

Edel vuelve a vestirse y Ada nos lleva por la entrada del servicio. La casa está casi en silencio. Avanzamos de puntillas hasta una escalera de servicio.

—Esta solo llega hasta el sexto piso. En el séptimo es donde reside ella. Vamos allí arriba cuando cometemos un error y necesitamos «una charla», como lo llama ella —susurra Ada—. Es el despacho de Madame.

Avanzamos detrás de ella tan silenciosamente y de puntillas como podemos. Los pisos superiores están llenos sobre todo de laberintos de salas de tratamiento y salitas para tomar el té, pero localizo un comedor y una sala de juegos. Farolillos apagados abarrotan los suelos. Cojo el tallo de la rosa con tanta fuerza que las espinas se me clavan en la mano, pero el dolor parece poca cosa en comparación con la ira que me recorre entera.

—¿Cuántos años tienes? —le pido a Ada.

—No lo sé.

—¿Qué te ha pasado en la cara? ¿Te hirieron? —pregunta Edel mientras examina el intenso rubor rojo que le recubre la piel y la boca diminuta que tiene bajo el labio inferior.

—No. Siempre he sido así.

He perdido la noción de en qué piso estamos cuando de pronto la respiración de Ada se acelera y el ritmo de sus pasos disminuye. Frente a nosotras un hombre está sentado delante del ascensor, con la cabeza inclinada leyendo un periódico. Presionamos nuestros cuerpos contra la pared; no nos puede ver. Sus extremidades son esbeltas como los juncos de los pantanos de nuestra isla natal y su piel pálida refleja la nieve que cae al otro lado de las ventanas. Silba flojito. Los titulares se amontonan a medida que el hombre pasa las páginas a toda velocidad.

—Quédate detrás de nosotras —le digo a Ada. Luego me giro hacia Edel—: Le atraparemos usando esta rosa. La convertiremos en una jaula.

Edel asiente con una sonrisa.

Cierro los ojos y las arcanas se despiertan en mi interior. Siento un cosquilleo en las puntas de los dedos. La rosa florece en mi mente. Uso la segunda arcana, Aura, para localizar su fuerza vital; está débil porque la han cortado y la han metido en agua dentro de un jarrón. Tanto Edel como yo trabajamos juntas para obligar a la rosa a crecer: el tallo se parte en dos y serpentea por el suelo como un par de víboras espinosas; los pétalos se hinchan para alcanzar el tamaño del hombre.

Él deja el periódico a un lado y se pone de pie de un salto. Sin embargo, antes de que pueda avanzar hacia nuestra dirección, los tallos se arremolinan en sus tobillos y los pétalos lo engullen dentro de un capullo rojo. Sus gritos quedan ahogados y sus intentos de huir frustrados por el abrazo de los tallos.

—¿Cómo lo habéis hecho? —pregunta Ada.

—Del mismo modo en que usas la segunda arcana para hacer crecer el pelo de un cliente o para alargar su tejido muscular —responde Edel.

Ada inspecciona, claramente asombrada, la prisión de rosa enorme que hemos creado mientras entramos en el ascensor. Luego tira de una palanca hacia delante y la caja dorada sube hacia arriba.

—¿Qué hacemos si ella está aquí arriba?

Los ojos de Ada se inundan de preocupación.

—Lo mismo que acabamos de hacer con él.

Nos sonríe.

—Quiero aprender a hacerlo.

—Nosotras te enseñaremos —respondo.

El conjunto de aposentos está vacío y casi a oscuras: hay un único farolillo diurno colgado de un gancho en la pared. Edel lo coge.

—Bien, ¿dónde has dicho que estaba nuestra hermana? —pregunto.

—Siempre que vengo aquí arriba para recibir una regañina ella me lleva a su salón. Allí es donde vi a Valerie la primera vez. Hay un dormitorio. —Ada nos lleva hacia una puerta coronada con el emblema de las Islas de Seda: un gusano de seda enredado con el crisantemo real.

Abro la puerta lentamente. Es una mezcla entre una salita para el té y una biblioteca pequeña. Los altos techos lucen ventanas de cristal que dan al seno de la casa, cada uno de los pisos es una lujosa capa en una tarta muy cara. Altas escalerillas se deslizan por las estanterías de caoba y una escalera de caracol lleva hasta un balcón con más libros. Sillones de terciopelo y sofás mullidos rodean una mesa enorme abarrotada de réplicas de emblemas reales que descansan sobre un mapa de Orleans.

—¿Qué es esto? —pregunta Edel a Ada.

—Siempre está maquinando, conspirando y registrando dónde viven las personas importantes. Los salones de té que frecuentan los cortesanos o mercaderes. La he escuchado por el circuito telefónico; quiere dirigir todos los salones de té. Ese es su objetivo.

Bajo la luz tenue, los emblemas son luminiscentes y muestran quién tiene el poder en este mundo. No son más que un puñado de personas.

—Por aquí. —Ada abre una puerta lisa y casi secreta. Tras ella hay una habitación pequeña, de paredes desnudas, con una cama que ocupa la mayor parte del espacio.

Su ocupante es Valerie.

Edel y yo nos precipitamos hacia ella. Farolillos curativos cerúleos proyectan tiras de luz sobre su rostro. Jarrones de flores rodean su cama. Su piel ambarina oscura está rígida y estriada.

—¿Valerie? —susurro.

Le toco las arrugas de la piel. Quiero alisárselas, restaurar su rostro para que vuelva a ser como era antaño. Sin embargo, recuerdo lo que me dijo Ivy cuando quise hacerle lo mismo a ella: «Dañaría tus arcanas». Fijo la mirada en la curva de su nariz, en sus labios, que una vez tuvieron forma de botón de rosa, y en el castaño de su pelo. No puedo evitar tocarle el mentón.

—¿Qué le ha pasado? ¿Qué ha hecho esa mujer? —pregunta Edel con la voz llena de rabia.

—Abuso de arcanas. La piel de Ivy también tenía este aspecto —respondo.

—¿Podemos arreglarlo?

—Está prohibido trabajar en otras belles —interviene Ada.

—Muchas cosas están prohibidas —replico.

Valerie se despierta asustada.

—¿Camille? ¿Edel? —Se le rompe la voz. Me fallan las rodillas, la preocupación me inunda.

Edel y yo nos subimos a su cama. Su tamaño casi nos engulle.

—¿Cómo te encuentras? —pregunta Edel.

Sus débiles ojos se iluminan un poco.

—Fatal.

—Hemos venido a llevarte con nosotras —le digo.

—¿Cómo habéis llegado hasta aquí? —me pregunta.

—Con algo de ayuda —explica Edel—. Y después vamos a rescatar a Charlotte y a acabar con todo esto.

—¿Dónde están nuestras hermanas? —quiere saber.

—Han sido enviadas por todo Orleans, según la información que tengo. Padma está atrapada en casa, Hana en las Islas de Fuego y Ámbar en las Islas de Cristal —enumero.

—¿Están bien?

—No lo sabemos —responde Edel intentando ayudarla a sentarse, pero las extremidades de Valerie caen hacia los lados, nuestra hermana apenas puede mantener la cabeza erguida—. ¿Solo has hecho trabajos de belleza? ¿Por eso estás tan cansada?

206

—No he hecho nada. —Lucha por mantener los ojos abiertos, sus párpados caen como cortinas pesadas—. Hace días que no hago trabajos de belleza.

—La están desangrando. Veo cómo llevan tinas de sangre cada mañana hasta el muelle —explica Ada.

—Pero ¿por qué? —quiero saber.

Valerie no es el éter, de modo que no usan su sangre para hacer crecer a otras belles.

—No lo sé —responde Valerie casi sin aliento.

Más preguntas se suman a la tormenta que agita mi mente. ¿Qué pretende Sophia?

—Tenemos que sacarte de aquí para que te pongas bien.

Le aparto el pelo, antaño espeso, del rostro.

Intentamos levantarla, pero ella se desploma de nuevo sobre la cama. Me inclino sobre ella con el deseo de que mi fuerza se filtre en su cuerpo. Los huesos de sus hombros chocan contra mi pierna. Una oleada de preocupación se desata en mi interior cada vez que la oigo gemir.

—No puedo —asegura Valerie—. Tengo que descansar un minuto.

—Ada, encuentra sanguijuelas —pide Edel.

Echo un vistazo al reloj de arena de la habitación, la tierra cae de un lado al otro. No nos queda mucho tiempo para llegar hasta el barco.

Edel toma un paño de la vasija de agua que hay en la mesilla auxiliar y lo coloca sobre la frente de Valerie.

—Solo unos minutos, luego tenemos que irnos.

—Valerie, tengo una pregunta. —El veneno que llevo en el bolsillo casi zumba, lleno de poder—. Cuando cuidabas a las bebés belle, ¿cómo crecían? ¿Du Barry te dejó verlo?

—¿Por qué? —pregunta.

—Sophia está haciendo más belles y necesito saber cómo crecen para poder detenerla.

—Había dos enfermerías en casa. Una para los bebés grises nacidos en las salas de maternidad y otra para nosotras. —Tose y luego continúa—. A veces se quedaba toda la noche despierta y yo me colaba en la guardería de las belles para ver qué hacía. Traía una nueva bebé recién nacida después de que saliera la estrella nocturna.

—¿Descubriste de dónde salían?

Valerie asiente.

—Nos desentierra.

—¿Qué? —exclamamos Edel y yo al unísono.

—Bueno, a algunas de nosotras —jadea—. Nos saca del bosque oscuro. La vi desde la ventana de la enfermería.

—Y todo por caer del cielo... —espeta Edel.

—No. Eso es cierto. —Valerie da una honda bocanada de aire con esfuerzo—. Pero solamente cae una belle. Luego ella planta el resto, al menos la generación favorita crece de ese modo. —Su voz se debilita—. No sé cómo hace al resto.

Le aprieto la mano y meto la otra en mi bolsillo para rodear el frasquito de veneno con los dedos.

—Una última pregunta antes de que intentemos moverte de nuevo. ¿Crees que las bebés belle pueden nacer sin sus dones?

Edel me mira con curiosidad.

—¿Por qué querrías que pasara algo así? —pregunta Valerie.

—Sí, ¿por qué? —añade Edel.

—Sophia planea vender las belles al mejor postor —le explico. Valerie abre la boca horrorizada—. Si pudiéramos salvar a la próxima generación de ese destino...

—Entonces todas ellas podrían vivir una vida normal —termina Edel asintiendo, de acuerdo con lo que yo pienso.

Les muestro el frasquito de veneno.

—Esto tal vez pueda arrebatarles las arcanas, pero no sé cómo administrarlo. ¿Crees que me podrías ayudar?

A Valerie se le salen los ojos de las órbitas mientras pasa los dedos temblorosos por el frasco azul.

—Creo que sí... —Valerie está a punto de perder el conocimiento.

—¡Valerie! Valerie, no nos dejes —le pide Edel acariciándole el hombro.

—¿Deberíamos intentar moverla de nuevo? —pregunto cuando veo que los ojos de Valerie aletean.

—Comprobemos sus niveles. Está muy débil, tal vez tengamos que cubrirla de sanguijuelas con tal de darle suficiente fuerza para moverse. —Edel se vuelve hacia la mesita auxiliar y coge el medidor de arcanas. Extrae las agujas del compartimento que hay en la base de la máquina y toma el brazo de Valerie, que en su regazo parece una rama marrón pálido. La sangre de Valerie apenas llena los tres frasquitos y se desliza por las ranuras del medidor de arcanas.

Aguanto la respiración mientras observo cómo la sangre de Valerie se arremolina en el interior de esas cámaras. El líquido rojo burbujea y se retuerce. Me pregunto qué aspecto tendrán ahora sus proteínas sanguíneas. Desearía poder verlas a través del microscopio del señor Claiborne. Mi estómago se me encoge mientras los números empiezan a iluminarse y revelan sus niveles.

COMPORTAMIENTO: uno y medio.

AURA: uno.

EDAD: cero.

Un nudo se me forma en la garganta. Apenas le quedan proteínas de arcana en la sangre. Casi han desaparecido. Eso es lo que les pasará a las bebés belle si el veneno funciona. ¿Podemos sobrevivir sin los dones de la diosa de la belleza? ¿Valerie podrá recuperarse?

Se oye un estrépito en el piso de abajo.

—Es hora de irse —afirma Edel—. Tenemos que moverla.

Edel intenta levantar de nuevo a Valerie. Yo me guardo el frasquito en el bolsillo y la ayudo a mantener erguida la parte derecha del cuerpo de nuestra hermana. Valerie chilla de dolor. Edel intenta enjugarse una lágrima, pero sus dedos no la encuentran.

—Si no puede caminar, nos descubrirán —respondo intentando esconder el miedo que delata mi voz—. Ada, ¿puedes ir a buscar al Ministro de Moda y traerlo aquí? Lo necesitamos.

El terror consume el rostro de Ada.

Corro hacia ella y le tomo las manos.

—Está de nuestro lado. Nos ayudará.

—¿Qué hay de mí? —pregunta—. No podéis dejarme aquí sin más.

—No lo haremos, te lo prometo —aseguro—. ¿Hay alguien más aquí? ¿Más belles?

—Sí, están encadenadas en la cuarta planta. Si no vuelvo en un cuarto de vuelta de reloj, entonces...

—No tendrás que preocuparte por eso. Ve.

Ada sale corriendo. Levantamos a Valerie; las piernas le cuelgan de la cama.

—Bien. Casi estamos —le digo—. Solo un poquito más.

Los dragoncitos de peluche animado se agitan en mi faja y asoman sus cabecitas; la daga que llevo en la cintura se mueve, es una media luna atada a mi costado.

—¿Qué son? —pregunta Valerie.

—Dragoncitos de peluche animado.

—Pensaba que no existían. Du Barry dijo...

Un reguero de saliva fluye de sus labios.

—Du Barry nos dijo un montón de cosas —respondo al tiempo que le seco la cara—. Me los dieron para ayudarnos.

Pasa los dedos por sus hocicos mientras la lamen, luego toca la vaina de la daga que me dio Rémy.

—Bien, intentemos dar un paso.

Edel se pasa el brazo de Valerie por el cuello.

—Sufro demasiado dolor —grita—. Me duele todo el cuerpo. Me siento como si tuviera los huesos hechos pedazos.

Edel se aclara la garganta y se seca las lágrimas que le perlan los ojos antes de que Valerie pueda verlas. Yo no soy tan rápida y se me escapa una lágrima.

—Edel, Camille, no puedo. —Valerie me aprieta el brazo con todas sus fuerzas—. Ya no me queda nada. —Sus ojos atraviesan los míos y su mensaje cristaliza mientras su mano cae sobre la daga que llevo en la cintura—. Las cosas jamás volverán a ser como eran.

211

Extrae la daga de su vaina y se la clava en el cuello. Su cuerpo se estremece como un pez de pantano atrapado en una red. Exhala. Su boca se relaja.

Edel chilla.

Ni una sola gota mana del cuello de Valerie. La herida está seca.

Mi hermana está vacía.

Me aparto a trompicones de la cama y caigo al suelo con un ruido sordo.

Se ha ido.

—¿Qué ha pasado aquí? ¡Pensaba que nos habíamos embarcado en una misión de rescate! —exclama el Ministro de Moda en cuanto entra en la habitación con Ada.

—Se... se... —Las palabras no me salen.

—Se ha suicidado —termina Edel con un sollozo.

El ministro se inclina sobre la cama. El cuerpo de Valerie mira hacia arriba, hacia nosotros: tiene los ojos turbios, vidriosos como cuentas de cristal. Edel se deja caer de rodillas. Sus lágrimas son una tormenta de gotas gruesas que corren por sus mejillas sonrojadas.

El ministro se cubre la boca un instante y luego dice:

—Tenemos que irnos ahora mismo.

No me puedo mover. Soy una estatua sentada a su lado para velarla.

—¡No podemos dejarla así! —exclama Edel.

—Ya no está aquí.

—Necesita un entierro como es debido. —Los ojos de Edel están llenos de lágrimas—. Para que la diosa de la belleza la reciba.

El Ministro de Moda cubre el rostro de Valerie con la

manta. Otro sollozo escapa de entre los labios de Edel. Yo estoy demasiado conmocionada para llorar.

—Callaos o nos detendrán a todos. Clavarán mi cabeza en una pica después de una desagradable temporada en una caja de inanición. Y es demasiado preciosa para tener semejante destino, la cuido excelentemente. Y a vosotras dos os van a meter en la cárcel de Sophia para que ordeñen vuestra sangre, igual que han hecho con Valerie. Mis dandis mantendrán el cuerpo a salvo, lo transportarán a la Maison Rouge bajo las órdenes más estrictas. El cadáver os esperará para que lo enterréis. ¡Pero ahora debemos irnos!

—No os olvidéis de mí —suplica Ada.

Me giro hacia el Ministro de Moda.

El hombre suspira.

—¿Otro favor? Te lo puedo ver escrito en la cara.

—¿Puedes ayudar a Ada y a las otras belles a escapar? —le pido.

—¿Y llevarlas adónde?

—Adonde sea menos aquí.

—Más leyes que infringir —señala.

—Siempre lo haces de un modo u otro —le recuerdo—. Y cuando la diosa de la muerte sopese tu corazón cuando todo acabe, verá lo que has hecho por nosotras.

El hombre se inclina hacia delante y me planta un beso en la frente.

—Si conservo la cabeza lo suficiente para recuperar a mi marido, quiero criar a una criatura que tenga tu esencia... y tu aspecto.

Le sonrío. Un estruendo de pasos llega desde el piso de abajo y unos gritos retumban por la casa.

Nos sobresaltamos.

—La liberaré a ella y a sus hermanas, pero adónde vayan es cosa suya —afirma Gustave—. Mi goleta privada os espera. No debería navegar por aguas abiertas, sin duda es mucho más adecuada para viajes de corta distancia y por canales y ríos, pero no tenemos otra opción. Mi barquero es discreto, me ha servido durante muchos años y está al tanto de todos mis flirteos. Quedaos dentro de la cabina. Él os avisará cuando lleguéis al puerto, entonces os dará media vuelta de reloj para dejaros suficiente tiempo para desembarcar en Céline antes de volver conmigo.

—Gracias. No puedo decirte...

Madame Renault y sus guardias entran a grandes zancadas en la habitación, ahogan el espacio y bloquean todas las salidas.

—¿Qué está pasando aquí?

Empieza a andar en círculos, sus taconcitos resuenan contra el suelo.

—Tuve un mal presentimiento acerca de tu visita, Gustave, pero ¿encontrar a la favorita y a su hermana aquí? Eso es otra cosa completamente distinta.

El corazón se me hunde en el pecho.

La mujer mira el cuerpo cubierto de Valerie.

—¿Qué le habéis hecho?

—¿Qué le has hecho tú? —espeta Edel, su rabia desatada y a punto.

La mujer se echa a reír.

—Mi deber. Sin embargo, Gustave, parece que te han descubierto haciendo algo que no deberías. Algo que tal vez te lleve a perder tu bonita cabeza.

—No vas a tocarlo —grito temblando de ira. Los dragoncitos de peluche animado asoman las cabecitas por encima de mi faja, irritados e hipando fuego—. Feuille, Fantôme, Poivre, Ryra y Eau —llamo—. Quemadlo todo.

Profiero un ruido huracanado y ellos me imitan. Salen volando hasta ponerse encima de nuestras cabezas. Sus diminutas ráfagas de fuego incendian rápidamente los tapices.

—Detenedlos a todos —ordena Madame Renault—. Y atrapad a esos dragoncitos.

Los guardias saltan hacia delante.

Extraigo la daga de Rémy del cuello de Valerie; unas diminutas manchas de su sangre impregnan el acero. Lo último que le quedaba. Me preparo para usar la daga, aunque no sé cómo. Pienso en Rémy. Él me diría: «Ellos no saben que tú no sabes cómo usarla». Amenazo a los guardias y los hago retroceder mientras las llamas crecen a nuestro alrededor.

Madame Renault forcejea con Ada, intenta acercarla a ella tirando de su cadena. Edel da patadas y golpes a los guardias. El Ministro de Moda lanza hacia su dirección todo cuanto puede encontrar. El fuego de los dragoncitos de peluche animado se extiende por la habitación y prende el dosel de la cama, que se hunde y lanza trozos incandescentes sobre la manta de Valerie. Las llamas corren por su cuerpo y prenden su espeso pelo castaño.

Madame Renault ordena a los guardias que extingan el fuego.

Veo borroso a causa del humo. Los guardias tosen y se ahogan. Ya no puedo ver a Valerie. No puedo ver nada.

El Ministro de Moda grita:

—¡Corred!

Agarro a Edel y a Ada por las manos y hago lo que nos dice el ministro, tropezando por la habitación. Nos siguen los dragoncitos de peluche animado, todavía echando fuego.

SUAVES RAYOS DE LUZ DE LUNA BAÑAN EL OCÉANO MIENTRAS sale el ojo izquierdo del dios del cielo. El salón de té de las Islas de Seda quema en la lejanía como una estrella moribunda. Los bordes de la isla imperial brillan mientras navegamos por su costa; los iluminan los farolillos hogareños y los embarcaderos y los farolillos de alféizar que hay en las mansiones que dan al mar. Su color es muy distinto del agua que rodea nuestro hogar. Pienso en las historias aterradoras que nos contaban sobre el pulpo que vivía en los Pantanos Rosa, pero jamás nos explicaron qué merodeaba por aquí, qué criaturas habitaban los vastos dominios del dios de los mares.

—No vamos a llegar más rápido porque estés aquí mirando —me dice Edel—. Y estás dejando entrar corrientes de aire. Los dragones se están poniendo nerviosos.

—Todos los faros están proyectando sus luces. ¿No te parece extraño?

—No —responde—. Pero hace muchísimo frío.

Corro las cortinas y me vuelvo de nuevo hacia la cabina pequeña pero lujosa. La suntuosa embarcación del Ministro de Moda parece el aposento de un palacio enviado a navegar. Sillas acojinadas y sillones rodean una larga mesa que contiene todos los efectos personales que hemos reunido: los mapas de Rémy, unos cuantos productos belle robados que no hemos tenido que vender, tinta y pergamino y una pluma, comida para los dragoncitos de peluche animado, mi caja de belleza llena de tarros de sanguijuelas etiquetados y las bolsas repletas de monedas que nos ha dado el Ministro de Moda. Farolillos ígneos flotan por el lugar para prestar su calor al gélido espacio. Las alacenas proporcionan todo tipo de manjares: nueces tostadas, tacos de queso, cestas de *macarons*, cubas de vino y cerveza... Sin embargo, no me apetece nada de eso. Hemos perdido a Valerie. No volveremos a verla nunca más. Semejante verdad apenas me cabe en la cabeza.

Me arde la garganta y todavía guardo el sabor del fuego en la lengua.

—¿Qué pasa si todas nuestras hermanas están sufriendo como Valerie?

—No podemos perder a otra hermana. Tenemos que encontrar la manera de llegar hasta ellas —afirma.

—Perdimos a Ámbar.

Decir su nombre me provoca una punzada en las entrañas.

El rostro de Edel es pétreo.

—Te lo dije, ha cambiado.

Mi frustración, alimentada por la pena, estalla.

—Tú no estabas en esa cena con Claudine. No estabas en palacio. No viste lo que Sophia nos obligaba a hacer. Lo convertía todo en un juego. Me obligó a dar una nariz de cerdo a una cortesana, me rompió la mano, envenenó mi comida. No tuve posibilidad de hablar con Ámbar acerca de las cosas que le obligó a hacer a ella. Sophia es un monstruo. Te lleva a adoptar formas horrorosas, y lamento cada minuto que fue capaz de hacérmelo.

—Leí entrevistas que dio Ámbar en las que fanfarroneaba de ser mejor que nosotras. Mejor que sus hermanas. Más merecedora del título de favorita. —La espalda de Edel se pone rígida y cierra los puños como si se preparara para una pelea—. No vas a convencerme de que ella siempre nos quiso.

—Todas nosotras queríamos ser la favorita. Eso significa que teníamos que ser mejores que las otras —le recuerdo—. Ella sencillamente no lo supo llevar.

—Yo nunca quise nada de eso. Nunca quise esta vida.

—Pues bien por ti, bien por estar por encima de todo eso. Pero no todas somos iguales. Somos hermanas, pero no somos iguales.

—No quiero hablar más de Ámbar.

Edel me da la espalda y se pone a leer un periódico.

Nos quedamos un rato sentadas en silencio, las preocupaciones se estiran entre nosotras como si fueran masa de pan. Saco el libro belle de Arabella de mi bolsa de viaje. Paso los dedos por las flores de arabella grabadas en la portada.

Fecha: día 3.657 en la corte

Hoy he encontrado el registro belle oficial. Todas y cada una de las belles que han vivido están registradas. Tanto las favoritas como las otras. Había libros de registro que se remontaban miles de años.

Cada generación yacía en grupos familiares. Sus nombres estaban escritos sobre el pergamino junto con su mejor arcana.

Me pregunto cuántas belles hay ahora, cuántas hizo Du Barry que crecieran en mi generación, y dónde podrían estar. La idea de intentar encontrarlas a todas y asegurarme de que están bien se convierte en una tormenta abrumadora. Cierro el libro de Arabella para borrar dichos pensamientos.

Los dragoncitos de peluche animado se revuelven en sueños segundos antes de que se oiga un golpecito en la ventana.

Sorprendida, aparto las cortinas. La pequeña y dorada Or está encaramada en el estrechísimo alféizar. Descorro el pestillo para dejarla entrar. La dragoncita no lleva ningún globo mensajero; unas cintas se arremolinan alrededor de su tobillo y lleva un rollo de pergamino en sus garras diminutas.

—Nos has encontrado, chica.

Mi corazón se estremece.

Es de Rémy.

Or aterriza en mi regazo. Desato rápidamente las cintas y la libero para que se reúna con sus hermanos y hermanas.

Edel se lanza hacia mí y casi se cae por culpa del vaivén de la goleta.

Mis dedos se pelean con la nota mientras intento desenrollarla. Su caligrafía es limpia y cada una de sus frases está perfectamente colocada en la página. No la había visto nunca antes y descubrirla ahora me hace sonreír. Edel intenta leer por encima de mi hombro, pero me acerco tanto la carta que solo yo puedo leerla.

Camille:

Todos los globos mensajeros son ahora objeto de control si salen de la ciudad de Trianon. Han dado órdenes de vigilancia estrictas a los carteros aéreos; los interceptan y transfieren los mensajes a libros mayores que son revisados por la reina y su gabinete. Si se aprueban, los globos mensajeros pueden salir de nuevo. Por la noche están usando velas celestes para iluminar todo el reino y así vigilar cualquier forma alternativa de comunicación.

El Ministro de Noticias incluso ha desarrollado globos climáticos que sueltan lluvia sobre las ciudades para revelar globos mensajeros invisibles, de modo que mejor no te arriesgues a usar los que compramos. Manda todos los mensajes atados a las garras de Or.

Todavía intento encontrar el modo de entrar en el palacio. Tu nota fue extremadamente útil y me salvó de cometer el tremendo error de intentar usar la vieja red de túneles.

Mi familia está presa en unos aposentos más que en unas mazmorras. El Ministro de Guerra se aseguró de que así fuera, y le estaré eternamente agradecido por ello. Voy a liberarlos dentro de tres días, el mismo día que el de la coronación. Todavía estoy ultimando los detalles.

En cuanto tenga a mi familia a salvo, volveré a Trianon y te esperaré allí. Las fiestas no habrán hecho más que empezar y todo será un caos, lo cual es bueno. A menudo, las cosas se pierden durante las tormentas. ¡Usa los mapas!

Cuídate,

Rémy

—¿Qué dice? —Edel intenta arrebatarme el pergamino—. ¿Es de Rémy?

—Sí. —Lo aparto—. Era para mí. Me ha dicho que están controlando los globos mensajeros y que no los mande más a Trianon. Que solo mande a Or.

Me guardo el pergamino en el bolsillo del vestido y a través de la tela me parece una piedra cálida de los pantanos. Sus palabras corren por mi mente.

«Volveré a Trianon y te esperaré allí.

»Cuídate».

Edel frunce el ceño y aprieta los labios llena de confusión e irritación.

—Te estás comportando de forma rara.

—Vale. —Vuelvo a sacar la carta y se la planto encima.

La lee.

—Me alegro de que esté bien.

—¿De pronto te cae bien?

—No me cae mal. —Sus ojos me fulminan—. No lo quiero como tú a él.

—Ha sido bueno con nosotras. Me apoyó en palacio, incluso cuando yo ni siquiera me daba cuenta —admito—. Rémy es importante. —Las palabras *le quiero* se hunden en lo más profundo de mi interior, con miedo a ser expuestas a la luz otra vez.

Los dragoncitos de peluche animado chillan.

—Hay que darles de comer —me dice.

—Y deberíamos escribir a Arabella acerca de lo que le ha pasado a Valerie. Seguramente ya se ha enterado del incendio del Salón de Té de Seda.

Edel les da cerdo en salazón y luego me pasa mi pluma, tinta y un trocito de pergamino.

Garabateo rápidamente.

Arabella:

Valerie ha muerto. El Salón de Té de Seda ha ardido hasta los cimientos. Sin embargo, hemos localizado a quien buscábamos y estamos en camino. Pronto estaremos contigo.

Te quiere,

Camille

La leo en alto para Edel y me gruñe su aprobación. Pongo a todos los dragoncitos, excepto a Fantôme, en su jaula y la cubro con un paño.

—Tú tienes un viaje esta noche —le informo.

Edel le da otro taco de cerdo en salazón. Yo cojo una de las sanguijuelas de Arabella de nuestros tarros. Solo nos quedan dos.

—Ve con cuidado.

Beso la cálida cabeza de Fantôme y la saco por la ventana.

Unos pasos se acercan a la puerta. Un periódico se desliza bajo la madera con un silbido.

Lo cojo, una edición vespertina del *Heraldo*. La portada muestra a Sophia y a Auguste en la Ópera Real bajo el titular: PROBLEMAS ANTES DEL MATRIMONIO. Ella es toda sonrisas y su monito de peluche animado, Singe, cuelga de su larga cabellera peinada hacia arriba como si fuera la rama baja que cuelga de un árbol. Auguste hace una mueca, lleva hacia atrás su pelo largo y despeinado. Se ha dejado crecer una barba espesa y sus ojos parecen tristes.

Me pregunto si pronto no pensaré en él o lo recordaré, si pequeños momentos como este dejarán de reabrir la herida, de derramar sangre fresca y dolor. Su imagen remueve recuerdos que me he esforzado mucho por enterrar bien hondo en mi interior, los revuelve y los agita como la arena que cae dentro del reloj. ¿Cómo puedo sentirme así por él todavía cuando solo pensar en Rémy me hace sonreír?

Cierro los ojos e imagino llegar al palacio y enfrentarme a Sophia. La veo rodeada de sus mascotas —tanto humanas como animales— ejerciendo su poder, y a él sentado en el trono a su lado, hundido en la silla con el ceño perpetuamente fruncido. Me pregunto qué le pasará a él cuando impidamos que Sophia se convierta en reina. ¿Ha acabado por amarla? ¿Ha acabado por apoyarla?

La goleta da una sacudida.

—Echad el ancla —ordena una voz.

Echo un vistazo desde detrás de las cortinas. Una embarcación negra y esbelta se desliza al lado de la nuestra.

—Edel —susurro fuerte.

No se inmuta.

La zarandeo por el brazo.

—Hay alguien afuera.

Silbo. Todos los dragoncitos de peluche animado se despiertan. Los meto en mi faja, donde vuelven a acurrucarse entre ellos y siguen durmiendo. Recogemos deprisa y corriendo todas nuestras cosas. Mi piel, mi corazón, mis huesos vibran de pánico.

Se oye un estruendo cuando unos pies chocan contra la cubierta de la goleta. Edel y yo nos movemos hacia el centro de la habitación, de pie espalda contra espalda, preparadas frente a quien sea que cruce la puerta.

Coloco la mano en la daga que me dio Rémy, todavía manchada por la sangre de Valerie. Mis dedos zumban con el cosquilleo de las arcanas que se alzan en mi interior para protegerme.

Se abre la puerta.

Tres mujeres entran vestidas con atuendos negros ribeteados de blanco y con los rostros cubiertos con máscaras de hierro sonrientes. Llevan arañas grabadas en las mejillas. Coronas de extrañas flores rosas les rodean la cabeza.

—No nos toquéis —advierte Edel.

Una de las mujeres se echa a reír.

—No pretendemos hacerlo.

Saca dos incensarios. Los quemadores de metal explotan con una acre humareda espesa.

Edel tose y se agarra el estómago. Los farolillos nocturnos se apagan.

Agito las manos delante de mi rostro al tiempo que un ruido sordo reverbera en mis oídos, pero no sirve de nada. Los pulmones se me llenan de humo y la luz desaparece mientras caigo.

ESTOY SUMIDA EN UN SUEÑO INTERMITENTE. MAMAN SUSTI-
tuye a Sophia. Estamos en la biblioteca de la Maison Rouge.
El espacio es oscuro y sombrío, los muebles están tapizados
con tonalidades de color granate oscuro, carmesí aterciopelado y ricos dorados, pesados farolillos opacos descansando
en todas las mesas. Altas estanterías recubren las paredes, y su
barniz les da un fulgor sangriento. Los lomos revelan libros
de derecho —leyes de belleza y aseo, estatutos del decoro de
la ciudad y protocolo de la familia real— que llegan hasta el
mismísimo nacimiento de Orleans. Una serie de grandes retratos de generaciones de belles cuelgan de hilos centelleantes
tes en el techo de mosaico. Yo soy pequeña y brinco tras ella
de pasillo en pasillo, persiguiendo la cola de su camisón.

—¿Qué buscas, maman? —pregunto.

Se vuelve para sonreírme, los ojos le brillan llenos de maravillas y emoción.

—Un cuento de hadas que quiero contarte.

—Pensaba que tú sabías todas las historias. —La atrapo y
deslizo mi mano en la suya; es cálida y fuerte—. Dijiste que
así era.

—Las sé, pero necesito conocer a la perfección los detalles de esta. Es sobre los Juicios de Belleza y la Rosa Eterna. ¿Te la ha contado Du Barry?

—No.

Sonríe.

—Ya verás.

Caminamos a hurtadillas por más pasillos hasta que se detiene delante de una estantería de libros cuyos lomos son rojos. Pasa los dedos por encima y yo la imito.

—¿No son preciosos? —comenta al tiempo que extrae un volumen delgado.

—Sí —asiento.

Lo abre por la mitad, respira el aroma del pergamino y luego me lo pone debajo de la nariz.

—Y huelen a...

—Tinta —añado.

—Magia. —Me besa la frente—. Ven, *petite abeille.*

Me lleva hacia uno de los alféizares acojinados de las ventanas de la biblioteca. Miramos al exterior: a la izquierda, los Pantanos Rosa, los árboles blancos que sostienen sus pétalos carmesíes y los botes imperiales que navegan por las aguas de nuestro embarcadero cubierto; y a la derecha, el bosque de detrás de nuestra casa, una oscuridad que consume todo lo que se puede llegar a ver.

Abre el libro, pasa sus largos dedos blancos por encima de la caligrafía y analiza la página.

—Antes de que la diosa de la belleza decidiera volver con su marido, tuvo que confiar a alguien nuestro cuidado.

—¿Cómo lo hizo? —pregunto.

—Si me escuchas, te lo contaré. —Me toca la nariz con la

punta de su dedo—. Demasiadas preguntas antes de dejar que se desarrolle la historia. La diosa estableció los Juicios de Belleza para elegir a la mujer que se encargaría de nosotras.

—¿Qué es un juicio?

—Una prueba. —Señala las imágenes del libro que retratan a la diosa sentada en un trono hecho de rosas belle—. Ella quería asegurarse de que la mujer tenía las cualidades oportunas.

—¿Como cuáles?

Da unos golpecitos sobre la imagen de una hilera de mujeres.

—Algunas de las cualidades que tienes tú, cielo. Determinación, fortaleza, amabilidad, lealtad, valor y, por encima de todas ellas, altruismo.

Mis ojos se empapan de las imágenes de las distintas mujeres que se personan ante la diosa.

—¿Qué tuvieron que hacer?

—¿Ves este cofre de aquí? —Recorre el dibujo con los dedos—. Contiene objetos que desatan una serie de desafíos divinos.

—¿Quién ganó?

—¿No recuerdas, por tus lecciones de historia, la primera reina de Orleans?

Sacudo la cabeza y ella presiona los labios.

—No se lo digas a Du Barry —suplico—. No quiero tener que copiar.

—Madame Du Barry —me corrige.

Suspiro.

—Jamás. Nuestros secretos son nuestros. —Me guiña un ojo—. La reina Marjorie. Ella fue la primera monarca de la Casa de Orleans. La diosa también le dio la Rosa Eterna. —Pasa una página del libro y da un toquecito sobre una rosa negra y roja que crece de una tierra empapada de sangre.

—¿Qué es eso, maman? —pregunto rodeando con el dedo los pétalos dibujados con tinta.

—El símbolo que nos representa —responde.

Abro los ojos como platos.

—¿Crees que nos echa de menos? ¿Crees que vendrá a visitarnos algún día?

—Creo que si la necesitáramos, ella vendría. —Me da un toquecito en la nariz—. Pero, de no ser así, creo que ya lo ha hecho todo en este mundo. Ella nos envió. Nosotras somos sus rosas eternas. Nuestra sangre, su sangre, es lo que ha rescatado este mundo y le permite prosperar.

—¿Podemos llamarla con uno de los circuitos telefónicos? ¿Qué pasa si un día realmente necesitamos su ayuda?

Maman me toma la mano con la suya y enlaza nuestros dedos como las hebras blancas y pardas de un hilo.

—No creo que nos hubiera mandado aquí si no fuera capaz de protegernos si algo saliera mal.

La luz de un único farolillo nocturno supone un sobresalto que me arranca de mis sueños y me devuelve a esta realidad nueva y extraña. Mis alrededores se agudizan en torno a mí.

Una mazmorra.

Una jaula.

Unos barrotes de metal nos encierran dentro de una cueva. Cilindros largos y puntiagudos se ensartan en el techo de piedra como las púas de un puercoespín de peluche animado gigantesco.

Me duelen los ojos, arden con el recuerdo del humo ácido, pero veo a Edel acurrucada en el suelo a unos cuantos pasos de mí. Un temblor frío sacude mi cuerpo mientras voy recordando lo que ha pasado. El aroma metálico del agua estancada y el vapor me hacen cosquillas en la nariz. Me paso la lengua por los labios y esbozo una mueca. Tengo un corte en la comisura del labio inferior y el sabor de la sal me punza en la lengua.

¿Cuánto tiempo llevamos dormidas? ¿Cuánto tiempo hemos pasado aquí abajo?

Me toco el bolsillo. El frasquito de veneno todavía está ahí, enterrado. Me toco la barriga. Mi faja ha desaparecido. Los dragones han desaparecido. La daga ha desaparecido. Los mapas han desaparecido. La caja de belleza con las sanguijuelas ha desaparecido.

El terror me ahoga.

—Edel. —Toco su hombro con suavidad—. Despierta.

Mi hermana gruñe y se da la vuelta al tiempo que se agarra la cabeza.

—¿Qué ha pasado? ¿Dónde estamos?

—No estoy segura.

Me esfuerzo por ponerme en pie. Mi cuerpo se tambalea como si estuviéramos en la goleta del Ministro de Moda. Siento el cráneo tan ligero como un dirigible de perfume.

Me acerco a trompicones hasta los barrotes, curvados, negros y aparentemente sin ninguna puerta en ellos.

—¿Quién era esa gente? —me pregunta con la voz aguda debido a la agitación.

—He visto esas máscaras antes, pero no puedo recordar dónde.

Fuerzo la vista para mirar a través de los barrotes. No hay nada más que un gran hoyo con agua en el fondo. Semejante visión desata una oleada de náuseas que me recorre entera. Farolillos marinos flotan por el lugar y desprenden diminutos óvalos de luz sobre las rocas escarpadas. El silbido del vapor y el ruido seco de objetos desconocidos que caen en el agua resuenan cerca de nosotras. Un largo trozo de cables negros desaparece en la oscuridad que tenemos encima.

—¡¿Hola?! —grito.

Mi voz rebota contra todas las paredes. Edel se masajea las sienes. Yo sacudo los barrotes y mi propia jaqueca se intensifica. Me apoyo contra la fría pared de piedra y respiro hasta que el dolor se calma.

Edel se tropieza al ponerse de pie. Se agarra la cabeza.

—Me encuentro muy mal.

—Así es exactamente como me sentía yo después de que Sophia adulterara mi comida.

Edel inspecciona los barrotes y también tira de ellos. No ceden. Incluso aunque pudiéramos apartarlos, no tendríamos adónde ir, ningún saliente que nos ayudara a escapar. Caeríamos más de cien metros hacia lo que fuera que tenemos debajo. Esa oscuridad. Esa agua. Esas rocas escarpadas.

—¿Qué pensaría Rémy si supiera en dónde nos hemos metido? —pregunto.

—Que deberíamos haber evitado ver al Ministro de Moda o incluso a Valerie. Que deberíamos haber ido directas hacia Charlotte —me responde.

No puedo discutir con ella. Pero realmente necesitábamos el dinero para llegar hasta Charlotte... aunque no es que nos quede nada ahora mismo.

Un ruido seco nos sobresalta. Edel y yo nos acercamos la una a la otra.

Un carruaje tambaleante aparece gracias al cable de suspensión negro.

Edel y yo nos damos las manos.

La puerta se abre para revelar un confortable compartimento cubierto de terciopelo raído y gruesos rebordes azul marino.

Un rostro aparece ensombrecido por el tenue farolillo nocturno: un chico de más o menos nuestra edad con una sonrisa torcida y una emoción extraña iluminándole los ojos. Se nos acerca mientras intenta mantener el equilibrio al inclinarse para deslizar un cesto estrecho entre los barrotes.

—¿Dónde estamos? ¿Y quién eres? —ladra Edel.

—Esa no es una manera demasiado amable de saludar a alguien que os acaba de traer comida —la desafía.

El pelo del chico es tan oscuro que podría ser el mismo cielo nocturno dispuesto en ondas.

Edel da una patada al cesto y su contenido se desparrama.

—Ni soy amable ni tengo que serlo. Nos estáis reteniendo en contra de nuestra voluntad.

El muchacho le sonríe.

—Bueno, es un placer conocerte a ti también. ¿Te gustaría saber qué tiempo hace?

—Quiero saber dónde estamos —le responde.

Recojo la comida y la inspecciono; me rugen las tripas. Una cuña de queso y carne deshidratada. Engullo mi mitad mientras Edel continúa peleándose con el chico. Tiene las mejillas enrojecidas y los puños cerrados a ambos lados. Su tira y afloja me recuerda a cómo solía hablarle yo a Auguste. El recuerdo es un nudo ardiente e ingiero más comida para enterrarlo.

—Estáis en las fauces de las cuevas de la diosa de la muerte. Nosotros las llamamos las Grutas. Yo crecí en una isla cercana, aunque nadie la traza nunca en ningún mapa de Orleans. Si vives ahí fuera, se considera que das mala suerte. No vale la pena cartografiarla.

—Déjanos salir.

Edel intenta sacudir de nuevo los barrotes, pero no se mueven.

—Me temo que no puedo hacerlo. Ahora estáis en la telaraña.

—Tiene razón —asiente una voz.

Levantamos la vista y vemos a una mujer dentro de un dirigible descapotable, las palabras CORREO AÉREO ORLEANÉS están tachadas y reemplazadas por LAS ARAÑAS.

—¡Quentin!

El chico pega un salto y por poco se cae. Edel estira un brazo entre los barrotes y lo agarra antes de que se precipite al suelo.

—¿Ves? Sabía que podías ser amable —comenta el chico, con lo que se gana una mala cara de Edel.

—No se te paga para charlar, solo para entregar la comida —le reprende la mujer. Es plomiza como una gris, sus ojos brillan como ascuas y tiene unas pestañas imposiblemente largas. Lleva el pelo negro y rizado recogido en un moño elegante y bonito—. Vete ahora mismo a casa. No soportaría tener que informar a Lady Arane de esto. Te cortaría el salario.

—Sí, mi señora. Que sus hebras permanezcan fuertes. —Inclina la cabeza, ella asiente y luego el chico mira de soslayo a Edel—. Te veo por aquí, con suerte.

Cierra la puerta del carruaje y desanda su camino hacia abajo, hacia la oscuridad.

Los ojos de Edel están clavados en la mujer que flota ante nosotras. Yo abandono la comida y me pongo al lado de Edel.

La mujer nos estudia en silencio.

—Hacía mucho tiempo que no veía a una belle tan de cerca.

—Eso parece —escupe Edel.

—Tu comentario no me ofende. He acallado esos instintos.

—¿Quién eres? —pregunto.

—Soy una Dama de Hierro —responde.

Un espejismo de esperanza nace en mi interior.

—Estáis de nuestro lado.

—¿Qué? —me dice Edel.

—Nos apoyáis. —Presiono mi rostro contra los barrotes.

—Apoyamos nuestra causa y lo que sea que nos ayude a conseguirla. —Se cruza de brazos.

—¿Y de qué se trata? ¿Encerrarnos? ¿Por qué no mandasteis llamar a los guardias? —Edel se aferra a los barrotes—. ¿Por qué torturarnos?

—¿Llamáis tortura a esto? —Se echa a reír y hace un ademán hacia la cesta de comida—. En este mismo instante, nuestra futura reina está ultimando sus preparativos para convertir a vuestra generación favorita en vacas que vivan en su cárcel granja, donde os ordeñarán, embotellarán vuestro poder y lo venderán por todo el reino. El resto lo distribuirá por todas las casas que puedan permitírselo.

Edel y yo intercambiamos miradas.

—No somos amigas de Sophia. He leído vuestros periódicos. Ya lo sabéis —le aseguro.

—Pero habéis sido usadas como instrumentos del poder. Debemos asegurarnos de que no le sois leales de ningún modo. La proximidad con el poder puede distorsionar las alianzas de una persona, puede hacer que te posiciones al lado de quien desea usarte solo para estar más cerca de dicha persona.

—¿Y por qué deberíamos confiar en vosotras? —pide Edel—. Nos envenenasteis y nos encerrasteis.

—Gas del sueño. No era veneno. Muchas guarderías lo usan para ayudar a los bebés a dormirse. Os habéis echado una buena siesta. Solo unas pocas horas —explica—. Determinaremos si podemos confiar las unas en las otras. Vendréis conmigo en mi dirigible, pero en cuanto lleguemos a tierra, debéis poneros esto en la cabeza. —Muestra dos sacos—. Si os negáis, podéis quedaros aquí hasta que cambiéis de opinión. Quentin no vendrá con más comida, tal vez el hambre os convenza de tomar la decisión correcta.

Edel y yo nos miramos. Mi hermana aprieta los dientes, pero no tenemos tiempo para discutir.

—Sí —respondo por las dos—. Vendremos contigo.

Usa una llave maestra para abrir la celda. Edel sale corriendo como una nube de tormenta lista para estallar en truenos y relámpagos y ventadas. La agarro por la parte posterior del vestido antes de que llegue al saliente y la mantengo cerca de mí. La rabia que tiene en su interior casi se filtra por su piel, un diapasón zumbón que lanza murmullos.

Ambas bajamos la mirada hacia la oscuridad que tenemos debajo, su vastedad es aterradora, un hoyo que nos engulle enteras. Mi mente se llena de todas las cosas peligrosas y retorcidas que nos esperarían si cayéramos allí.

—No podéis salir corriendo hacia ningún lugar más que directas a las fauces de la diosa de la muerte —amenaza la mujer.

Edel se echa hacia atrás de golpe y choca conmigo. La agarro más fuerte de la cintura.

—Cálmate. Vamos a salir de aquí —le susurro—. Encontraremos la manera.

—Si morís aquí, seréis suyas. —La mujer abre una puertecita y nos invita a subirnos a su dirigible—. ¿Listas? ¿O todavía queréis echar a correr?

Edel y yo nos miramos y nos damos fuerzas la una a la otra, entonces nos montamos y nos sentamos en dos asientos improvisados.

—¿Dónde están mis dragoncitos de peluche animado? —quiero saber.

—A salvo. —La mujer alarga la mano y cierra la diminuta escotilla de fuego en la base del globo—. Por ahora.

—¿Es una amenaza? —pregunto.

—Es lo que quieras que sea —responde.

El estómago se me cae a los pies en cuanto nos hundimos en la oscuridad, la fría humedad se vuelve cálida, el silbido del vapor aumenta. Cuando éramos pequeñas, nos contaron que la diosa de la belleza odiaba a la diosa de la muerte. Eran hermanas que se peleaban y discutían por todo, hasta que no pudieron convivir más la una al lado de la otra en este mundo. Poco apreciada entre los dioses a causa de su carácter impredecible, Muerte fue enviada a las profundidades del mundo para esconder y encargarse de los cuerpos y las almas de los muertos. Las grutas son la entrada hacia su guarida.

Llegamos a una plataforma pequeña y saltamos del dirigible.

Tres mujeres enmascaradas se acercan con sacos de arpillera en las manos, sus movimientos son lánguidos como espíritus.

Se me encoge el estómago.

—¿Por qué es necesario esto? No es que podamos ver mucho aquí abajo... —espeta Edel.

—Edel —respondo a pesar de mi miedo—. Hemos dado nuestra palabra.

—Escucha a tu hermana —le dice una de las mujeres; tiene la voz áspera—. Es sabia.

—Nadie puede conocer la entrada ni la salida de la guarida de las arañas —sentencia otra.

Echo la cabeza hacia delante y me someto al saco. Ella me lo coloca en la cabeza.

—Buena chica —me susurra.

La luz se desvanece y mi corazón se estremece. El miedo empieza a dominarme, pero hago todo lo que puedo para resistirlo.

Otra mujer me agarra del brazo y me empuja hacia delante. Caminamos por una superficie rocosa. El olor de agua me llena la nariz, una mezcla entre los Pantanos Rosa de nuestro hogar y La Mer du Roi. El silbido del vapor tapa nuestros pasos. «¿Adónde nos llevan?».

Doy una profunda bocanada de aire y pienso en Rémy. Él diría:

—Presta atención. Estate preparada. Estarás bien.

Motas de luz se abren paso por la tela.

La mujer aumenta su presión sobre mi antebrazo, me pellizca la piel.

—Hemos accedido a ir con vosotras, no hay necesidad de ser tan brusca.

—Ay, princesa, lo siento mucho —me dice con sarcasmo.

—No somos princesas —oigo que le responde Edel a voz en grito.

—Nunca lo hemos sido —añado.

—Relájate o te romperé el brazo —amenaza, su voz me rasca la piel como un pergamino áspero—. Y debería por lo que hiciste.

Se me hiela la sangre. ¿Lo que hice? ¿Cómo puedo haber hecho nada para ofender a esta persona desconocida en el fin del mundo?

—¿Quién eres? —pregunto.

—¿No te acuerdas? —ronronea en mi oído.

—No preguntaría si lo recordara.

—Ya casi hemos llegado —anuncia otra voz.

Bajamos pisando fuerte por una escalera de caracol de piedra. El aire que me rodea es cada vez más caliente a medida que nos aventuramos a más profundidad, como si hubiéramos entrado en el onsen. Un sudor pesado y espeso me recubre la piel.

El sonido de aplausos es tan repentino que me sobresalta.

—Nuestra queridísima señora, hemos atrapado algo interesante en nuestra telaraña.

La mujer me da un codazo para que avance y me caigo con un golpe sordo sobre la piedra cálida. Alguien me quita el saco de la cabeza de un tirón.

Levanto la vista.

Una mujer alta con máscara de hierro me mira desde arriba. La máscara le abraza los contornos del rostro y el cuello, está grabada con líneas finas e intrincadas en forma de expresión severa; lleva un rubí encastado en el centro, como una terrorífica y bella araña de cuerpo carmesí. Unos ropajes grises besan los empeines de sus pies descalzos.

Me pongo de pie a trompicones, esforzándome por erguirme pese a las muñecas maniatadas, y miro a mi alrededor. Una cueva enorme está punteada de huecos decorados como hogares con puertas diminutas, ventanas circulares y escaleritas que bajan hacia unos largos embarcaderos. Unos pabellones flotan en un lago azul verdoso, fluctuando entre pequeñas embarcaciones. Hay globos mensajeros rectangulares que merodean por ahí y cambian de negro a rojo y de nuevo a negro, y cuyas cintas están hechas de seda trenzada para parecerse a telarañas.

Una ciudad subterránea y clandestina. Jamás había visto algo así. Su extraña belleza cuestiona todo lo que yo pensaba que sabía acerca del aspecto que podían tener los límites y rincones de Orleans.

Más mujeres dan un paso adelante; todas llevan máscaras que lucen grabados únicos.

—¿Quiénes sois? —chilla Edel.

Una mujer se echa a reír, con lo que genera una onda sonora.

La mujer más alta se quita la máscara: su piel es tan gris como la de un elefantito de peluche animado, sus ojos son tan negros como la obsidiana y su pelo es blanco como la nieve. Ella misma parece una araña marchita.

—Edelweiss Beauregard y favorita Camelia Beauregard, soy Lady Arane, líder de las Damas de Hierro y editora de *La telaraña*.

Edel y yo intercambiamos una mirada de desconcierto.

Es la mujer más sorprendente que he visto jamás.

—Somos las Damas de Hierro, las Arañas, la Resistencia. ¡Bienvenidas a nuestras Grutas!

—¿Qué queréis de nosotras? —pregunto.

—No podéis retenernos aquí —afirma Edel.

—Sois libres de iros si podéis encontrar el camino para salir de las grutas de la diosa de la muerte. Solo unas pocas personas conocen el camino. Muchas han intentado irse y no las hemos encontrado hasta que quedaron reducidas a huesos. Es una red de túneles, de ahí nuestro nombre. —Se vuelve hacia las mujeres que la flanquean—. ¿Cuánto tiempo apostáis que durarían en las cuevas oscuras, mis señoras?

—Tres vueltas de reloj —ofrece una.

—Son belles, de modo que les doy siete vueltas de reloj —responde otra.

—Demasiado pequeñas y frágiles. Media vuelta de reloj —chilla una tercera.

Las risotadas llenan la cueva; su zumbido se convierte en un murmullo mareante que se mezcla con mi ira.

Lady Arane hace un ademán con la mano para mandarlas callar y sonríe.

—No pretendemos heriros, a menos que nos hiráis vosotras.

—Sois demasiado buenas —respondo.

Sus labios esbozan una línea recta.

—Deberíais estarnos agradecidas. Lady Surielle os salvó.

La mujer que ha conducido el dirigible da un paso adelante y hace una reverencia ante Lady Arane.

—No necesitábamos que nadie nos rescatara —asegura Edel.

—Y tanto que sí. Si vuestra ostentosa goleta hubiera navegado diez leguas más hacia el norte, habría ido a parar de lleno a un nuevo punto de control imperial con guardias en el faro del Garfio Creciente. Alertaron a todas las flotas de que un barco había escapado.

Sus palabras se instalan en mi interior y recuerdo el conjunto de luces proyectadas en el agua mientras navegábamos por la costa de la isla imperial.

—Habríais caído derechitas en la trampa más nueva de nuestra reina antes de que nosotras hubiéramos tenido oportunidad de conoceros y, posiblemente, de trabajar juntas.

—¿Por qué querríamos trabajar con vosotras? —pregunta Edel.

—Edel —advierto con los dientes apretados.

La mujer se carcajea de nuevo, lo que provoca otra cascada de risotadas.

—Parece que no entiendes quiénes somos.

—Y tu hermana tiene una deuda conmigo.

La mujer que me ha arrastrado hasta aquí da un paso al frente y se quita la máscara.

Es Violeta. La sirvienta del palacio. La amante de Claudine. Un ancla me cae en el estómago.

—Tú mataste a alguien que significaba mucho para mí.

El calor sudoroso de las náuseas me invade. Los sentimientos de responsabilidad y arrepentimiento.

—Lo si... siento —tartamudeo.

Su rostro se endurece como si las dos nos hubiéramos transportado a ese recuerdo. Los ojos sin vida y la boca abierta de Claudine son todo cuanto puedo ver. Repito mi disculpa, pero ella se cruza de brazos.

—Ahora no, Violeta. —Lady Arane hace un ademán con la cabeza hacia Violeta, que se retira, y luego se vuelve hacia nosotras—. Muchas de las personas que se resisten a las coacciones del mundo viven aquí abajo con nosotras. Hemos encontrado maneras de combatir la incomodidad inherente a nuestras formas naturales. Hemos aprendido a controlar la locura. Hemos aprendido a vivir sin las de vuestra especie.

Empieza a caminar en círculos alrededor de Edel y de mí.

Las mujeres le sonríen y aplauden, o estiran los brazos en el aire mientras ella habla y los agitan con emoción.

—Somos arañas —grita.

—Que el resto no puede ver —cantan las otras a modo de respuesta.

—Pero sentirán nuestro mordisco.

—Obedecerán nuestras lecciones —responden todas al unísono; luego se cuadran en formación, con los brazos a los costados.

—Y sufrirán nuestro veneno —acaba Lady Arane con una sonrisa—. Hemos estado trabajando en ello durante diez años y vosotras dos os acabáis de despertar a regañadientes y nos habéis descubierto. ¿Lady Surielle?

La mujer del dirigible da un paso al frente y hace una reverencia.

—Lady Surielle es mi primera discípula. La más ágil de todas. La que tiene los dientes más afilados. —Surielle se inclina todavía más ante el halago de Lady Arane—. Surielle, ve a preparar mi embarcación.

Surielle se queda quieta con expresión sorprendida.

—Tal vez necesiten más tiempo en las mazmorras, mi señora.

Lady Arane da unos toquecitos en el hombro de Surielle mientras me mira fijamente.

—Creo que después de una visita por nuestra humilde

morada, tal vez estarán listas. Cenaremos a bordo. Necesitarán más sustento para plantear todas las preguntas para las cuales necesitan respuesta antes de unirse a nuestra causa.

Surielle asiente y deja que Violeta nos vigile; su mirada es un atizador ardiente acabado de sacar del fuego.

Me vuelvo de espaldas a ella, incapaz de aguantar su mirada, y deseo que hubiera una manera de explicar lo que pasó esa noche. O mejor aún, de borrar lo que pasó.

—Esto es una mala idea —me susurra Edel.

—¿Qué opción tenemos? —respondo—. Debemos escucharlas.

—¿Qué pasa si no son quienes dicen que son?

Sus blancas mejillas albergan un profundo rubor rosa.

—Entonces probaremos suerte en las cuevas de la diosa de la muerte.

Edel me mira con fijeza.

—Podemos hacerlo.

—Lo sé. Podemos hacer cualquier cosa juntas.

Asentimos todavía mirándonos y luego nos giramos para observar una esbelta barca que se desliza por las aguas azul verdosas como un pez negro. Me recuerda a uno de los botes del canal del río del Palacio Áureo, pero es lo bastante grande para una tripulación completa.

—Venid —ordena Violeta.

Descendemos hasta el embarcadero y nos montamos en la barca.

Bajo un dosel oscuro, unos cojines modestos rodean una mesa decorada. Farolillos marinos y farolillos ígneos chocan entre ellos. Un grupo de mujeres del servicio disponen platos de comida: una mezcla multicolor de hortalizas troceadas y fruta fresca, unas pocas cuñas de queso y un cestito de camarones humeantes.

—¿Cómo habéis conseguido toda esta comida aquí abajo? —pregunto.

—Hemos encontrado formas de sobrevivir. Con un poco de trabajo duro las cosas crecen en la oscuridad y la fruta del mar se puede extraer y recolectar de estas aguas —responde Lady Arane—. Hasta con recursos limitados pueden nacer las cosas más interesantes.

Nos instalamos todas en la mesa baja y nos sentamos sobre los cojines mullidos.

—Si os quito las esposas que lleváis en las muñecas, ¿prometéis que os comportaréis? —plantea Lady Arane—. Dudo que queráis que os dé la comida una de mis mujeres.

Asiento.

—La pregunta iba más por la rubia —comenta guiñando un ojo.

—¡Vale!

Su rostro parece más pálido y tiene los labios enrojecidos de mordérselos por el hambre y la ansiedad.

Lady Arane ordena que nos quiten las esposas. Mis muñecas agradecen ser liberadas; tengo cardenales a su alrededor, tan oscuros como sanguijuelas. Edel y yo empezamos a comer inmediatamente.

El bote serpentea por el río de la cueva. El techo de roca se cierne sobre nosotras y muestra imágenes brillantes de un cielo estrellado. Las pinturas de todas las estrellas centellean como si estuvieran allí de verdad. A izquierda y derecha, hay hogares tallados en los laterales de la gruta; puntitos diminutos de luz escapan de pequeñas ventanas. Las mujeres saludan al ver nuestro barco pasar.

—Todo el mundo que vive en las Grutas hace un voto de austeridad —nos cuenta Arane, recostándose con una taza de té—. Sin ropas lujosas, zapatos ni hogares. Ni suntuosidad, ni lujos ni excesos. Solamente tenemos lo que necesitamos. Compartimos la mayoría de cosas como comunidad. Trabajamos duro para asegurarnos de que nos ocupamos de todo.

—¿Cuánto tiempo lleváis aquí abajo? —pregunto.

—Yo desde que era una joven. Quería ser Ministra de Guerra, pero me descartaron para el cargo. Me desencanté del mundo de ahí arriba y encontré esta comunidad...

—Así, ¿no te cambias? ¿Nunca? —interrumpe Edel.

—Tenemos métodos para arreglárnoslas. Colirio para calmar la rojez. Polvos para suavizar el cabello y hacerlo lo bastante flexible para que el tinte aguante... Pero permanecemos grises y orgullosas. Queremos restablecer el mundo. Cambiar su modo de lidiar con la realidad.

Oigo las palabras de maman: «La favorita enseña al mundo lo que es bonito, les recuerda lo que es esencial».

—Con la reina Sophia, la usurpadora en el poder, jamás tendremos oportunidad de hacerlo. Estamos usando *La telaraña* para influir en la opinión popular y sembrar la idea de que no necesitamos un propósito tan obstinado de escapar de nuestras formas naturales.

El barco se detiene en el muelle.

—Venid a ver.

Desembarcamos. Lady Arane nos guía por una pequeña pendiente que conduce a un par de cortinas oscuras bordadas con arañas. Las aparta para mostrar una habitación pe-

247

queña llena de serigrafías y extraños aparatos voluminosos hechos de madera, latón y hierros.

—¿Qué es esto? —pregunto mirando a mi alrededor. Mi corazón da un salto, inesperadamente asombrado. Farolillos hogareños navegan por ahí e iluminan todo tipo de instrumentos: sellos, plumas, pinceles de caligrafía, bloques de letras diminutas, marcos de madera y frascos de colores. Una pared de botes de tinta de cristal brilla, el líquido animado centellea y se agarra a sus bordes, desesperado por escapar.

—El corazón de nuestra red. Nuestra imprenta. —Lady Arane entra con una floritura y pasa los dedos por encima de todo lo que se cruza en su camino. Señala hacia arriba. Por encima de nuestras cabezas hay periódicos secándose con tinta animada que corre por el pergamino—. Aquí es donde mis damas, y unos pocos caballeros, hacen nuestra mayor arma.

—¿Cómo funciona? —pregunto al tiempo que me uno a Edel mientras examina los extraños artículos que hay allí.

—Violeta —llama Lady Arane.

La mujer avanza con una mueca en los labios.

—Creamos nuestro propio pergamino y tinta animada gracias a los calamares que habitan aquí abajo. —Coge un trozo de pergamino de un montón y lo coloca en la larga mesa—. Escribimos nuestros artículos y los colocamos en nuestras prensas. —Señala el aparato—. Igual que las que construyó el Ministro de Noticias, estas imprimen hasta un centenar de periódicos cada vuelta de reloj. Hemos conseguido muchos seguidores nuevos y muchísimo apoyo gracias a la circulación de los periódicos.

Lady Arane toca una de las prensas.

—Pretendo empezar a difundir revistas para llegar a aquellos que evitan los periódicos, de modo que podré publicar trabajos que exploran los mayores desafíos que nos encontramos y asegurarme de que la gente ve la situación tal y como es, tanto si quieren como si no. Los líderes reales cuentan la verdad a su gente, adaptan el tono según el tema. Sin un liderazgo sincero y una reina benévola, Orleans no sobrevivirá.

—La princesa Charlotte —digo.

—Sí, si quiere escucharnos, entonces tendremos un punto de inicio. Mis sanadores la han estado visitando. Todavía está débil, pero se recupera poco a poco.

Sus palabras alientan mis esperanzas de poder apartar a Sophia del poder.

—Son muy buenas noticias.

—¿La habéis visto? —pregunta Edel.

—Sí. A ella y a Lady Pelletier —responde Lady Arane.

—¿Dónde está? Si podemos llevar a Charlotte al palacio de forma segura antes de la coronación de Sophia, podrá reclamar el trono y meter a Sophia en la mazmorra donde debe estar —afirmo.

Los labios de Lady Arane esbozan una sonrisa y asiente. Nuestros deseos se alinean como dos piezas de rompecabezas que encajan la una con la otra.

—¿Por qué no lo habéis hecho todavía? —quiere saber Edel. Lady Arane se vuelve hacia ella.

—Todavía no está lo bastante bien y no queremos arriesgarnos a que nos descubran antes de tener la oportunidad de tender nuestra trampa. Pensábamos que vosotras podríais ayudarla con vuestras arcanas.

—Las arcanas no pueden sanar —responde Edel.

—Tú la despertaste.

Lady Arane se vuelve hacia mí.

—Limpiamos su sangre. La revitalizamos, para decirlo de algún modo —aclaro.

—Podríais hacer que estuviera lo bastante fuerte para enfrentarse a Sophia. Solo tiene que reclamar su legítimo lugar en el trono. Sophia cree que puede mentir al mundo acerca de la muerte de su hermana; no hay modo de saber a quién ha matado ella para exponerla y así salirse con la suya. De modo que la cuestión es... ¿nos ayudaréis?

—¿Podéis ayudarnos también a nosotras? —le pido.

—¿Qué quieres?

—A mis hermanas.

Lady Arane aprieta los labios.

—Sí. Podemos ayudaros en eso. Así pues, ¿tenemos un trato?

—Primero necesito hablar en privado con mi hermana.

Lady Arane asiente. Hace un ademán hacia todo el mundo para que abandonen la habitación.

—Estaremos fuera.

En cuanto caen las cortinas, Edel se me echa encima.

—No creo que debamos hacerlo. Limitémonos a encontrar a nuestras hermanas.

—¡Pero ella sabe dónde está Charlotte! ¿Y cómo vamos a salir de aquí si nos negamos? No creo que pretendan dejarnos salir tal que así y hacer la nuestra.

Edel tamborilea la mesa con los dedos.

—Pero ¿qué piensa que va a pasar? ¿Que todo el mundo va a estar contento viviendo del modo que lo hacen ellas?

¿Grises y sin trabajos de belleza? ¿Y si hay quien no quiere? Van a enfrentarse. Ya hemos visto cómo actúan en los salones de té. ¿Qué pasará con nosotras? ¿Seremos libres? ¿Van a dejarnos hacer lo que queramos? ¿O nos dejarán hacer cualquier otra cosa que no sean trabajos de belleza? Es imposible que vayan a limitarse a dejarnos ir.

La toco y la saco de su diatriba.

—No lo sé. Todo cuanto sé es que, si no nos libramos de Sophia, seremos prisioneras. Nos tendremos que preocupar de lo demás más tarde.

Lágrimas de rabia se agolpan en sus ojos y se esfuerza para esconderlas y que yo no las vea.

—Estaremos bien. Te lo prometo.

—No creo en promesas —me responde.

Deslizo mi temblorosa mano en la suya y busco en el fondo de mi interior para sacar la valentía que se esconde ahí.

—Cuando éramos pequeñas y tú te embarcabas en esas aventuras locas, como nadar hasta el fondo de los Pantanos Rosa para encontrar al pulpo o ir a escondidas al bosque oscuro de detrás de casa, yo siempre iba contigo. Nadie más se atrevía. Te dije que lo haría, y lo hice. ¿Verdad?

—Sí —murmura.

—Ahora mismo te estoy diciendo que saldremos de aquí y que nos desharemos de Sophia; luego podremos encargarnos del futuro. No volveremos a los salones de té. No dejaremos que eso vuelva a pasar: ni a nosotras ni a ninguna de nuestras hermanas. Pero si queremos tener éxito, necesitamos la ayuda de las Damas de Hierro.

Edel frunce el ceño y luego se encoge de hombros. Es su modo de mostrarse de acuerdo.

Me dirijo hacia las cortinas y las descorro de nuevo.

—Estamos de acuerdo —anuncio al grupo de mujeres a la espera.

Lady Arane sonríe y extiende la mano.

—Que nuestras hebras permanezcan fuertes y nuestras redes nos den buen servicio.

Encajamos las manos.

El trato está cerrado.

22

EL DESPACHO DE LADY ARANE BRILLA COMO UN SOL ATRA-
pado en una caja. Farolillos nocturnos y velas celestes en
miniatura calientan el espacio entre la oscuridad de las cuevas. Tres paredes están recubiertas de altas estanterías con
libros, cuyos lomos están gastados y muestran títulos antiguos. Mapas del reino y sus ciudades, junto con retratos de
los integrantes del gabinete de Sophia y otros rostros desconocidos, cubren la mesa.

Una docena o más de mujeres se ponen en pie cuando
entramos. Todas muestran distintas tonalidades de gris, llevan las cabelleras de textura pajiza peinadas de distintas maneras y llenas de polvos multicolores, y sus ojos nos miran
llenos de curiosidad. Saludan a Lady Arane, cuya presencia
envía una oleada de energía seria por el espacio.

—Descansad y sentaos. Por favor, dad la bienvenida a Camille y a Edel —ordena.

Las mujeres asienten.

—Belles, estas son otras de mis discípulas —nos explica.

Las mujeres se presentan a sí mismas en una rápida sucesión, no consigo retener todos sus nombres.

Traen dos asientos adicionales para Edel y para mí.

Lady Arane se quita la capa y se la pasa a una mujer que tiene cerca. Le colocan una maza diminuta delante y da unos golpecitos con ella sobre un bloque de madera.

—Por la presente declaro abierta esta reunión oficial. Gracias, leales Damas de Hierro. Que vuestras hebras permanezcan fuertes —dice.

—Y que sus redes le den buen servicio —responden las otras.

—El primer punto del orden del día es la revisión de las cajas de modificación. ¿Todavía está programado distribuirlas esta noche?

—Sí, Lady Arane —responde una. Creo que se llama Liara.

—Déjame verlas. Nuestro viaje a la superficie ha sido fructífero en muchos sentidos. —Lady Arane me guiña un ojo y luego se gira de nuevo hacia la mujer—. He dejado más artículos para que se entreguen con todas.

Una mujer se pone de pie y vuelve con cajas llenas de sombrero. Desabrocha sus cierres y expone su contenido: artículos de aseo y productos de belleza rudimentarios.

—Pensaba que todas vosotras os acogíais a una vida sin belleza —se mofa Edel.

—Esto es para fines medicinales. Escoger vivir como una persona gris y aceptar tu forma natural en realidad plantea desafíos. No los ocultamos ni mentimos acerca de ello. Estos productos ayudarán a nuestros residentes a sobrellevar mejor el dolor que todo eso comporta. —Levanta un frasco—. Esto es colirio. —Agita un tubo de crema—. Esto suaviza el cabello para evitar que se caiga. —Cierra la tapa—. ¿Entiendes el objetivo?

Edel frunce el ceño y se echa para atrás en la silla.

Lady Arane devuelve su atención a su gente.

—¿Han salido los últimos periódicos?

—Sí —responde una—. Hace solo una vuelta de reloj. Hemos mandado los periodistas y el transporte. *La telaraña* debería llegar a las ciudades más grandes para cuando se distribuyan los periódicos de la tarde.

—Bien —asiente Lady Arane—. ¿Veis, chicas, lo que hacemos aquí? —Se vuelve hacia mí y sus oscuros ojos arden al fijarse en los míos—. ¿Sabéis lo que queremos de verdad y a toda costa?

—Libraros de Sophia —respondo.

—Sí —asiente Lady Arane—. Pero os voy a enseñar tres lecciones mientras os tenga conmigo. La primera: cuando negociéis, no mostréis nunca toda vuestra mano. —Tamborilea los dedos contra la mesa—. El objetivo final es forzar a la Casa de Orleans a caer. Propiciar otro Juicio de Belleza.

—Pero pensaba que queríais enseñar al mundo de Orleans a aceptar la vida sin belleza —digo—. No otro Juicio de Belleza. ¿Es siquiera real ese ritual?

Las mujeres se fijan en mí. El calor de sus miradas me provoca una oleada de nerviosismo que me recorre el espinazo.

—¿Y no dependería eso de la princesa Charlotte? —añade Edel.

—La gente tendrá algo que decir —responde ella—. Incluso si acabamos derrocando a Sophia y Charlotte asciende al trono, su nuevo gabinete no resolverá el problema de base: cambiar cómo los trabajos de belleza afectan a este reino. Necesitamos erradicar las viejas costumbres y un nuevo liderazgo sería el primer paso.

—Doy por hecho que te refieres a ti. De eso trata todo esto, ¿no? Tu juego por el poder —desafía Edel.

Las mujeres se indignan.

—Edel —advierto.

—¡¿Cómo te atreves?! ¡Su red es la más fuerte! —dice una.

—Atrapa todas las moscas, e incluso leones, en sus hebras —vocifera otra.

—Ella está bendita —añade una tercera.

Lady Arane levanta una mano para silenciar a las mujeres enfadadas.

—Quiero a Charlotte en el trono para que pueda convocar un nuevo Juicio de Belleza. Eso es todo. No tengo delirios de grandeza acerca de ella aboliendo la monarquía por propia voluntad o por la bondad de su corazón. No todos los que piden un cambio de liderazgo quieren asumir el poder ellos mismos. Yo quiero a una persona de Orleans que demuestre que él o ella tiene lo que se necesita para ser líder. Si tenemos éxito y hay un Juicio de Belleza, me presentaré para demostrar que soy digna de ello. Y que los dioses me escojan.

—Serías una líder maravillosa para Orleans —interviene otra.

El resto aplaude al unísono.

Lady Arane da un golpe en el suelo.

—Gracias por vuestro apoyo, pero a todos se nos tienen que conceder las mismas oportunidades. El primer paso es ir a ver a la princesa Charlotte y exponerle nuestros deseos. Ver si ella también planea desafiar la Coronación y Ascensión de su hermana. La iremos a ver de inmediato. Solo nos quedan dos días hasta que las ceremonias oficiales empiecen y Sophia muestre ese cuerpo.

—¿Cómo vamos a llegar hasta Charlotte? —pregunto.

—Ya lo veréis. —Se vuelve hacia Violeta y Liara—. Preparad nuestros transportes.

Violeta y Liara salen corriendo, y, después de consultar con Surielle y darle algunas instrucciones, Lady Arane hace un ademán para que la sigamos. Salimos afuera y caminamos hasta el final del embarcadero, donde descansan en fila ocho cajas de madera cuyas tapas están abiertas. Tres están llenas de todo tipo de cosas y el resto permanecen vacías.

Edel es la primera en hablar.

—¿Eso son...?

—Ataúdes, sí. —Lady Arane señala el que está lleno de productos belle—. Esos irán a Céline, en las Islas Áureas. Mis colaboradores los llevarán hasta un almacén cerca del muelle.

—¿Por qué los enviáis en ataúdes? —pregunto.

—Lección número dos, *petite*: jamás hagas lo que se espera —responde guiñándome un ojo—. Los guardias del puerto no molestan a los muertos, son supersticiosos. Antes de que Sophia empezara a controlar los globos mensajeros, enviábamos los ataúdes así: atábamos un centenar de globos mensajeros para que llevaran un ataúd al otro lado del mar, nos enviábamos a nosotras mismas y nuestros periódicos por todo el reino.

Tres de sus discípulas se meten en los ataúdes y se colocan las máscaras en los rostros. Edel y yo intercambiamos una mirada.

Doy una honda bocanada de aire.

—¿Cuánto dura el trayecto?

—Cuatro vueltas de reloj. Suficiente tiempo para dormir, pues la estrella de medianoche ya ha salido y acaba de ponerse y pronto llegará la mañana.

Edel enarca las cejas.

—Subid —ordena Lady Arane.

—No me voy a ir a ningún lado sin mis dragoncitos de peluche animado y mi daga.

Me cruzo de brazos y afianzo los pies en el sitio.

Lady Arane chasquea los dedos.

Una mujer desaparece y vuelve con una jaula de madera. Los dragones revolotean por el interior y su estado de salud es aparentemente perfecto. Meto un dedo a través de los barrotes y lo lamen con entusiasmo.

—No les hemos hecho daño. Son de lo más hermosos y raros —dice Lady Arane.

Otra mujer me pasa mi faja. Me la coloco enseguida. Abro la jaula y todos me saltan encima antes de acurrucarse en mi faja. Lady Surielle me da mi daga. La daga de Rémy.

—¿Qué hay de todo el dinero que nos quitasteis? —pregunta Edel.

—Devolvedles todas sus pertenencias —ordena Lady Arane.

Surielle lanza una bolsa hacia Edel que casi rueda por la oscuridad hasta las aguas que nos rodean, pero mi hermana la atrapa a tiempo. Me agacho y paso los dedos por los cojines mullidos que hay en el interior del ataúd. Productos belle enmarcan su perímetro. El aroma tan familiar de perfumes y tartas de crema llega hasta mi nariz.

Observo a Edel metiéndose en el ataúd y la tapa que se cierra encima de ella. Me recorre una oleada de frío.

Lady Arane hace un ademán hacia la caja.

—No te morderá. No hay arañas ahí dentro.

—¿Y tú cómo viajas? —quiero saber, pues el resto de ataúdes están siendo transportados hacia un barco y no queda ninguno para ella.

—Yo tengo mi propia manera. No te preocupes. Iréis con Surielle, Liara y Violeta, tres de las personas en quienes más confío. Saben cómo ponerse en contacto conmigo —me guiña un ojo—. Nos encontraremos en Céline. Las Islas Áureas son realmente preciosas. Nací ahí, en un pueblecito de montaña; será bonito volver a verlo.

Me meto en el ataúd y me tumbo sobre los cojines. Bajo el peso de mi espalda, rápidamente adoptan mi forma. Apenas tengo tiempo de dar una última bocanada de aire, cuando la tapa se cierra sobre mí y me engulle la oscuridad.

23

El sudor me empapa la espalda mientras mi corazón late cada vez más rápido. Intento ralentizar la respiración y calmar los retortijones de estómago.

—Todo irá bien. Todo irá bien. —Susurro el mantra sin parar—. Intenta dormir.

Los dragoncitos de peluche animado se revuelven en mi faja para acomodarse. Les doy unos toquecitos hasta que se calman. Mi cerebro es un batiburrillo: ¿hemos tomado la decisión correcta al confiar en ellas? ¿Mantendrán su palabra y nos ayudarán a encontrar a nuestras hermanas? ¿Qué pasa si nos mandan directamente a Sophia y se llevan la recompensa? ¿Qué pensaría Rémy de lo que estamos haciendo?

Alguien levanta y transporta mi ataúd. El estómago me da un vuelco. Tenso los músculos hasta que noto que me dejan quieta. Parte de las instrucciones de Lady Arane me llegan hasta el interior de la caja:

—¡Vigila con estas! ¡Tenemos primerizas!

—Tomad la salida sur para dejar las cuevas.

—Preparad mi bote y yo iré hacia el este. Si nos siguen, desviaremos su atención.

Después de al menos una vuelta de reloj, las voces enmudecen y reconozco el movimiento balanceante de un barco. Me siento como un juguete atrapado en las olas picadas que mis hermanas y yo creábamos en las bañeras del onsen de casa cuando éramos pequeñas. El servicio nos hacía entrar en los cuartos de baño y nos decían que esperáramos al borde de la bañera más grande y espumosa, pero Edel siempre se metía la primera, antes de recibir permiso, y normalmente me arrastraba a mí con ella. Ámbar fruncía el ceño y luego se metía despacio, dando tiempo a su cuerpo para que se adaptara lentamente a la temperatura. Padma y Valerie recogían los juguetes del baño y los metían en la bañera para todas. Hana siempre entraba la última, después de que le negaran su petición de más burbujas.

Cierro los ojos con fuerza, intento no recordar esos momentos más felices, intento no pensar en que no volveremos a estar juntas nunca más. El espacio parece más grande mientras me hundo en la oscuridad del ataúd. Me sumerjo y me escapo de alucinaciones sudorosas y sueños tumultuosos: Sophia bombardeándome con preguntas mientras estamos de pie delante de su pared de retratos; la mirada de dolor en el rostro de Auguste cuando se revelaron sus verdaderas intenciones durante aquella cena; Rémy esperándome en Trianon; los ojos vidriosos y sin vida tanto de Claudine como de Valerie...

Finalmente, la tapa de mi ataúd se abre y siento el alivio de una profunda bocanada de aire.

—¿Está todo el mundo bien? —pregunta Surielle.

—Ahora sí, gracias. —Mi piel agradece el aire frío. La mujer me sonríe desde arriba, la piel le brilla como una perla gris sacada de las profundidades del Mar Frío. Me estiro e intento contener un bostezo; el sueño se aferra a mis párpados.

—Aquí abajo todo es cargamento, de modo que puedes salir mientras viajamos. Queda alrededor de una vuelta de reloj hasta que lleguemos a Céline y las Islas Áureas.

—¿Dónde está Edel? —pregunto justo antes de que su gruñido corte el espacio. Me giro y veo que su ataúd abierto está detrás de mí. Edel hace ademán de sentarse, su rostro tiene un horrible tono verde. Salgo de mi caja y corro hacia ella, esquivando cofres y barriles. Surielle me sigue y juntas intentamos poner de pie a Edel, pero no puede.

—Ojalá tuviéramos algo de hordiate —deseo al tiempo que aparto el pelo de Edel de su frente.

Surielle empieza a rebuscar entre el cargamento, aunque solo encuentra botellas de tónicos contra las verrugas, cajas de vino y todo tipo de televisores nuevos.

—¿Qué es esto? ¿Uno de vuestros barcos? —le pregunto.

—No. Un carguero nocturno del puerto de Nouvelle-Lerec.

Me doy cuenta de que Violeta y otra discípula están apostadas en la puerta, con las máscaras puestas y las dagas en mano. Quiero intentar hablar con Violeta sobre lo que pasó con Claudine. Quiero disculparme e intentar explicarme. Sin embargo, Edel gime de nuevo y vomita por culpa del mareo; no puedo dejarla.

—Intenta dormir —le digo a Edel al tiempo que la ayudo a tumbarse de nuevo.

Se pone boca arriba agarrándose el estómago. Surielle trae una capa para levantarle un poco la cabeza. Yo encuentro un abanico y la aviento hasta que se le relajan los párpados y su respiración se suaviza.

Encuentro un sitio cercano para sentarme, un barril colocado entre dos cajas etiquetadas como FAROLILLOS DE ARAÑA BEAULIEU, y dejo salir a los dragoncitos de peluche animado de mi faja. Revolotean por ahí y estiran sus alas mientras yo vigilo a Edel.

El silencio se cierne sobre nosotras, solamente lo interrumpen los graznidos de una gaviota, los gemidos de Edel o el ruido de pasos en la cubierta.

Surielle me va mirando de refilón, sus ojos negros me analizan el pelo y el rostro.

—¿Siempre has sido parte de este grupo? —le pregunto.

—Hui de casa cuando tenía trece años y me uní a él. Mi madre era un horror con la administración de la belleza. Nos obligaba a cambiar semanalmente para estar al día con las modas. Lo odiaba —me asegura—. Siempre sentía dolor.

—¿Cómo supiste de la existencia de las Damas de Hierro?

—Solo tienes que saber adónde mirar. Dejan pistas. Telarañas y flores de araña...

—En los edificios.

Recuerdo las telarañas y las flores en los escaparates de las tiendas de Metairie. Eso hace que me pregunte cuántas pequeñas señales me perdí; la poca atención que prestaba.

—¿Qué te pasó en el palacio? —pregunta Surielle—. Hemos oído hablar de esta nueva reina durante mucho tiempo y hemos leído cosas sobre sus payasadas, pero no sé qué es cierto y qué no lo es. Quiero oírlo de alguien que haya estado allí.

—Muchas cosas —respondo—. Sophia quiere ser la mujer más bella de todo el mundo y hará cualquier cosa para conseguirlo.

—Pero eso es imposible. Aparte de frívolo.

—Eso es lo que ella quiere. —El enojo que siento en mi interior se cierra en un nudo apretado—. Pensé que me mataría con el trabajo de belleza. —Cierro los ojos un instante. La mirada enloquecida de Sophia sale a mi encuentro, observándome de hito en hito. Siento un escalofrío.

—Será detenida —señala Surielle—. Todas esas tonterías se acabarán.

Sus palabras hacen mella en mi interior y se mezclan con la rabia que hierve a fuego lento.

—Lo sé.

Nuestros ojos se encuentran y entrañan el mismo objetivo.

—¡Surielle! Liara y yo deseamos hablar contigo —ladra Violeta. Surielle se une a ellas en la puerta.

Saco el libro belle de Arabella de mi cartera y paso los dedos por encima de la portada hasta que mi corazón se calma. Hace que eche de menos el libro belle de maman. Lo abro y empiezo a leer con la esperanza de que me entre suficiente sueño para poder descansar.

Fecha: día 4.128 en la corte

Sophia me ha llevado a su prisión. La última ala está casi terminada; Sophia hace trabajar a los obreros hasta que no se pueden tener en pie.

Elisabeth Du Barry ha sido forzada a vivir en la prisión de la Rosa Eterna. Ha intentado hacer crecer a una docena de belles y muchas nacieron demasiado dañadas para sobrevivir. Sophia le dio una directriz para la clase no favorita de belles. El único principio era que tenían que estar capacitadas para trabajos de belleza, daba igual si no eran bellas. Muchas nacieron con demasiados ojos o sin piel y algunas incluso sin rostro.

Muchas de las bebés no han conseguido sobrevivir más de un día.

Mi estómago se hincha por el mareo, la repugnancia desata la bilis, que llega hasta mi garganta.

—Camille —llama Surielle.

Levanto la mirada.

—Problemas.

Me pasa un periódico cuya tinta corre. Una imagen de la prisión Rosa se arremolina como un carrusel bajo el titular: ¡CONSTRUCCIÓN COMPLETADA A TIEMPO PARA LA NUEVA CEREMONIA DE CORONACIÓN Y SUS NUEVOS INVITADOS! El rostro pecoso del Ministro de Moda está presionado contra los barrotes rosas, el hierro toma la forma de dichas flores. Las lágrimas del ministro brillan a medida que ruedan por sus mejillas.

Mi corazón retumba contra mis costillas.

El retrato cambia.

Otro rostro consume el espacio.

El temor llena mis entrañas mientras la tinta animada vuelve a fijarse.

La Ministra de Belleza. Rose Bertain. Sus dedos se aferran a los barrotes y los sacude sin intención. Mis ojos corren por el artículo que hay debajo. Las palabras se tropiezan las unas con las otras mientras leo con desesperación.

Gustave du Polignac, aclamado Ministro de Moda, y Rose Bertain, la Ministra de Belleza con más años de servicio en la historia orleanesa, han sido detenidos y confinados en la Rosa hasta próximo aviso. La reina regente Sophia ha anunciado que ambos individuos han suspendido su prueba de lealtad y deberán ser juzgados ante su corte para determinar si podrán permanecer en su gabinete durante el año entrante.

«Su majestad no tolerará sino lealtad», ha informado a los periodistas el consejero de más confianza de la reina. «Dicha cualidad será la piedra angular de su reino. Una prueba de valor será administrada con frecuencia y sin aviso, incluyendo el tiempo que se pase en la Rosa. Se rumorea que estos dos ministros son desleales a la corona y vamos a descubrir la verdad».

Una lista de las quejas de la reina contra los acusados será publicada después de la ceremonia de Coronación y Ascensión mientras la reina instituye el edificio de su gabinete.

Mis entrañas son un derroche de emociones: rabia, tristeza, horror, sorpresa y lamento. Todo lo que el Ministro de Moda hizo para ayudarnos le ha llevado a acabar en una sala de tortura.

Yo se lo he hecho.

Yo se lo pedí.

Y ahora no podrá volver a estar con su marido y no vivirá si no consigo devolver a Charlotte al trono.

El sonido de la bocina del puerto resuena.

—Es la hora. —Me mete de nuevo en el féretro.

Las planchas de madera del techo crujen por encima de nuestras cabezas.

Edel hipea y tiene arcadas. La saliva le corre por la barbilla.

—Ya casi hemos llegado —le digo—. Aguanta un poquito más.

—No creo que pueda —gime—. Solo puedo pensar en vomitar. No debería haber tomado toda esa comida.

—Puerto de Céline a la vista. ¡Preparad las anclas! —La voz de un hombre se desliza hasta la bodega.

Surielle y las otras dos se meten de nuevo en sus ataúdes.

—Todo el mundo dentro —ordena antes de cerrarse la tapa encima.

Cierro bien la tapa del ataúd de Edel con la esperanza de que ahogue sus gemidos y la proteja de ser descubierta. La puerta se abre de golpe y el pulso se me desata. Silbo. Los dragoncitos de peluche animado vuelan hacia mí. Los meto de vuelta a mi faja, me deslizo en mi féretro y me coloco la tapa encima. El latido desbocado de mi corazón hace que me tiemble todo el cuerpo. Cada vez que un dragoncito de peluche animado se retuerce o se revuelve me pongo nerviosa.

El ruido de pasos y de cosas arrastradas me llega a través de los delgados laterales de la caja.

—Cargamento a descargar primero —grita un hombre—. Empezad por los ataúdes.

Me levantan en volandas.

—No sabía que los cadáveres pudieran ser tan pesados —se queja alguien.

—¡Espabila! Mi maman decía que los cuerpos más pesados llevan consigo sus almas atrapadas.

Oigo pasos ahogados y quejas y los gritos de los primeros vendedores que colocan sus puestos para el día. Presiono las manos contra los laterales y aguanto la respiración mientras me sacan del barco. Me depositan en el suelo. El sudor me perla la frente.

—Todo irá bien. Nos sacarán de aquí. —Susurro mi mantra a los dragoncitos de peluche animado—. Encontraremos a Charlotte.

En el exterior, las gaviotas graznan. Puedo oír el tempo calmado de las olas que chocan contra el muelle. Justo cuando empiezo a sentirme un poquito más calmada, un chillido rasga el aire.

Edel.

24

Levanto un poco la tapa de mi ataúd para poder echar un vistazo sin llamar la atención. El muelle es un borrón de cuerpos caótico. Los comerciantes cargan sus mercancías, filas de pasajeros se dirigen a embarcar en botes y barcos, hay quien carga y descarga paquetes, gente y cajas, y veo una red de puestos de pescado. La energía de todo esto crea un zumbido mareante de movimiento matutino.

—He encontrado a una polizona —afirma el guardia del puerto.

Observo a los hombres sacando a rastras del ataúd a Edel entre patadas y chillidos. La pequeña multitud afloja el ritmo hasta detenerse para ver qué pasa. Unos periodistas que hay cerca acuden en tropel al tiempo que mandan globos apuntadores de color azul marino para captarlo todo: el primer titular en potencia del día.

Me parece estar viendo la secuencia de un noticiario, todas las imágenes chocando contra el tambor, girando y rodando fuera de control, la escena volviéndose cada vez más terrible.

Los brazos de Edel reparten golpes a diestro y siniestro. Los guardias se esfuerzan por sujetarla.

—¡Agarradla! —grita uno.

Edel cae al suelo y les pega patadas. Con el pie propina un porrazo a un guardia en la cabeza; el hombre se encoge y se lleva las manos a un ojo. Ella intenta echar a correr.

Otro la agarra por la cintura y tira de ella hacia sí como si fuera una muñeca de trapo.

—¿A cuánto va la multa estos días? —pregunta un guardia del puerto sacando una libreta del bolsillo de su chaqueta.

—Veinticinco leas por milla viajada, tasas de puerto aparte. Diez días en la cárcel de Céline si no puedes pagarlo —añade otro.

Un guardia coge a Edel por el brazo.

—¿Por qué ibas en este barco? ¿Quién eres?

Edel le vomita encima de la ropa y luego le escupe en la cara. Un guardia la retiene y se la echa al hombro como si mi hermana no fuera más que un saco de melones. Sus alaridos atraviesan el aire. Cada uno de ellos me golpea como una ola helada. Edel le pega puñetazos en la espalda al tiempo que sigue vomitando.

—No me pagan lo bastante por esto —se queja el hombre—. Es demasiado temprano. Todos estos barcos nocturnos son siempre problemáticos.

—¡Registrad todos los ataúdes! —vocifera su compañero.

Se giran y vienen directos hacia mí. Tengo el corazón en un puño; quiero salir de la caja y seguir a Edel. Intento no perderla de vista, pero cada vez se alejan más de mi campo de visión. Los hombres dan patadas a los otros ataúdes y golpetazos sobre las tapas. Están muy cerca del mío.

—¿Hay alguien ahí? —chilla uno—. Será mejor que abras antes de que tengamos que sacarte a rastras.

Cierro la tapa y me preparo. Mi mano cae sobre la daga. Mi respiración se altera y empiezo a jadear. Los dragoncitos de peluche animados gorjean alarmados. Desenvaino la daga y la sujeto ante el pecho.

Una serie de alarmas empiezan a sonar.

—¡Fuego! —vocifera alguien—. ¡El faro!

—¡Traed las mangueras! —ordena otro—. Acabaremos el registro más tarde.

Los hombres abandonan los ataúdes y salen corriendo.

Abro la tapa de golpe y esta aterriza encima del muelle con un ruido sordo. Ya no veo a Edel, solamente a una multitud de cuerpos yendo arriba y abajo, huyendo del puerto. Miro hacia fuera y veo la parte superior del faro en llamas.

Uno de los féretros que tengo cerca se abre.

Veo a Surielle, que me hace un ademán para que vuelva a esconderme y se lleva un dedo a los labios para que no diga nada; entonces cierra la tapa del suyo. El ruido de pasos que se acercan me llega hasta los oídos, pero no pienso volver a meterme ni loca en esa caja: tengo que ir a buscar a mi hermana.

Me agacho y zigzagueo entre las mercancías que hay en el muelle intentando encontrar al hombre que se ha llevado a Edel. El caos de cuerpos se desdibuja. Chaquetas, vestidos, chisteras, farolillos ígneos, paraguas para resguardarse de la nieve, velos de invierno...

Una mano me agarra por la capa.

—¿Adónde te crees que vas?

Me vuelvo de golpe.

Es Lady Arane.

—Tendrías que estar en tu caja —me grita.

—Se han llevado a Edel. Tenemos que encontrarla.

—Tenemos que llegar a nuestro piso franco.

—Pero...

—Enviaré a una de mis discípulas para que localice a Edel. Pero ahora, escóndete. Estás a punto de echarlo todo a perder. —Me apunta con los dedos—. ¡Mira! Más guardias vienen hacia aquí. No van a ignorar sin más que han encontrado a una mujer viva. Van a completar el registro. Mi distracción del fuego no durará mucho.

Veo a un puñado de hombres y mujeres uniformados corriendo hacia nuestra dirección.

Vuelvo a mi ataúd a regañadientes. Lady Arane cierra la tapa encima de mi cuerpo y me estiro. Acaricio la faja para calmar a los dragoncitos de peluche animado, están muy agitados. Las lágrimas me arden en los ojos. No me puedo quitar de la cabeza los alaridos de Edel. No puedo creer que esto esté pasando de nuevo. Tiemblo de rabia.

—Estoy aquí para recoger todo esto —oigo que afirma Lady Arane—. Se dirigen al almacén para esperar allí el transporte que los lleve hasta el crematorio.

Colocan mi ataúd dentro de algo que parece un carruaje. Toda la luz desaparece en cuanto colocan más cajas a mi lado. Los dragoncitos de peluche animado se escabullen de la faja y se reparten por mi cuerpo. Sus hipidos nerviosos calientan el pequeño espacio y me siento como si fuéramos a quedarnos sin aire. Es tanta la preocupación que siento que apenas puedo respirar.

El carruaje avanza, traqueteando sobre los adoquines y doblando esquinas una y otra vez. Con cada giro choco hacia delante y atrás.

Afianzo la cabeza en un lateral del ataúd. Los dragoncitos de peluche animado protestan cuando choco contra ellos. Los tarros de productos belle se rompen y se derraman por doquier. El perfume nos ahoga. Me quedo sin respiración y el aire se me atraganta y arde como si tuviera abejas en la garganta.

Lágrimas calientes empapan el cojín que tengo debajo de la cabeza.

Primero, Ámbar.

Luego, Valerie.

Ahora, Edel.

Y quién sabe cuál habrá sido el destino de mis otras hermanas, Padma y Hana.

O incluso Ivy.

Me siento como si hubieran pasado horas. Se me encoge el estómago por la constatación de que ahora probablemente estamos muy lejos del puerto y de Edel.

El espejo de maman rebota contra mi pecho, siento sus ranuras afiladas y penetrantes. Desearía que maman volviera. Desearía que me ayudara a arreglar todo esto. Desearía que su fuerza me ayudara a salir con vida de todo esto. Todas las cosas que había planeado se me antojan como si se hubieran convertido en volutas de humo, cada una de ellas dirigida en una dirección opuesta a las otras.

Los carruajes se detienen.

Vuelvo a oír la voz de Lady Arane.

Las cajas de mi alrededor se mueven.

Levantan la mía y la llevan a una sala cavernosa llena de voces. Puedo imaginar lo grande que es por el modo en que las voces resuenan en su interior. Colocan unas cajas encima de la mía; el ruido sordo que provocan inquieta a los dragoncitos de peluche animado.

Los hago callar y cierro los ojos con fuerza. ¿Cuánto tiempo tendremos que quedarnos aquí? ¿Adónde van a llevar a Edel? ¿Seré capaz de encontrarla? El dolor de cabeza me martillea las sienes. Parece como si la caja estuviera vibrando y girando conmigo encima.

Doy un porrazo a los laterales de madera. No puedo quedarme ahí encerrada durante mucho más tiempo.

—Camille —oigo que susurra Surielle.

Doy otro golpe a la madera.

—Estoy aquí.

Intento abrir de nuevo la tapa, pero es demasiado pesada.

Despacio, Surielle y Violeta quitan las cajas que tengo encima y luego apartan la tapa. Unos cuantos farolillos matutinos flotan por el almacén repartiendo rayos de luz sobre las cajas magulladas.

Me siento y los dragoncitos de peluche animado salen volando, estiran las alas con alegría. Montañas de ataúdes están alineados a nuestro alrededor. El aire apesta a carne podrida.

Surielle me ayuda a salir. Me tiemblan los brazos.

—Montad guardia hasta que llegue nuestra señora —ordena a Violeta y a la otra mujer, que se vuelven y van hasta la puerta del almacén.

—¿Dónde estamos? —pregunto.

—En un almacén para los muertos —me informa.

—¿Estamos muy lejos del puerto? Tenemos que volver a buscar a Edel —digo, pero se me rompe la voz y me fallan las piernas.

Ahora estoy sola.

He fallado a todo el mundo.

Surielle me agarra antes de que me caiga al suelo.

—Te tengo —me susurra.

—Tenemos que volver al muelle —susurro sin aliento.

—Es demasiado arriesgado —me responde.

—No puedo dejarla.

—Si vas a por ella, te detendrán a ti también, y a nosotras, y todo esto habrá acabado. Sophia ganará. ¿Es eso lo que quieres?

Sus palabras hacen mella en mi interior.

—Lady Arane está fuera. Tenemos que esperarla. Esa es la orden.

—Edel vendría a buscarme. No se limitaría a quedarse sentada y a permitir que se me llevaran.

Recojo los dragoncitos de peluche animado, los meto en mi faja a pesar de sus protestas y me pongo la capa de viaje y el velo por encima.

—Ella no se quedaría sin hacer nada. La necesito. No voy a perder otra hermana.

Surielle se interpone en mi camino y bloquea mi intento de irme.

—No puedes. No voy a permitirlo. —Saca una daga de una vaina negra—. Yo estoy al mando cuando Lady Arane no está.

Violeta deja su puesto y corre al lado de Surielle. Lleva la misma daga. Ambas atrapan la luz de los farolillos que flotan por encima de nuestras cabezas. El acero centellea y brilla ante la promesa de derramar sangre.

Pongo la mano en la daga que me dio Rémy. Una bola ardiente y tórrida de cólera se cuece en mi estómago. Las arcanas se despiertan y vagan bajo mi piel.

Violeta hace una mueca.

—Ha matado a gente con sus arcanas.

—Y nosotras hemos matado a gente con nuestras dagas.

—Los ojos de Surielle llamean con intensidad—. Tenemos autoridad para esposarte de nuevo si no cooperas. Con trato o sin él. Pero no quiero tener que hacerlo.

Hace un ademán con su cuchillo hacia mí.

No nos movemos, todas nos quedamos tan quietas como estatuas.

Vemos a través de las ventanas a periodistas que corren por las calles anunciando a gritos sus periódicos del mediodía.

El corazón se me desboca al ritmo del griterío.

—Consígalo aquí. El *Diario de Cristal* acaba de llegar. ¡El *Nacional* llegará pronto! —grita uno.

—La reina regente abre de nuevo los cielos para recibir los regalos de coronación. Lea acerca de lo que desea en el *Tribuno de Trianon*. Tenemos la lista oficial. Asegúrese de mandar los globos mensajeros para que aterricen en la Azotea del Observatorio, pide el recién nombrado Ministro de Regalos Reales.

—Famosos cortesanos y las estrellas del reino ya se dirigen a la isla imperial. No se pierda la columna de edición limitada para un avance de los mejores vestidos y los mejores aspectos.

—Se venderán bellezascopios conmemorativos durante la ceremonia por gentileza del *Orleansian Times*. No se quede sin ellos: van a ser un artículo de coleccionista.

El griterío se acaba.

—Dejadme salir de aquí —pido casi gruñendo.

Las Damas de Hierro no se mueven.

Un dirigible pasa volando por la ventana mugrienta y muestra los últimos titulares imperiales.

Todas hacemos una mueca.

«¡NO MÁS SECRETISMO: ESTAMOS JUNTOS EN ESTO!»,

DICE LA NUEVA REINA

LA PRISIÓN ROSA REEMPLAZARÁ LA MAISON ROUGE

COMO RESIDENCIA PRINCIPAL DE LAS BELLES PARA PERMITIR QUE

EL PÚBLICO VEA LOS TRABAJOS INTERNOS DE LOS TALENTOS BELLE

¡APRENDA A CULTIVAR SU PROPIO JARDÍN BELLE!

SÍ, ¡CRECEN COMO ROSAS! LÉALO TODO AQUÍ

¡HOY MISMO SE ENVÍAN LOS GLOBOS MENSAJEROS

CON LAS INVITACIONES DE LA BODA REAL COMO BUEN AUGURIO

PARA EL NUEVO AÑO! ¡ESPERO QUE SEA USTED LO BASTANTE

AFORTUNADO PARA RECIBIR UNO!

SE CONSTRUYEN DOS NUEVOS SALONES DE TÉ

EN LAS ISLAS DE CRISTAL

PARA REEMPLAZAR EL QUE SE PERDIÓ A CAUSA DEL FUEGO

BELLEZA PARA TODOS: LA REINA OTORGARÁ LOS NUEVOS VALES

DE BELLEZA PETITE-ROSE A QUIENES SE GANEN SU AMOR

—¿Qué pasa aquí? —grita una voz detrás de nosotras.

Nos volvemos y encontramos a Lady Arane de pie en la puerta de atrás. Lleva su máscara en las manos, su piel gris se realza bajo la luz.

—Ha amenazado con irse —informa Surielle sin mover su daga.

—Surielle, aparta. Todas —ordena.

—Pero...

Lady Arane levanta una mano.

—He mandado a dos damas a buscar a Edel. Deberíamos tener más noticias pronto.

—Voy a por ella. —Noto los dedos resbaladizos contra la daga de Rémy, pero agarro la empuñadura con más fuerza.

Lady Arane enarca las cejas.

—Teníamos un trato —susurro—. Nosotras te ayudábamos y tú me ayudabas a mí. Ahora tus ridículos inventos para viajar han conseguido que detengan a mi hermana, ¿y se supone que yo tengo que esperar pacientemente?

Los dragoncitos de peluche animado nos sobrevuelan en círculos, silbando e hipando fuego; reflejan mi agitación.

Se me acerca.

Mis arcanas zumban bajo mi piel.

—Vaya con cuidado, mi señora —advierte Violeta—. He visto lo que es capaz de hacer.

—Deberías escucharla —digo llenándome de rabia.

—La lección número tres ha llegado más rápido de lo que esperaba: la resistencia tiene un precio. Y es este: pierdes a personas que amas por el bien común de los demás.

—Necesito a mi hermana. Ya he perdido a dos. Quiero recuperar a Edel.

—Eso no es cierto —observa—. También quieres venganza. Quieres que Sophia pague. Quieres a Sophia fuera del trono, como el resto de nosotras. Ese es el veneno de este reino, ¿sabes? ¿Eres consciente de cuánta gente morirá si no la detenemos? En cuanto nos reunamos con Charlotte y desafiemos a Sophia, todo esto acabará. Liberaremos a Ámbar. Los guardias dejarán a Edel. Recuperaremos a todas tus hermanas. Nada de esto podrá pasar si nos desviamos ahora mismo. Algunas cosas deben esperar, por dolorosas que sean. Mis damas la buscarán. —Lo afirma con una mano levantada, como si confirmara un juramento.

La promesa que le hice a Edel retumba en mi interior. La promesa de que saldríamos de esta. De que todo iría bien.

Este periplo me ha convertido en una mentirosa.

Lady Arane se me acerca otro paso. Mi brazo tiembla con el deseo de atacar.

—Debemos irnos. Cuanto más nos retrasemos, más probable será que nos localicen. Nuestra guía aguarda. —Me ofrece una máscara de hierro—. Ahora eres una de nosotras.

LAS MONTAÑAS, CUYAS CIMAS NEVADAS DESAPARECEN ENTRE las nubes, se extienden hasta donde llega la vista. Contienen hileras de mansiones doradas, tiendas y anexos incorporados a sus fachadas y un puerto bullicioso a sus pies, como si el dios de la tierra hubiera vertido líquido áureo por las laderas de esas grandes cimas y este hubiera adoptado la forma de una ciudad vertical. Carruajes suspendidos en cables brillantes se levantan por los aires como dirigibles dorados que se dirigieran a la morada del dios del cielo; descargan preciosos pasajeros en los paseos que dan la vuelta a las montañas, como un conjunto de anillos dispuestos en un dedo rellenito. Farolillos de ciudad de todos los colores de un joyero iluminan los barrios verticales de Céline.

El mundo es más grande y más extenso de lo que hubiera podido imaginar jamás, más grande de lo que Du Barry nunca hubiera podido explicar, más maravilloso que cualquier descripción de cualquiera de los miles de libros que había en la biblioteca de la Maison Rouge.

La nieve empieza a caernos encima, suave y ligera, tapa el sol y se instala sobre los farolillos ígneos que corren detrás de sus propietarios. Muchas de las personas que nos rodean se ríen y sonríen y se cogen de las manos. El corazón se me encoge al pensar en mis hermanas. El recuerdo de los gritos de Edel me desgarra. Edel rara vez lloraba. Edel jamás tenía miedo. Edel era nuestra creadora de problemas. Edel siempre fue la más fuerte de todas nosotras.

Me trago las lágrimas. Recuerdo un día cuando Edel y yo nos ganamos una regañina por adentrarnos demasiado en el bosque de detrás de nuestra casa. Maman la llamaba, en secreto, el murciélago de nuestra generación: siempre atraída por la oscuridad y por las travesuras. Edel había perdido una apuesta y la consecuencia fue adentrarse más allá del límite del cementerio. Yo había ido con ella mientras nuestras hermanas nos observaban desde el dormitorio que compartíamos en el séptimo piso. Las sombras eternas nos engulleron por completo mientras avanzábamos de puntillas más allá de las lápidas en forma de pulgar que emergían de la tierra. Du Barry nos había contado que un monstruo vivía en ese bosque y que lo protegía de visitantes no deseados, especialmente de los niños. Conseguimos dar diez pasos antes de que Du Barry viniera corriendo detrás de nosotras como si fuéramos hacia un precipicio. Nos agarró por los codos como si fuéramos baldes en un pozo, y nos hizo escribir cien líneas explicando por qué jamás nos volveríamos a meter en el bosque.

—Por aquí —ordena Lady Arane.

Serpenteo detrás de ella, flanqueada por Surielle y Violeta y con Liara en la retaguardia. Sus rostros están completamente tapados. La luz arranca destellos de sus máscaras, pero cualquiera que las viera podría confundirlas con maquillaje plateado o una nueva moda de belleza.

Los periodistas pasan corriendo a nuestro lado gritando los titulares de la tarde:

EL CUERPO SIN VIDA DE LA PRINCESA CHARLOTTE
DE CAMINO A TRIANON PARA LA CEREMONIA IN MEMORIAM

¡DOS DÍAS HASTA LA CEREMONIA DE CORONACIÓN Y ASCENSIÓN!
CONSIGA SUS PASAJES A LA ISLA IMPERIAL,
¡LOS BARCOS SE ESTÁN LLENANDO!

A LAS PRIMAS DE LA REINA, ANOUK Y ANASTASIA,
SE LES RETIRA LA INVITACIÓN A LAS CEREMONIAS Y SE LAS MULTA
POR SUS TRABAJOS DE BELLEZA.
¡SE LAS CONSIDERA DEMASIADO BELLAS!

EL GRIS TOPO, EL MALVA Y EL CIRUELA SERÁN LOS COLORES
DE LA CORONACIÓN Y ASCENSIÓN DE LA REINA

Nos abrimos paso a través del gentío que hay en el embarcadero y nos unimos a unas sinuosas filas de personas que esperan para subirse a los ascensores que se dirigen a los distintos niveles de la ciudad. Mis extremidades arden de energía nerviosa. Mis pensamientos son como una tacita demasiado llena que derrama su contenido en el plato. El tono agudo de los gritos de Edel me perfora las entrañas; ese recuerdo me golpea una y otra vez y luego empieza a mezclarse con los chillidos de Ámbar en la pensión.

—Voy a recuperarlas —susurro para mí misma.

—¿Qué dices? —pregunta Lady Arane.

—Nada —respondo.

—El último vagón de la derecha —ordena Lady Arane—. Entrad y dispersaos. Nada de contacto visual.

Un mozo del ascensor corta la cola.

—Nivel siete. Mantengan la fila ordenada. Tengan sus leas preparadas o no podrán subir. No voy a tolerar tonterías en mi zona. Sigan las instrucciones o quédense atrás.

Nos movemos para meternos en el vagón acojinado detrás de una pareja que no puede quitarse las manos de encima. La mujer presiona sus frías mejillas morenas contra su acompañante, que contraataca poniendo sus pálidos dedos blancos en el hueco del cuello de la mujer. Sus risitas contagiosas llenan el reducido espacio.

Encuentro un asiento y busco cosas que puedan distraerme del caos de pensamientos que llena mi cabeza. Cojines de color grosella y paneles de caoba nos envuelven, a salvo del viento del exterior. Farolillos ígneos chocan los unos contra los otros por encima de nuestras cabezas.

—¿Cómo llegan a la cima de la ciudad las personas que no pueden permitirse subirse aquí? —pregunto a Surielle.

No me responde, tiene la mirada clavada en el horizonte como si no me conociera.

La gente de nuestro alrededor se aclara las gargantas. Algunos se ríen y esconden sonrisas críticas bajo manos enguantadas.

—El camino serpenteante, claro —responde alguien.

Lady Arane mueve la cabeza en mi dirección.

El ascensor se detiene en el barrio del mercado, donde los compradores salen en tropel, deseosos de negociar y hacer trueques en las tiendas de este nivel. Más pasajeros bien vestidos se nos unen; llevan cajas de sombreros, sujetafarolillos y carritos a rebosar de paquetes.

Seguimos subiendo y nos detenemos en distintas paradas para cargar y descargar personas. Miro por la ventana las luces titilantes que hemos dejado atrás, luego a Lady Arane y a sus discípulas, que están sentadas como si fueran estatuas.

Justo cuando me pregunto si seguiremos en el vagón hasta la cima de la montaña, Lady Arane hace sonar una campana que tiene encima de la cabeza.

—Barrio del Jardín —anuncia el mozo mientras el ascensor se detiene en un nivel que brilla de color verde pálido y dorado gracias a los farolillos de la ciudad.

Unas barandillas negras muestran cajas con flores, todas ellas cubiertas por una diminuta capa de nieve.

—Bajamos aquí —susurra Lady Arane.

Surielle espera que yo me levante y luego toma posición detrás de mí.

Salimos todas y nos unimos al gentío en el paseo. Los dirigibles vuelan en tándem con el movimiento de la gente y anuncian nuevos productos de belleza que pronto se lanzarán al mercado junto con los vestidos *vivant* del Ministro de Moda. Algunos proyectan retratos de la reina Sophia y sus promesas de nuevas leyes de belleza. Su pelo es completamente blanco y ligeramente ondulado, como una tormenta de nieve atrapada sobre sus hombros. Unos diamantes perlan la nueva curva de sus párpados en forma de lágrima; la reina guiña un ojo a los transeúntes cada pocos segundos mientras los dirigibles se mueven en círculos.

Es casi como si me estuviera observando. El estómago se me encoge de pánico. Los guardias patrullan entre el gentío, estudian a la gente, pero la mayoría de los clientes entran y salen de las tiendas sin prestarles mucha atención.

Echo un vistazo al muelle donde hemos iniciado nuestro viaje. Ahora las luces son motitas diminutas, y me siento como si estuviéramos tan cerca del cielo que podría robarle una nube.

Me giro en busca de las escaleras, pero Lady Arane se mueve hacia delante y casi me caigo tras ella.

Pasamos de largo tiendas muy llenas apretujadas las unas contra las otras como *macarons* en una caja de dulces. Lady Arane se detiene delante de una puerta con el rótulo LA COLECCIÓN DE FLORES CURIOSAS DE CLEOME. El escaparate de la tienda muestra un invernadero en miniatura que rebosa de flores coloridas.

No hay ningún cliente.

Entramos. Una campanilla suena. Las mujeres estudian el espacio. Yo me desplazo por los laterales de la tienda y paso los dedos por encima de una maceta que contiene lo que maman llamaba flores esqueleto. Las teníamos en el invernadero de la Maison Rouge. Eran sus favoritas. De niña, siempre que se nos asignaba la tarea de regarlas, yo miraba anonadada cómo sus pétalos blancos se volvían translúcidos cuando el líquido los tocaba y todas las venas y fibras de su interior quedaban expuestas a la luz.

Extraigo una flor de la maceta y me la pongo en el bolsillo.

Lady Arane silba.

Un empleado atractivo asoma la cabeza desde detrás de una cortina, ve a Lady Arane y asiente. Lady Arane se acerca a una campana de cristal enorme que hay en el centro de la sala. Contiene una flor de cleome brillante. Un farolillo floral oscila por encima y manda sus diminutos rayos de luz hacia abajo.

Lady Arane admira la flor, luego vuelve a silbar: esta vez deja que el aire que mana de su boca caiga encima de los agujeros de la campana de cristal.

Los dragoncitos de peluche animado se retuercen en mi faja, impacientes por salir cuando oyen que su silbido se agudiza.

—¿Qué está haciendo? —pregunto a Surielle.

—Utiliza la llave —me responde sin apartar los ojos de la flor.

La flor se contorsiona y toca el cristal. Un armarito que tenemos cerca surge de la pared. Sin pronunciar palabra, el empleado ofrece un farolillo nocturno a Lady Arane y un farolillo ígneo a Surielle. Lady Arane se desliza detrás del armarito para encabezar la marcha. Violeta y la otra discípula me empujan para que la siga.

Un sinuoso tramo de escaleras desciende hacia las oscuras entrañas de la montaña. No puedo ver dónde termina.

—Bienvenida al Camino de la Araña —anuncia Lady Arane.

El armarito se cierra detrás de nosotras.

—¿Qué es este lugar? —pregunto.

—Una de las fortalezas de palacio mayor construidas de toda la historia —me cuenta Lady Arane—. Se llamaba el Zafiro Amarillo, pero fue abandonado por la supersticiosa reina Jamila porque se cree que contiene la entrada a las cavernas de la diosa de la muerte. Sin embargo, la gente dice lo mismo de muchos lugares. Sea como sea, fue cerrado y permaneció inutilizado durante décadas.

Nos abrimos paso por pasadizos estrechos. Los esqueletos de globos mensajeros y farolillos nocturnos llenan el suelo. Tapices de telarañas recubren las paredes. Las Damas de Hierro usan sus dagas para romperlas y que podamos continuar avanzando. Caminamos durante lo que parecen tres vueltas de reloj. Intento recordar todos los recodos.

Cinco a la izquierda y seis a la derecha. Si tengo alguna esperanza de poder volver, debo memorizarlos.

Surielle me ofrece un pellejo de agua. Me lo bebo de un trago, luego me echo un poco en los dedos y sacudo la mano en mi faja para los dragoncitos de peluche animado. Sedientos, sus lengüecitas me lamen los dedos.

Delante, la silueta de un hombre se recorta sobre el cálido fulgor de un farolillo de fuego.

Lady Arane silba de nuevo.

El hombre se vuelve e imita su silbido.

Me quedo petrificada. El poder de las arcanas se agolpa en mis manos.

Es Auguste.

26

La punzada de verlo de nuevo me inmoviliza donde estoy. Siento las piernas débiles bajo mi peso. Ahora él lleva el pelo corto y tiene la piel demasiado pálida, del color de la cáscara de huevo.

Violeta me empuja por detrás.

—Avanza —me ordena, pero no proceso sus palabras.

Tengo la boca seca. Me siento como si toda la sangre de mi interior se hubiera secado. Me había esforzado por endurecer mi corazón para cuando llegara este momento. Lo había entrenado en contra del sonido de su voz y había permitido que Rémy se metiera entre las grietas que el otro había dejado. Había pensado que mis sentimientos por Rémy, combinados con mi ira, acabarían con cualquier centelleo de sentimiento que quedara en mi interior.

Pero no fue así.

—Que vuestras hebras permanezcan fuertes —le dice a Lady Arane.

—Y que vuestras redes os den buen servicio —responde ella.

La cadencia de la voz del chico se desliza bajo mi piel.

—Su alteza —añade ella.

—Por favor, no me llames así. —Frunce el ceño.

Mi corazón se convierte en un tambor, cada latido suena más fuerte que el anterior, mi pulso enloquece.

—Deja que te presente a mis estimadas damas. Mi primera discípula, Lady Surielle; la segunda discípula, Lady Liara, y la tercera discípula, Lady Violeta.

Cada una de ellas hace una reverencia cuando le llega el turno.

Las arcanas merodean justo bajo mi piel, reaccionan y se unen a la ira que me llena. Cojo la flor esqueleto que llevo en el bolsillo y la salpico con gotas de agua del pellejo. Los pétalos pierden su color y revela su interior.

—Y por supuesto ya conoces a nuestra belle favorita, Camelia Beauregard —acaba Lady Arane.

Doy un paso al frente para que la luz del farolillo nocturno me ilumine.

Abre la boca sorprendido y sus ojos me repasan entera. Su mirada arde al posarse en la mía. Mis nervios cosquillean deseosos de venganza. El mundo a nuestro alrededor se disuelve. La montaña. Las Damas de Hierro. Los farolillos agujereados. Los dragoncitos de peluche animado.

Solamente estamos él y yo.

Los recuerdos de la noche de la fiesta de Sophia me golpean a oleadas: cómo me escupieron en la cara, delante de todo el mundo, todos los secretos que compartí con él, mis palabras privadas tergiversadas hasta formas irreconocibles y aireadas ante todos y sujetas a juicios, nuestra intimidad expuesta a la luz y al aire y marchitándose como una fruta podrida.

Sus ojos me transmiten un millar de disculpas.

Los dragoncitos de peluche animado asoman por mi faja e inclinan las cabezas.

—Camille. —Mi nombre suena como fuegos artificiales cuando lo pronuncia él. Algo fuerte y estruendoso que resuena contra las paredes. Eso mismo me expulsa de nuestra burbuja y me devuelve al largo pasillo con las Damas de Hierro, que nos miran boquiabiertas.

—¿De qué va esto, Lady Arane? —pregunto—. ¿Es algún tipo de trampa?

—¿Qué quieres decir?

—Es un enemigo. —Aprieto los dientes.

—No para nosotras.

—Camille, deja que me explique...

Auguste empieza a acercarse a mí con las manos estiradas.

Alargo los pétalos de la flor en mi mano hasta que alcanzan el tamaño de los carruajes del ascensor que hemos tomado en la ladera de la montaña. Lady Arane y sus discípulas se apartan de un salto, gritan alarmadas, pero no les presto ninguna atención. Envuelvo la cintura de Auguste con los pétalos y lo inmovilizo.

—No te me acerques.

—¿Qué haces, Camille? —Lady Arane se me aproxima, pero me quedo quieta como una estatua—. Nos llevará a ver a la princesa Charlotte.

—Apártate o lo partiré por la mitad —le advierto—, y luego haré lo mismo contigo.

—Hablemos en privado —dice el chico con la voz tomada por la fuerza que aplico al retorcer los tallos y pétalos de la flor alrededor de su cintura y su caja torácica.

—Teníamos un trato —me recuerda Lady Arane.

—¡El trato sigue en pie! —chillo.

El enojo llamea en los ojos negros de Lady Arane mientras nos mira alternativamente a Auguste y a mí. Aprieta la mandíbula y le vibran las mejillas de rabia e impotencia. Finalmente, la mujer asiente y sus discípulas retroceden por el pasillo; sin embargo, sus dagas siguen apuntándome, brillan bajo la luz del farolillo nocturno. Están listas para apuñalarme en cualquier momento.

Auguste y yo estamos frente a frente. Lo mantengo donde está como si fuera una muñeca. Le brillan los ojos.

—¿Vas a dejarme salir de esta flor? —pregunta.

La endurezco alrededor de su cintura, hago más gruesas las fibras hasta que son como de metal y tienen la capacidad de destrozarle los huesos.

—¿Debería?

—Lo siento —tartamudea como puede, respira con dificultad.

—¿Lo sientes? —me río. Esa palabra es demasiado pequeña para borrar lo que me hizo—. ¿Y ya está?

—Lo admito todo. Me equivoqué. Al principio mi madre me convenció de que ayudarla era lo correcto.

—Mentiste.

—Oculté información.

Tiene una expresión angustiada, pero todavía puedo notar su engreimiento, como si sus labios pudieran traicionarlo en cualquier momento y esbozar una media sonrisa.

Los recuerdos se convierten en un tornado, en el girar de una bobina de película descentrada.

El modo que teníamos de discutir.

La risa.

El modo que se deslizaba más allá de mis límites.

Las peleas.

El modo que tenía de tocarme.

Los globos mensajeros secretos.

El modo que tenía de besarme.

La voz de Sophia resuena entre los dos: «Me han dicho que crees que soy un monstruo. Que me llamaste así, de hecho».

—Tú le contaste a Sophia todo lo que necesitaba saber para aterrorizarme a mí y a mis hermanas.

—No sabía lo que hacía.

—Hiciste que te qui...

Se me rompe la voz y me aclaro la garganta.

—Yo te quería —me dice—. Todavía te quiero.

Esas palabras son como dardos envenenados dirigidos al pecho. La traición se convierte en amargura que alimenta el enojo.

—Intenté detenerlo todo, pero era demasiado tarde. La maquinaria se había puesto en funcionamiento.

No le creo.

No puedo.

—Yo solamente era una ficha en un juego de mesa para ti.

—No, eras mucho más —insiste peleándose con sus ataduras—. No pude soportar tener que...

Sus palabras se convierten en un clavo que me perfora el corazón, de modo que lo fuerzo a él a sentir el dolor también. Estrecho los pétalos a su alrededor y el chico suelta un grito lastimoso.

Sus palabras salen a duras penas entre bocanadas de aire:

—Por eso estoy aquí. Cuando me di cuenta de que no podía detener lo que había empezado, convencí a Sophia para que me escogiera como su rey. Sabía que yo era lo bastante listo para persuadirla y entonces podría estar cerca y desbaratar todos sus planes. He estado trabajando con las Damas de Hierro durante el último mes. ¿Verdad, Lady Arane?

Lady Arane sale del pasillo con los brazos cruzados y el sudor brillando en su frente gris.

—Es cierto. Él ha sido nuestro informador en palacio. Esencial para vigilar a Charlotte y saber cómo se encuentra.

—¿Cómo? —pincho.

Auguste se desploma hacia delante. El sudor le perla el rostro.

—No me siento las piernas.

Aflojo mínimamente la fuerza que los pétalos ejercen sobre su cintura.

—Después de lo que pasó con Claudine, encontré a Violeta y la ayudé a huir del palacio. Mantuvimos el contacto. Cuando ella se unió a las arañas, yo le proporcionaba información y ella me consiguió una reunión —me explica él.

Lady Arane confirma su historia con un asentimiento.

—¿Lo ves? —me dice con los párpados caídos y, ahora me doy cuenta, de color morado por la falta de sueño—. Intenté arreglar lo que había hecho. No espero que me perdones. Lo que hice fue una traición y la confianza es un hilo que une a las personas: una vez roto, es difícil de arreglar —suspira—. Sé lo que hice. Sé que no hay manera de compensarte o de tener una segunda oportunidad.

—No —escupo.

—Pero tengo a tu hermana Padma conmigo. Espero que hables con ella y te confirme que la he tratado con sumo respeto.

Pierdo la concentración y la flor se marchita. Auguste cae hacia delante y choca contra el suelo de piedra con un ruido sordo.

—¿Padma? ¿Está aquí?

Se me nubla la vista.

—Convencí a Sophia para que me dejara llevarla conmigo con la intención de cumplir con la prensa, pero en realidad quería ayudarla a encontrarte. Yo ya sabía que tú estarías disgustada y que yo sufriría esa cólera. —Se masajea las costillas—. Me lo tengo bien merecido.

—Disgustada —repito, suelto una risotada afilada por la furia—. Llévame con mi hermana.

AUGUSTE ATRAVIESA LOS TÚNELES VELOZ Y SILENCIOSO COMO si el camino estuviera arraigado a su memoria muscular. Su silueta es la misma, esbelta y larguirucha, y sus zancadas son seguras, sus pasos retumban como si fuera el propietario del mismísimo suelo que pisa.

Cierro los puños con fuerza en un intento de acallar todas las partes de mi ser que, agitadas, quieren avanzar y herirlo del modo en que él me hirió a mí.

Nuestros pasos resuenan por el largo pasillo sinuoso. El frío de la montaña parece atrapado en las piedras que nos rodean, como si las suaves rocas pudieran desprender nieve y viento en cualquier momento. Aprieto los dientes para evitar que me castañeen. Las Damas de Hierro nos siguen; sus susurros aumentan a medida que avanzamos serpenteando.

Auguste me mira de reojo.

Yo le devuelvo las miradas.

Ya no queda calidez para él en mi interior.

—La primera vez Violeta me trajo aquí —me explica mientras gira hacia la izquierda—. Me mostró la red de túneles. Empezamos a trabajar juntos tras la muerte de Claudine.

Oír su nombre todavía me deja sin respiración.

—Me duele muchísimo lo que le hicimos a Claudine —admito.

No sé cómo corregirlo. No sé si jamás podré arreglarlo.

—A mí también —me responde—. Quiero aliviar muchas de las cosas que pasaron.

—Debería haber parado. Debería haberme negado a participar.

—No hubieras podido. El resto de los que estábamos en la sala deberíamos haber desafiado a Sophia. Deberíamos habernos levantado juntos contra su terrible juego. No podemos esperar que una persona, ni siquiera dos, carguen sobre sus hombros todo el peso de resistir. Tenemos que levantarnos todos y decir *no.*

No sé si quiero volver a estar con él. Incluso aunque haya hecho lo correcto mientras hemos estado separados. Su traición es una herida, cerrada, tal vez, pero infectada y magullada.

—Después de que despertarais a Charlotte, todo fue un caos. El cuerpo de la reina necesitaba los tratamientos rituales para empezar su viaje al más allá, los rumores acerca de Charlotte llegaron a todas partes, la muerte de Claudine se convirtió en la comidilla de los periodistas y vuestra huida golpeó a la prensa como una tormenta. Aquello, al menos, nos proporcionó la distracción perfecta para poder llevarnos a Charlotte —explica.

—Bueno, menudo héroe estás hecho —espeto, la cólera vuelve a estar suelta en mi interior y lista para atacarlo una vez más.

—No te estoy contando todo esto para que cambies tu opinión sobre mí. Probablemente ya es tarde para eso. No espero que me perdones. Ni siquiera sé cómo pedírtelo. Pero quería que supieras qué había pasado antes de que veas a Charlotte. —Se mordisquea el labio inferior.

Encuentro una motita de luz en el horizonte en la cual fijarme. No voy a mirarlo a él. No voy a darle indicación alguna acerca de cómo me siento al respecto.

Giramos a la derecha. Los túneles huelen a metal y a hierro y a óxido. Farolillos mineros cuelgan de cuerdas en el techo y proyectan una luz centelleante y tenue sobre las paredes.

—Sophia ha convertido el palacio y Trianon en su patio de recreo. Ha instalado controles de belleza junto con los de seguridad para poder vigilar a todo el mundo.

La imagen de esa mujer cambiando la sangre de los retratos me viene a la mente. Entonces solamente controlaba a su corte; ahora ha encontrado la manera de observar a todo el mundo.

—Tortura a aquellos que considera más bellos que ella. Y si no se someten, los encierra hasta que ceden. Ha creado cajas de inanición nuevas que le permiten ver cómo se va desvaneciendo la belleza de quienes tiene encerrados.

—Le pega mucho. Siempre le han dado todo cuanto ha querido y ahora podrá ser la reina. —Una sensación fría y escurridiza me cosquillea las entrañas—. ¿Quién le hace los trabajos de belleza?

—No lo sé —responde Auguste.

Pienso en Ivy y en Ámbar. O Edel. Las cosas que les podrá estar obligando a hacer.

El estrecho pasillo se abre en un gran patio ante lo que antaño fue un lujoso palacio tallado en la base de la montaña. Filigranas de oro y plata se encaraman en las altas torres. Farolillos ígneos y farolillos nocturnos danzan alrededor unos de otros, se convierten en soles diminutos que calientan e iluminan la oscuridad.

—Todos los pasadizos están obstruidos con barricadas exceptuando este —informa Auguste.

Un destacamento de guardias lo saludan con un asentimiento. Se hacen a un lado y nos permiten entrar para subir las escaleras que tienen detrás.

Ascendemos por una escalinata que parece no tener fin hacia la entrada del palacio que hay encima. Unos ascensores dorados se hallan estropeados con los cables podridos. Puedo imaginarme los fastuosos balcones que antaño daban a los lujosos jardines repletos de montones de flores, los pisos de opulentas habitaciones privadas, los festines suntuosos y las copas a rebosar de champán y vino, los farolillos incandescentes hechos para capturar la luz del exterior.

En lo alto, Lady Arane y Auguste silban la misma melodía. Los dragoncitos de peluche animado se emocionan y se escapan de mi faja, echando carreras hasta el techo cavernoso y persiguiéndose los unos a los otros como globos mensajeros irritados.

Los llamo por sus nombres y descienden en picado hacia mí para meterse de nuevo en mi faja.

—Son preciosos —elogia Auguste.

No admito el cumplido. Ni siquiera lo miro.

Mirada al frente. Hombros atrás. Labios fruncidos en una mueca.

Auguste nos dirige a una puerta flanqueada por guardias, que saludan y nos dejan pasar. Los túneles se bifurcan en muchas direcciones. Los despojos de los espacios lujosos se presentan abiertos: estructuras de sillas, mesas rotas, mantas polvorientas... Puedo imaginarme los enormes salones llenos de luz y calidez y personas y risas.

Llegamos ante un par de puertas y un guardia las abre. Un viejo recibidor se extiende ante nosotros. Las paredes moteadas de oro se elevan a nuestra derecha e izquierda y tocan los altos techos. El espacio está dividido por secciones: un dormitorio, un taller y un salón. Farolillos curativos de color cerúleo dejan rayos tintados de azul por doquier. Una mujer de pelo oscuro está inclinada sobre un banco de trabajo, mezcla líquidos en distintos frascos y machaca hierbas a lo largo de un pergamino. La enorme chimenea ruge llena de luz al lado de la cama.

La mujer levanta la mirada para verme, sus ojos penetrantes son pálidos y grises y brillan como monedas de plata. Unas arrugas profundas rodean su boca sin color y el mismo gris colma su pelo y yace justo bajo su piel.

Lady Zurie Pelletier. La amada de la reina difunta.

—Camelia. —Corre hacia mí y me abraza con fuerza. Huele a ungüentos medicinales—. ¿Qué haces aquí?

—Camelia ha venido a ayudar —responde Lady Arane antes de que yo pueda decir nada.

Lady Pelletier se aparta y me inspecciona con su cálida mano en mi mentón.

—Nos alegramos mucho de que estés aquí.

Lady Arane se quita la capa y ordena a sus Damas de Hierro que monten guardia en las puertas, con los otros soldados.

Lady Pelletier me toma de la mano.

—Tú eres la razón por la cual nuestra Charlotte está despierta. Debes conocer a Su Majestad ahora que puede hablar.

La esperanza regresa a mi interior. Me doy cuenta de que no me lo creía del todo hasta ahora. Me arrastra adelante, hacia la cama, y descorre las cortinas. Un farolillo nocturno se escapa del dosel de la cama.

—Querida mía, tenemos una visita importante —anuncia Lady Pelletier.

Charlotte levanta la mirada del libro que está leyendo. Tiene los ojos brillantes, algo amarillentos por la luz del farolillo y relucientes por la enfermedad. Unos finos rizos castaños se esparcen sobre sus hombros y los claros que antes tenía están empezando a crecer de nuevo. Lady Pelletier se inclina y le besa la frente.

—Su Majestad —saludo con una reverencia.

Los ojos de Charlotte se dirigen hacia mí y me observan a conciencia. Los dragoncitos de peluche animado saltan de mi faja y se me colocan sobre los hombros. Ella se maravilla al verlos, a ellos y a mí.

—Te ves distinta de las imágenes —responde, tiene un tono de voz suave y muy diferente del de Sophia.

—¿Mejor o peor? —pregunto.

Una sonrisa juguetea en sus labios.

—Mi hermana tiene el don de conseguir que todo el mundo se vea mal en los periódicos... y los carteles de SE BUSCA. —Alarga una mano para tomar la mía. Deslizo mi mano en la suya y siento sus dedos huesudos como si fueran un conjunto de ramitas—. Te debo la vida.

—¿Cómo os encontráis?

—Mejor, pero todavía débil —responde.

Lady Pelletier la mira y le acaricia el pelo.

—Haremos lo que sea necesario para que recobre las fuerzas estos días y así pueda recuperar su lugar legítimo.

Charlotte da una profunda bocanada de aire, respira trabajosamente y el aire resuena en su pecho.

—Conseguiremos que te pongas bien, *petite*. —Lady Pelletier da unos toquecitos en la mano de Charlotte y luego se vuelve hacia mí—. Tu hermana Padma ha estado usando sanguijuelas para extraer el veneno que le quedaba dentro.

El corazón me da un vuelco.

—¿Dónde está?

—En la habitación de al lado, descansando. Te acompaño. —Lady Pelletier me aparta del cabezal de la cama de Charlotte.

La sigo hasta un dormitorio que me recuerda a nuestras habitaciones de la Maison Rouge. Hay una gran cama en el rincón del fondo, al lado de una ventana abierta. Tras una cortina de seda, Padma duerme en una cama más pequeña, su cabellera negra está hecha un embrollo sobre las almohadas, como si fuera un bote de tinta derramada.

Casi me tropiezo con mis faldas cuando echo a correr hacia ella.

—¡Padma!

Se despierta con un brinco. Sus ojos adormilados se iluminan.

—¡Camille!

Casi me caigo en sus brazos, me envuelvo en su aroma: huele a flores y a maquillaje y a casa.

Aguanto la respiración para no echarme a llorar y luego las palabras me salen a borbotones.

—¿Estás bien?

Tiene buen aspecto. Cansado, pero bueno. Nada que ver con el estado en que encontramos a Valerie.

—Sí, estoy bien —responde—. ¿Y tú?

—¡Ahora mejor! —le aseguro.

Unos temblores vibran por mis brazos y piernas, y lucho para agarrarme a ella, para que nunca me separen de ella. Una fisura se abre en mi interior, todas las preocupaciones y los nervios empiezan a inundarme, toda la ira y la decepción y la frustración. Me acaricia la mano. Desearía que pudiera decirme que todo irá bien, tal y como hacían nuestras mamans. Pero no puede.

Nos quedamos con mi felicidad empapada de lágrimas.

—Leí las noticias acerca de Ámbar y luego sobre Edel —me cuenta. Las lágrimas le inundan los ojos, que son del mismo color que los míos—. ¿Crees que están bien?

—No lo sé. —Me seco las mejillas—. Están encerradas en la Rosa Eterna. No tengo ni idea de si las están torturando, de si están sobreviviendo a cuales sean los experimentos que Sophia está haciendo con ellas.

Abro y cierro la boca unas cuantas veces en un intento de encontrar las palabras para contar lo que le pasó a Valerie. Pero no me sale nada.

Lady Pelletier se acerca.

—Camille.

Aparto la mirada de Padma.

—Es hora de nuestra reunión nocturna. Ambas debéis venir conmigo. Vamos a poner en marcha nuestro plan.

LA SALA DE GUERRA ES COMO UN PANAL VENIDO A MENOS. PIN-turas descoloridas de las grandes batallas de la historia de Orleans cubren las paredes. Las armas están cubiertas de óxido y telarañas. Hay guardias posicionados por la sala al lado de cada puerta y cada ventana.

Las Damas de Hierro, Auguste y Lady Pelletier observan un mapa de Orleans extendido a lo largo de una mesa de madera junto con réplicas en miniatura de la flota del reino. Los periódicos descansan en montones. Los emblemas están clasificados bajo las etiquetas: PARTIDARIOS DE SOPHIA y OPONEN-TES DE SOPHIA. Una variedad de casas nobles y de comerciantes descansan en línea repartidas entre las dos categorías.

—Cada día sale más y más gente que le brinda apoyo. —Lady Arane se pone en pie al tiempo que señala los emblemas reales—: Tenemos dos días para llevar a Charlotte al palacio. Yo propongo que lleguemos a la Plaza Real y montemos un buen alboroto. Nuestra reina regente adora el espectáculo por encima de todo.

—Podríamos atraerla para que saliera del palacio —añade Surielle.

303

Violeta aplaude para mostrar que está de acuerdo con esta afirmación.

—No podemos entrar en la Plaza Real sin un ejército —responde Lady Pelletier—. Sophia se limitaría a llevarse a Charlotte.

—Tenemos la ventaja numérica —dice Surielle—. Podemos hacer una entrada inmensa e impresionante. Solo en Trianon tenemos centenares de seguidores que esperan nuestra llamada. Y podemos traer a otros del resto de islas y ciudades.

—Estoy de acuerdo con Lady Pelletier en que esta no es la manera —responde Auguste—. Ya tiene la trampa preparada. Ha contado al mundo que Charlotte está muerta. Tiene planeado presentar un cuerpo y lo hará. No hay mucha gente que haya visto a Charlotte desde que cayó en su desgraciado sopor. Se creerán todas sus mentiras. Ya lo hacen. El *Orleansian Times* hizo una encuesta ayer y muchos la quieren; se creerán que cualquier cuerpo que muestre es el de Charlotte.

—Pero en el momento en que Charlotte muestre su rostro y permita que le inspeccionen su marca identificadora, el mundo sabrá la verdad —sentencia Surielle.

La mesa se queda en silencio.

—¿Qué es la verdad en Orleans? —plantea Lady Arane antes de girarse hacia mí—. Tú y tus hermanas os habéis pasado toda vuestra existencia alterando a la gente, cambiando la realidad, satisfaciendo hasta los caprichos más superficiales. Este mundo nació de una semilla podrida y venenosa, y ahora la forma está atada a ella. Todo el mundo se pasa todo su tiempo intentando parecer algo que no es. Las masas creerán lo que se les enseñe siempre y cuando sea convincente y bonito. Gracias a vosotras, ya no tienen ni idea de lo que es real, de lo que es de verdad.

Sus palabras me hieren y retumban en mi interior, la verdad que entrañan se abre paso por mi piel mientras empiezo a entender exactamente qué piensa de nosotras. Padma se revuelve a mi lado. Intento retomar el hilo de la conversación.

—Sophia esperará que montemos un gran espectáculo —afirmo con calma—. Estará preparada para esa contingencia. Lo más probable es que lo dé por hecho. Considero que deberíamos ser un susurro. —Uso las palabras del Ministro de Moda, la imagen de su sonrisa me baña como una cascada.

—Estoy de acuerdo —señala Lady Pelletier al tiempo que se inclina encima de la mesa y toma un mapa de los terrenos del palacio—. Conozco a esa niña de toda la vida. Ansía el espectáculo y da por hecho que todo el mundo piensa del mismo modo que ella.

—Me han contado que ahora solo hay un modo de entrar en el palacio —prosigo, repitiendo audazmente la advertencia de Arabella acerca de la entrada principal.

—Has oído... —observa Lady Arane, sospechando.

—Tengo mi propia fuente de información. —Me siento un poco más erguida.

—Camille tiene razón —me apoya Auguste—. La gente no lo sabe, pero la entrada norte del palacio sirve como punto de control de entrada y de salida. Han cerrado las otras puertas con la excusa de una reparación y las controlan muy de cerca. Tiene previsto cerrarlas de forma permanente en cuanto la Rosa Eterna esté finalizada.

La mención de la prisión desata un escalofrío que me recorre entera. Las imágenes del Ministro de Moda y de la Ministra de Belleza están más presentes que nunca en mi mente. No puedo cerrar los ojos sin ver la angustia en los suyos y el dolor en sus rostros. Está sufriendo mucha gente y depende de nosotros que esto acabe.

Lady Pelletier tamborilea con los dedos sobre la mesa.

—Deberíamos entrar por los túneles de la reina y evitar el único punto de control. —Se vuelve hacia mí—. Así es como Arabella os sacó a ti y a Ámbar después de que despertarais a Charlotte.

Lady Arane aprieta los labios y se lo piensa.

—El elemento de sorpresa... Mmm...

—Sophia ha descubierto esos pasadizos —interviene Auguste, acabando con toda la esperanza de la sala, como el aire de un globo mensajero reventado que cae en picado al suelo—. Como reina regente, le contaron lo de los túneles, tal y como indica el protocolo.

—No tenemos tiempo de enviar a alguien para que descubra el modo adecuado de entrar y que nos pase la información. Si la coronación tiene lugar, la ley orleanesa es clara: tendremos que hacer caer al gabinete entero —afirma Lady Arane.

—¡Tal vez se tenga que borrar y rehacer! —grita alguien.

El grupo estalla en diversas opiniones. Sus voces agitan a los dragoncitos de peluche animado en mi faja. Las distintas ideas se arremolinan a mi alrededor, ninguna de ellas cuaja ni parece la indicada.

Ojalá Rémy estuviera aquí. Su determinación tranquila. Su habilidad para ver todos los aspectos de un problema. Su habilidad para exponer sus ideas y luego escuchar a los demás con paciencia, sin discutir. Su habilidad para mantener la calma. Mi cerebro es un caos de pensamientos sobre cómo llegar al palacio, cada vez más ruidoso por todas las voces que discuten. Solo una cosa está clara: uno, o quizá todos nosotros, tendrá que caminar directo a las puertas principales del palacio. ¿Qué tipo de persona sería incapaz de rechazar Sophia? Todos los momentos pasados con ella corren por mi mente: su insaciable deseo de ser la más preciosa de todas, de ser temida y querida por todos, y de tener la máxima atención en todas y cada una de las habitaciones en las que estaba.

Dejo que los irritados dragoncitos de peluche animado salgan a explorar. Tumban los blasones de las casas, con lo que consiguen un embrollo mezclado de la clasificación de las Damas de Hierro: los que habían identificado como partidarios y oponentes de Sophia.

La puerta se abre. Charlotte entra en la sala en una silla de ruedas empujada por un guardia.

—Su Majestad —saluda Lady Arane.

Todo el mundo se pone en pie para saludarla.

—Estoy muy contenta de que os reunáis con nosotros. —Lady Pelletier corre a su lado y le coloca una mano en la mejilla, luego mueve a la princesa para que se nos una a la mesa.

—Podía oíros desde el otro lado del pasillo. Pero esta persona de quien habláis... —empieza a decir Charlotte con voz temblorosa— no parece mi hermana. No es la hermana que conocí. Dulce, siempre en busca de aventuras, amante de regalos y chucherías, y toda risas. Mi madre nos contaba historias de nuestros nacimientos. A mi hermana le encantaba la suya. Maman decía que había estrellas fugaces el día que ella nació y que estaba destinada a traer luz. Pero todo cuanto he visto desde que he despertado es oscuridad.

—Ha cambiado.

Lady Pelletier toma la mano de la princesa.

—He estado leyendo acerca de lo que ha pasado en Orleans desde que me quedé sumida en el sopor; no ha ocurrido nada bueno. —Suspira y se recuesta sobre la silla—. El mundo la ha retorcido. Pervertido.

—Más que eso —intervengo, pero nadie levanta la mirada; todos se lanzan de nuevo a compartir sus distintos planes. Sus voces se encaraman las unas a las otras, todo el mundo intenta ahogar al otro, todos piensan que su idea es mejor, más razonable.

—Podemos alterar el curso en el que se encuentra el mundo —afirma Lady Arane al tiempo que da un golpe en la mesa, llena de confianza—. Podemos asegurarnos de que Charlotte es la reina. —Mira a la princesa y relaja la voz—. La reina legítima.

—Necesito más tiempo para recuperarme. Si Sophia es tan mala como decís, necesitaré toda mi fuerza para hacer lo que se tiene que hacer —responde Charlotte.

—Las monarcas no reinan solas. Tendrás consejo y apoyo —le garantiza Lady Pelletier—. Nos aseguraremos de que estás lista. Es lo que tu madre hubiera querido.

—¿Parezco una reina? —pregunta a la mesa.

Sus ojos brillan por la enfermedad bajo la luz del farolillo nocturno. Un paño suave le envuelve la cabeza y sus manos luchan por estar quietas, los temblores las mueven sin que ella pueda controlarlas. El moreno claro de su piel se desvanece y el gris se abre paso por el perfil de su rostro.

—Hemos pensado que traer a Camille aquí podría ayudar a ello —señala Surielle—. Ella se asegurará de que tengas un aspecto fuerte.

Todo el mundo se vuelve para mirarme.

—Sí. Haré que nuestra legítima reina tenga un aspecto sano y formidable —les confirmo.

—¿Y luego qué? —pregunta Charlotte—. ¿Cómo vamos a entrar en el palacio?

Cierro los ojos y veo a Sophia en el trono, sus animalitos de peluche animado corriendo a su alrededor mientras tortura a mujeres de pie sobre las plataformas de probar vestidos. Veo a la Sophia de mis pesadillas riendo y mofándose al lado de sus retratos de sangre imperiales. Veo a Rémy, Edel, Ámbar y Valerie. Una idea surge en mi interior, cuya esperanza brilla con fiereza y revela, desde lo hondo de mi corazón, lo que debo hacer.

—Yo seré su regalo de bodas —afirmo, mi voz atraviesa la sala; me sale más fuerte y aguda de lo que pretendía.

—¿Qué has dicho? —pregunta Lady Arane.

—Yo iré por la puerta principal —anuncio.

—¿Disculpa? —pregunta Surielle.

—Auguste, tú escribirás a Sophia y le dirás que le envías una comerciante de dragones al palacio en honor de su inminente Coronación y Ascensión. Ella necesita dragoncitos de peluche animado para su colección de fieras. Traen buena suerte y son signo de buen augurio. Podrá conocer a unos cuantos y escoger uno.

—Eso no soluciona el problema de cómo nosotros entraremos en el palacio. Una persona no puede derribar un reino entero —dispara Lady Arane.

—Pero una persona sí puede desatar un fuego —replico—. A Sophia no hay nada que le guste más que un regalo bonito. Vos misma lo acabáis de decir, Su Majestad. —Hago un ademán hacia Charlotte—. Uno de los periodistas dijo que Sophia abriría de nuevo los cielos para recibir los regalos para celebrar su coronación. Sois expertas en mover mercancía sin importar el método de transporte. De modo que podéis mandar un ejército al completo en un juego de cajas de regalo vía globo mensajero. Los recogen en la Azotea del Observatorio, creo. Que alguien traiga los últimos periódicos.

Lady Arane enarca una ceja, suspicaz, y mira a Auguste.

—¿Qué opinas de esto?

—Que es brillante —responde.

No dejo que su cumplido me haga sonreír, aunque su confianza en mi plan lo fortalece. Me siento un poco más erguida y echo los hombros atrás.

—Recuerdo haber ido ir allí con mi padre cuando era niña para observar las estrellas a través de un telescopio gigantesco —comenta Charlotte.

—Violeta, ve a buscar los periódicos —ordena Lady Surielle.

Violeta asiente y sale corriendo.

Todos los ocupantes de la mesa me miran con fijeza, a la espera, expectantes. Ordeno a mis pensamientos que adopten formas coherentes. Doy una profunda bocanada de aire y continúo:

—Me aseguraré de que las puertas de la Azotea del Observatorio que dan al interior del palacio estén abiertas para que podáis bajar y acceder desde allí. Y que quién sea que vigile los regalos... no pueda seguir haciéndolo con eficacia.

Siento las palabras pesadas en mi lengua. Mi voluntad de herir a un extraño se me antoja muy sencilla y errónea, además de inevitable.

—El baile de Ascensión empieza después de la estrella de media mañana dentro de dos días. Según los últimos periódicos, se trata de un evento que durará todo el día —explica Surielle—. Si llegáramos esa mañana, podríamos infiltrarnos con facilidad. El palacio será un caos durante la preparación.

—Forjaremos máscaras especiales para la ocasión y nos las pondremos solo para... —Lady Arane se pasa los dedos por el mentón gris mientras considera mi propuesta—. Sí, sí, creo que me gusta.

—Pero la pregunta es... —interviene Surielle—: ¿Cómo vas a ir sin más hasta el palacio sin que te reconozcan? Tu rostro está por todo el reino.

Cierro los ojos.

Las arcanas son un pequeño bucle que vibra bajo mi piel, una hebra reacia bien enterrada que extraigo hasta la superficie con un tirón enfadado. Una comezón fría me recorre el espinazo.

Visualizo mentalmente un retrato de maman.

Mi cuerpo cambia.

Todo el mundo se exclama.

Visualizo mentalmente un retrato de Lady Arane.

Mi cuerpo cambia.

Visualizo mentalmente un retrato de Surielle.

Mi cuerpo cambia.

Un dolor de cabeza presiona mis sienes. La sangre me corre por la nariz.

—¿Qué...? ¿Cómo...? —preguntan muchas voces.

Padma se pone de pie y me toma una mano con la suya.

—¿Cómo lo has hecho?

Pierdo el glamur. Me mira con fijeza y los ojos le brillan llenos de preguntas.

—Te enseñaré. Edel me enseñó a mí.

Me seco la nariz y me vuelvo hacia la mesa.

—Conozco a Sophia. He sufrido su tortura. Sé lo que debo hacer. —Enlazo mis manos—. Su Majestad, Padma y yo trabajaremos juntas, si os sentís suficientemente bien, para asegurarnos de que os veáis fuerte y bella para enfrentaros a ella y a la gente de Orleans.

—Me quedaré y ayudaré durante el viaje de Charlotte —se ofrece Padma.

El silencio se cierne en la sala. Lady Arane se coloca una mano sobre los labios. La emoción retumba en las venas de todos, puedo sentirlo.

—¿Estamos todos de acuerdo? —pregunto; el poder del trato crece a mi alrededor.

—Sí. —Auguste se pone en pie.

—Sí —coincide Charlotte—. Es lo que debemos hacer. Tendremos previsto llegar al anochecer antes de que empiecen las ceremonias. Te encontraremos en la Azotea del Observatorio.

—Saldré dentro de dos vueltas de reloj. Preparad el transporte —ordeno.

—Que nuestras hebras permanezcan fuertes y nuestras redes nos den buen servicio —dice Lady Arane—. Y que tú, Camille, atrapes a nuestra enemiga.

Las salas de tratamiento del palacio subterráneo parecen una pintura sacada directamente de uno de los libros de historia belle que hay en la Biblioteca Imperial. Grandes piscinas se alargan en todas direcciones, torrentes de agua caen por las aberturas de chimeneas inmensas. Una constelación de grietas decora todos los hogares vacíos y los mosaicos con imágenes de los dioses están rotos. Los candelabros sujetan velas medio consumidas repletas de goterones podridos.

Lady Pelletier lleva a Charlotte hasta la primera sala privada. Desata tres farolillos nocturnos del respaldo de la silla de ruedas de Charlotte y los deja flotar. Merodean por el espacio y sus proyecciones de luz revelan una larga mesa cubierta por un manto de polvo. Los cojines comidos por las polillas brillan débilmente por los restos de sus intrincados bordados. Los armaritos contienen productos belle echados a perder.

—Su Majestad —digo y me vuelvo hacia ella—, tal vez deberíamos haceros el trabajo de belleza en la sala de recepciones, donde tenéis vuestra cama.

—No podría soportar hacerlo en público con toda esa gente —responde.

—Haríamos que todo el mundo se fuera de la habitación —añade Lady Pelletier.

—No. —Charlotte levanta una débil mano—. Puedo soportar un poco de polvo.

Lady Pelletier empieza a despejar la mesa. Tose por las nubes de polvo que estallan a su alrededor. Una de sus asistentas ayuda a Charlotte a levantarse de la silla; la princesa se tambalea antes de dar el primer paso hacia la cama.

—¿Queréis que os levantemos, Su Majestad? —pregunta la mujer.

—No.

Charlotte yergue la espalda y da un segundo paso.

Padma y yo intercambiamos miradas.

¿Cómo va a estar lista para enfrentarse a Sophia?

¿Cómo va a apoyar el reino su petición al trono?

Doy un hondo suspiro y señalo los armarios.

—Probablemente ahí no hay nada que podamos usar.

Lady Pelletier saca algunos de los productos belle que Edel, Rémy y yo robamos del Salón de Té Especiado.

—Me alegro de que no se hayan perdido —respondo.

—No nos gusta que circulen por nuestra morada por temor a desatar viejos hábitos y atizar viejos impulsos de nuestros seguidores.

Padma coge los productos de Surielle. Luego los coloca: unos pocos frascos de elixir de rosas belle, cuatro tarros diminutos de pasta cutánea y una pequeña borla.

—Tendrá que valer.

Desabotonamos el fino camisón que lleva Charlotte. El gris emana bajo el marrón de su piel; lo engulle. Sus huesos sobresalen y tengo que resistir el impulso de contarle las costillas.

Padma y yo asentimos mirándonos. Mi hermana recubre la princesa con maquillaje en polvo blanco.

Lady Pelletier acerca el frasco de elixir de rosas belle a los labios de Charlotte y la ayuda a tragarse el líquido.

—¿Deseáis un aspecto en concreto? —le pregunto.

—Haced que tenga el aspecto que mi madre querría que tuviera.

Su petición me genera un nudo en la garganta.

—Yo me centraré en el pelo y el rostro —indica Padma—. Y tú en su piel y su cuerpo.

Asiento.

—Debemos ir despacio. Una cosa detrás de otra.

Recuerdo mi primera sesión de belleza con la princesa Sabine y todos los tratamientos que intenté completar de una sola vez, por lo que estuve a punto de matarla. Oigo las palabras de Ivy y siento una punzada de añoranza también por ella. Con suerte, pronto la veré junto con mis hermanas.

Padma y yo nos colocamos en los lados opuestos de la mesa. Alargamos los brazos y nos cogemos las manos. Los brazos de Padma tiemblan por los nervios. Le aprieto los dedos con fuerza y cierro los ojos.

El cuerpo de la princesa Charlotte aparece en mi mente: frágil y casi del todo gris.

Las arcanas susurran por mis venas con calidez, en señal de reconocimiento.

—Tú primera —susurro—. El pelo.

Un mosaico de rizos castaños brota del cuero cabelludo de Charlotte; las cicatrices que dejó la diadema envenenada de Sophia zigzaguean por su piel suave, apenas sanadas, pero ahora ocultas bajo el pelo que acaba de crecer.

—Ahora tú —indica Padma.

—Su Majestad, ¿estáis bien? —pregunto mientras la miro.

Asiente.

Paso los dedos por su piel y oscurezco el marrón para que se parezca al de su preciosa madre, Celeste.

Padma le engorda los mofletes, el contorno de su cráneo ya no queda visible. Hago lo mismo con su cuerpo: le ensancho los músculos y le robustezco la complexión, le fortalezco los huesos y le doy la figura de un reloj de arena.

El sudor me empapa la ropa.

Charlotte empieza a parecerse a la joven mujer que vi en los retratos antes de que cayera en su largo sueño inducido por el veneno.

La puerta se abre de golpe.

—¡Camelia! —llama Lady Arane—. Lamento interrumpir. —Lleva un periódico en la mano—. Debes irte inmediatamente.

Me enseña la portada y los titulares se colocan. Aparecen las palabras *tortura* y *guardia* y *Rémy Chevalier.*

Las cadenas le cruzan su pecho desnudo. La sangre mana de sus brazos oscuros, los cortes rezuman y palpitan.

Corro hacia ella y cojo el periódico de sus manos. El titular anuncia:

EL GUARDIA DE CONFIANZA DE CAMELIA BEAUREGARD

CAPTURADO EN PALACIO. SERÁ EJECUTADO EN LA PLAZA REAL

29

ME CAIGO DE ESPALDAS SOBRE LA CAMA, EL AIRE ABANDONA
mis pulmones. Puntitos blancos me nublan la vista. La preocupación y la ansiedad retumban en mi interior.

—Camille, ¿qué ocurre? —pregunta Padma.

Me ayuda a levantarme; la presión de sus manos morenas
me reconforta, pero no es suficiente. Pienso en Rémy, en su
fuerza, en el hecho de que me necesita, y me recompongo
para erguirme.

—Tiene razón. Tengo que irme.

—Pero no hemos terminado...

—Te enviaré una carta cuando esté a salvo. —La beso en
la mejilla y ella me abraza—. Te quiero.

—Y yo a ti —susurra.

Me trago las lágrimas. Estar con ella me ha hecho sentir un
poco menos sola, me ha hecho confiar un poco más en que
todo saldría bien. Pero volveré a verla. Tengo que creerlo.

En una habitación cercana, me visto deprisa, empaqueto
mis pertenencias y recojo los dragoncitos de peluche animado. Salgo esperando encontrar a Lady Arane solo para descubrir a Auguste apoyado contra la pared.

—¿Qué haces aquí? —espeto.

—He dispuesto uno de mis barcos para que te lleve a Trianon. La flota imperial te garantizará una travesía segura si viajas bajo mi bandera. He enviado una carta para informar de mis planes de viaje junto con el regalo que mando a mi prometida: la comerciante de dragones Corinne Sauveterre.

La palabra *gracias* no encuentra la manera de formarse en mis labios.

Asiento.

—Ya he ordenado que empiecen a hacer las cajas de regalo para que se adapten a cada una de las Damas de Hierro —añade—. Serán preciosas por fuera y...

—No necesito saber los detalles, solo que las mandaréis. Tengo que irme.

—Sí, por supuesto.

Auguste me lleva de vuelta a la red de túneles serpenteantes. Los dragoncitos de peluche animado vuelan por encima de nosotros; sus escamas captan la luz del único farolillo nocturno que lleva el chico. La melodía de sus alas aleteando y el resonar de nuestros pasos son la única conversación entre nosotros. Me retuerzo como un sacacorchos, los nudos se tensan cada vez más mientras las palabras por decir son un juego de cuchillos que se revuelven en mi interior.

Los cortes lacerantes en el cuerpo de Rémy vuelven una y otra vez a mi mente, el hecho de pensar en él siendo torturado me ahoga.

Los ojos de Auguste buscan los míos en la sutil oscuridad.

Camino hacia delante apretando el paso. Los túneles se van volviendo más fríos a medida que serpenteamos por ellos, el exterior está cerca. El aroma de la nieve y el hielo sustituye el hedor del agua estancada y el óxido.

Él susurra mi nombre.

Lo ignoro.

Me toca el brazo.

—¡No! —Lo aparto de un tirón.

—Lo siento.

—¿Crees que esta palabra puede arreglarlo? —Aprieto los dientes—. ¿Sabes lo pequeña que es esta palabra? Demasiado diminuta para arreglar lo que hiciste. Demasiado fácil para intentar quitar de en medio todo lo que pusiste en marcha.

—¿Qué puedo decir? ¿Qué puedo hacer?

—Nada. Te será imposible borrar lo que hiciste. Sería como pedir al sol que abandone los lares del dios del cielo. O pedirle al océano que no se lance hacia la costa. —Corro hacia delante con la esperanza de ir en la dirección correcta—. No tengo tiempo para esto. Tengo que llegar al palacio.

—Sé que no hay nada que pueda hacer para conseguir que confíes en mí de nuevo —grita detrás de mí—. Pero llevo tiempo intentando hacer algo... lo que sea que esté en mi poder para enmendar el error.

Me detengo y me giro de golpe para encararme a él.

—¡Le diste exactamente lo que necesitaba para destruirme! ¡A mí y a mis hermanas!

Mi voz retumba contra las paredes cavernosas. No me importa quién pueda oírnos. Mi ira se transforma en algo que podría vivir fuera de mi cuerpo, un huracán que estalla en mi pecho hecho de rayos y truenos y lluvia enfurecida.

—No lo sabía. —Le tiemblan las manos a ambos costados.

—Esa respuesta jamás será suficiente. Jamás estará bien. —Lo fulmino con la mirada. Desearía poder reducirlo a la nada, mostrarle cómo me sentí después de descubrir lo que me había hecho—. Valerie está muerta. Ámbar y Edel y Hana están bajo el control de Sophia. ¿Quién sabe qué les estará haciendo?

—La detendremos —me asegura—. Puedo arreglar todo esto.

—Yo la detendré. Yo arreglaré todo esto. Yo acabaré con todo esto —digo con los dientes apretados.

Nos miramos a los ojos. El marrón oscuro de sus iris está ribeteado de carmesí, como dulces de chocolate de malta cubiertos con glaseado de cereza.

—¿Has terminado? —le grito.

Me endurezco como la piedra al tiempo que sus hombros caen hacia delante.

—Todavía eres la chica más preciosa que he conocido en mi vida y aún más cuando estás enfadada.

Su lisonja aviva el fuego que hay en mi interior.

—Y tú todavía eres el imbécil que piensa que el encanto y los halagos lo arreglan todo.

—No, sencillamente digo la verdad. —Se le rompe la voz—. Si debo... y si pasa algo, si las cosas no van como tenemos planeado... me aseguraré de que no sufras ningún mal, y de que... ella no sobrevivirá como reina. Ni tú ni tus hermanas volveréis a sufrir jamás. Haré todo cuanto pueda para hacer las cosas bien. Tienes mi palabra.

—Y vale lo que un grano de arena.

—Lo sé, pero la tienes igualmente.

Intenta tomarme la mano.

La aparto de un tirón.

—Limítate a asegurarte de que cumples tu parte del trato. Asegúrate de que Padma y Charlotte y las Damas de Hierro lleguen sanas y salvas a palacio. Es todo cuanto quiero de ti. Yo me encargaré de Sophia. Me encargaré del resto.

—Entendido.

Empezamos a caminar de nuevo. Él gira a la izquierda en una bifurcación de los túneles.

No queda nada entre nosotros.

El barco de Auguste, el Lince, se desliza por la superficie del océano como las libélulas que volaban por los Pantanos Rosa, en casa. Vago por sus aposentos privados. Unos farolillos marinos cuelgan de ganchos y su escritorio está arrimado a un rincón. Los mapas cubren las paredes entre los ojos de buey. El aroma del chico mora en todas partes. Los dragoncitos de peluche animado se acurrucan todos juntos en un sofá grande en forma de herradura que hay en el centro de la estancia.

Recuerdo la primera vez que vi a Auguste, cuando lo conocí en el exterior del palacio y me contó con engreimiento que este era su barco. El recuerdo forma un nudo enorme en mi estómago. Quiero que arda y se consuma y se lleve consigo todos los recuerdos que tengo del chico.

La oscuridad que se filtra por las ventanas se ilumina de golpe, el cielo se llena de bengalas y farolillos en forma de estrella para pedir deseos mientras el dios del cielo y la diosa de la belleza reciben los anhelos del reino. Debe de ser medianoche. El año nuevo ha llegado.

—Vendrán días felices. —La bendición del año nuevo se filtra desde la cubierta hasta el escritorio.

—El año de la diosa del amor siempre trae algo dulce.

Oigo copas haciendo chinchín y más vítores.

Me dejo caer en el sofá con los dragones. Ellos mismos se meten entre los pliegues de mi falda y sueltan pequeños ronquidos. Cierro los ojos y vuelvo la vista atrás, hasta ese mismo momento del año pasado. Pasé la mayor parte del día haciendo casitas de golosinas con mis hermanas. Prendimos velas de té y nos sentamos dentro de nuestras pequeñas creaciones, luego las colocamos en las ventanas de la Maison Rouge para atraer las bendiciones del dios de la tierra. Así encontraría dulzor en nuestra casa y dejaría su buena voluntad y una cajita de la fortuna para cada una de las hermanas. A medianoche, nuestras mamans nos dieron a cada una de nosotras un farolillo para pedir un deseo y un pedazo de pergamino para que escribiéramos el deseo que llevábamos en el corazón. Yo garabateé en el mío: «Quiero ser la favorita».

Ese deseo es ahora una pesadilla. Han cambiado muchas cosas en solo unos pocos meses. Todas esas esperanzas de niña pequeña se han evaporado, los vientos han destruido los farolillos para pedir deseos. Ojalá hubiera sabido en qué se convertiría mi vida.

Cierro los ojos con fuerza para evitar que se me escapen las lágrimas enfurecidas. El suave balanceo del barco me mece hasta que me duermo, el cuerpo se me hunde en la profundidad del mullido sofá. Sin embargo, pronto me sumo en sueños violentos.

Caigo del cielo. El aire helado se agarra a cada capa y pliegue de mi vestido, lo hincha como una campana de cristal. Mis extremidades se agitan incapaces de ayudarme a frenar la caída. Lucho por abrir los ojos, que derraman lágrimas por mis mejillas a causa del viento.

Miro hacia delante y veo un destello de pelo rojo como las cintas carmesíes de una cometa de fiesta.

Maman.

Chillo su nombre, pero las sílabas se pierden en el estruendo del vendaval.

Caemos hacia delante, la velocidad de nuestros cuerpos aumenta.

Intento cogerla. Intento estirar los dedos para agarrar la cola de su vestido. Pero está fuera de mi alcance.

La oscura masa del bosque de detrás de la Maison Rouge queda ante nosotras, las gruesas ramas listas para engullirnos, cada astilla desnuda preparada para ensartarse en nuestras entrañas. Chillo y me revuelvo cuando maman choca contra las ramas, cuyos dedos oscuros le perforan la carne.

—Mi señora —susurra una voz.

Abro los ojos de golpe. Me pongo en pie de un salto con la daga de Rémy en la mano.

El guardia de Auguste me ofrece una cajita de la fortuna de orquídea pálida.

—Para usted. Vendrán días dulces llenos de buena suerte.

—Gracias —agradezco un poco avergonzada.

La cojo, el papel es suave y flexible, casi como la piel, y la deslizo dentro de un compartimento secreto de mi faja. Será la única cajita de la fortuna que reciba esta noche.

—¿De quién es? —pregunto.

—Del señor Fabry —responde.

De pronto quiero ponerla de vuelta en sus manos, pero el hombre me sonríe como si fuera muy feliz de poder entregarme esta bonita caja. No quiero ofenderlo.

—Atracaremos en Trianon en menos de una vuelta de reloj. Prepárese para desembarcar.

Hace una reverencia y luego se va.

Coloco todos y cada uno de los dragoncitos de peluche animado dormidos en mi faja. Todos encajan como pequeñas joyas en sus compartimentos favoritos. Frunzo los largos pliegues de mi vestido de viaje, me pongo la capa y me coloco el velo por encima del rostro.

Llamo a las arcanas y permito que los tres dones se arremolinen en las puntas de mis dedos.

Por si acaso.

La ciudad de Trianon aparece en la distancia, su contorno brilla y los farolillos de la ciudad asemejan motitas de luz diminutas, como estrellas en una franja de cielo oscuro.

La quemaré entera si tengo que hacerlo.

—Lleve a Lady Corinne a la dirección indicada —ordena el guardia de Auguste al conductor del carruaje.

El muelle real está lejos del ajetreado puerto. Los restos de farolillos para pedir deseos están esparcidos por las calles adoquinadas y flotan por las aguas portuarias como rocalla tosida por el dios del mar. Trazas de marfil abren cicatrices en el cielo nocturno de primera hora del anochecer al tiempo que los fuegos artificiales se van disipando y las personas que celebran la llegada del nuevo año ya están llenas de lechecillas y champán y monedas de chocolate.

El vendaval me congela las mejillas y se une al escalofrío profundo que me recorre mientras aguanto mi glamur. Los guardias del puerto ni siquiera se inmutan cuando me subo al carruaje. Los ojos al frente, los brazos a ambos costados y los cuerpos congelados en el sitio.

Es raro.

—Que sus hebras permanezcan fuertes —me susurra el guardia de Auguste. No tengo tiempo de hacer preguntas antes de que cierre la puerta del carruaje y los caballos avancen entre ruidos de cascos.

El interior es frío y está vacío, la estufa, sin madera, y el pequeño reservado para el servicio, deshabitado. Me cubro con el velo, dejo que el glamur desaparezca y me seco el reguerito de sangre que mana de mi nariz. Con cuidado, descorro un poco las cortinas que cubren una de las ventanas del carruaje.

El muelle del mercado aparece desolado, los farolillos azules están apagados, los puestos entablados y los caminos serpenteantes, desiertos. Hay garitas de madera en la entrada del mercado con un cartel que pone: PUNTO DE CONTROL. Un guardia grita a través de un megáfono:

—Entrada solo con invitación a la ciudad de Trianon. ¡Tengan lista su documentación!

El carruaje afloja la marcha y un par de guardias se acercan. Sus brillantes uniformes negros y la franja gris que cruza el centro de sus cabelleras me hacen pensar en Rémy.

Aguanto la respiración y corro la cortina.

Oigo voces ásperas hablando bajito.

Un zumbido nervioso empieza a recorrerme: me pregunto cuánto tiempo voy a tardar en encontrarlo y en qué condición se hallará y si estará bien... y si seguirá vivo. Ahuyento ese pensamiento.

El carruaje vuelve a avanzar. Ni siquiera lo han inspeccionado. Las palabras de Auguste sustentan un gran poder. Aunque hubiera preferido seguir con mi vida sin tener que verlo de nuevo, tengo que admitir que Lady Arane tomó una sabia decisión al aceptar la ayuda del chico.

Entramos en el Barrio del Jardín, donde las tiendas están dispuestas como cajas de dulces y de sombreros, una detrás de otra, hasta tan alto que desaparecen entre las nubes cargadas de nieve. Dirigibles dorados circulan por encima de las cabezas como si fueran gruesas gotas de lluvia besadas por el sol; la tinta animada se mueve por sus vientres con un mensaje: «¡Sonría! ¡Luzca siempre su mejor cara porque la reina siempre está observando!».

Ahora Sophia tiene ojos en todas partes.

El carruaje se detiene en otro punto de control y luego sigue avanzando de nuevo. El conductor da un golpecito a la pared separadora y me sobresalto cuando desliza un panel.

—Prepárese para la llegada, mi señora.

—Gracias —susurro. Empiezo a ajustarme el velo sobre el rostro y doy una profunda bocanada de aire.

Todo empieza ahora.

Finalmente, el carruaje se detiene ante una tienda cerrada que se llama LA SAGAZ SOMBRERERÍA DE LARBALESTIER: SOBERBIOS BOMBINES Y RIJOSOS BIRRETES. Globos mensajeros flotan detrás de los escaparates y llevan consigo todo tipo de sombreros: bombines, casquetes, gorras, pamelas, chisteras, papalinas... Su movimiento oscilante relaja sorprendentemente el desbocado latido de mi corazón.

Entro. Tañe una campana. El aroma del vestíbulo me resulta familiar: rosas, carbón y azúcar.

Huele a mi hogar.

Veo manojos de flores, rosas belle, metidos en las alas de muchos de los sombreros que tienen expuestos.

—¿Hola? —llamo.

Las mesas están abarrotadas de cosas. Las estanterías exponen sombreros orgullosos que parecen joyas en la oscuridad sutil. Hay un ábaco encima de un libro de cuentas; abalorios rojos y blancos atrapan la luz de un farolillo. El mostrador está lleno de periódicos.

Sus titulares relucen:

EL GABINETE DE ORLEANS APRUEBA UNA LEY ANTES DEL AÑO NUEVO

DISPUESTA PARA ELIMINAR LAS RESTRICCIONES

DEL TAMAÑO DE LA CINTURA

LADY RUTH CARLON, CASA EUGENE, ACUSADA DE

APROPIACIÓN INDEBIDA DE BELLEZA

Y MULTADA CON 20.000 LEAS

Unas revistas de cotilleos brillan, me llaman la atención el *Salón de cotilleos cotorreados* y *Especulaciones de la peor calaña*, cuyos artículos se mofan de los espectadores:

SOPHIA TENDRÁ UNA QUERIDA DESPUÉS DEL MATRIMONIO;

SU AMOR DE TIEMPO HA, LA DUQUESA ANGELIQUE DE

BASSOMPIERRE, DE LA CASA REIMS, FUE VISTA AYER

TRASLADÁNDOSE A UNOS APOSENTOS ESPECIALES DE PALACIO

EL RUMOREADO AMOR DE INFANCIA DEL REY FRANCIS HA ANUNCIADO

QUE PRESENTARÁ UNA DEMANDA ANTE LA MINISTRA DE JUSTICIA

PARA OBTENER UN TÍTULO EN LA CORTE

EL PROMETIDO DE LA REINA NO SIENTE AFECTO POR ELLA;

MIENTRAS ESTABA EBRIO SE LE OYÓ CONTANDO A UN

MIEMBRO DE LA CORTE QUE ESTÁ ENAMORADO DE OTRA

Auguste.

Una mujer sale de la trastienda. Es corpulenta y su cuerpo tiene forma de reloj de arena, lleva un vestido azul celeste que se estrecha a la altura de la cintura a conjunto con una faja dorada que realza sus curvas, y lleva el pelo recogido en un moño tan tirante que al principio ni siquiera me doy cuenta de que es rizado y tiene mechones grises.

—Llegas justo a tiempo.

—Soy Corinne...

—Sé quién eres. Ya puedes librarte del velo. Tenemos mucho trabajo por hacer. Vas a conocer a nuestra futura reina en menos de una vuelta de reloj.

—¿Doy por hecho que tú eres Justine?

—Jamás des nada por hecho. Y no, Justine no está aquí. Ha salido a buscar materiales para su último sombrero. Pero no tienes que esconderte mucho más. Ni intentar huir.

Un escalofrío me recorre el espinazo. La sensación de que su voz me resulta familiar se filtra bajo mi piel.

—Eres Camelia Beauregard. Pesaste tres quilos al nacer —afirma.

Sus palabras me sorprenden.

—Soy Corinne Sauveterre, de la Casa de...

—Soy yo, Madame Du Barry —dice estirando los brazos.

Retrocedo a trompicones.

—No.

—Camille, jamás conseguí que siguieras las reglas, siempre hacías lo contrario de lo que te pedía..., siempre en nombre de la curiosidad.

Se desanuda el cuello de su vestido y revela su marca identificadora imperial, las letras en cursiva de su nombre están escritas con tinta permanente: *Ana Maria Lange Du Barry*.

Abro la boca por la sorpresa.

—Eres tú de verdad —digo al tiempo que alargo un brazo y ella me coge la mano, la aprieta y tira de ella para abrazarme.

Me hundo en sus brazos. Aunque he pasado la mayor parte de mi vida temiendo a esta mujer y los últimos meses he descubierto todas las mentiras que nos contó, su aroma me arrulla como una manta acogedora. El consuelo que me ofrece tranquiliza mi enfado. Vuelvo a ser una niña pequeña.

Los dragoncitos de peluche animado asoman las cabecitas por mi faja y empiezan a revolotear, lanzan sus diminutas toses de fuego hacia el grande que hay en la chimenea.

—¿Qué te ha pasado? ¿Adónde fuiste? —Mis ojos escrutan su rostro y su cuerpo, su aspecto exterior tan diferente y extraño del que le había conocido siempre. Pero los ojos..., siempre se mantienen los mismos ojos. Puedo verla en ellos.

Me lleva a unas butacas que hay delante de la chimenea.

—No tenemos mucho tiempo, pero mientras preparan tu baño, te contaré lo que pueda. Cuando la muerte de la reina era inminente y el comportamiento de Sophia era cada vez más impredecible, me llegó que planeaba reemplazarme y acabar con nuestras tradiciones. Corría el rumor de que pensaba encerrarme en las mazmorras, de modo que intenté llevarme a Elisabeth y dejar el palacio justo después de que lo hicierais vosotras, pero ya habían atrapado a mi hija, de modo que tuve que irme sola. Es algo que he lamentado cada día desde entonces.

—Estuvo en los calabozos con nosotras un tiempo. ¿Cómo lo está pasando en palacio? —pregunto al recordar el sonido de su voz al otro lado del circuito telefónico, en el Salón de Té de Seda. Mi enfado hacia Du Barry se enfría ligeramente, parece absurdo después de todo lo que ha pasado.

—Ha estado enviándome información cada vez que puede. Sophia no la deja irse; amenaza con meter a mi hija en una de sus nuevas cajas de inanición, permitir que todo el reino vea su cuerpo desnudo volviéndose gris.

Le tiembla la voz, pero tose rápidamente, sirve el té y me ofrece una taza.

—Gracias. —El calor me templa las manos.

—Elisabeth me manda cartas cada semana si puede —me explica mientras saca un fajo de pergaminos del bolsillo y me lo pasa—. Me ayuda a indagar y luego informar a las Damas de Hierro.

Frunzo los labios.

—¿Cómo las conociste? ¿Y por qué? Eres una guardiana. Nosotras éramos un negocio para ti. Y era muy rentable.

—Era nuestro modo de vida.

—Pero nos mentiste. Nos escondiste muchos secretos —respondo.

—Y lo lamento. De verdad que lo siento. Pero sé que una disculpa sería demasiado poco y llegaría demasiado tarde.

Los ojos le brillan llenos de lágrimas contra la luz del fuego.

—He pasado la mayor parte de mi vida enfadada contigo.

—Y lo siento.

Esas palabras de nuevo. No significa nada.

—No fuisteis niñas durante mucho tiempo, pero debería haber hecho las cosas de forma diferente a como las hizo mi maman. Apliqué lo que dictaban los manuales belle, lo que mi maman y mi grand-mère habían hecho. —Se pone una mano en el rostro—. Camille, tienes que entenderlo..., siempre se había hecho así. Desde el principio de los tiempos. Ni siquiera se me hubiera ocurrido hacer nada diferente de lo que mi maman me había entrenado para que hiciera. Pero entonces vi el modo en que Sophia trataba a Ámbar, y luego a ti... Estaba claro que algo tenía que cambiar. Tal vez el modo de las Damas de Hierro es mejor. Las conocí mientras escapaba de las redes de guardias de Sophia.

»Sé que has visto las macetas de Sophia. Jamás te expliqué adecuadamente las otras belles que descubriste en el Salón de Té del Crisantemo. Os tendría que haber contado a todas cómo nacisteis. Lamento no haber sido franca. Al ceñirme a la guía, como una tonta no me di cuenta de que tener la información os hubiera mantenido a salvo si las cosas salían mal algún día. —Entrelaza las manos sobre su regazo—. Debería haberos enseñado cómo funcionaba.

El recuerdo del artilugio de cristal de Sophia me viene a la mente.

—¿Todas nacemos de esas macetas?

—La generación favorita, no. —Se le rompe la voz.

—¿Por qué no? ¿Cómo crecemos?

—De la diosa.

—¿Es siquiera real, ella? —El enojo me ahoga la voz.

—Esa historia tiene algo de verdad. La diosa de la belleza mandaba a las belles desde el cielo como si de lluvia se tratara, quedaban enterradas en el suelo como semillas bajo la protección del bosque oscuro de detrás de la Maison Rouge. Eran bulbos preciosos. Cuando yo era una niña, salía con mi madre para ir allí a atender a las belles. Pensaba que los bulbos eran diamantes, pues su recubrimiento brillaba en la oscuridad. Nos asegurábamos de que estaban cubiertas de tierra rica y les vertíamos encima la sangre de la generación previa para nutrirlas.

Mi corazón corre junto con la historia. Suena a locura.

—Las guardianas tenían la tarea de atender aquel bosque. Protegerlo. Mantenerlo sagrado. Mantenerlo oculto.

—El bosque al cual nos prohibiste entrar.

—El mismo que tanto os atraía. Pensabais que yo no me enteraba cuando tú y tus hermanas os escabullíais para ir allí.

—Mira el fuego con fijeza—. Durante muchas semanas, gruesos tallos brotan de la tierra y contienen las bebés en receptáculos que tienen forma de pétalos cubiertos de espinas.

Abro y cierro los ojos. Las imágenes que sus palabras graban en mi mente son como escenas salidas de sueños y pesadillas.

—En cuanto nacíais, os emparejábamos con una de las belles que volvían de la corte para que ayudaran en vuestra crianza y os prepararan para vuestros deberes. Sin embargo, como durante los últimos siglos cada vez caían menos belles del cielo, las guardianas tuvieron que adoptar métodos radicales para seguir el ritmo del crecimiento de la población orleanesa.

Du Barry frunce los labios.

—¿Qué hicisteis? ¿Qué hicieron las guardianas? —pregunto.

—Me avergüenza contarte estos secretos de las guardianas. Decirlos en alto confirma lo muy equivocadas que hemos estado todos estos años —dice sin levantar la vista.

—Quiero saberlo. Merezco saberlo.

Mi ira es una tetera a punto de hervir.

Du Barry da una profunda bocanada de aire y lo suelta lentamente, con la mirada todavía fija en el fuego.

—La madre de mi tatarabuela descubrió una manera de extraeros un poco de sangre y partes de vuestros tejidos para copiar el proceso de crecimiento en macetas controladas. Sin embargo, eso provocó avaricia y más demanda. —Alarga un brazo para tocarme el hombro—. Para ser honesta, no creo que supiera de verdad lo que hacía. La mujer pensó que estaba resolviendo un problema, pero solamente causó más.

Aprieto los dientes y no digo nada. ¿Qué puedo decir?

—Lo que descubrió, con el tiempo, es que hay una belle en cada generación cuya sangre es más fuerte que la del resto —continúa.

—Yo —intervengo, y ella parpadea sorprendida—. Arabella.

—Sí. Vosotras sois el éter, como lo llamamos las guardianas. O, como lo denominaba de pequeña, la rosa eterna.

La crueldad de Sophia de poner nuestro nombre a su prisión se evidencia de nuevo.

—Así no es cómo va la historia.

—Jamás lo es.

Hace una pausa y se acerca un poco más al fuego que crepita en la chimenea. Sus ojos observan las indómitas llamas.

—Este mundo no merece las belles —chillo, me pongo en pie y empiezo a caminar por la habitación.

—Es normal que estés enfadada.

Se pone de pie y alarga una mano, pero rehúso su contacto.

—¿Enfadada? Esta palabra se queda corta para describir cómo me siento. —Se me tensan los músculos y cierro los puños. Quiero tirar por el suelo todos los sombreros de las perchas y reventar todos los globos mensajeros hasta que caigan al suelo—. Sophia tiene a Ámbar, Edel, Ivy y a todas las otras belles sobre las cuales nos mentiste, como Delphine. Y Valerie está muerta.

Du Barry se estremece, se lleva la mano al corazón y trastabilla hacia atrás hasta caer en su butaca.

—¿Qué?

—Ya me has oído. Se ha ido. Sophia la desangró hasta matarla y Valerie no pudo soportarlo más.

Du Barry se sujeta la cabeza entre las manos.

—Lo lamento muchísimo.

—No entiendo por qué ha pasado todo esto, cómo puede ser que el mundo nos trate así. ¿Cómo pudiste mentirnos una y otra vez, sin parar?

—Tienes que entender el valor de la belleza y cómo genera carencias en el mundo. La carencia es una debilidad. La belleza es poder. Crea necesidad y deseo y exigencia. No tenerla crea un mercado. —Du Barry me mira, tiene los ojos vidriosos y las mejillas surcadas de lágrimas—. Jamás podré lamentarlo lo bastante.

—He oído demasiadas disculpas y ninguna de ellas cambia nada.

Un reloj de arena gira en la repisa de la chimenea. Un largo silencio se instala entre nosotras. Parece que ya no queda nada más por decir. Al final, Du Barry se aclara la garganta.

—Tu carruaje imperial volverá a recogerte para llevarte con ella —me informa, toda responsabilidades. Este tono sí que lo reconozco—. Es hora de prepararse.

Es hora de enfrentarse a Sophia.

—Esto ha llegado un poco antes que tú. Lady Arane mandó hacerlo —dice Du Barry y me enseña una cajita que lleva en la mano mientras yo estoy ante el espejo—. No sé cómo lo han metido dentro de esto tan diminuto. No es más grande que una sombrerera.

Me la ofrece y la abro, aparto una tarjeta que hay encima del suave papel de regalo. Indica: *Tira de la cinta y espera que el vestido se revele a sí mismo.*

—¿De dónde ha sacado esto Lady Arane? —pregunto.

—De la tienda de al lado: marchande de modes lili. Es muy popular en esta calle.

Quito el papel que cubre el vestido y revelo una gruesa cinta de terciopelo rojo. Tiro de ella. La caja se aplana y yo pego un salto hacia atrás, sorprendida.

Ráfagas de tela dorada y turquesa se despliegan, surgen como olas del océano. Lentejuelas brillantes recubren la tela como si fueran escamas. Empieza a ponerse derecho. Una hilera de lazos negros y blancos puntean el centro del canesú ajustado. El cuello se hunde en forma de corazón con un trabajo de pedrería de color champán y una cola elegante. La falda combina distintos colores y jaulas de oro diminutas aparecen también. Finalmente, un sombrero enorme a conjunto surge encima de todo.

Ahogo una exclamación y doy una vuelta a su alrededor al tiempo que toco los acabados.

—¡Es perfecto! Sophia estará intrigadísima.

Los dragoncitos de peluche animado revolotean por el vestido.

—Hay un compartimento en el polisón para que puedas viajar sin mucho equipaje. Inspeccionarán cualquier bulto que lleves y tu identidad será revelada rápidamente. —Me muestra un pequeño espacio casi del tamaño de mi cartera.

La ayudante de Du Barry silba para atraer la atención de los dragones y los lleva hacia una palangana pequeña para limpiarles el hollín de la chimenea que se ha pegado a sus escamas.

—¿Quieres que les vuelva a poner los collares? —me pregunta.

—No, gracias —respondo.

—Prepárale también el velo, Mia —ordena Du Barry.

—No lo necesito —digo con confianza al tiempo que me yergo.

—Te reconocerá.

—No, no lo hará —replico. No puedo contarle lo de los glamures. Edel no me perdonaría jamás que compartiera su descubrimiento con la mujer que nos mintió durante toda nuestra vida—. Por favor, confía en mí.

—Debes llevártelo, solo para no correr peligro. Es una nueva moda a la que llaman piel de encaje. —Sujeta un trozo de encaje que tiene la forma de los contornos de un rostro y lo restriega contra mi piel. El delgado material negro se esparce por mis mejillas y baja por mi cuello como el intrincado glaseado de una tarta—. Ahora todas las damas de la corte lo llevan, así se protegen de la mirada de Sophia y esconden su belleza durante tanto tiempo como pueden.

La asistenta de Du Barry coloca con cautela a cada uno de los dragoncitos de peluche animado dentro de su jaula en mi vestido. Roen los barrotes, hipan fuego y pegan pisotones en señal de protesta.

Tañe una campana.

—Es la hora. —Me mira con ansia y me toca la mejilla—. Estás extraordinaria. Si no nos volvemos a ver de nuevo nunca más, quiero que sepas lo muchísimo que te quiero. —Se le rompe la voz y se aclara la garganta—. No pierdas de vista al enemigo real.

—¿Qué se supone que significa eso? —pregunto.

—Sophia es una enemiga porque te hizo daño, nos hizo daño a todos. Pero el enemigo real está dentro de todos y cada uno de los ciudadanos de Orleans. Cortarle la cabeza a Sophia (y créeme, me encantaría verla expuesta en toda su gloria en la Plaza Real de Trianon) no servirá de nada, porque otra cabeza la sustituirá. Cíñete al plan. Debes ser un susurro en un prado que se convierta en un rugido justo antes de que ella pueda notarlo. —Me besa la frente como hacía cuando éramos pequeñas y sacábamos buenas notas. La calidez de sus labios es la misma que entonces—. Espero volver a verte.

Me coloca la invitación imperial oficial en la mano; ese papel contiene la promesa y el peligro.

El palacio está inundado de luz y el cielo que lo corona está lleno de copos de nieve y de hermosos globos mensajeros que se dirigen a la Azotea del Observatorio para llevar regalos para la nueva reina. Sonrío por primera vez en semanas al pensar que las Damas de Hierro y Charlotte pronto harán el mismo recorrido.

Los cortesanos salen de carruajes dorados que se detienen en el punto de control del palacio. Los borrachos trastabillan llenos de emoción y se agarran a los restos de las casas de golosinas y a las copas de champán vacías. Cantan los buenos deseos tradicionales y se desean lo mejor unos a otros. Gritan sus nombres, cuyas sílabas se difunden junto con improperios y más emoción.

Me uno a la multitud. Un destacamento de guardias imperiales recoge invitaciones y comprueban un rollo de pergamino. Dejan entrar a algunos cortesanos y dejan fuera a otros.

Camino hacia delante y ofrezco mi papel a un guardia.

—Corinne Sauveterre.

—Hay una estrella junto a su nombre —comenta un guardia.

—La reina la ha estado esperando buena parte de la noche —responde el otro—. Debemos hacerla pasar antes que al resto y mandar el aviso.

Un globo mensajero dorado surge del edificio del punto de control. Su cinta restalla y ondea con el viento. Me pregunto qué dice la nota que hay en su interior. Si se creyó la oferta de un regalo de parte de Auguste. Si está emocionada por conocer a Corinne Sauveterre, comerciante de dragones de primera clase, venida para que ella escoja los dragones para su inminente coronación.

Mi corazón se estremece bajo las costillas. Los dragoncitos de peluche animado protestan en sus nuevas jaulas, sus alas baten contra los barrotes; están enfadados por ese atropello.

Los guardias me dirigen hacia los terrenos del palacio. El laberinto de arte topiario ahora es un jardín de flores que parecen joyas: rosas con pétalos de rubíes y tallos de esmeralda. Los dirigibles de perfume producen ruidos de aerosol al sobrevolar por las flores falsas. Globos mensajeros de cotilleos negros acechan los jardines como si los hubieran calibrado para encontrar información y sonsacar historias de los rincones oscuros. Los ríos del palacio están repletos de botes de periodistas. Mandan flotas de globos mensajeros de historias hacia la entrada como si fueran una bandada de pájaros azul marino. Un dirigible de noticias entra y sale de los torreones del palacio ondeando pancartas con los buenos deseos para el nuevo año.

Todo cuanto quiero hacer es sacar los mapas de Rémy y dejar que la tinta revele dónde están las mazmorras. Todo cuanto quiero hacer es asegurarme de ponerlo a salvo y, entonces, a primera hora de la mañana, ir a la Azotea del Observatorio para cerciorarme de que las Damas de Hierro y Charlotte han llegado sin ser detectadas. Todo cuanto quiero hacer es ejecutar el plan sin problemas.

Camino hasta el recibidor, que ha sido transformado en una casa de fieras. Jaulas doradas descienden de los techos altos, hechas de porcelana y rematadas de oro, y contienen todos los animalitos de peluche animado que uno pudiera imaginar. Hay un unicornio con corbata. Una manada de lobos lleva lacitos diminutos en el pelaje. Una pecera del tamaño de una pared contiene pececitos de peluche animado, donde un narval pequeño persigue a un tiburoncito de peluche animado. Una familia de pingüinos de peluche animado corretea de aquí para allá con un huevo.

Una oleada de recuerdos me sigue hasta el vestíbulo de la entrada principal y me transporta de vuelta a la noche en que Ámbar fue declarada la favorita. Sillas de respaldo alto flanquean la larga alfombra. Los visitantes llevan monóculos y se presionan catalejos contra los ojos y sujetan trompetillas auditivas. La luz se abre paso a través del techo de cristal; algunas hebras de luz se cruzan en mi camino y crean un tapiz de naranjas y oros.

Entramos en la sala del trono y me quedo petrificada por la sorpresa, siento los pies pesados y de plomo.

Sophia está justo delante, en su trono, cantando a pleno pulmón sin afinar una sola nota, lleva el pelo largo y rubio peinado hacia arriba y repleto de cisnes de peluche animado. Sus damas de honor la rodean. Tienen el mismo aspecto que hace semanas, cuando yo estaba aquí. Gabrielle, la que está más cerca de todas, con su preciosa piel morena y oscura, rica y cubierta de purpurina; una chica nueva con el color de la tierra negra, la que ha reemplazado a Claudine, hace carantoñas a un perezoso de peluche animado, y la pequeña Henrietta-Marie tiene la nariz hundida en un libro.

Verlas me llena de rabia. Las arcanas se despiertan en mi interior, cada don es un rizo vibrante y pequeño que se funde en mi ira, que se cuece a fuego lento. No estoy segura de poder contenerla. El sudor me perla la frente y empapa la piel de encaje que Du Barry ha colocado encima de mi rostro. Con cada bocanada que doy, la cólera burbujea y se agarra a mi garganta, lista para escapar por mi boca.

El nuevo estandarte con el emblema real de Sophia cuelga orgulloso del techo. Sus damas de honor están acomodadas sobre cojines a sus pies, la observan y la adulan. Los cortesanos chillan lisonjas, desesperados por conseguir su atención.

La sala es un caos. Concentro mi atención hacia delante, sin apartar la vista de Sophia, deseando que cada mirada pudiera dejar quemaduras por su piel de porcelana blanca.

Avanzo. A cada paso que doy uso mis arcanas para crear el glamur. Un dolor frío se aferra a mi espinazo. Profundizo el moreno de mi piel, me estiro una poco para ser más alta y oscurezco mi pelo.

El sabor de la sangre me recubre la lengua, oxidado, metálico y afilado. Espero poder ser capaz de evitar que me sangre la nariz.

Un asistente saca un megáfono de su chaqueta.

—Permitidme que os presente a Lady Corinne Sauveterre, hija de Alexandra y Guillaume Sauveterre, de la Casa de Reptiles Raros de las Islas Áureas —anuncia el asistente—. Os ha traído regalos de vuestro prometido, Auguste Fabry, de la Casa Rouen.

Los dragoncitos de peluche animado hipan fuego desde mi vestido. Sophia se da cuenta y pega un grito. Alcanzo la plataforma del trono, mi cólera amenaza con consumirme mientras me acerco cada vez más a ella.

Sophia baja las escaleras corriendo, sus animalitos de peluche animado favoritos corren detrás de sus talones.

—Su Majestad —saludo intentando que mi voz suene más grave al tiempo que hago una reverencia mientras ella se me acerca.

—Bienvenida a mi corte —responde Sophia, luego se vuelve hacia sus damas de honor—. Señoras, esta es nuestra nueva invitada. Me ha traído dragones.

Hago otra reverencia hacia sus damas.

—Esta es Gabrielle, Señora de Todas las Cosas, una princesa *du sang* y mi mejor amiga —presenta—. Ella es Rachelle, mi nueva Señora de los Vestidos, para reemplazar la desafortunada pérdida de mi amiga Claudine de Bissay.

Todas inclinan sus cabezas con falsa simpatía.

—Y mi pequeña Henrietta-Marie, Señora de las Joyas —añade.

Henrietta-Marie no levanta la vista de su libro.

—Es un placer conocerlas a todas —respondo.

Gabrielle me mira con mucho interés, como si me evaluara.

—¡Pero mirad estos dragones! —exclama Sophia con entusiasmo mientras se inclina adelante hacia una de las jaulas para intentar acariciar a mi pequeña Or dorada; sin embargo, la dragona esquiva los dedos de Sophia; Zo, su elefanta, patalea hacia mí y empuja mi falda con su trompa diminuta. Lanza chillidos de júbilo—. Deja que te vea —me exige Sophia, de cara a mí.

—Por supuesto, Su Majestad. Como deseéis. —Me quito del rostro la piel de encaje que me ha dado Du Barry.

Mi corazón se desboca en mi pecho cuando posa su mirada en mí y me analiza; sus extraños ojos del color del arcoíris están llenos de curiosidad, como un gatito de peluche animado que husmea por una habitación en busca de un ratón. ¿Quién se encarga ahora de su tratamiento de belleza, y en cuán absurdo se ha convertido?

—¿Nos conocemos? —pregunta.

—No, Su Majestad. Todavía no había tenido el placer de venir a la corte, hasta hoy.

Hago una reverencia.

—Eres una belleza —afirma.

La multitud aplaude.

—Aunque jamás tan bella como vos —añado; eso me hace ganar una sonrisa suya.

Se pone colorada.

—Por supuesto.

Zo hace un ruidito a mis pies y yo intento no sobresaltarme.

—Ay, Zo es muy amistosa —explica Sophia, mirando con ternura a la pequeña elefantita—. Y parece que ya le has gustado. —Sus ojos vuelven a posarse en mí, me inspeccionan centímetro a centímetro—. Lo que considero de buen agüero para nuestra potencial relación comercial.

Singe da una vueltecita a mi alrededor, pero mantiene la distancia.

—Me darás todos esos gloriosos dragoncitos de peluche animado, ¿verdad? Eso es lo que me dijo Auguste. Mi prometido me conoce tan bien... —Su mirada se fija en los dragones—. ¿Viste las horripilantes noticias acerca de la pérdida de mis otros dragoncitos? Ocurrió hace una semana más o menos.

—Sí. Fue de lo más desafortunado —replico con falsa simpatía.

—Tal como dices. De lo más desafortunado. En cuanto atrapemos a la persona responsable, me aseguraré de que desee no haber nacido. —Se detiene para pasear la mirada por el grupo de cortesanos—. Aunque Perla, Zafiro y Jet serán recordados para siempre, debo reemplazarlos. Se rumoreaba que la diosa del amor tenía dragones, de modo que yo debo tenerlos a todos y también cualquier otro que estés criando en estos momentos.

—No acaba de funcionar así —digo con voz tranquila.

La corte se exclama.

—¿Qué significa eso?

Enarca sus pálidas cejas con sorpresa.

—De no estar presente en su nacimiento, mi raza de dragoncitos de peluche animado debe escoger a su propietario. Deben considerar digna a la persona. Veréis, son criaturas muy nobles. Extremadamente raras. Se dice que todos los dragones provienen del vientre de la diosa del amor. Su afecto, su lealtad y su disposición reflejan exactamente lo que debería ser el amor.

La multitud se exclama.

Sophia frunce el ceño.

—Yo soy una reina. Nací merecedora y digna. Mi linaje y mi línea de sangre así lo aseguran.

—Por supuesto —coincido y añado una pequeña reverencia para evitar que vea mi furia—. Pero los dragones darán su opinión.

Mis palabras crepitan y chisporrotean en la habitación enmudecida.

Sus ojos de arcoíris me fulminan. El sudor empieza a manar de mi piel, frío y húmedo. Tal vez he ido demasiado lejos, he dicho demasiado. Trago saliva e intento aguantar el glamur. Una punzada de dolor germina en mis sienes. El sabor de la sal llena mi boca. Mi nariz empezará a sangrar en cualquier momento.

—Me gustan los retos —espeta alargando una mano para llegar a la cola dorada de Or. La dragona se deja acariciar y luego se acurruca de nuevo en un rincón de la jaula—. Siempre gano.

—Lleváis la bendición del dios de la suerte; veremos qué dragón os escoge.

Se queda con la boca abierta, pero la cierra y esboza una risita.

—Hasta entonces, te quedarás aquí como mi invitada de honor. —Hace un ademán hacia un miembro del servicio para que se acerque—. Preparad los aposentos de invitados del ala este.

—Disculpadme, Su Majestad, no quisiera cuestionar vuestra hospitalidad, pero debo estar en los aposentos que queden más cerca de los vuestros. Mi raza de dragoncitos de peluche animado debe aclimatarse a vuestro aroma. Forjar vínculos, si así lo preferís. Para que uno o dos puedan conectar. —Dejo que una sonrisa astuta juegue en mis labios con la esperanza de que muerda el anzuelo y me ponga en los aposentos de Charlotte.

Se le abren mucho los ojos.

—Quiero que me amen todos, así que, sí, que se haga todo lo que sea necesario. Estoy preparada para darte todas las leas que jamás pudieras desear, y las espintrias también, si las prefieres. —Se vuelve hacia otro miembro del servicio—. Dadle la habitación de mi amada y queridísima difunta hermana.

Los cortesanos empiezan a abanicarse con vehemencia cuando una ráfaga de calor de la estación cálida irrumpe en la habitación.

—No podría instalarme en los aposentos de la princesa Charlotte. No soy de noble cuna. ¿No sería inapropiado?

—Ha muerto. —La mentira surge sin esfuerzo de sus labios rosados—. Mañana al atardecer, presentaré su cuerpo y la lloraremos oficialmente. No puedo ser reina hasta que ella sea enviada a la vida de ultratumba con mi maman. —Se coloca dos dedos sobre el corazón en señal de respeto para con los muertos. La sala al completo la imita—. He mandado construir un pabellón en su honor en los terrenos del palacio. Es mi deseo que tú y los dragoncitos de peluche animado estéis tan cerca como sea posible. Yo establezco las normas y yo puedo romperlas.

Asiento y hago una reverencia.

—Como deseéis.

—Lo hago, lo hago.

Me toma las manos y noto que las suyas están pegajosas y temblorosas. Intento no estremecerme ni apartarlas. Su aroma de agua de rosas me produce una maraña de repulsión y rabia que me recorre entera y me dificulta aguantar mi glamur.

—Te sangra la nariz.

Me ofrece su propio pañuelo personal bordado con sus iniciales y el emblema de la Casa de Orleans.

Me seco rápidamente la nariz, las motas de sangre empapan la cara tela.

—La estación fría y el viaje me han dejado exhausta.

—Debes descansar. El baile de la Coronación y Ascensión empieza pasado mañana, debes asistir como mi invitada de honor. Puedes ponerte uno de mis últimos trajes *vivant*. —Se vuelve hacia otro miembro del servicio—. Asegúrate de que está bien instalada y de que todas sus necesidades quedan satisfechas.

—Sois de lo más gentil —respondo.

—Y tú de lo más bienvenida a mi corte.

Hago una reverencia.

Un asistente avanza corriendo con una carta sellada.

—Su Majestad, esto acaba de llegar.

Sophia coge el sobre de malas maneras.

Me yergo y veo las palabras *Áureas* y *Charlotte* y *vista* antes de que Sophia rompa la nota.

—Tengo que excusarme —anuncia Sophia antes de salir a toda velocidad.

Siento que el corazón me late desbocado en la garganta.

Debo avisarles.

Una sirvienta de Sophia me conduce por el pasillo que tan bien conozco hacia los antiguos aposentos de Charlotte. La purpurina de los farolillos nocturnos y el aroma de flores frescas de la estación fría y los sonidos de risas cercanas me arrojan de vuelta a mi pasado. Recuerdos de la noche en que huimos me hostigan como pesadillas a cada paso que doy. Rémy cargando con Ámbar. El baúl de Arabella y los huevos de dragón. Tengo la sensación de que todo eso tuvo lugar hace una eternidad y, al mismo tiempo, de que fue ayer mismo. Esos recuerdos se arremolinan en mi mente al son del miedo.

Tengo que encontrar a Rémy. Tengo que encontrar a Arabella. Tengo que encontrar la manera de llegar hasta la Azotea del Observatorio a primera hora de la mañana. Temblores de cansancio me recorren entera y el dolor de aguantar el glamur hace que más sangre vuelva a manar de mi nariz. La enjugo tan bien como puedo, pero mancha la pechera de mi vestido.

La sirvienta se detiene ante el par de puertas de los aposentos. Ahora el emblema real de Charlotte ha desaparecido, la madera está desnuda, la presencia de la princesa ha sido borrada. Globos de luto muestran retratos de la «difunta» princesa y su emblema real. Llevan cajas de sonido diminutas que susurran llantos y lamentos cada pocos minutos.

—¿Se encuentra usted bien, mi señora? —pregunta la sirvienta.

—Solo estoy cansada.

—Hora de descansar.

Me lleva hasta el vestíbulo, donde espera de rodillas otra sirvienta.

—Lady Corinne, dejo que se vaya familiarizando con sus aposentos y el servicio que se le ha asignado mientras se hospede con nosotros. —Se gira sobre sus talones antes de que yo tenga tiempo de responder y sale de la habitación.

—Buenas noches —saluda la sirvienta mientras se pone en pie—. ¡Que tenga un dulce año nuevo!

Su voz desata un escalofrío que me recorre la piel y aviva los recuerdos de Bree que tenía bien enterrados en mi interior. Es como agitar una bola de nieve.

—El tuyo también —respondo—. ¿Cómo te llamas?

Su coleta es una cinta de miel que baja por su espalda. Empiezo a preguntarle si ya nos hemos visto a antes, pero se supone que esta es la primera vez que estoy en la corte.

La sirvienta levanta la mirada. Tiene los ojos grandes y rasgados, y la piel moteada de pecas en forma de estrella. Parece una muñeca de un escaparate de una tienda de Trianon.

Coloca una bandeja sobre la mesa. Una tetera, una taza y un plato de dulces descansan encima de un montón de periódicos y revistas.

—He pensado que quizá querría leer un poco... y hay una nota. —Su voz baja una octava.

El corazón se desboca en mi pecho.

—Los aposentos de la reina están muy cerca. Con suerte, lo bastante cerca para que los dragoncitos de peluche animado se familiaricen con su aroma.

La sirvienta inicia entonces una explicación detallada de todas las cosas que encontraré en estos lujosos aposentos y me muestra pasillos que ya conozco. Ya no me importa nada de esto.

Asiento a la entusiasta mujer, intento fingir que me intereso, intento no echar a correr directa en busca de Rémy. El aroma de Charlotte pervive a pesar de los dirigibles de perfume que flotan por las estancias. Hace solo unos días, el techo estaba repleto de farolillos curativos cerúleos y su cuerpo dormido reposaba en una cama con dosel.

—Los baños onsen están al final del pasillo izquierdo —indica—. Y hay una pequeña biblioteca a la derecha.

Dirijo la mirada hacia la oscuridad de esos pasillos y pienso en Rémy y Arabella, ambos encerrados en algún lugar de este inmenso palacio. Tan cerca y a la vez tan lejos.

—Su Majestad tiene...

Otro reguero de sangre se escapa de mi nariz.

—Gracias. Tendría que echarme y poner a mis dragoncitos de peluche animado a dormir —digo interrumpiéndola.

—Uy, sí, por supuesto. Lo siento. —Hace una reverencia—. ¿Necesita ayuda adicional?

—No —respondo, más seca de lo que pretendía—. Solamente estoy cansada por el viaje.

—Entendido. —Asiente y se va.

Dejo que desaparezca el glamur y libero a los dragoncitos de peluche animado de sus jaulas del vestido. Todos extienden las alas con entusiasmo, inspeccionan la habitación y luego se instalan en la percha que hay en el dosel de la cama. Fantôme y Eau se duermen enseguida.

Hundo la mano en el bolsillo del vestido y extraigo el frasquito de veneno, que coloco en el tocador antes de quitarme el voluminoso atuendo. Tomo también el libro belle de Arabella, los mapas de Rémy, los tarros con las sanguijuelas y la cajita con las lentes oculares.

A pesar del cansancio, me precipito al escritorio de los aposentos y encuentro pergamino y tinta.

Escribo a Padma:

P.:

> *Sabe que Charlotte está viva. La han visto en las Islas Áureas.*
> *Emprended el vuelo lo antes posible.*
> *Te quiere,*
>
> *C*

Silbo para que Poivre se me acerque y le doy una de las sanguijuelas de Padma para que se la coma.

—Encuéntrala. Eres el más rápido.

Abro una ventana y miro hacia los terrenos del palacio. El río del Palacio Áureo está lleno de botes de periodistas y cortesanos joviales que cantan, ríen y beben champán sin parar.

Hago salir al dragoncito de peluche animado.

Desaparece entre la masa de farolillos para pedir deseos y globos mensajeros que flotan por el cielo. Me vuelvo hacia los mapas de Rémy. Casi susurran cuando paso las páginas y espero que la tinta se quede quieta. Paso los dedos por los dibujos a medida que van revelando cada ala y sus distintos aposentos. Se me cierran los ojos de sueño, pero intento concentrarme y buscar la Azotea del Observatorio y las mazmorras; tengo el corazón dividido: no sé qué hacer primero. Debo encontrar la mejor manera de llegar a la azotea mañana para asegurarme de que Charlotte y el resto puedan entrar por ahí. Si mi plan no funciona, no tendrán modo de hacerlo. Sin embargo, Rémy está siendo torturado en algún lugar de este palacio.

Doy vueltas por la habitación. Me tiemblan las manos a ambos costados. La indecisión es un terremoto en mi interior. Si encuentro primero a Rémy, él puede ayudarme a conseguir que las Damas de Hierro puedan entrar.

Se me encoge el corazón y me da la respuesta a mi pregunta.

Tengo que encontrarlo, luego iré a la azotea.

Busco por los mapas hasta que las mazmorras se muestran bajo la sala de recepciones.

Saco a Or de su percha.

—Necesito que me ayudes. —Bosteza, pero se despereza. Tomo la última de las sanguijuelas de Rémy y sujeto entre los dedos la criatura, que se retuerce. Esta es mi última conexión para encontrarlo—. Tenemos que descubrir dónde está, amiguita. No dejes que esta apuesta se vaya al traste.

Saco de nuevo mi capa y la piel de encaje, y cojo un farolillo nocturno por sus cintas. Escucho los ruidos del servicio antes de salir de los aposentos. La adrenalina me empuja, o tal vez es el delirio que me provoca el cansancio.

Or vuela en círculos por encima de mi cabeza.

—Por aquí, chica.

La dragoncita de peluche animado duda.

—Se sale por aquí.

Sus grandes ojos adquieren el tamaño de cuentas de cristal.

—¿Por qué estás tan confusa? Yo te llevaré hasta las mazmorras y luego tú guiarás a partir de allí.

Silbo. Finalmente me hace caso y vuela por el corredor.

Saco el mapa y emprendo mi camino desde los aposentos del palacio hasta la sala de recepciones. Farolillos de araña enjoyados contienen velas escarchadas. Frescos animados van cambiando y proyectan retratos de reinas y reyes, diosas y dioses. Antes me encantaba todo lo que contenía el palacio: los ajetreados y hermosos miembros de la corte que se dirigían a las salas de juegos o a los salones de té, el aroma de dulces que escapaba de los carritos dorados de los vendedores reales, el lujoso mobiliario que se desplegaba en todas las estancias...

Pero ahora lo veo como realmente es: un precioso caparazón que esconde podredumbre.

Camino a hurtadillas por los salones, me escondo cuando pasan guardias patrullando o cortesanos que van de aquí para allá buscando las salidas hacia los muelles del río del Palacio Áureo o la casa de carruajes. Or sobrevuela por encima de mí, a veces da media vuelta si quiere volver al lugar de donde venimos. Le indico que se mueva hacia delante.

Árboles de crisantemo de la estación fría crecen en las entrañas del ala del palacio, sus ramas casi me encuentran cuando echo a correr por los paseos dorados de un extremo del palacio a otro. Carros vacíos se deslizan por los cables enrejados. Bajo corriendo un inmenso tramo de escaleras y giro a la izquierda cuando llego a la fuente de la entrada; monedas de leas brillantes abarrotan el fondo como estrellas ahogadas. Casi sería algo tranquilizador que calmaría el errático latido de mi corazón si no estuviera tan aterrorizada.

Unos pasos perturban la quietud. Las puertas de la sala de recepciones se abren de golpe cuando paso a su lado.

Entro en pánico y busco un rincón oscuro donde esconderme.

Los sirvientes llevan un palanquín con Sophia echada sobre los almohadones. Su pelo cuelga en un nido enmarañado; se le ha corrido el pintalabios rojo por toda la boca. Su monito de peluche animado, Singe, le acaricia la mejilla. Los pesados aromas del exceso de champán y perfume se perciben al pasar ella.

Zo trota detrás de la pequeña procesión e intenta ponerse a la misma altura del palanquín. El animal en miniatura se detiene, me ve y gira el cuello. Me hundo más en mi escondrijo, pero ella avanza y pone sus patitas en mi camisón. Luce una diminuta corona enjoyada que va a conjunto con la de Sophia. Lleva las uñas de las patas traseras pintadas de un color morado brillante. Olisquea mi vestido con su diminuta trompa gris y siento el desbocado latido de su corazón contra mi pierna cuando intenta trepar por ella.

Intento ahuyentarla.

—Vete de una vez.

Or susurra a Zo, pero ella no se amilana. Al contrario, pasea su trompa viscosa por mi muñeca y olisquea el ungüento perfumado que llevo.

La aparto y pierdo las cintas de mi farolillo nocturno. Se me escapa.

Uno de los guardias imperiales chilla:

—¿Quién anda ahí?

Vuelvo a mirar el mapa y me precipito hacia el pasillo más cercano. Zo marcha detrás de mí y va profiriendo su ruidito de trompeta como si fuera una alerta.

Los guardias se detienen con el palanquín de Sophia sobre sus hombros.

Ya está. Me van a atrapar y todo por la ridícula obsesión de Sophia con los animalitos de peluche animado.

—¡Chist! ¡Vete!

Los ruidos de trompeta de Zo aumentan, amenazan con atraer hacia mí a la guardia imperial al completo.

—Id a buscar a mi estimada —grita Sophia, tiene la voz espesa y lenta por el champán—. ¡Hacedlo ahora!

Echo la vista atrás por el pasillo. Sophia pega un bofetón en el rostro del guardia que le queda más cerca, luego le escupe en la cabeza. La repulsión se arremolina en mi estómago. El deseo de herir a Sophia explota en mi interior. Su malvado y sádico rostro aparece en mi mente como si fuera el noticiario en un televisor.

Su risa.

Su sonrisa.

Su voz.

Pienso en estrujarle la cabeza hasta que se le reviente, la mano hasta que se le rompa y el corazón hasta que se le detenga.

No veo nada más que ella.

No oigo nada más que su risa.

No siento nada más que el dolor que viví cuando ella me rompió la mano.

La cólera se agita en mi corazón.

Lágrimas de rabia llueven por mis mejillas.

Se me nubla la vista. La piel se me calienta. Mi cuerpo se prepara para usar las arcanas. No puedo ponerle freno. Hojeo febril los mapas de Rémy, mis lágrimas empapan el pergamino mientras intento ver los diagramas dibujados con tinta. Me esfuerzo por encontrar la entrada a las mazmorras mientras corro hacia delante.

Zo me pisa los talones, me persigue como si esto fuera un juego.

Los chillidos agudos de Sophia me golpean a oleadas como si vociferara a los guardias. Los diminutos latidos del corazón de Zo me llenan los oídos como el aleteo de las alas de un colibrí, seguido por el ruido de la sangre corriendo por su cuerpecito. Me hundo en el suelo ante la entrada a las mazmorras. El calor de mis manos, el retumbar de mi corazón y los movimientos de mi sangre provocan el caos en mi estómago.

Zo se me sube al regazo.

—Vete. Vete. Te lo ruego. —Mi cantinela me envuelve como un torno de banco. Cierro los ojos con fuerza. La jaqueca se aferra a mis sienes. Me arden las mejillas.

Disminuyo el ritmo del corazón de Zo.

No puedo parar. Me caigo hacia delante sin aliento.

Zo yace de espaldas, con los ojos abiertos y el corazón inmóvil.

Una mano me sacude el hombro. La sirvienta de antes me mira desde arriba.

—Mi señora... —Un par de ojos conocidos me devuelven la mirada, pero todavía no puedo ubicarlos.

La mujer me saca la elefantita diminuta del regazo y la aparta a un lado, luego me ayuda a levantarme.

—¿Qué hace aquí? Fui a sus aposentos para asegurarme de que no tenía necesidad de nada antes de irse a la cama. La seguí.

—Ha sido un accidente —jadeo. La verdad me sale a borbotones—: Estaba buscando a mi amigo y la elefantita...

—La reina no guarda sus posesiones más importantes en las mazmorras. Es demasiado fácil sacarlas de ahí.

Busco sus ojos.

—¿Quién eres?

—Confíe en su dragona. Él ha sido trasladado.

Levanta el diminuto cuerpo sin vida de Zo, se lo coloca bajo el brazo y se va dejándome donde estoy.

Observo a Or mientras revolotea por encima de mi cabeza y esquiva los globos mensajeros de la coronación de color caramelo y coral. Nos dirigimos de vuelta al lugar de donde veníamos: los aposentos reales. Corro detrás de ella con la mano en la daga de Rémy; las arcanas susurran justo bajo mi piel y tengo el valor y el coraje listos para ayudarme a hacer lo que haga falta para encontrarlo. ¿Qué ha querido decir la sirvienta cuando me ha susurrado que sería demasiado fácil sacarlo de la mazmorra? ¿Realmente es tan simple entrar en esta fortaleza? Y, si no está ahí, ¿dónde está Rémy?

Las preguntas retumban en mi interior al son de mis pasos.

Me sangra la nariz y enjugo la sangre sin pararme para hacerlo. Mis arcanas cosquillean en el interior de mis venas, dolorosas y como nada que yo hubiera sentido antes. Tal vez una señal de posibles problemas. Nos precipitamos escaleras arriba de nuevo y cruzamos pasillos dorados. Sin embargo, en cuanto entramos en el ala real, Or gira a la izquierda, alejándose de los aposentos y bajando por otro largo pasillo.

—¿Por qué vamos por aquí? —le pregunto deseando que pudiera contestarme.

Las preocupaciones retumban en mi interior, se amontonan unas encima de otras. ¿Se han echado a perder las sanguijuelas? ¿Or está confundida? ¿Por qué me lleva hacia esta dirección?

Mi agotamiento me hace imposible pensar y mi nariz empieza a sangrar de nuevo. Sé que tengo que descansar y estabilizar las arcanas. He hecho demasiado.

Or se detiene delante del taller de Sophia. El emblema de ruedas dentadas y herramientas y crisantemos de la Casa de los Inventores brilla en la oscuridad.

Doy un hondo suspiro y abro la puerta. Un guardia dormido está roncando en su puesto, tiene dos botellas de champán a los pies y unos cuantos dulces de año nuevo espachurrados sobre el pecho. Paso de puntillas cerca de su lado.

La habitación contiene todavía más cosas que la última vez que estuve en ella. La luz de la luna se filtra por el techo de cristal, brilla y proyecta un fulgor tenue en el espacio. Hay pizarras de belleza en caballetes y esparcidas por el suelo a los pies de una mesa de tratamiento. Ahora todas las paredes exponen una colección de retratos de sangre. Dichos retratos cambian y mutan junto con el ruido de la sangre que corre por unos conductos de latón.

Or se lanza hacia delante y se queda sobrevolando ante la puerta de un armario.

Suelto el único farolillo nocturno que hay en un gancho.

Or deja marcas de arañazos diminutos en la madera.

Abro la puerta.

Mi corazón da un vuelco al verlo. Rémy está atado, los brazos le penden de sogas y tiene la cabeza hundida hacia delante. Su torso desnudo está cubierto de azotes y marcas: las heridas rezuman sangre, están hinchadas por la infección y huele a carne quemada. El moreno oscuro de su piel está quebrado. Un corte que tiene en los labios gotea sangre y ahora lleva la cabeza rapada y cubierta de heridas.

Corro hacia él.

—Rémy —susurro al tiempo que le sujeto la cabeza.

Se aparta hacia atrás. Uno de sus ojos hinchados se abre tanto como puede.

—Soy yo. —Me quito la máscara de piel de encaje—. Soy Camille.

—¿Has venido a rescatarme? —gruñe.

—Sí. —Lo envuelvo en un abrazo que impregno de alivio.

El chico gruñe, pero deja que su cabeza descanse en el hueco de mi cuello.

—Tenemos que sacarte de aquí. —Me aparto, saco la daga que me regaló y corto las sogas. Su cuerpo se desploma hacia delante, casi se cae al suelo, pero lo agarro a tiempo.

—No puedo dejar a mi familia aquí —murmura.

—No lo haremos. Te lo prometo.

Intento impedir que se me rompa la voz. La quemazón que siento en el estómago arde un poco más. El dolor de verlo así amenaza con consumirme.

Reúno toda mi fuerza y lo ayudo a levantarse.

Salimos trastabillando del armario. Cojo unas telas para hacer vestidos que hay en una mesa cercana y le envuelvo el cuerpo con ellas.

—El guardia está dormido.

Rémy se arrastra hacia delante.

—¿Dónde te hospedas?

—Me dieron los viejos aposentos de Charlotte.

—Entonces deberíamos...

—Esta vez no estás tú al mando —le digo. Mantenerlo en pie me está requiriendo toda la fuerza que tengo. Me agacho y cojo una de las botellas que el guardia tiene a sus pies—. Eres un cortesano borracho que ha perdido su ropa en las salas de juegos, ¿de acuerdo?

Una dolorosa media sonrisa escapa de sus labios.

Or sobrevuela por encima de nuestras cabezas. Rémy intenta levantar la mirada hacia ella.

—Debería haber confiado en ella —murmuro—. Te habría encontrado antes.

Rémy y yo nos deslizamos al lado del guardia que ronca y caminamos sin prisa hasta el pasillo. Aguanto el peso del chico por un lado y finjo que le riño por beber demasiado.

El pasillo está vacío, a excepción de algunos sirvientes que acaban de tener la oportunidad de celebrar un poco esta noche.

Giramos a la izquierda y luego a la derecha.

A Rémy se le debilitan las piernas y respira trabajosamente.

—Ya casi hemos llegado —le digo.

El ruido de pasos delante de nosotros me detiene.

Lo meto en una de las estancias contiguas. Rémy se desploma contra la pared. Observo que tres guardias pasan de largo, a la caza de tres cortesanas. El ruido de los besos retumba y luego se desvanece.

Lo miro con fijeza. Rémy Chevalier, hijo de Christophe Chevalier, soldado condecorado —y ahora caído en desgracia— de la Primera Guardia del Ministerio de Guerra.

—¿Puedes hacerlo? Estamos justo ante las puertas —susurro.

Me gruñe un sí a modo de respuesta.

Lo agarro por la cintura y lo arrastro hasta los aposentos de Charlotte. Lo tumbo en la cama y uso agua de la palangana para limpiarle las quemaduras del pecho: lo han marcado con los emblemas de Sophia. Verlos aviva mi cólera. Rémy hace una mueca cada vez que lo toco.

—¿Qué te han hecho? —pregunto.

—De todo.

Dejo mi mano en su pecho.

Rémy la coge y la besa.

—No te preocupes por mí.

—Estás cubierto de sangre y quemaduras y me dices que no me preocupe. —Presiono un corte que tiene en el hombro.

—He sido entrenado para soportarlo. —Gira la cabeza para evitar el paño mojado—. ¿Qué ha pasado desde que os dejé? ¿Encontrasteis a Charlotte?

Le aguanto la cabeza y continúo enjugando la sangre.

—Sí. ¿Recuerdas esos periódicos que nos conseguiste, *La telaraña?*

Asiente.

—Encontramos a las Damas de Hierro. Bueno, ellas nos encontraron a nosotras. —Decido no contarle la parte relativa al secuestro—. Han estado ayudando a mantener a Charlotte a salvo. Vienen de camino hacia aquí.

—¿Cómo van a entrar?

—Por la Azotea del Observatorio —respondo con orgu-llo—. Vía globos mensajeros.

Se esfuerza por sonreír.

—¿Idea tuya?

—Sí.

—Pero tengo que encontrar el camino hasta la Azotea del Observatorio para poder llegar ahí fácilmente antes de que se alce la estrella de media mañana, y asegurarme de que la puerta que conecta la azotea con el interior está abierta y despejada. Llegarán y esperarán hasta que todo el mundo esté en el baile de la Ascensión para atacar.

Rémy guarda silencio. Intento buscar en sus ojos qué piensa acerca de mi plan.

—¿Qué te parece?

—Es astuto... e inesperado.

Su aliento llena los agujeritos diminutos de duda que hay en mi interior. Intenta sentarse, pero se recuesta sobre las almohadas de nuevo.

—Eso. Quédate quieto.

—¿Cómo has conseguido entrar sin que te reconozca? —pregunta.

—Auguste me mandó a mí y a mis dragoncitos de pelu-che animado como regalos de boda.

Rémy se pone rígido.

Un silencio se instala entre nosotros, el ruido del fuego en la chimenea lo aviva.

—¿Le has visto? —La boca hinchada de Rémy se frunce.

Mi estómago se convierte en un embrollo de nervios.

—Ha estado trabajando con las Damas de Hierro. Les ha proporcionado información y ayuda.

—¿Lo has perdonado? —me pregunta.

—He aceptado su ayuda. Ahora, descansa.

—Ve a abrir esa puerta —me dice, y luego recorre con un dedo tembloroso el perfil de mi rostro—. Te he echado de menos.

—Y yo a ti.

Le acaricio el hombro con el rostro e intento contener la tormenta de lágrimas que pugnan por liberarse y manar de mi pecho.

Me tumbo hasta que su respiración se calma y el chico se duerme y yo sé que se va a poner bien. Sin embargo, antes de que yo pueda volver a salir para encontrar el camino hacia la Azotea del Observatorio, la puerta del dormitorio se abre de golpe.

—Camille —susurra una voz detrás de mí.

Desde la cama, pego un brinco al oír mi nombre. Es la sirvienta de antes. La que se llevó el cuerpo sin vida de Zo.

—Soy yo.

Y en ese momento, por fin reconozco su voz.

—Soy Bree.

Corro hacia ella y la envuelvo entre mis brazos.

—Lo sabía —susurro en su pelo—. Lo supe cuando intentaste enseñarme los aposentos. Tus ojos. Lo he sentido. Pero tenía que mantener mi disfraz.

—No podía decírtelo al principio. No quería alertar a nadie y no pensé que pudiera conseguir mantener la calma y la normalidad —me confiesa—. Pero después de lo que ha pasado con Zo... quería deshacerme primero del cuerpo y asegurarme de que no había ningún peligro.

La estrecho con más fuerza.

—¿Qué te ha pasado? —Le acaricio el pelo, le toco las mejillas y los brazos—. ¿Estás bien? Estaba muy preocupada. Me dijeron que te habían puesto en una caja de inanición.

—Lo hicieron, pero entonces, cuando desapareciste del palacio, Elisabeth Du Barry vino a buscarme y consiguió sacarme de ahí.

—¿Eso hizo? —pregunto; la sorpresa me sacude. ¿Elisabeth Du Barry hizo algo que no la beneficiaba a ella misma?

Rémy tose.

—¿Quién hay ahí? —quiere saber.

—Rémy. —El miedo destella en sus ojos.

—Lo descubrirá.

Le estrecho la mano.

—Ha mandado que haya guardias que lo azoten cada pocas horas. Si descubren que se ha ido, registrarán el palacio al completo para encontrarlo.

—Por eso tenemos que ir rápido —replico—. ¿Sabes dónde puedo encontrar a Arabella? Tengo que verla y luego ir a la Azotea del Observatorio.

Bree parece sorprendida por la pregunta.

—Esto... sí. Está justo en el cuarto de al lado.

—¿Qué? —exclamo.

Miro a Rémy por un resquicio en el dosel de la cama. Duerme con la boca abierta y la sangre que mancha sus vendajes se está secando. De sus heridas ya no mana sangre fresca.

—Se recuperará —asegura Bree—. Correremos las cortinas del dosel. Cualquier sirviente que entre dará por hecho que eres tú. Yo me aseguraré de que él permanezca escondido. Puesto que ahora soy sirvienta de primera, daré órdenes estrictas al resto del servicio de que no te importunen.

Asiento, confío en ella.

Los nudos de presión y pánico aprietan mi cuerpo mientras me coloco de nuevo en el rostro la máscara de piel de encaje que me ha dado Du Barry. Los nervios de ver otra vez a Arabella —de tener ayuda— casi me superan.

—Vamos. Los aposentos están conectados.

Nos deslizamos a través de una red de pasillos de servicio. Contengo la respiración hasta que Bree deja de andar. ¿Qué pasa si Arabella está enferma como Valerie? ¿Qué pasa si es incapaz de ayudarme?

—¿Lista para entrar?

Bree hace un ademán para que avance.

Se me hace un nudo en el estómago.

—¿Dónde estamos?

—Este es uno de los salones de té de Sophia.

—¿Aquí es donde la tiene?

Bree asiente.

Me imagino a una Sophia dormida, desmayada, oliendo a champán, a *macarons* y a flores, y a Arabella obligada a atenderla y aplicarle trabajos de belleza. Bree busca entre sus llaves hasta que encuentra la indicada. La mete en la cerradura y la gira. La puerta se abre. Un escalofrío me recorre el espinazo.

La habitación es diminuta y oscura, solo hay un único farolillo nocturno zumbando por el aire y un pequeño fuego en la chimenea.

—¿Arabella? —susurro.

Bree cierra la puerta detrás de nosotras.

—Tenemos que ir rápido. Una de las sirvientas favoritas y más leales de Su Majestad la vigila.

Asiento y voy de puntillas hacia la cama.

—¿Arabella?

No hay respuesta.

Aparto un poco las cortinas del dosel de la cama. Arabella está ahí tumbada, recostada sobre la almohada. Tiene los brazos y el cuello cubiertos de sanguijuelas, los pequeños animales son de un negro brillante que se convierte en rojo en cuanto se llenan con su sangre y comparten sus proteínas. La tez del rostro de Arabella está arrugada como el pergamino y es tan fina y pálida que todas sus venas son visibles bajo la piel. Su color moreno ha perdido su profundidad y riqueza. El corazón me duele al verla. Es incluso peor de lo que me temía.

Alargo un brazo para rozarla, mi mano duda y la retiro como si la belle fuera una estufa demasiado caliente para tocarla.

—Arabella —la llamo un poco más fuerte.

Se revuelve y abre los ojos de golpe. Se hunde más en las almohadas.

—Soy yo, Camille.

Se seca los ojos.

—Te he estado esperando. Intenté venir a tu encuentro antes, cuando oí que anunciaban que Corinne Sauveterre, la famosa comerciante de dragones de las Islas Áureas, había venido a ver a la inminente nueva reina. Pero nunca me dejan salir de estos aposentos, da igual lo que diga o haga.

—¿Qué ha estado haciendo contigo? —pregunto mientras Bree trae una jarra de agua fresca.

—Extrayéndome sangre hasta el límite para mandarla a la Rosa Eterna... —responde Arabella.

La crueldad del nombre todavía se retuerce como un cuchillo en mis entrañas. Arabella bebe un sorbo de la taza y el agua le gotea por la comisura de los labios.

—Para hacer crecer a más belles.

Suspira y se recuesta de nuevo en la cama al tiempo que aparta el taza. Bree la coge y me lanza una mirada nerviosa, yo le estrecho la mano que tiene libre.

—Hizo lo mismo con Valerie hasta que no le quedó nada. Y ahora está muerta.

Arabella encoge los hombros, como si estas noticias no la sorprendieran ni la molestaran.

—Ha estado experimentando —me cuenta—. Llevó a tus otras hermanas de vuelta a la cárcel después del incendio del Salón de Té de Seda. A todas excepto a Ámbar.

—¿Qué quieres decir? ¿Dónde está ella? —El corazón se me sube por el pecho y amenaza con salir por la boca.

—Está aquí —responde Arabella.

Suelto una exclamación.

—¿En palacio? ¿Cómo? ¿Por qué?

—No lo sé. Pero oí su voz el otro día. Al principio pensé que era una grabación o algo parecido para los noticiarios que Sophia se trae entre manos, pero ha sido más frecuente. Yo ya no puedo hacer el trabajo de belleza de Sophia (y ella no piensa permitir que ninguna belle que no sea de la generación favorita trabaje con ella), de modo que supe que era cuestión de tiempo.

Mis ojos recorren la habitación como si Ámbar estuviera escondida bajo un bonito mueble.

—Me obliga a dedicarme a las pocas bebés belle que hay aquí mientras ella intenta descubrir cómo nace la generación favorita. Sus científicos han cometido muchísimos errores. Muchísimas bebés belle ya han muerto. —Cobra todas sus fuerzas, se sienta y alarga una mano para que se la tome—. Deja que te enseñe las macetas de las belles favoritas.

Me vuelvo hacia Bree.

—Vigila la puerta, por favor.

Asiente y monta guardia en la entrada de la habitación, cogiéndose las manos con nerviosismo.

Todo el cuerpo de Arabella tiembla mientras la ayudo a abrir la puerta de la sala de al lado. Los farolillos nocturnos nos siguen e iluminan centenares de cunas de cristal, todas ellas rematadas con diminutas flores doradas. En cada una flotan bebés de piel oscura. Cada maceta tiene enganchado un reloj de arena pequeño que está marcado con tinta animada que se esparce por el cristal con las etiquetas: *primer ciclo, segundo ciclo* y *tercer ciclo.*

Paso los dedos por el cristal y miro el interior. Unos piececitos y unas piernecitas y unas manitas y unos ricitos diminutos están suspendidos en líquido y tiempo.

Suelto una exclamación.

—Son como yo.

—Y como yo —añade Arabella—. Con el tiempo, quiere venderlas al mejor postor. Permitir que las belles se conviertan en animalitos de peluche animado y también usar su sangre para hacer productos de belleza.

—No podemos dejar que pase —afirmo. Arabella me toma la mano y la aprieta. La piel de sus dedos es tan delgada y los huesos se le notan tanto que parecen palillos—. Puedo ocuparme de estas bebés y asegurarme de que no hacen más ninguna más.

Aparto la mano de la de ella y la dejo caer en mi bolsillo, donde descansa el veneno.

—¿Qué es esto? —Lo coge y lo inspecciona, sus ojos acuosos repasan los detalles.

—Acaba con las arcanas.

Abre la boca con sorpresa y sus ojos encuentran los míos.

—¿Cómo?

—Endurece las proteínas de las arcanas. Sin embargo, la cantidad debe ser la adecuada, de lo contrario podría causar la muerte. —Observo cómo lo examina, como si los secretos se escondieran en los bordes de la botella—. ¿Y si ambas bebemos un poco para que no puedan usar la sangre de ninguna de las dos para hacer más belles?

El fuego de mi pregunta irradia entre nosotras. Arabella descorcha la botellita para olisquearla. Mi corazón se salta un latido.

—Vigila —le digo al recordar la rápida destrucción de las células de la sangre en el microscopio de Claiborne—. Creo que también podría asegurarme de que el éter de la siguiente generación tampoco pudiera usarse.

Vierte una gota de veneno en el dedo e intenta inspeccionarla.

—Arabella...

Da un trago.

—¡No! —Recupero la botella, ahora vacía.

A Arabella se le salen los ojos de las órbitas. Tose y de su interior surge un sonido regurgitado y rasgado. Su piel se arruga en un abrir y cerrar de ojos, surco a surco, desde su frente a su garganta pasando por las mejillas, su tono de piel se marchita como si fuera arcilla seca.

—¡Arabella! —grito.

Su cuerpo cae al suelo.

35

NO PUEDO OÍR LOS GRITOS QUE ESTALLAN ENTRE MIS LABIOS. Tengo los oídos taponados y la vista nublada. Sin embargo, la quemazón que arde en mi garganta es real.

Bree me tapa la boca con una mano y me coloca la otra alrededor de la cintura.

—Tenemos que irnos. Seguramente alguien ya te ha oído. —Me aleja de Arabella—. Sophia descubrirá que has estado aquí.

—Pero no puedo dejarla.

Ver su cuerpo, el cuerpo sin vida de otra belle, desata otro grito en mi interior. Ella soy yo. Yo soy ella. El éter. Y ahora ella está muerta y el veneno, mi única oportunidad de salvarnos a todas, ha desaparecido. El frasco vacío se me cae. El cristal estalla y cada añico es la materialización de haberme dado cuenta de lo descuidado e imprudente en que se ha convertido todo esto.

—Debes hacerlo. Alguien va a venir a verla pronto si no es que ya han sido alertados por tus gritos. No puedes estar aquí cuando vengan.

Me insta a avanzar, casi tiene que llevarme a peso, siento

las piernas pesadas por el remordimiento, la tristeza, la frustración y, por encima de todo, el cansancio.

La esperanza me abandona como el aire de un globo mensajero moribundo. Primero fue Valerie y, ahora, Arabella.

¿Cómo voy a poder arreglarlo?

¿Cómo voy a poder lograr que todo salga bien?

Bree me mete en los aposentos.

Los ronquidos suaves de Rémy se alternan con el crepitar de la chimenea.

—Duerme —me susurra Bree.

—¿Cómo voy a poder dormir ahora? —El aire se me pega a la garganta y el corazón se me desboca. Me llevo las manos a la cabeza, intentando que todo vaya más lento. Estoy atrapada en una vorágine. Estoy demasiado cansada hasta para llorar—. ¿Cómo ha podido hacerlo? ¿Qué estaría pensando? Necesitaba su ayuda.

Bree intenta consolarme con un té.

Aparto la tetera y me quemo la mano. El dolor se extiende y cierro el puño y reprimo otro alarido.

—Tienes que sentarte, Camille, para poder concentrarte. —Me obliga a instalarme en una silla al lado del fuego—. Deja que eche un vistazo a tu mano.

—Se...

—Déjame echar un vistazo —repite.

Le muestro la mano.

—Necesitará un poco de ungüento.

—No pasa nada —digo, aunque siento punzadas.

—Mañana tendrás que bailar en la fiesta de Sophia. —Se dirige hacia una bandeja de servicio recién entregada y empieza a mezclar miel con hielo—. El globo mensajero con la invitación está en el gancho de la puerta.

Levanto la mirada y lo veo meneándose; sus bordes dorados brillan en la oscuridad sutil.

Ver esa bonita fruslería después de lo que he presenciado resulta absurdo.

—Tengo que ir a la Azotea del Observatorio. Ya debería haber ido. Llegarán por la mañana.

Bree se arrodilla ante mí y me unta dulcemente su cataplasma en la mano.

—Irás. Irás —me responde, su voz se suaviza hasta convertirse en apenas un susurro—. Me aseguraré de despertarte y ayudarte a llegar allí. Te lo prometo.

Su voz es un consuelo temporal.

—¿Es cierto que Ámbar está aquí en el palacio? ¿Puedes hacerle llegar un mensaje para decirle que estoy aquí?

El rostro de Bree se crispa. Rasga un trozo de tela de una de las sábanas y me la envuelve alrededor de la mano.

—Primero descansa.

—¿Ocurre algo malo? —pregunto—. ¿Has visto a mi hermana?

—No ocurre nada malo.

Bree se pone de pie y se retira.

—Por favor, dímelo. ¿Está bien? No puedo soportar perder a otra persona querida. —El corazón se me sube a la garganta—. Necesito verla.

—Descubriré dónde la tiene y le haré llegar un mensaje —me asegura Bree—. Pero solo si te vas a la cama.

Es imposible que pueda dormir. Abro la boca para discutir y Bree enarca las cejas.

Me pongo de pie. La piel me zumba, pero el dolor de la mano ya empieza a remitir. Me subo a la cama al lado de Rémy y coloco la cabeza en la almohada que hay junto a su cabeza sin dudar. El perfume de su piel ha impregnado la tela.

Bree ata un farolillo nocturno al gancho del poste de la cama y corre las cortinas para cubrirnos.

—Nos vemos por la mañana. Estaré en los aposentos del servicio, justo al lado del salón de té. Montaré guardia.

Asiento y luego centro mi atención en Rémy. Lo estudio en la tenue oscuridad. Le paso los dedos por las vendas y compruebo si hay sangre. Los cortes ya están cicatrizando.

Rémy gruñe y levanta una mano para tocar la mía.

—Para de marearme. Me pondré bien.

—Esas heridas eran profundas.

—Lo sé. Siento los cortes hasta los huesos —dice con una mueca mientras intenta ponerse de lado.

—No te muevas.

—Eres una avasalladora.

—Sí, y tú debes escucharme.

Me sonríe débilmente, luego me toma la mano y la acaricia con la yema de su pulgar.

—Ya me siento más fuerte. Te lo prometo. —Me mira con fijeza—. ¿Qué ocurre?

—Nada.

Quiero contárselo todo, pero es demasiado grave y no quiero ahogarlo con esta carga. No mientras todavía está débil.

—Pensaba que habíamos dejado claro que no puedes esconder nada sin que tu rostro te delate.

Sus ojos marrones están llenos de preocupación.

—Por favor, duerme. Te lo contaré cuando despiertes.

Sus párpados empiezan a caer, pesados por la enfermedad y el dolor. Alarga un brazo para ofrecerme su hombro y que pueda tumbarme ahí. Me acurruco contra su cuerpo y encuentro un punto que mirar en el dosel de la cama, a sabiendas de que no voy a poder dormir mucho esta noche.

El tañido de las campanas resuena por todo el palacio y nos despierta de golpe. La cabeza me martillea tras haber dormido mal y a ratos muy breves. La caja de voz que hay en la mesilla anuncia:

—¡El palacio está bajo alerta roja! Todos los aposentos, cámaras, habitaciones y personas serán registrados antes de que empiecen las ceremonias. ¡Se aplican medidas de seguridad!

Los dragoncitos de peluche animado abandonan de un salto el dosel de la cama y echan fuego a causa de los nervios. Los llamo por los nombres e intento calmarlos. Rémy gime cuando intenta sentarse. La puerta del dormitorio se abre de golpe.

Bree entra como una exhalación, le falta el aire.

—Sabe que Rémy ha desaparecido y han encontrado el cuerpo de Arabella. —Casi se cae hacia delante—. También está buscando como loca a Zo, su elefantita de peluche animado.

Siento como si una roca pesada se me hubiera caído en el estómago. Echo la vista atrás para mirar a Rémy. Pongo una mano sobre la espalda de Bree.

—¿Hay más guardias dentro del palacio? —pregunto—. ¿Crees que sospechan de mí?

—No hay más guardias de lo habitual —responde—, pero están vigilando y registrando a todo el mundo. Inspeccionarán todos y cada uno de los aposentos. Este incluido.

—Debo esconderlo —le digo—. Tengo que ir a la Azotea del Observatorio antes de la estrella de media mañana. ¿De cuánto tiempo dispongo?

Se saca un reloj de arena del bolsillo.

—Una hora —confirma Bree—. Y el baile empieza justo después, de modo que tienes que prepararte. Te estará esperando y, si no llegas a tiempo, sospechará que pasa algo. También ha llegado tu vestido.

Como si lo hubiéramos llamado, un globo mensajero dorado y crema entra por la puerta. Sus perfiles brillan con el que será el nuevo emblema de Sophia. A medianoche será reina según la ley de Orleans. La corte estará todo el día de celebración anticipada.

Si no la detenemos.

Las cintas del globo mensajero traen consigo una caja con un vestido de topos pequeños junto con una nota. Los dragoncitos de peluche animado atacan el globo mensajero hasta que choca contra el suelo.

Voy a buscar la nota.

Corinne:

Diez de la mañana en punto.

Salón de baile imperial. Celebraremos el inicio de la ceremonia de mi Coronación y Ascensión y daremos un último adiós a mi querida

hermana. Espero que traigas a tus dragoncitos de peluche animado.
Merecen unirse a nosotras.

Sophia Regina

Arrugo el papel en la mano.

—¿Tienes que esconderlo? —le pregunto a Bree.

—Sé un lugar donde no mirarán —grita Rémy desde la cama.

—Yo también —replica Bree.

Voy deprisa hacia Rémy y le ayudo a salir de la cama. Está débil y le cuesta moverse.

—¿Adónde vas a llevarlo?

—A un lugar seguro, lo prometo —responde Bree.

—Sé cómo esconderme —gruñe el chico.

—Cuando no estás convaleciente. Por favor, escucha a Bree. Ambos conocéis bien este palacio. Y ambos sois muy importantes para mí. —Tomo la mano de Rémy.

Me estira hacia él con tanta fuerza que me sorprende. Nuestras frentes se tocan.

—Ve con cuidado. La Azotea del Observatorio está en el último piso del ala norte. Toma uno de los ascensores.

Le beso la mejilla.

—Lo haré.

Me giro hacia Bree.

—Me prepararé para la fiesta cuando vuelva.

Asiente.

Cojo uno de los vestidos de día sencillos que hay en el vestidor de los aposentos; una parte de mí se pregunta si una vez pertenecieron a Charlotte o si Sophia ya ha eliminado cualquier rastro de su hermana.

381

¿Cómo puede eliminar a su hermana con tanta facilidad?

El dolor de perder a Valerie —y ahora a Arabella— está grabado en mi piel como si fuera una marca de identificación que no fuera a borrarse nunca. Ahogo las lágrimas que se agolpan en mi interior. Rápidamente son reemplazadas por la rabia y la determinación.

Para cuando vuelvo, Rémy y Bree ya se han ido del dormitorio. Cojo la caja de voz de la mesilla auxiliar y me la llevo conmigo, luego me pongo la piel de encaje para que me cubra el rostro.

Los pasillos están abarrotados de gente: miembros del servicio que llevan regalos y empujan carritos de un lugar a otro; asistentes que acompañan a los cortesanos, muy emocionados, en dirección a las festividades; vendedores reales de dulces que ofrecen sus artículos... Y guardias. Los guardias parecen estar por todas partes.

Me uno al caos y tomo uno de los ascensores que llevan a la gente por las distintas alas del palacio.

—¿Adónde? —pregunta el ascensorista.

—A la Azotea del Observatorio.

—Ahí solo pueden acceder los oficiales del palacio —me responde.

—Soy una invitada de nuestra futura reina y quiero asegurarme de que su regalo llega y se pone con el resto. —Le aguanto la mirada y levanto el mentón como si yo fuera la persona más importante del mundo entero—. Y *detestaría* tener que hacerle llegar mi queja precisamente en una noche como esta.

El hilo de confianza que tejen mis palabras es suficiente para que el hombre se acerque a la puerta y accione la palanca.

Navegamos por las entrañas del palacio. Mantengo la mirada inclinada para evitar levantar más sospechas en el ascensorista. Por debajo veo a cortesanos robándose besos por los rincones oscuros, a periodistas corriendo hacia los pasadizos y balcones dorados con sus globos mensajeros de historias azul marino a remolque, y montones de personas dirigiéndose al salón de baile imperial. Globos de luto merodean con el retrato de Charlotte. Zumban al moverse por los pasillos y pasarelas, dejan una triste estela de purpurina en forma de lágrimas y de grititos de lamento. Sophia realmente ha añadido los toques adecuados para convencer a la gente con sus mentiras. En una sucesión de noticiarios proyectados sobre globos se ve cómo mis experimentos la llevaron a la muerte.

Uno de los globos sigue el ascensor y su ruido aviva mi enfado. Sophia debe irse. Nuestra misión debe triunfar. Finalmente, el ascensor se detiene en una plataforma cercana a la parte más alta del palacio.

—La Azotea del Observatorio —anuncia el ascensorista al tiempo que me abre la puerta—. Toque la campana cuando esté lista para irse y volveré a buscarla.

Asiento y le doy las gracias antes de bajar.

La azotea es un puente de cristal que sonríe por encima del ala oeste del palacio. Las paredes están hechas de fragmentos multicolores como si fuera un prisma gigante del dios de la suerte. Atrapa la luz matutina y esparce rayos de índigo, rubí, turquesa y canario sobre el laberinto de cajas de regalos. Más allá del cristal, los globos mensajeros aterrizan sobre un balcón, uno después de otro.

Examino el espacio.

Hay tres guardias. Uno en la azotea misma. Otro al lado de la pasarela. Y uno más en el extremo más alejado.

El sudor perla mis sienes. No pensamos en que habría guardias vigilando los regalos. Pero por supuesto que los hay: para vigilar a los ladrones.

Reprimo el repentino nudo de nervios que crece en mi interior. Otra complicación.

Una mujer con una carpeta de pergamino y una pluma surge de entre el mar de regalos. Levanta la vista.

—¿Puedo ayudarla?

—Tengo un regalo para la reina. Aunque por el aspecto de todo esto, parece que seguramente no necesite ninguno más.

—A Su Majestad le encantan los regalos por encima de todo.

La belleza le encanta todavía más.

—No se permite la entrada a los invitados aquí arriba. Hay una mesa de regalos en el salón de baile imperial —indica la mujer.

Espero que los guardias se vuelvan hacia nosotras, pero no lo hacen. Al contrario, se quedan quietos en el sitio. Camino haciendo zigzag entre cajas de regalos, tanto grandes como pequeñas, algunas cubiertas de flores de la estación fría y otras repletas de lazos de terciopelo y cintas de seda.

—Soy una importante invitada de Su Majestad. Y quería hablar contigo porque necesito que mi regalo la impresione. Seguro que ya tienes una idea de lo que ha recibido hasta el momento.

Levanto mi emblema real. Me siento fatal por el hecho de que voy a tener que herirla, pero me acerco. Una sublevación se cuece en mi interior. El latido de mi corazón abruma mi cuerpo al completo. Mi estómago se me encoge de culpa y remordimiento. Un sudor pegajoso me recubre la piel.

—¿Puedo mostrarte el regalo y tú me dices si es lo bastante bueno? —pregunto.

Sus ojos azules se iluminan y el rubor se instala en sus blancas mejillas.

—Sí, sería un placer. Pero rápido, me meteré en problemas si la encuentran aquí arriba. No sé cómo ha convencido al ascensorista para que la traiga. Está prohibido.

—Nuestra nueva reina ha dicho que podía subir. El hombre cumplía órdenes —miento y me giro de espaldas a la mujer, dejo la caja en el suelo y aparto la tapa.

La mujer se acerca y se inclina hacia delante. Rodeo con el dedo la caja de voz, cuyos bordes de latón se calientan bajo la yema. Las manos me cosquillean por los nervios.

Cuando veo su rubio pelo, la golpeo con fuerza. La mujer trastabilla, suelta un gruñido, se toca la cabeza y luego cae al suelo.

Aguanto la respiración y espero un instante con la esperanza de que los nervios se me calmen y de que no esté muerta, solo dormida un rato. Suficiente tiempo para que lleguen las Damas de Hierro.

Uno de los guardias se gira hacia mí.

—¿Qué pasa ahí?

Su voz pone en acción al resto.

—Se ha desmayado —miento.

—Muéstranos tu tinta identificadora —exige uno.

—Deberíais llamar a alguien de la Enfermería de Palacio.

Corren hacia mí.

Miro hacia abajo y cojo una caja cubierta de acebo. La ira se agolpa en las puntas de mis dedos, el fuego que tengo en el interior está desatado y es incontrolable.

Me agarro a las arcanas, mis tres dones esperan justo bajo mi piel, están listas. Estiro las hojas cerosas hasta que sus bordes están tan afilados como la daga de Rémy, que cuelga de mi cintura.

Estos hombres no se van a interponer en mi camino.

No ahora.

No cuando estoy tan cerca.

Dos de los guardias retroceden trastabillando. Uno se agarra la cabeza y pierde la conciencia.

—¿Quién eres? —grita el otro.

Alcanzo al tercero mientras intenta agarrarme y obligo la planta de acebo a arremolinarse en torno a su rostro. Presiono una de las hojas endurecidas contra su garganta para clavarle los bordes puntiagudos en la piel. Y le digo al otro guardia:

—Márchate o lo mato.

Dejo que la planta de acebo se hunda un poco más en la carne del hombre, lo que arranca una gota de sangre. El rostro del otro guardia palidece y levanta las manos.

—Solo estoy aquí para vigilar los regalos. Ni siquiera quiero ser soldado —tartamudea y se marcha corriendo como un cobarde.

Convierto las hojas de acebo en un ataúd que cubre todo el cuerpo del guardia hasta que parece uno de los setos del laberinto de topiaria de los terrenos del palacio. Nadie lo encontrará durante un buen rato ni oirá sus gritos. Tomo la muñeca de la mujer y le busco el pulso. Es débil. Exhalo. Con suerte permanecerá inconsciente durante un rato.

Me dejo caer de rodillas. El peso de lo que he hecho se junta con el cansancio de ayer por la noche.

El sonido de los globos mensajeros chocando y golpeando el cristal es la única melodía que suena a mi alrededor mientras suplican que les dejen entrar, las cintas de sus colas están tensas por el peso de sus paquetes.

Voy hacia las puertas de la Azotea del Observatorio y abro un poco una de ellas. Suficiente para que no lo vea quien pase por delante. Suficiente para no desatar la alarma. Una ráfaga de aire fresco enfría mi húmeda piel.

Miro hacia el horizonte, donde un cielo blanco como la nieve está repleto de batallones de globos mensajeros y cajas de regalos que son una preciosidad. Muchos de los paquetes son tan grandes que requieren diez globos mensajeros para soportar su peso. Cintas de gasa, amatista, esmeralda y ciruela revolotean con el viento.

Espero que estén llenos de Damas de Hierro.

CAMINO CON BREE HACIA EL SALÓN DE BAILE IMPERIAL VESTIda con el pesado atuendo que me ha enviado Sophia. Todo el palacio —sus cúpulas, sus jardines, sus torreones, sus capiteles y pabellones— está radiante. Farolillos de nieve bañan con su luz todos los rincones posibles. Ligeros copos de nieve espolvorean los hombros de los hombres y las mujeres que danzan bajo los farolillos de nieve. La gente intenta descifrar sus formas antes de que cambien en una miríada de diseños nuevos. La enorme sala está repleta de hombres con esmoquin y mujeres con vestidos de los colores de las joyas.

Con cada paso que doy, me pregunto qué va a hacer Sophia. ¿A quién presentará como Charlotte? ¿Ha capturado a su hermana? ¿Ha matado a alguien? Dejo a un lado cualquier duda. Tengo que creer que nuestro plan sigue adelante.

—¿Has encontrado a Ámbar? —susurro a Bree antes de que se vaya.

—No. Sophia debe de estar escondiéndola. Seguiré mirando.

Doy una profunda bocanada de aire, me toco el emblema que llevo en el cuello y visualizo el glamur en mi mente. No he recibido nada de Padma, Auguste o alguna de las Damas de Hierro durante la última hora. Sin embargo, si Sophia consigue convencer a todo el mundo de que Charlotte está muerta, se convertirá en reina cuando acabe el día. No puedo dejar que eso ocurra. Aunque tenga que detenerla yo misma.

—Feliz nieve. Feliz amor. —Los deseos de la estación fría revolotean por la sala seguidos de besos y entrechocar de las copas—. Que la diosa del amor os bendiga. Que encontréis dulzura en el nuevo año. Y, por encima de todo, que siempre encontréis la belleza.

La sala de baile es una espiral de cuerpos: hombres con chistera y mujeres con vestidos que hacen frufrú y se arremolinan al compás de sus giros en diagonal, al son de los valses que toca la pequeña orquesta. Montañas de tartaletas de crema y *macarons* de leche se apilan en bandejas enjoyadas.

Los cortesanos van de aquí para allí, contagiados por la fiebre del cotilleo.

—¿Has visto a Colette Durant con esas cejas oscurísimas? Parece el bufón de la corte. Cree que teñírselas servirá de algo; esa moda hace mucho que cayó en el olvido. Ahora apesta al zumo de bayas de saúco que ha usado para teñírselas ella misma.

—Y Aimée Martin huele a pintura cutánea —añade la otra—. Al menos se podría haber preocupado por ponerse hierbas aromáticas o llevar una caja de aroma. Hasta ha llegado a pintarse venas en el cuello y el rostro, como si fuera un retrato andante o algo parecido.

Las mujeres se echan a reír a carcajadas.

—Inès Robert necesita un tratamiento cutáneo. Se cree que los parches de tafetán le van a cubrir esas pústulas —dice una tercera mujer—. Gracias a Dios que los salones de té volverán a abrir pronto. Nuestra nueva reina cumplirá sus promesas.

—Si yo tuviera la desafortunada estructura ósea de Josette Aguillard, haría que una belle me reconstruyera por completo: desde los huesos hasta la piel —asegura la primera.

Globos mensajeros de cotilleos negros navegan por encima de los cortesanos, escuchando todo lo que dicen. Los asistentes imperiales utilizan largas varas y redes para ahuyentarlos, pero los globos los esquivan con maestría y se acercan todavía más al gran techo; parece que jueguen a perseguirse como el gato y el ratón.

Yo tengo los nervios de punta mientras espero a Lady Arane, Surielle, Charlotte y Auguste. Intento no fijarme en la puerta por temor a que alguien me pregunte a quién espero.

Sophia está sentada en el trono, en lo más alto de la sala. Todos sus animalitos de peluche animado tienen sus sillitas a conjunto. Sus damas de honor están sentadas a sus pies, sobre cojines brillantes.

Un asistente me anuncia cuando me acerco.

—¿Y dónde están mis dragoncitos de peluche animado? —lloriquea Sophia al verme.

—Descansando. No les gustan las fiestas. Estar donde hay demasiada gente les causa ansiedad —improviso.

—Una pena. Bueno, tendremos que adiestrarlos para que deje de pasarles eso, ¿verdad? —Me mira fijamente con una sonrisa perfectamente proporcionada en el rostro—. No creo que vaya a ser capaz de escoger solo uno.

Me muerdo la lengua con fuerza para no decir algo desagradable. Cuando la miro, todo lo que veo son las heridas de Rémy, los estertores de Arabella antes de morir, una daga en el cuello de Valerie. No sé cuánto tiempo voy a poder aguantar esta pantomima. O este glamur.

Su atención se desvía de mi rostro y pasa a la multitud.

—Siempre me han encantado los bailes en esta época del año —comenta Sophia—. El clima frío es perfecto para bailar.

—Esta noche es increíble —responde Rachelle, levantando la mirada hacia los farolillos de nieve que tiene encima.

—¿Te gusta, Corinne? —pregunta Sophia al tiempo que da palmaditas en un cojín que hay al lado del trono para que me siente encima.

—Sí —respondo mientras me hundo a su lado; espero poder reprimir mi rabia—. Me muero de ganas de dar una vuelta y mirar todos los farolillos de nieve. Los periodistas han dicho que cada uno de ellos es único.

Mi cuerpo está alerta al anticipar lo que está por venir; confío que las Damas de Hierro habrán bajado al palacio. En cualquier momento empezará el juego.

—Es una pena que vaya a convertirse en un funeral esta noche —comenta Rachelle.

Sophia intenta esconder una risita.

—Lo dulce lleva de la mano lo amargo.

La voy mirando de reojo y me pregunto si habrá capturado a Charlotte. Busco una señal, cualquier cosa para saber si Charlotte está bien, si hoy aparecerá como estaba previsto.

—Bailaremos y festejaremos durante todo el día, luego nos despediremos de vuestra hermana y a medianoche seréis reina —dice Gabrielle con orgullo—. Como debe ser.

Finjo que observo el baile mientras tengo un ojo clavado en las puertas. Las elegantes colas de los vestidos hacen frufrú y acarician el suelo. Los hombres toman a las mujeres por la cintura y las hacen girar como si fueran peonzas de colores pastel.

La música cambia.

El antiguo pretendiente de Sophia, Alexander Dubois, de la Casa Berry, se acerca resueltamente. Su americana está recubierta de los plateados y carmesíes del emblema de su casa, y, bajo las luces, su cabeza calva brilla como una bola de cobre.

—Feliz nieve, Su Majestad.

—Igualmente —responde ella.

—¿Me concederíais el próximo baile?

Le ofrece la mano.

Sophia la mira de hito en hito.

—No —contesta.

El rostro del chico se contrae por la decepción.

—Te mandaré buscar cuando tenga ganas.

Él hace una profunda reverencia y se retira.

—Sus manos siempre estaban tan húmedas que me empapaban los guantes —se queja—. Y siempre huele a queso.

Sus damas se echan a reír.

—¿Y por qué está calvo siendo tan joven? —pregunta una.

Sophia se encoge de hombros.

—Haré que mi belle favorita le dé un fino corte al rape.

Sus palabras provocan un escalofrío en mi espinazo.

—Sea como sea, estáis a punto de casaros. No debería seguir pidiéndoos bailar. No le escogisteis a él. ¿Dónde está Auguste? —pregunta Rachelle—. ¿No debería estar aquí ya?

Yo misma me estaba preguntando lo mismo.

Sophia se pone rígida.

—Mi prometido está en camino. He recibido su globo mensajero no hace mucho —espeta—. ¿Cómo te atreves a ponerlo en duda?

Gabrielle mira de hito en hito a Rachelle. La ira se arremolina en mi interior como una tormenta y me provoca un dolor de cabeza que me martillea la cabeza. Siento presión en la nariz, lo que indica el inicio de otra hemorragia nasal. Si tengo que aguantar todo el día, voy a tener que dejar de mantener el glamur para descansar.

Me pongo en pie.

—Disculpadme, Su Majestad. Tengo que ir al tocador —miento con una reverencia rápida—. Estaré de vuelta en un instante.

No espero a recibir la respuesta de Sophia ni de las demás. Mi pulso corre mientras serpenteo entre la multitud. Antes de irme de la sala, me atiborro de tartas de manzana diminutas y tartaletas de fruta y chocolate ganache que hay en las bandejas doradas, con la esperanza de que me ayuden a equilibrar mis niveles mientras me aferro desesperadamente a este glamur.

Las mujeres me miran de soslayo. Pedacitos de cotilleos se escapan de sus manos cuidadosamente dispuestas ante sus labios. Paso a toda velocidad al lado de las ventanas, en dirección a la puerta.

Un vendedor me ofrece un platito con una pasta cuadrada de azúcar caliente.

—Toma, dulzura.

Acepto el ofrecimiento y fuerzo una sonrisa. En ese momento, las puertas que dan a la veranda están abiertas de par en par para dejar salir algo del calor acumulado, y ahí está: la Rosa Eterna. El edificio es inmenso. Su fulgor exterior, una perla marina en un oscuro cojín acuoso. Aplasto la pasta cuadrada con la mano como si fuera el botón de una flor. Las migas ensucian el suelo a mi lado. Los rostros de mis hermanas y las otras belles se proyectan en mi mente como si estuviera mezclando una baraja de cartas.

Ivy.

Edel.

Hana.

Ámbar.

Delphine.

Ada.

¿Dónde están Charlotte y Padma y Auguste y las Damas de Hierro? Ya deberían haber llegado. Me meto entre la gente. Tengo que volver a la Azotea del Observatorio. Quizá la mujer haya despertado. Quizás ha alertado a los otros guardias. Quizá los han capturado a todos.

Una trompeta retumba.

La sala se queda quieta.

—Damas y caballeros, por favor, dirijan su atención a Su Majestad, Sophia, la próxima reina de Orleans —pide un asistente.

Sophia se pone de pie. Todo el mundo hace una reverencia. Yo inclino la cabeza a regañadientes.

—Mi leal corte, mientras empezamos la ceremonia de mi Coronación y Ascensión, me gustaría presentaros a distintas personas leales que han hecho que todo esto sea posible. Primero, la recién nombrada Ministra de las Belles, Georgiana Fabry, y mi belle favorita, quien me ayudará a avanzar en esta nueva era de belleza —proclama.

Un escalofrío me envuelve por completo.

Las puertas laterales se abren de golpe. Farolillos matutinos de palacio entran en tropel, proyectando sombras en forma de joyas por el suelo. La glamurosa madre de Auguste, Georgiana Fabry, entra a grandes zancadas en la sala. Alta y majestuosa, se eleva por encima de la mayor parte de los congregados. Su vestido amarillo la abraza con su fulgor como si la luz del sol estuviera tejida con la tela, y detrás de ella, una plataforma sobre ruedas contiene una campana de cristal a tamaño real. Ámbar está dentro de la campana.

38

E<small>L LATIDO DE MI CORAZÓN IMITA EL RÁPIDO MOVIMIENTO DE</small> las ruedas de la plataforma. Ámbar tiene las manos contra las paredes de cristal: es una mariposa atrapada. Lleva cadenas alrededor de las muñecas como tiras de perlas doradas y su vestido con corsé la mantiene en el sitio. Sus pálidos brazos pecosos muestran cortes dentados.

Me inclino adelante bruscamente, casi olvido mi disfraz. El dolor frío del glamur se inunda con mi rabia. Echo la cabeza adelante y me muevo a través de la multitud, intento acercarme al máximo a mi hermana.

Sophia se levanta de un brinco de su trono, tiene los ojos enloquecidos cuando mira a Ámbar.

—¡Mi favorita! —se mofa de Ámbar caminando alrededor de la jaula de cristal—. Tengo muchísimos nuevos planes para las belles, como ya sabéis. —Hace un ademán hacia la veranda y la imagen de la Rosa Eterna—. Ahora, mi *petite* Ámbar, si te saco de esta campana de cristal, debes prometerme que te portarás bien. —Sophia pasa sus largas uñas por el cristal y pega golpecitos para que Ámbar se estremezca—. Les está costando aprender cuál es su lugar.

La multitud se echa a reír.

Ámbar asiente.

—Lo prometo.

Tiene los ojos anegados en lágrimas y rodeados de heridas.

Un guardia aparta el cristal. Otro ofrece un látigo de plata a Sophia, que lo hace restallar hacia los cortesanos y arranca un alarido de muchos de ellos. Sophia se echa a reír; es una risa que le sale de las entrañas.

Temblores de ira se abren paso por todos los rincones de mi cuerpo al tiempo que el ácido me sube por la garganta.

—Ministra de las Belles, explique a este apreciado grupo de mis más leales cortesanos algunas de las cosas que pueden esperar en cuanto mi Coronación y Ascensión hayan finalizado.

Un asistente ofrece una caja de voz a Georgiana Fabry.

—Buenos días a todos. Estoy muy contenta de unirme a vosotros durante esta maravillosa ocasión mientras nos dirigimos a esta nueva era. Pronto instauraré los Códigos Belle, un nuevo cuerpo de leyes que regirán los trabajos de belleza y...

—Cuéntales lo de los faciales —interviene Sophia con un chillido.

Georgiana frunce los labios.

—Sí, Su Majestad. Ofreceremos trabajos faciales a base de sangre de belles como uno de nuestros nuevos tratamientos. Si uno se inyecta sangre de belle en la capa externa de la piel, se puede acabar con el gris.

La multitud estalla en exclamaciones de sorpresa y agrado.

El estómago se me encoge y se me enreda en un nudo. Debo hacer algo. Tengo que ayudar a Ámbar. Pero ¿qué puedo hacer? Hay docenas de cortesanos y puedo sentir cómo me voy debilitando después de aguantar el glamur durante tanto rato.

Otra puerta se abre de golpe. Mi corazón pega un brinco con la esperanza de que sean Padma y Auguste, Charlotte y Lady Pelletier, Lady Arane y su ejército de Damas de Hierro.

En lugar de ellos, entran más cortesanos a la sala.

—¿Queréis una demostración? —pregunta Sophia—. ¿No os gustaría ver cómo la sangre de belle transforma la piel?

La muchedumbre grita emocionada.

Sophia se gira hacia Ámbar.

—Vamos a mostrarles nuestro nuevo truco.

Ámbar casi queda reducida a la nada. Estira los brazos y deja caer la mirada.

La ira zumba en mis huesos y me insta a ayudarla. Me acerco un poco más. Solo unos pocos pasos esta vez. Sophia hace un ademán hacia un asistente que está cerca, que se sube a la plataforma con mi hermana. Ámbar se aparta de golpe.

—Pensaba que habíamos acordado que nos portaríamos bien hoy.

Sophia retuerce el látigo y lo hace restallar contra el suelo.

El sonido reverbera por toda la sala, el ruido me rasga las entrañas. Los ojos me arden por las lágrimas y tengo la garganta hecha un nudo por la repugnancia.

—No quiero tener que usar esto —asegura Sophia, pero su risa cuenta otra historia.

—¡No la toques! —vocifero.

Los cortesanos que están cerca de mí sueltan un grito y se vuelven para mirarme.

—¿Quién ha dicho eso? —Sophia se vuelve de golpe.

Me abro paso para apartarme de la multitud.

Nos miramos fijamente la una a la otra. Un nudo se aprieta cada vez más, las palabras que no nos hemos dicho se retuercen en mi interior como un montón de cuchillos.

—¿Corinne? —Sus ojos me miran parpadeando.

—Suéltala —exijo.

Un silencio sepulcral y aterrador se extiende por la sala.

Ámbar me mira fijamente.

El dolor frío de mantener el glamur hace que me sangre la nariz. Lo suelto. Estoy cansada de aguantarlo, cansada de esconderme. Quiero que Sophia sepa que soy yo. Mi disfraz desaparece.

Las exclamaciones estallan en la habitación. Todo el mundo parece paralizado.

—¿Camille? —grita Ámbar, esa única palabra está bañada de tanto alivio y angustia, de tanta esperanza y miedo, que casi me mata.

Una sonrisa lenta se esboza en los labios de Sophia.

—Comerciante de dragones. —Empieza a aplaudir despacio y luego se anima—. Bien hecho. Me has engañado. No sabía que podíais cambiaros a vosotras mismas.

—Hay muchísimas cosas sobre nuestros dones que no entiendes, ¡que jamás entenderás y que jamás conocerás! —espeto—. No importa a cuántas de nosotras encierres, tortures o sacrifiques.

Observo a los guardias. Se me acercan.

—Dame a mi hermana.

—No es mi prisionera —responde Sophia, cuyos ojos analizan cada centímetro de mi ser.

—Está encadenada.

—Solo porque ha intentado romper nuestro trato.

—¿Qué trato? —escupo.

Sophia salta de alegría.

—Ay, sí; ay, sí. Tenemos un trato y los tratos son vinculantes. —Su mirada vuelve hacia Ámbar, que empieza a sollozar—. ¿Se lo digo yo? ¿O quieres hacerlo tú?

Espera una respuesta. El llanto de Ámbar se hace más profundo y todo su cuerpo tiembla. Quiero ir con ella. Quiero decirle que todo saldrá bien, que yo misma nos sacaré a las dos de aquí aunque nadie venga a ayudarnos. Traga saliva sin parar, como si tuviera algo enganchado en la garganta. Regueros de sudor corren por su rostro.

—Esta pequeña ratoncita me mandó todo tipo de mensajes sobre vosotras —informa Sophia—. En cuanto me hubo dicho lo que necesitaba, fingí su captura.

El pulso me palpita, cuenta el tiempo que corre. El odio crece en mi interior, afilado, ardiente y punzante.

Cierro los puños con fuerza. Aprieto las mandíbulas.

Miro a Ámbar de hito en hito, pero ella no quiere devolverme la mirada.

Las sospechas de Edel de pronto cobran sentido. Su traición es total y dolorosa. No sé por qué querría Ámbar proporcionar información a Sophia. Ni siquiera un atisbo de razón puede formarse en mi mente. Tiene que haber algo más. Chantaje. Coacción.

Sophia hace un ademán hacia los guardias y desencadenan a Ámbar.

—Después de haber atrapado a esta pequeña ratoncita, me prometió que sería mi belle personal hasta que mi nueva generación hubiera madurado. Incluso me dijo que les daría lecciones, que les enseñaría todo lo que aquellas miserables Du Barry os enseñaron a vosotras. —Los ojos de Sophia brillan bajo la luz de los farolillos de nieve—. Oh, y hay más. —Sophia hace una pirueta y su vestido de baile le abraza su esbelta figura—. Ámbar sabía que vendrías a por ella y estuvo de acuerdo en atraerte hasta aquí. —Me lanza un beso—. Menuda hermana es.

—Ámbar nos vamos. ¡Venga! —grito, sin creerme una sola de las palabras que manan de la embustera boca de Sophia.

Ámbar baja la mirada hacia el suelo de la plataforma.

—¿Ámbar?

Sophia observa como un gato listo para saltar sobre su presa.

—Ámbar, por favor, tráeme una de tus flores.

Ámbar solloza y le ofrece una.

—¿Ámbar? —repito.

—Ámbar, haz una reverencia por mí.

Ámbar se deja caer de rodillas.

—¿Por qué haces esto? —quiero saber, le imploro que me mire. Las palabras dejan un regusto amargo en mi garganta en cuanto las digo.

—¿Vas a irte a alguna parte? —le pregunta Sophia a Ámbar, agarrándole el mentón. Las lágrimas caen por el rostro enrojecido de mi hermana—. Cuánto amor fraternal.

Sophia me lanza otro beso.

—He visto a tu hermana —digo a Sophia.

La multitud estalla de nuevo en susurros.

Sophia frunce el ceño.

—Mi hermana está muerta.

—No lo está. De hecho, está viva y sana.

Sophia se encoge de hombros.

—Los dioses le darán la bienvenida pronto y yo seré coronada como reina.

—Sea quien sea la pobre alma que vas a presentar ante estas personas, su marca identificadora demostrará que no es ninguna princesa.

Sophia camina hacia mí y luego se me acerca para susurrar:

—¿Demostrar a quién? A nadie de mi gabinete. A nadie de mi guardia. Me adoran. Cualquiera que me desafíe, cualquiera que intente usurpar mi trono, será eliminado.

Hace un ademán en el aire y se vuelve otra vez hacia la multitud que la mira.

Las arcanas son un ligero zumbido que palpita en mi interior, una cinta contrariada bien enterrada en mi seno, una que no sé si querría seguir teniendo, pero que convoco para que despierte de nuevo. El recuerdo de lo que he hecho a los guardias y a la mujer que vigilaba los regalos vuelve a mí. Cierro los ojos y visualizo a Sophia tal y como está ante mí. Mi piel arde, mis piernas se estiran, se me alisan los rizos y mi vestido cambia para ser como el suyo.

—¿Qué haces? —chilla Sophia—. ¡Guardias! ¡Guardias!

Ahora somos idénticas. Doy una bocanada de aire y ataco, me abalanzo sobre ella con cada pedazo de la rabia que se cuece en mi interior. Nos golpeamos y giramos, rodamos por el suelo. La abofeteo y la zarandeo y ella me muerde y me da patadas.

Los presentes se arremolinan en los rincones de la sala, acobardados, chillan e intentan apartarse de nosotras.

Sophia se zafa de mí.

Nos ponemos en pie trastabillando.

—Arrestadla —ordena Sophia señalándome.

—Arrestadla —la imito señalándola a ella.

Mi primera arcana, Comportamiento, me ayuda a perfeccionar su voz aguda.

Los guardias se quedan estupefactos.

—¿No me habéis oído? —exclama Sophia, que ahora tiene la voz chillona—. Es una belle fugitiva. Una traidora.

Se mueven hacia mí.

Yo repito sus palabras.

Se quedan petrificados.

Sophia aprieta los dientes.

—¡Vale! ¿Quieres jugar a este juego?

La imito.

Trazamos un círculo entre ella y yo, listas para volver a luchar. Me concentro en aguantar el glamur y no me atrevo a apartar la mirada de mi enemiga. Sus dedos se contraen, lo mismo hacen los míos. Me paso la lengua por los labios, estoy salivando por arremeter contra ella, por acabar con todo esto de una vez por todas.

Me doy cuenta un segundo demasiado tarde de que nuestro círculo ha llevado a Sophia a unos centímetros de su látigo. Antes de poder moverme, se agacha y, con un toque de muñeca, lo lanza para agarrar el cuello de Ámbar con él: le provoca un corte profundo y restalla.

Ámbar ni siquiera chilla. Los ojos le aletean, los párpados baten como las alas de una mariposa, y se cae hacia delante.

—¡No! —grito mientras caigo de rodillas.

La multitud exclama de horror.

39

—¡He ganado! ¡He ganado! ¡He ganado! —se alegra Sophia, que da vueltas por la sala ahora enmudecida.

Corro hacia Ámbar y acurruco su cabeza en mi regazo. Sus ojos vacíos tienen la mirada fija en mí. Se me detiene el corazón. Congelado en mi pecho. Tal vez jamás volverá a latir. El glamur se desvanece y, con él, más sangre mana de mi nariz y cae sobre la frente de Ámbar. No puedo dejar de abrazar a mi hermana para enjugarla.

—Ahora, lleváosla, pero no seáis demasiado duros. Ella es la que realmente necesito —ordena Sophia.

Los guardias me apartan de Ámbar, cuyo cuerpo se me escapa y cae de nuevo al suelo con un golpe sordo. Un río de sangre mana de su interior. Me ponen cadenas alrededor de las muñecas y me levantan para ponerme en pie.

No puedo luchar contra ellos. Tengo las manos y los brazos entumecidos.

Sophia da una vueltecita a mi alrededor.

—Ahora voy a llevarme a todos esos dragoncitos de peluche animado tuyos y los añadiré a mi colección. Y a ti te mantendré en mi cárcel, pues serás mi verdadera rosa eterna, y voy a matar a ese guardia traidor a quien tanto amas. ¿Cómo se llamaba? Reim... no... Raine... no... Ah, Rémy, eso es.

El sonido de su nombre me golpea.

—Aprenderás a ser leal. —Me echo hacia delante, pero los guardias me mantienen en el sitio. Los lados de la sala pierden nitidez—. De un modo u otro.

Ella se echa a reír y yo a temblar. El frío se instala en mis venas como si fuera a crear otro glamur, pero, en lugar de eso, Sophia y cada uno de los guardias aparecen en mi mente. El errático latido de sus corazones inunda mis oídos. Sus pulsos son melodías aceleradas. Mi cólera se mezcla con las arcanas y retuercen sus retratos para volverlos irreconocibles.

Todos caen de rodillas. Sophia chilla. Su piel se arruga como el pergamino. Sus ojos se mueven hacia los lados de su rostro, como los de los peces. Su boca adquiere una forma redonda de angustia. No puedo oír lo que intenta decir. No voy a detenerme.

Me concentro en los corazones de todas las personas que hay en la habitación. Los ralentizo, latido a latido, hasta que solo hay un murmullo ligero. Los guardias se ponen pálidos y Sophia se agarra el pecho; sus ojos empiezan a irse para atrás. Todo el mundo cae. Centenares de personas. Sus gritos son como un coro que resuena hasta el techo.

La sangre corre por mis labios, mi mentón y mi cuello, su sabor salado inunda mi boca. Me arden los nervios por el poder; los tres dones de las arcanas trotan en mi interior.

Podría matarlos a todos. Ninguno ayudó a Ámbar. Ninguno intentó detener a Sophia.

La habitación prácticamente se disuelve a mi alrededor. Un carrusel de luz y formas que gira al tiempo que los latidos de los corazones se ralentizan hasta detenerse.

Las puertas se abren.

—¡Basta! —vocifera una voz.

Es Charlotte. Avanza tambaleante con la ayuda de un bastón. Su melena castaña y rizada se alza como una torre, gruesa y llena de magnolias; sus ojos muestran fortaleza.

—¡No quieres hacer esto!

Las Damas de Hierro están de pie con sus máscaras orgullosas. Padma y Auguste entran en la sala y observan el horror que he desatado.

—Tú no eres así —asegura Charlotte.

—Sí lo soy —replico—. Esto tiene que acabar.

El cuerpo de Sophia pega una sacudida hacia delante y rueda por el suelo. Respira de forma irregular y empieza a hipar.

—Valerie está muerta por su culpa. Arabella. Ámbar. Sophia ha hecho daño a demasiada gente —añado—. Y lo seguirá haciendo. No se detendrá jamás.

—Y me ha hecho daño a mí —responde Charlotte—. Pero la quiero con vida.

—¿Por qué? Te envenenó. Te mantuvo dormida durante seis años.

—Es mi hermana. —Mira hacia abajo, hacia Sophia, con lágrimas en los ojos—. Igual que tú perdonas a tus hermanas por sus errores, yo perdonaré a la mía. Deja que yo me encargue de ella. —Se me acerca y estira las manos para tocarme el hombro—. No quieres su muerte en tu conciencia. Y todos ellos son inocentes, pagados de sí mismos tal vez, pero no son malvados. Tienes que ayudarme a arreglar los problemas que ella ha creado.

Padma se me acerca con cautela y coloca una mano encima de la mía.

—Ya está, Camille. Déjalo. Respira.

La ira que tengo dentro lucha por salir. Cierro los ojos. No sé si puedo pararlo. Los retratos de los guardias y de Sophia son un tornado huracanado. La sangre es un río que mana a borbotones de mi nariz.

—Sí que puedes —me susurra.

Suelto a todo el mundo. Todas las personas que me rodean empiezan a jadear para tomar aire. Me caigo hacia delante. El sudor me corre por el rostro y los brazos y las piernas. Más sangre me mana de la nariz y me cae sobre los labios. Toda la luz de la sala desaparece.

ALGO ME ARRASTRA HACIA SUEÑOS TUMULTUOSOS DE NUES-
tra última sesión de belleza de todas antes del Carnaval
Beauté. De vuelta a cuando todavía éramos niñas pequeñas.
De vuelta a cuando no conocíamos nada fuera de las paredes que delimitaban el espacio donde habíamos nacido. De
vuelta a cuando pensábamos que éramos instrumentos divinos que debían atesorarse en lugar de usarse. Du Barry nos
hizo escuchar a unas cortesanas que vinieron de visita para
quejarse de sus cuerpos. Nosotras anotamos qué nos pedían
que les cambiáramos de su interior, y alteramos huesos y
tuétano para que adoptaran nuevas formas más bellas que
su estructura natural.

Mis hermanas y yo rondábamos entre mesas de tratamiento como un ventilador ceremonioso que miraba boquiabierto las extremidades de una de las mujeres. Esa señora, partiendo de las Islas de Seda, había viajado por más
de seis puentes imperiales dorados y en un transporte fluvial cubierto con un dosel a través de los Pantanos Rosa para
llegar hasta nosotras. Montoncitos diminutos de farolillos
de belleza flotaban por encima de la mujer como estrellas

de medianoche. Bolas de luz perfectas revelaban cómo el gris de su piel la hacía parecer un trozo de pescado que hubiera estado ahí toda la noche.

Estábamos de lo más impacientes por usar nuestras cajas de belleza por primera vez y los artículos que había en los carritos que había traído el servicio: bandejas con distintos niveles a rebosar de pastillas de color cutáneo y tarros de colorete, pinceles, peines y tenacillas, tónicos y cremas, borlas de maquillaje, ceras y perfumes.

Los gemidos suaves de la mujer se extendieron como una burbuja de ansia entre nosotras. Hubo mucha tensión durante nuestra sesión final antes de que viajáramos a la isla imperial, antes de que mostráramos nuestros talentos a la reina, antes de descubrir cuál de nosotras sería nombrada la favorita, antes de que nos dijeran cuál de nosotras era la más importante de todas.

Había una mujer esperando en la mesa. Habría gente en la corte esperando que la cambiáramos y que ansiaba resultados perfectos. Habría expectativas.

Mis hermanas y yo intercambiamos miradas nerviosas. Edel se había puesto tan pálida como los vestidos blancos de lecciones que llevábamos todas. El moño belle negro de Padma siempre captaba la luz del farolillo de belleza mientras husmeaba por ahí con medida y cautelosa curiosidad. Hana se había metido en problemas por echarse a reír al ver ciertas partes del cuerpo, y su larga trenza negra le colgaba de la espalda como si fuera una soga, bailando de izquierda a derecha mientras temblaba por la risa. Las mejillas de Ámbar se habían puesto rojas de lo muy concentrada que estaba. Valerie siempre se frotaba las manos con una sonrisa, nerviosa por asegurarse de que hacía todo cuanto estaba en su mano por hacer realidad los sueños de los demás.

Estábamos todas juntas. Trabajábamos juntas. Vivimos aquella experiencia juntas.

Yo me sentía como si me hubiera tragado mariposas de pantano ese día.

El sonido de alguien que canturrea me despierta, primero un poco y luego del todo. Abro los ojos de golpe, irritados y acuosos por la luz que les llega a través del diáfano dosel de la cama. Los recuerdos de dónde estoy y de lo que ha pasado se filtran en mi mente y una oleada de náuseas me consume. Sophia. Charlotte. Las Damas de Hierro. El baile de Coronación y Ascensión.

Intento moverme, pero mis brazos están repletos de agujas y tubos, y en mis cuatro extremidades siento el dolor más profundo que haya experimentado jamás.

Intento hablar, pero las palabras me salen como un graznido.

—Menuda voz más fea —dice alguien—. Deberías dejar de hablar.

Giro la cabeza para ver el rostro risueño de Edel. Las lágrimas empiezan a manar de las comisuras de mis ojos.

—Ay, pero no llores. —Se me acerca y luego se me agarra al brazo como si estuviéramos al borde de un precipicio y mi hermana tuviera que impedir que ambas cayéramos abajo—. Todo va bien, y tú estás bien.

Alguien descorre el dosel de la cama.

—¿La has despertado? No tenías que despertarla —reprende Padma con un farolillo matutino en la mano.

Los rayos iluminan el rico moreno de su piel, como si fuera miel que salpicara una tableta de chocolate.

Se mete en la cama, a mi izquierda.

—¿Dónde está Hana? —pregunto.

—Estoy aquí. Estoy aquí.

Asoma la cabeza por el dosel de la cama. Está distinta, tan delgada que se la podría llevar un viento nevoso si soplara fuerte. Un vestido diurno suave envuelve su figura, ahora esbelta, con colores anaranjados y miel, y su moño belle negro tiene ornamentos de cristal.

—¿Estás bien? —alargo una mano hacia ella.

Mi hermana encuentra un sitio en la cama.

—Lo estaré. Llegué ayer por la noche de las Islas de Fuego.

Cuando éramos niñas pequeñas y vivíamos en la Maison Rouge con nuestras mamans, nos amontonábamos juntas en la cama para poder despertarnos las unas cerca de las otras. Todas teníamos nuestros sitios: Edel tenía que estar en una punta para poder salir si debía hacerlo; a Hana le encantaba estar en el centro; Padma se tumbaba a los pies de la cama; Ámbar estaba en el medio, donde podía controlar los movimientos de todas, y Valerie estaba tan cerca como podía de Edel, su compañera favorita de entre todas nosotras para dormir. Yo era feliz en cualquier lado mientras estuviera con mis hermanas.

El recuerdo me duele: la cama, que antes era un embrollo de piernas y brazos y calor, mientras que ahora somos tan pocas.

Empiezo a preguntarles si están bien y si estaremos bien, pero nos limitamos a mirarnos a los ojos y a quedarnos ahí tumbadas en silencio. Las tomo de las manos y les paso los dedos por la piel y las miro para asegurarme de que las pocas hermanas que me quedan están intactas. Me siento llena de remordimientos y deseos no correspondidos.

Las puertas se abren y Lady Pelletier entra llevando la silla de ruedas donde va Charlotte; las siguen Lady Arane, Surielle y Violeta.

Hana, Padma y Edel se sientan.

Yo me esfuerzo por incorporarme.

—Por favor, no te muevas, Camille —dice Charlotte—. Descansa.

Después de que Lady Pelletier la acerque a la cama, Charlotte se inclina hacia delante y me besa la frente. Reprimo las lágrimas. La suavidad de sus labios me recuerda a maman.

—Tienes mejor aspecto —observa Charlotte.

—Sus niveles casi vuelven a ser normales —informa Hana—. Unos pocos días más de reposo y volverá a ser la misma de siempre.

Ya ni siquiera sé quién es esa persona que dice.

—Nos salvaste —me dice Lady Arane. Sus ojos negros contienen lágrimas de alegría cuando desvía la vista hacia la cama para mirarme—. Tú abriste la Azotea del Observatorio y luego creaste la distracción perfecta.

—No me sentía muy predispuesta a salvar —admito.

—Pero lo hiciste —añade Charlotte con voz fuerte y clara.

413

—¿Qué ha pasado? ¿Cuántos días han pasado? —pregunto intentando reconstruir la noche después de desmayarme.

—Han pasado tres días. He liberado de la Rosa Eterna a todas las belles, además del Ministro de Moda y la Ministra de Belleza, y he metido a mi hermana en su propia cárcel, donde se enfrentará a un juicio por sus crímenes y donde recibirá la ayuda que necesita. No sé si algún día podrá entender de verdad el mal que ha hecho, pero pasaré el resto de mis días intentando que así sea.

Frunce los labios.

—Te perdiste mi coronación —bromea.

—Eres una reina preciosa —añade Lady Pelletier con una sonrisa—. Tu madre estaría orgullosa.

Todas nos besamos dos dedos y nos tocamos el corazón para mostrar respeto hacia los muertos. Dejo que mi mano permanezca ahí un instante más en recuerdo de Valerie, Ámbar y Arabella.

—¿Dónde están las otras belles? —pregunto.

—Yo he visto a algunas de ellas —interviene Edel—. Están aquí en el palacio.

—Las he liberado de todos los salones de té también y les he dado aposentos. —Charlotte da una bocanada de aire—. Y nos encantaría, Camille, que te quedaras con nosotros y fueras nuestra consejera acerca de todos los temas relacionados con las belles mientras estudiamos cómo debería ser el trabajo de belleza de ahora en adelante.

Lady Arane se aclara la garganta.

—Vivir sin modificaciones es cierto que requiere adaptaciones y paciencia. Las Damas de Hierro trasladaremos nuestro cuartel general a Trianon para asistir a las personas que deseen hacer la transición —me asegura.

La propuesta permanece en mi cabeza. Este año pasado me he sentido como si estuviera atrapada en una bola de nieve, sacudida y presionada hasta que el cristal se rompió y se derramó toda el agua. Antes, todo cuanto quería era vivir en palacio para siempre en uno de sus hermosos aposentos. Sin embargo, ahora todo cuanto quiero hacer es irme a casa. O a lo que quede de ella.

—Su Majestad, sería un honor ayudaros en esta tarea y estar aquí con vos, pero no creo que sea el camino indicado para mí —le confieso—. Quiero volver a la Maison Rouge y llevarme conmigo a todas las belles que deseen venir. Hasta que la normalidad no vuelva al reino, será un período problemático para nosotras. Necesito estar en un lugar donde sepa que estoy a salvo y necesito mantener a mis hermanas seguras. Y, si se me permite..., también debo asimilar y enfrentarme a las cosas que he hecho... y a las pérdidas que he sufrido.

Charlotte sonríe, comprensiva.

—Lo entiendo. Respeto tu decisión, pero necesitaré tu ayuda igualmente. La ayuda de todas vosotras.

Hace un ademán hacia Hana, Edel y Padma.

—Yo me quedo —afirma Edel, con lo que nos sorprende a todas.

—¿Te quedas? —replica Padma.

—No voy a volver a ningún salón de té —declara—. Y si las cosas van a cambiar en Orleans, quiero ser parte de ese cambio.

Alarga las manos y nos las toma a Hana y a mí. Puedo sentir su pulso martilleando bajo su piel.

—Si voy a conseguir algo en esta vida —dice con firmeza—, es asegurarme de que las viejas costumbres desaparecen para siempre.

Una semana más tarde, el viaje a casa desde Trianon se me antoja mil veces más largo que el trayecto que nos trajo por primera vez a mí y a mis hermanas a la isla imperial. Nuestros corazones zumbaban con la promesa de ser belles de verdad, de ocupar el lugar que nos correspondía por nuestro destino, ser escogidas y destinadas. Los dos días pasaron ante nosotras antes de que nos diéramos cuenta, nuestros destinos extendidos ante nosotras como senderos hacia lugares desconocidos, llenos de promesas.

El paso de los caballos se acelera cuando los carruajes viajan hacia el norte y cruzan puentes que conectan la isla principal con las circundantes. El trayecto a casa está ensombrecido por las preocupaciones, una tormenta que va creciendo y que podrá desencadenarse en cualquier momento.

Estamos sentados en silencio. El ruido del camino flota entre nosotros. Padma hojea el libro belle de Arabella. Hana lee una montaña de periódicos y revistas de cotilleos. Rémy duerme con un brazo en cabestrillo y los pies en alto. Bree aviva un pequeño fuego. La ausencia de Valerie, Edel y Ámbar es como un peso frío que se aloja en mi pecho. Al menos Edel está bien; ha ocupado su lugar en el palacio, al lado de Charlotte.

Miro por la ventana hacia nuestra procesión: una hilera de carruajes que llevan a las belles liberadas de la Rosa Eterna y los salones de té, todas las que desearon venir.

La ciudad de Trianon desaparece en la distancia, se va difuminando hasta convertirse en un mera mancha. Fuerzo el cuello para ver su silueta, me pregunto si volveré algún día, si querré volver algún día. Todo cuanto quería era ser la favorita y quedarme en Trianon y en el palacio real para siempre, pero no tenía ni idea de cómo sería, de todos los horrores que acabarían teniendo lugar. Un sueño convertido en pesadilla.

Me acurruco como un bebé, piernas y brazos y cuerpo perdidos entre los pliegues de mi vestido, y me hundo con el peso de todo lo que ha pasado.

—Más periódicos y revistas de cotilleos —dice Bree deslizando un montoncito en mi regazo y otro en el de Hana.

—¿Te sientas conmigo?

—Tengo que preparar el té.

—Ya no eres una sirvienta imperial.

—Lo sé, pero...

Doy unos golpecitos en el cojín que tengo al lado.

—Venga, siéntate conmigo un ratito.

Bree accede.

Nos sentamos al lado de la ventana y repasamos los titulares del *Orleansian Times*:

¡LA MINISTRA DE BELLES SE FUGA!

GEORGIANA FABRY HA DESAPARECIDO

418

LA LÍDER DE LAS DAMAS DE HIERRO HA SIDO INVITADA

A UNA REUNIÓN CON SU MAJESTAD LA REINA CHARLOTTE

¡ENCERRADA EN UNA TORRE DE SU PROPIA CREACIÓN!

CAÍDA EN DESGRACIA, LA QUE CASI FUE REINA SOPHIA

CAUTIVA EN LA ROSA ETERNA A LA ESPERA DE JUICIO

¡DISTURBIOS Y ALTERCADOS ESTALLAN

EN LAS ISLAS ESPECIADAS!

—¿Qué crees que ocurrirá? —pregunta Bree.

Paso la página y los titulares se esparcen.

—No lo sé.

—¿Volverá todo a ser como era antes?

—¿Es que hay algo que pueda volver a ser como era antes? Todo lo que sé es que cuidaremos las unas de las otras y de las que están con nosotras, y ayudaremos a Charlotte.

Me paso los dedos por la cara interior de la muñeca, las venas son un recordatorio de las arcanas. Y de una decisión.

Bree abre el *Tribuno de Trianon* y lee en silencio.

Yo cierro los ojos. Las imágenes giran por mi cabeza sin ningún lugar adonde ir, como moscas dentro de un tarro. Me sumo en un sueño y me despierto. El tiempo pasa, más de tres vueltas de reloj. El mundo que hay fuera del carruaje se va volviendo cada vez más tranquilo.

Las ruedas se hunden en la tierra suave. Reconozco esa sensación y sé que estamos cerca de casa. Cuando era más joven, me encantaba sentir el barro entre los dedos y la minúscula preocupación de poder empezar a hundirme y llegar al centro del mundo. Si estábamos mínimamente sucias, Du Barry nos imponía un tratamiento de desinfección, lo que nunca era agradable. Echo de menos esos días de nuestra infancia, antes de que empezáramos a sentir la emoción de irnos de casa, de entrar en el mundo y descubrir sus secretos.

Traqueteamos por el puente de madera hacia la casa de carruajes, y oigo los familiares ruidos del anochecer en los Pantanos Rosa: el canturreo de los grillos, el croar de las ranas y el zumbido de las luciérnagas. Por encima de mí, veo un manto de ramas repletas de musgo blanco como la nieve.

Los carruajes están aparcados dentro de la casa de carruajes, hecha de ladrillos, que se halla en una plataforma en medio de los pantanos. Detrás de mí, el puente de madera se retira para volver a la isla más cercana: Quin. Durante los meses cálidos, hileras de frutas y hortalizas de todos los colores, formas y tamaños crecen por las altas colinas y laderas, y podemos ver a los grupos de trabajadores que cuidan de los millones de plantas que se atisban desde la ventana de mi cuarto.

¿Podrá volver a ponerse todo en su lugar como si fuera un hueso soldado de nuevo?

Cuando el puente desaparece detrás de mí, lo mismo hace el camino hacia el mundo exterior. Tal vez eso ahora sea algo bueno. Tal vez pasar un tiempo lejos del mundo nos ayudará.

Miro hacia delante, hacia el agua. Nuestra casa se esconde entre los cipreses de los Pantanos Rosa. Los periódicos siempre decían que la diosa de la belleza envió a las belles a una isla de leche y sangre debido a los preciosos árboles de corteza blanca y hojas rojas.

Desearía que verlos me proporcionara el alivio que tanto anhelo, pero no lo hace. ¿Cómo será estar ahí sin Ámbar ni Valerie? ¿Seré capaz de hacer todas las cosas que deben hacerse?

Los botes de los pantanos llegan al muelle de la casa de los carruajes.

Embarcamos.

Las luciérnagas sobrevuelan por encima de la superficie del agua, sus cuerpecitos blancos centellean e iluminan la oscuridad. Quiero meter toda la mano dentro, como hacía cuando era una niña pequeña. Quiero comprobar si el agua todavía es la misma.

La advertencia que me hacía Du Barry resuena en mi cabeza: «Siéntate bien, Camelia, y saca la mano del agua. Los pantanos están llenos de lo desconocido».

Abro un poquito la ventana para mirar mientras pasamos por una espesura de cipreses donde los botes aflojan la marcha para girar entre sus troncos. Quiero alargar la mano y arrancar una de las rosas que crecen en las aguas oscuras, pero la sensación de tener la vista de Du Barry clavada encima todavía perdura. Aunque ella no esté aquí.

La Maison Rouge aparece ante nosotros. El tejado puntiagudo surge entre los árboles. Farolillos de alféizar descansan en todas las ventanas y proyectan una luz roja sobre la isla. Las piedras de las lápidas motean la tierra y el cementerio de belles parece eterno, se derrama hasta el bosque oscuro que yace a la sombra de la mansión. Maman y yo solíamos jugar al escondite en el cementerio cuando ella quería

421

que pasáramos un tiempo solas, lejos de las otras madres y niñas pequeñas. Correteábamos entre los panteones y llenábamos el lugar de risas en lugar de muerte. Para entonces, yo no temía morir y nunca pensaba que hubiera un día en que colocaríamos a maman en una de esas tumbas. Entonces eran solo pirámides de piedra tras las cuales me escondía hasta que mi madre me encontraba. Ahora se me antojan reales y llenas. Listas para recibir los cuerpos de mis hermanas.

Los botes amarran en el muelle y el servicio nos ayuda a bajar al embarcadero. Seguimos el camino de adoquines que lleva hasta la casa. Los cipreses retorcidos tapan las estrellas. El ruido de nuestros pies se añade a la melodía de los pantanos. Meto una llave en la cerradura igual como antaño lo hacía Du Barry.

Abro la puerta de entrada con ambas manos. Los suelos están cálidos bajo mis pies y las paredes y los pasillos y las habitaciones huelen a carbón y a flores. El tan conocido olor de mi hogar.

Ivy está ahí de pie, esperándonos. Vuelve a tener el rostro como había sido siempre. Abre los brazos y me hundo en ellos.

—Qué bien volver a verte —saludo—. ¿Cómo lo has hecho para llegar antes que nosotras?

—Siempre haciendo preguntas.

Sus palabras me hacen sonreír.

—Yo también me alegro de verte.

—Bienvenida a casa, cariño mío.

—¿Vamos a estar bien? —le pregunto.

—Sí —me responde—. Juntas estaremos bien.

Epílogo

ABRO LAS PUERTAS DOBLES DEL DESPACHO DE DU BARRY. La madera susurra bajo mis pies y yo vuelvo a ser una niña pequeña, preparada para meterme en problemas, aguardando a que ella salga de la cabina del circuito telefónico del rincón, a la espera de que aparezca detrás de mí y me diga:

—¿Qué crees que estás haciendo aquí? Ve a buscar tu pergamino y copia cincuenta veces.

Su aroma todavía permanece en el lugar —huele a rosas, clavo y un toque de azúcar—, y me hace pensar en dónde podría estar ella ahora. La estación ventosa ha llegado y ya han pasado tres meses desde que Charlotte encerró a Sophia en la Rosa Eterna.

La silla de respaldo alto aterciopelado de Du Barry todavía está marcada con el recuerdo de su cuerpo. Su ábaco está encaramado a un lado, como si fuera un pájaro tangara. Las paredes muestran retratos de sus antecesoras: al menos ocho generaciones, todas ellas descendientes de la *grand-mère* que encontró a la primera belle al salir del bosque oscuro.

Nada ha cambiado. Todo está congelado en su sitio, a la espera de que ella vuelva, a la espera de que las cosas vuelvan a ponerse en el lugar donde antaño estuvieron.

Pero ahora todo es distinto.

Me siento en su escritorio, mis piernas encuentran los surcos que dejó su cuerpo.

Suena el timbre de casa. Miro por la ventana que da a la parte principal. Padma entra más macetas de Sophia. Las bebés belle que están creciendo chapotean en sus cunas mientras las llevan a dentro. Hana la sigue de cerca con los brazos llenos de cosas.

Salgo al pasillo. Las aulas están llenas de pequeñas belle que examinan flores y productos, el tono agudo de sus voces roza el chillido. Farolillos diurnos navegan por las estancias como estrellas flotantes.

El vestíbulo bulle de actividad mientras la sala de las cunas da la bienvenida a las macetas de belles que vienen del palacio. Las enfermeras entran y salen, siguen las órdenes de Ivy.

Salgo de la casa por las puertas traseras. El bosque oscuro queda delante de mí, se extiende por el resto de nuestra isla como un manto de noche. El cementerio de belles se halla a su lado, las lápidas surgen de la tierra rica como si fueran pulgares. Las tres últimas tumbas contienen los cuerpos de Ámbar, Valerie y Arabella, pero la tierra que las envuelve ya se ha aposentado. Apenas parecen nuevas ya.

El corazón se me encoge.

Miro hacia el cielo y me pregunto si realmente nuevas belles caerán de él algún día. ¿Serán reemplazadas mis hermanas? ¿Qué pasará durante las semanas, meses y años que vendrán?

Una mano cálida y conocida se desliza dentro de la mía. Levanto la mirada y encuentro los ojos de Rémy.

—¿Cuándo has vuelto?

—Ahora mismo.

—¿Cómo están tus hermanas? ¿Y tu madre y tu padre?

—Mejor —responde con un suspiro de alivio. Me ofrece un globo mensajero de color rubí—. Esto ha llegado de palacio.

Abro la parte trasera del globo y el compartimento que sostiene la carta y desenrollo el pergamino. Rémy lee por encima de mi hombro.

Camille:

> *Espero que todo vaya bien en casa.*
>
> *Tengo noticias que deberías conocer en caso de que se filtraran en los periódicos. Todavía no confío en nadie aquí en la corte. Charlotte tiene previsto abdicar del trono en cuanto las cosas se calmen un poco. Quiere hacer otro Juicio de Belleza.*
>
> *Podrían pasar dos meses o dos años. No lo sé.*
>
> *Pero estoy impaciente por ver lo que está por venir.*
>
> *Cuídate y escríbeme.*
>
> *Te quiere,*
>
> *Edel*
>
> *P. D. ¡Hola, Rémy!*

Rémy y yo intercambiamos una mirada.

—¿Qué significa eso? —me pregunta.

—Tal vez el caos. Tal vez el final definitivo del trabajo de belleza. —Vuelvo la vista atrás, hacia la casa—. No lo sé. Solo cabe esperar que nuestra nueva líder sea sabia y justa y no se parezca en nada a Sophia.

Levanto la mirada hacia el globo mensajero y luego hacia el cielo, donde una raya mancha el azul.

Su mano encuentra la mía.

—¿Qué dirías si te pidiera que te adentraras en esos bosques conmigo? ¿Te daría miedo?

Rémy vuelve mi rostro hacia él.

—Haré que sea por ti.

Nos dirigimos hacia las sombras cogidos de la mano.

Agradecimientos

T<small>ENGO QUE AGRADECER A MUCHÍSIMA GENTE QUE ME HA AYU</small>-dado a cruzar la línea de meta con este libro. Ha sido un gran esfuerzo y una montaña rusa, porque durante la redacción de esta novela me diagnosticaron un tumor benigno de grandes dimensiones en el hígado. Durante numerosas visitas médicas, biopsias y resonancias magnéticas, luché con este libro y su argumento y todas mis fechas de entrega, y la realidad de que mi búsqueda de la piel perfecta era la razón por la cual sufrí esta urgencia médica. Después de pasar unas cuantas décadas tomando píldoras anticonceptivas para controlar mi acné quístico, descubrí que me habían dejado un regalo de despedida: un tumor del tamaño de mi mano. La belleza tiene su precio y ahora lo estoy pagando.

Necesité un equipo que me ayudara a conseguir la mejor versión de esta novela. He aquí una lista de agradecimientos sin ningún orden en particular:

Mi fantástica agente, Victoria Marini. Gracias por mantenerme de una pieza. ¡Eres una superheroína!

Mi extraordinaria editora, Kieran S. Viola. Gracias por rescatarme. Siempre. Gracias por tu paciencia cuando esta crisis médica interrumpió nuestro proceso editorial. Gracias por ayudarme a organizar el caos.

Mi increíble campeona, Emily Meehan. Gracias por tus puntos de vista y tu apoyo. Me encanta formar parte de la familia Freeform.

Marci Sender, brillante bruja diseñadora de portadas, sigues sorprendiéndome con tus poderes para hacer portadas. No dejan de mejorar cada vez más.

Maz Zissimos, la mejor publicista del planeta, gracias por mantenerme entera y asegurarte de que consigo excelentes oportunidades para hablar de mi mundo. Eres increíble y me siento afortunada de poder llamarte amiga.

Gracias al equipo al completo de Freeform: Seale Ballenger, Holly Nagel, Dina Sherman, Mary Mudd, Shane Rebenschied, Elke Villa, Andrew Sansone y Patrice Caldwell. Sois mi *dream team*.

Gracias a mis amigos, a mis nidos de amor, a mis grupos de chat, a mis canales de Slack y a mis aquelarres. A todos aquellos que me mantienen humana. Ya sabéis quiénes sois. Este año ha sido duro y casi no he conseguido superarlo. Gracias por escucharme cuando me quejaba, me lamentaba y lloraba, y por mantenerme de una pieza, bien ensamblada. Gracias por el caldo de pollo, las flores, el té y el bistec. ☺

Gracias, mamá y papá, por todo. Siempre y para siempre.

Y gracias a los lectores. Gracias por bajar hasta esta madriguera oscura conmigo.

31901065967376